GW01606173

L'espion anglais

DANIEL SILVA

L'espion anglais

Traduit de l'anglais (États-Unis) par
PHILIPPE MORTIMER

Harper
Collins
POCHE

Titre original :
THE ENGLISH SPY

HARPERCOLLINS FRANCE

83-85, boulevard Vincent-Auriol, 75646 PARIS CEDEX 13
Tél. : 01 42 16 63 63

www.harpercollins.fr

ISBN 979-1-0339-0057-3

Pour Betsy et Andy Lack.
Et, comme toujours, pour mon épouse,
Jamie, et mes enfants, Lily et Nicholas.

« Quand un homme gomme une marque de crayon, il doit s'assurer qu'elle est bien effacée. Car, quand il faut garder un secret, aucune précaution n'est excessive. »

GRAHAM GREENE, Le Ministère de la peur

« Plus de larmes, désormais ; je vais songer à la vengeance. »

MARY STUART

ECOSSE
OCÉAN ATLANTIQUE
MER DU NORD
Edimbourg
IRLANDE DU NORD
Omagh
Belfast
Crossmaglen
Ardglass
Clifden
MER D'IRLANDE
Dublin
Fleetwood
Hull
Manchester
IRLANDE
ANGLETERRE
CANAL ST-GEORGES
PAYS DE GALLES
Birmingham
MER CELTIQUE
Londres
Bristol
MANCHE
Gunwalloe cove
Cap Lizard
0
75 km.
50 mi.
FRANCE
opyright © MMXV Springer Cartographics LLC

PREMIÈRE PARTIE

Mort d'une princesse

1
Gustavia, Saint-Barthélemy

Rien de tout cela ne serait arrivé si Spider Barnes n'avait pas pris une cuite chez Eddy's, l'avant-veille du jour où l'*Aurora* devait mettre à la voile. Spider était considéré comme le meilleur cuisinier de bord de la mer des Antilles. Ce génie un peu toqué, sanglé dans sa veste de cuisine immaculée et son tablier blanc, était irascible mais irremplaçable. Spider, voyez-vous, avait reçu une formation culinaire classique. Spider avait travaillé quelque temps à Paris. Spider avait roulé sa bosse à Londres, à New York, à San Francisco… A la suite d'une expérience malheureuse à Miami, il avait quitté pour toujours le secteur de la grande restauration et choisi la liberté qu'offrait la mer. Il travaillait désormais sur les gros yachts, du genre de ceux qu'affrétaient les stars du cinéma, les rappeurs à succès, les nababs et autres m'as-tu-vu qui cherchent à éblouir le bon peuple.

Quand Spider n'officiait pas aux fourneaux, il était invariablement perché sur un tabouret de l'un des meilleurs bars sur la terre ferme. Eddy's faisait partie des cinq établissements que Spider appréciait le plus aux Antilles, voire dans le monde entier. Il se mit à boire à 19 heures, entamant la soirée par quelques bières. A 21 heures, il alla fumer un joint dans le jardin ombragé du bar, et, à 22 heures, il commanda son premier verre de rhum vanille. Il se sentait en paix avec le monde. Spider planait. Il était au paradis.

C'est alors qu'il remarqua Veronica, et la soirée prit une tournure plus dangereuse. Elle venait de débarquer sur l'île. C'était une fille errante, une Européenne d'origine incertaine. Elle servait des cocktails aux excursionnistes qui fréquentaient le bar du club de plongée, voisin de chez Eddy's. Elle était jolie, cependant — « jolie comme un ornement floral », comme Spider en fit la remarque à l'intention d'un anonyme compagnon de beuverie — et il tomba amoureux d'elle en dix secondes chrono. Fidèle à sa manière habituelle de draguer, il la demanda d'emblée en mariage. Lorsqu'elle déclina cette offre, il lui proposa plus prosaïquement une partie de jambes en l'air. Pour une raison ou pour une autre, cette approche fonctionna, et on les vit sortir ensemble du bar en titubant, sur les coups de minuit et sous une pluie torrentielle. Et ce fut la dernière fois que l'on vit Spider : à 00 h 3 par une nuit pluvieuse dans le petit port de Gustavia, ivre, trempé jusqu'à l'os et amoureux une fois de plus.

Le capitaine de l'*Aurora*, un yacht à moteur luxueux mesurant près de cinquante mètres de long et dont le port d'attache était Nassau, se nommait Ogilvy — Reginald Ogilvy. Cet ancien officier de la Royal Navy, despote bienveillant, dormait avec un exemplaire du règlement posé sur sa table de chevet, juste à côté de la bible que lui avait léguée son grand-père. Il n'avait jamais beaucoup apprécié Spider Barnes et l'absence de ce dernier à la réunion de l'équipage et du personnel navigant, qui se tint à 9 heures le lendemain matin, ne le fit pas remonter dans son estime. Cette réunion n'avait rien de routinier, car l'*Aurora* se préparait à recevoir à son bord une prestigieuse invitée. Ogilvy était seul à connaître son identité. Il savait aussi que l'escorte de cette personnalité comprendrait une équipe de gardes du corps et que la dame était extrêmement exigeante, pour ne pas dire plus — ce qui explique pourquoi l'absence de son très réputé cuistot le tracassait au plus haut point.

Ogilvy signala la disparition du chef cuisinier à la

capitainerie du port de Gustavia, et l'officier de port en informa dûment la gendarmerie locale. Deux gendarmes allèrent frapper à la porte de la petite maison à flanc de colline où logeait Veronica, mais elle ne donna aucun signe de vie, elle non plus. Les deux pandores entreprirent ensuite de débusquer Spider dans les différents endroits de l'île où les ivrognes et les cœurs brisés venaient habituellement s'échouer après une nuit de débauche. Au Select, un Suédois au visage rougeaud leur affirma avoir payé une Heineken à Spider le matin même. Quelqu'un d'autre prétendit l'avoir vu errer sur la plage de Colombier et, selon une rumeur jamais confirmée, on avait entendu un être inconsolable hurler à la lune non loin de Toiny, à l'autre bout de l'île.

Les gendarmes suivirent consciencieusement toutes ces pistes, sans le moindre résultat. Puis ils fouillèrent l'île de bout en bout, du sud au nord, toujours en vain. Quelques minutes après le coucher du soleil, Reginald Ogilvy informa l'équipage de l'*Aurora* que Spider Barnes avait bel et bien disparu et qu'il fallait lui trouver un remplaçant convenable au plus vite. Les membres du personnel navigant se déployèrent dans l'île, des restaurants du bord de mer de Gustavia aux paillotes de la plage de Grand Cul-de-Sac. Et ce fut à 21 heures, le soir même, et dans l'endroit le plus improbable, qu'ils dégottèrent la perle rare.

Il était arrivé sur l'île en pleine saison des ouragans et s'était installé dans une petite maison en planches tout au bout de la plage de Lorient. Ses seules possessions étaient un grand sac de paquetage en toile, quelques bons bouquins, une radio à ondes courtes ainsi qu'un vieux scooter déglingué qu'il s'était procuré à Gustavia en échange de quelques billets de banque et d'un sourire. Les livres semblaient épais, lourds et savants. La radio était d'une qualité rarement vue sous ces cieux. Tard dans la nuit, quand il était assis sur sa terrasse brinquebalante, lisant à la lumière d'une lampe à piles, le son de la musique couvrait le bruissement des feuilles de palmier et le doux clapotement des vagues. Du jazz et du classique, surtout, parfois un peu de reggae diffusé par les stations émettant des îles voisines. Toutes les heures, il levait les yeux de son livre et écoutait attentivement les informations de la BBC. Lorsque le bulletin était terminé, il scrutait les ondes en quête d'une musique à son goût — et les palmiers et les flots se remettaient à danser au rythme des accords qu'il avait choisis.

Au début, on n'aurait su dire s'il était en vacances ou s'il était de passage, s'il se planquait ou s'il envisageait de résider dans l'île de façon permanente. L'argent ne semblait pas être un problème, pour lui. Le matin, quand il allait à la boulangerie pour y manger un morceau de pain et boire une tasse de café, il gratifiait toujours les employées d'un pourboire généreux. Et l'après-midi, quand il se rendait au petit supermarché proche du cimetière pour se fournir en bière allemande et en cigarettes américaines, il ne prenait jamais la peine de ramasser la petite monnaie que lui délivrait le distributeur automatique. Il parlait assez correctement français mais avec un accent prononcé que personne n'arrivait vraiment à identifier. Il se débrouillait nettement mieux en espagnol, langue dont il usait avec le Dominicain qui officiait au comptoir de JoJo Burger, mais, là encore, avec cet accent indéfinissable. Les filles de la boulangerie décrétèrent qu'il était australien, tandis que les gars de chez JoJo Burger estimaient qu'il était afrikaner. Les Antilles grouillaient d'Afrikaners — de braves gens, pour la plupart, même si certains d'entre eux avaient des revenus d'une légalité fort douteuse.

Il passait ses journées dans l'oisiveté, mais celle-ci n'était pas totale. Il prenait son petit déjeuner à la boulangerie, se rendait au kiosque à journaux de Saint-Jean pour y acheter des quotidiens anglais et américains datés de la veille, pratiquait de rigoureux exercices de gymnastique sur la plage, lisait ses gros volumes de littérature et d'histoire, coiffé d'un bob qui cachait son regard. Un jour, il loua un bateau de pêche et passa l'après-midi à parcourir les fonds marins avec un masque et un tuba non loin de l'îlot de la Tortue. Mais son inaction semblait être contrainte plutôt que volontaire. On aurait dit un soldat blessé, attendant avec impatience de retourner sur le champ de bataille, un exilé rêvant de sa patrie perdue, quelle que puisse être cette terre natale.

Selon Jean-Marc, l'un des douaniers de l'aéroport, il était arrivé par avion en provenance de la Guadeloupe, porteur d'un passeport vénézuélien en cours de validité et établi au nom singulier de Colin Hernandez. Il disait être le rejeton d'un bref mariage entre une Anglo-Irlandaise et un Espagnol. Sa mère se croyait des talents de poète, son père avait commis quelque malversation financière. Il tenait son père en horreur, mais parlait de sa mère comme si sa canonisation n'allait être qu'une simple formalité. La photo de la sainte femme ne quittait jamais son portefeuille. Le gamin aux cheveux filasse qu'elle tenait sur ses genoux ne ressemblait guère à Colin Hernandez — mais tel était l'effet du passage du temps.

Sur son passeport, il était indiqué qu'il avait trente-huit ans, ce qui paraissait plausible, et qu'il exerçait la profession d'« homme d'affaires », ce qui pouvait signifier à peu près n'importe quoi. Les filles de la boulangerie étaient d'avis que Colin était un écrivain en quête d'inspiration. Comment expliquer autrement qu'on ne le voyait pratiquement jamais sans un bouquin ? Mais les filles du supermarché échafaudèrent une autre hypothèse, plus extravagante et entièrement dénuée de fondement : il avait assassiné un homme en Guadeloupe et se planquait à Saint-Barth en attendant que ça se tasse. Le serveur dominicain de chez JoJo Burger, qui était lui-même en cavale, trouvait cette théorie parfaitement risible. Colin Hernandez, selon lui, n'était qu'un fils de famille paresseux et indolent, qui, comme tant d'autres de ses semblables, vivait aux crochets d'un père qu'il détestait. Il resterait sur l'île jusqu'à ce qu'il s'en lasse ou que ses ressources financières se tarissent. Puis il irait se faire pendre ailleurs et, deux jours plus tard, les insulaires auraient oublié jusqu'à son nom.

Un mois, jour pour jour, après son arrivée, les insulaires constatèrent quelques changements dans sa routine quotidienne. Après avoir déjeuné chez JoJo Burger, il se rendit au salon de coiffure de Saint-Jean. Quand il en sortit, sa tignasse noire et hirsute était coupée court, soigneusement coiffée et abondamment gominée. Le lendemain matin, quand il fit son entrée dans la boulangerie, il était rasé de près et arborait un pantalon impeccablement repassé ainsi qu'une chemise blanche immaculée. Il prit son petit déjeuner habituel — un grand bol de café au lait et une boule de grossier pain de campagne — et s'attarda pour lire longuement le *Times* de la veille. Puis, au lieu de retourner chez lui, il enfourcha son scooter et se rendit à Gustavia. Et ce jour-là, à midi, on sut enfin avec certitude pourquoi l'homme qui se faisait appeler Colin Hernandez était venu à Saint-Barthélemy.

Il se présenta d'abord au vieil et majestueux hôtel Carl Gustaf, mais le chef de cuisine de cet établissement lui refusa un entretien d'embauche quand il apprit que Colin n'avait pas de formation professionnelle. Les propriétaires du restaurant Maya's l'éconduisirent poliment, tout comme les gérants du Wall House, de l'Océan et de la Cantina. Il proposa ses services à La Plage, mais le patron de ce restaurant n'était pas intéressé. Pas plus que ceux de l'Eden Rock, du Guanahani, de La Crêperie, du Jardin ou du Grain de Sel, le restaurant isolé qui surplombait les marais salants à Saline. Même à La Gloriette, pourtant fondée par un réfugié politique, on ne consentit pas à le recevoir.

Il ne se laissa pas décourager et tenta sa chance auprès des restaurants moins réputés de l'île : le snack-bar de l'aéroport, la gargote créole qui lui faisait face, la modeste pizzeria installée sur le parking du supermarché L'Oasis.

Et c'est là que la fortune finit par lui sourire, car il y apprit que le cuisinier du Piment avait rendu son tablier après s'être disputé une fois de trop avec le patron au sujet de ses heures de travail et de son salaire. A 16 heures, après avoir démontré ses talents culinaires dans la cuisine exiguë du Piment, il fut embauché. Il se mit au travail le soir même. Les avis des clients furent unanimement favorables.

En fait, sa réputation de cordon-bleu ne tarda pas à faire le tour de la petite île. Le Piment, dont la clientèle se limitait jusque-là à quelques habitués, autochtones pour la plupart, se mit à refuser du monde. Les gourmets qui y affluaient chantaient tous les louanges de ce nouveau chef mystérieux qui portait un nom anglo-espagnol. Le Carl Gustaf tenta vainement de le débaucher, tout comme l'Eden Rock, le Guanahani, et La Plage. C'est la raison pour laquelle Reginald Ogilvy, capitaine de l'*Aurora*, était plutôt pessimiste lorsqu'il se présenta au Piment sans avoir réservé une table, le soir du lendemain de la disparition de Spider Barnes. Il fut obligé de poireauter une bonne demi-heure au bar avant qu'une table ne se libère pour lui. Il commanda trois hors-d'œuvre et trois plats de résistance. Après avoir goûté chacun de ces mets, il demanda à dire un mot au chef. Dix minutes s'écoulèrent avant que son souhait ne soit exaucé.

— Vous n'avez pas faim ? demanda l'homme qui se faisait appeler Colin Hernandez, en regardant les assiettes encore garnies.

— Pas vraiment.

— Alors, pourquoi êtes-vous ici ?

— Je voulais vérifier que vous étiez à la hauteur de votre réputation.

Ogilvy lui tendit la main et se présenta : grade et nom, suivis du nom de son bateau. L'homme qui se faisait appeler Colin Hernandez haussa un sourcil d'un air perplexe.

— L'*Aurora*, c'est le bateau où travaille Spider Barnes, hein ? dit-il.

— Vous connaissez Spider ?

— Je crois que j'ai bu un verre avec lui, un soir.

— Vous ne seriez pas le seul…

Ogilvy jaugea l'homme qui se tenait devant lui. Il était compact, dur, impressionnant. Aux yeux exercés du marin anglais, il paraissait avoir navigué sur des mers agitées. Ses sourcils étaient sombres et épais, sa mâchoire était carrée et volontaire. *Ce visage,* songea Ogilvy, *a été façonné pour prendre des coups*.

— Vous êtes vénézuélien, déclara-t-il.

— Qui vous a dit ça ?

— Tous ceux qui ont refusé de vous embaucher quand vous cherchiez un emploi.

Le regard d'Ogilvy alla du visage de Hernandez à la main qu'il avait posée sur le dossier de la chaise d'en face. Aucun tatouage ne semblait orner sa peau, ce qui était plutôt bon signe. Ogilvy tenait la mode actuelle du tatouage pour une forme d'automutilation collective.

— Vous buvez ? demanda-t-il.

— Pas autant que Spider.

— Marié ?

— Une fois seulement.

— Des enfants ?

— Mon Dieu, non.

— Des vices ?

— John Coltrane et Thelonious Monk.

— Vous avez déjà tué quelqu'un ?

— Pour autant que je m'en souvienne, non, répondit-il en souriant.

Reginald Ogilvy lui rendit son sourire.

— Je me demandais si cela vous tenterait d'échapper à tout ça, dit-il en jetant un regard circulaire à la modeste salle à manger en plein air. Je suis prêt à vous verser un salaire généreux. Et, quand vous ne serez pas en mer, vous aurez beaucoup de temps libre pour vous adonner à ce que vous aimez faire quand vous ne cuisinez pas.

— Généreux comment, le salaire ?

— Deux mille par semaine.

— Combien gagnait Spider ?

— Trois mille, répondit Ogilvy après un instant d'hésitation. Mais cela faisait deux saisons que Spider travaillait pour moi.

— Oui mais, là, il ne travaille plus pour vous, hein ?

Ogilvy feignit de réfléchir avant de dire :

— Va pour trois mille. Mais il faut que vous commenciez tout de suite.

— Quand prenez-vous la mer ?

— Demain matin.

— En ce cas, dit l'homme qui se faisait appeler Colin Hernandez, je crois qu'il faudra que vous me payiez quatre mille.

Reginald Ogilvy, capitaine de l'*Aurora*, examina un moment les mets qu'on lui avait servis avant de se lever d'un air solennel.

— A 8 heures, demain matin, déclara-t-il. Soyez ponctuel.

Le patron marseillais du Piment, François, qui avait le sang chaud, ne prit pas très bien la nouvelle. Il égrena un chapelet d'insultes méridionales. Il y ajouta des menaces de représailles. Et puis il y eut cette bouteille vide de bon bordeaux qui éclata en un millier de fragments étincelants lorsqu'elle se fracassa contre l'un des murs de la minuscule cuisine. Plus tard, François nia avoir visé son cuisinier démissionnaire. Mais Isabelle, une serveuse qui avait assisté à l'altercation, sema le doute sur cette version de l'incident. Elle jura que François avait jeté la bouteille comme on lance un poignard, directement vers la tête de M. Hernandez. Et M. Hernandez, se souvint Isabelle, avait esquivé l'objet d'un mouvement de la nuque, si souple et si prompt qu'il en était presque imperceptible. Ensuite, il avait longuement dévisagé François d'un œil glacial, comme s'il réfléchissait à la meilleure manière de lui tordre le cou. Puis, très calmement, il avait ôté son tablier blanc immaculé et avait enfourché son scooter.

Il passa le reste de la nuit sur la terrasse de sa maison, lisant à la lumière de sa lampe-tempête. Et, toutes les heures, il délaissait son livre pour écouter le bulletin d'informations de la BBC tandis que les vagues murmuraient en refluant et que le feuillage des palmiers frémissait au vent nocturne. Le matin, après une baignade revigorante dans les eaux de la baie, il prit une douche, s'habilla et rangea dans son sac de paquetage en toile ses maigres possessions : ses vêtements, ses livres, sa radio. Il y ajouta deux objets qu'on avait déposés à son usage sur l'îlot de la Tortue : un pistolet Stechkin 9 mm, avec un silencieux vissé dans le canon ; et un colis rectangulaire, mesurant trente centimètres sur cinquante. Ce paquet pesait exactement sept kilos et trois cents grammes. Il le plaça au milieu du sac en toile afin qu'il soit bien calé pendant le transport.

Il quitta la plage de Lorient pour la dernière fois à 7 h 30 et, le sac en toile posé sur les genoux, se rendit en scooter à Gustavia. L'*Aurora* étincelait au bord du quai, prêt au départ. Il embarqua à 7 h 50 et fut conduit à sa cabine par son second de cuisine, une jeune et mince Anglaise qui répondait au nom improbable d'Amelia List. Il rangea dans le placard ses affaires — y compris le Stechkin et le colis de sept kilos et trois cents grammes. Puis il revêtit la tunique et le pantalon de cuisinier qu'on avait posés sur sa couchette. Amelia List l'attendait dans le couloir lorsqu'il sortit de sa cabine. Elle le mena à la coquerie et lui montra le garde-manger, la chambre froide et la réserve des vins. Ce fut là, dans la fraîcheur et l'obscurité, que lui vint sa première pensée érotique à l'égard de la jeune Anglaise, drapée dans son uniforme blanc impeccable. Il ne fit rien pour chasser de son esprit cette bouffée de désir charnel. Il était célibataire depuis si longtemps qu'il se souvenait à peine de ce qu'il ressentait en caressant les cheveux d'une femme ou en palpant la chair d'une poitrine dénudée.

Quelques minutes avant 10 heures, les haut-parleurs du yacht diffusèrent un appel enjoignant au personnel navigant de se rassembler au complet sur le pont arrière. L'homme qui se faisait appeler Colin Hernandez suivit Amelia List sur le pont. Il se tenait à côté d'elle lorsque deux Range Rover noires s'arrêtèrent sur le quai, au niveau de la poupe de l'*Aurora*. De la première, deux filles bronzées émergèrent en gloussant, ainsi qu'un quadragénaire au visage rubicond qui enserrait d'une main les lanières d'un sac de plage rose et, de l'autre, le goulot d'une bouteille de champagne ouverte. Deux hommes de carrure athlétique sortirent de la seconde Range Rover, suivis un bref instant plus tard par une femme qui semblait atteinte de mélancolie chronique. Elle était vêtue d'une robe couleur pêche, qui donnait l'impression d'une nudité partielle, et coiffée d'un chapeau à large bord qui ombrageait ses sveltes épaules. Une bonne partie de son visage diaphane était masquée par de larges lunettes de soleil. Même ainsi, elle était immédiatement reconnaissable. C'était son profil qui la trahissait — ce profil qu'admiraient tant les photographes de mode et les paparazzis qui guettaient ses moindres pas. Ce matin-là, aucun paparazzi n'était présent. Pour une fois, elle leur avait échappé.

Elle monta à bord de l'*Aurora* comme si elle enjambait une tombe ouverte et passa devant les membres de l'équipage sans leur adresser le moindre mot ni le plus léger regard. Elle frôla de si près l'homme qui se faisait appeler Colin Hernandez qu'il dut réprimer un besoin compulsif de la toucher pour s'assurer que c'était bien *elle*, en chair et en os, et non un hologramme. Cinq minutes plus tard, l'*Aurora* se mettait lentement en mouvement dans le port et, à midi, l'île enchantée de Saint-Barthélemy n'était plus qu'une petite tache brun et vert à l'horizon. La femme la plus célèbre du monde était allongée sur le pont avant, seins nus et un verre à la main, sa peau sans défaut cuisant au soleil.

Et sur le pont inférieur, préparant un hors-d'œuvre composé de tartare de thon, de concombre et d'ananas, se trouvait l'homme qui allait la tuer.

2
Au large des Îles-sous-le-Vent britanniques

Tout le monde connaissait son histoire. Et même ceux qui prétendaient ne pas s'en soucier, ou exprimaient leur dédain à l'égard du culte qu'on lui vouait dans le monde entier, connaissaient jusqu'au moindre détail sordide de sa vie. Maladivement timide et terriblement belle, née dans la classe moyenne du Kent, elle avait réussi à se frayer un chemin jusqu'à Cambridge. Son mari, beau garçon et un peu plus âgé qu'elle, était le futur roi d'Angleterre. Ils s'étaient rencontrés à l'université, au cours d'un débat sur l'environnement. Et, selon la légende, le prince avait eu le coup de foudre au premier instant. Il lui fit ensuite une cour assidue, aussi longue que discrète. La jeune fille fut approuvée par l'entourage du prince ; le prince le fut par celui de la jeune fille. Un paparazzi, qui travaillait pour l'un des quotidiens populaires les plus indiscrets, parvint à photographier le couple quittant le château de Belvoir, après le bal d'été annuel du duc de Rutland. Le palais de Buckingham dut se fendre d'un terne communiqué aux termes bien choisis, qui confirmait l'évidence : le futur roi et la fille de la classe moyenne, qui n'avait pas la moindre goutte de sang bleu dans les veines, se fréquentaient de manière intime. Puis, un mois plus tard, tandis que les colonnes de la presse populaire grouillaient de rumeurs et de spéculations, le palais annonça que le prince et la roturière projetaient de se marier.

Ils furent unis dans la cathédrale Saint-Paul, en une grise matinée de juin, alors qu'une pluie battante se déversait sur Londres. Plus tard, quand leur couple vola en éclats, certains journalistes se souvinrent de ces peu riantes conditions atmosphériques et n'hésitèrent pas à écrire que leur mariage était maudit depuis le début. De fait, la jeune femme, tant par son tempérament que par son éducation, n'était en rien faite pour vivre dans le bocal à poissons rouges qu'était la famille royale. Et le prince, pour de semblables raisons, n'était en rien fait pour un mariage d'amour. Il eut d'innombrables maîtresses. Et la jeune femme le punit en couchant avec un de ses gardes du corps. Le futur roi, quand on lui apprit cette infidélité, exila le garde dans une garnison lointaine, au fin fond de l'Ecosse. Folle de chagrin, la princesse tenta d'attenter à ses jours, en avalant une surdose de somnifères, et dut être emmenée aux urgences de l'hôpital St. Ann. Le palais de Buckingham déclara qu'elle souffrait d'une sévère déshydratation, causée par une mauvaise grippe. Interrogé sur le fait que son mari ne lui avait pas rendu visite à l'hôpital, un porte-parole du palais bredouilla quelques mots sur l'emploi du temps trop chargé du prince. Cette réponse ne fit que soulever davantage de questions.

A sa sortie de l'hôpital, il devint évident, aux yeux des observateurs de la famille royale, que décidément tout n'allait pas pour le mieux dans la vie de la ravissante épouse du futur roi. Et néanmoins elle remplit dûment ses devoirs conjugaux en donnant naissance à deux héritiers, une fille et un garçon, tous deux mis au monde au terme de grossesses difficiles et d'accouchements prématurés. Le prince lui montra sa gratitude en retournant dans le lit d'une femme qu'il avait autrefois demandée en mariage. Et la princesse riposta en atteignant une popularité mondiale qui éclipsait même celle de la mère du prince, pourtant révérée de ses sujets.

La princesse parcourut le vaste monde pour soutenir de nobles causes, suivie d'une horde de journalistes et de photographes suspendus à chacun de ses mots, à chacun de ses gestes — et cependant personne ne semblait remarquer qu'elle sombrait peu à peu dans une sorte de démence. Finalement, tous ses malheurs furent divulgués, avec sa bénédiction et sa discrète collaboration, dans les pages d'un livre : les infidélités de son époux, les accès de dépression, les tentatives de suicide, les désordres alimentaires causés par le harcèlement médiatique… Le futur roi, outré, manigança en représailles une série de fuites dans la presse, révélant au public le comportement fantasque de son épouse. Puis vint le coup de grâce : la publication de l'enregistrement d'une conversation téléphonique passionnée entre la princesse et son amant préféré. A ce stade-là, la reine jugea que la coupe était pleine. La monarchie était en péril, et elle demanda au couple de divorcer le plus vite possible. C'est ce qu'ils firent, un mois plus tard. Le palais de Buckingham publia un communiqué, dénué de toute ironie volontaire, selon lequel la fin du mariage princier s'était décidée « à l'amiable ».

La princesse fut autorisée à conserver ses appartements au palais de Kensington, mais fut dépouillée de son titre d'« Altesse Royale ». La reine lui proposa de la revêtir d'un autre titre honorifique, moins prestigieux, mais la princesse déclina l'offre, préférant qu'on l'appelle par son nom de baptême. Elle se débarrassa également de ses gardes du corps du SO14 — le service de sécurité chargé de la protection de la famille royale — car elle voyait en eux davantage des mouchards que des anges gardiens. Le palais la tenait discrètement à l'œil et épiait ses faits et gestes, tout comme les services secrets britanniques, qui la considéraient plus comme une source de tracas que comme une menace pour le royaume.

En public, elle était le visage radieux de la compassion mondiale. Mais, dans l'intimité, elle buvait trop et s'entourait de personnages qu'un conseiller de la reine qualifia un jour de « vauriens », opportunistes et profiteurs. Pour cette croisière aux Antilles, toutefois, son escorte était plus restreinte que d'habitude. Les deux femmes bronzées étaient des amies d'enfance de l'ex-princesse. Et l'homme qui était monté à bord de l'*Aurora* avec une bouteille de champagne ouverte à la main se nommait Simon Hastings-Clarke, un vicomte immensément riche dont elle s'était entichée et qui subvenait aux coûteux besoins de la princesse, laquelle avait pris des goûts de luxe en frayant avec la haute aristocratie anglaise. C'était Hastings-Clarke qui lui permettait de voyager dans le monde entier à bord de l'un des nombreux jets privés qu'il possédait. C'était encore Hastings-Clarke qui payait la note de la protection rapprochée de son amie. Les deux gardes du corps qui les accompagnaient aux Antilles étaient employés par une entreprise de sécurité privée londonienne. Avant de quitter Gustavia, ils avaient soumis l'*Aurora* et son équipage à une inspection superficielle. A l'homme qui se faisait appeler Colin Hernandez, ils ne posèrent qu'une seule question :

— Qu'est-ce qu'on mange à midi ?

A la requête de l'ex-princesse, le déjeuner n'était d'ailleurs composé que d'un buffet léger, et ni elle ni ses amis ne parurent avoir beaucoup d'appétit lorsqu'ils se mirent à table. Ils burent ensuite beaucoup dans l'après-midi, faisant cuire leurs corps au soleil du pont avant, jusqu'à ce qu'une averse les oblige subitement à se retirer en gloussant dans leurs cabines de luxe. Ils y restèrent jusqu'à 21 heures et en sortirent habillés et coiffés comme pour une garden-party dans un manoir du Somerset. Ils burent quelques cocktails et mangèrent quelques petits-fours sur le pont arrière avant de regagner le salon principal pour le dîner : une salade dont la vinaigrette était aromatisée à la truffe, suivie d'un risotto au homard et d'un carré d'agneau aux artichauts, aux zestes de citron, aux courgettes et au poivre rose. L'ex-princesse décréta que le repas était délicieux et exigea de voir le chef. Lorsque celui-ci fit son apparition dans le salon, ils lui firent fête en l'applaudissant comme des gosses à un goûter d'enfants.

— Qu'est-ce que vous allez nous préparer, demain soir ? s'enquit l'ex-princesse.

— C'est une surprise, répondit le cuisinier avec son accent un peu spécial.

— Tant mieux, dit-elle en le fixant avec le même sourire qu'il avait vu sur d'innombrables couvertures de magazine. J'adore les surprises.

L'équipage ne comptait en tout que huit personnes et c'était au chef et à son assistante de laver les assiettes en porcelaine et les verres en cristal, d'astiquer l'argenterie, de récurer les casseroles, les poêles et autres ustensiles de cuisine. Ils étaient encore debout, côte à côte, devant l'évier, longtemps après que l'ex-princesse et ses amis eurent regagné leurs cabines. Leurs mains se frôlaient au-dessus de l'eau tiède et savonneuse, la hanche osseuse d'Amelia List frottant la cuisse de Colin Hernandez. Et quand ils se faufilèrent l'un derrière l'autre dans la réserve, il sentit les tétins érigés d'Amelia tracer deux lignes dans son dos, lui envoyant une décharge électrique et faisant affluer le sang dans son bas-ventre. Ils se séparèrent pour se retirer dans leurs cabines respectives, mais, quelques minutes plus tard, il entendit frapper tout doucement à la porte de la sienne. Elle lui fit l'amour sans émettre le moindre son. Il avait l'impression de forniquer avec une muette.

— C'était peut-être une erreur, lui chuchota-t-elle à l'oreille quand ils eurent fini.

— Pourquoi dis-tu ça ?

— Parce qu'on va travailler ensemble pendant un bout de temps.

— Pas si longtemps.

— Tu ne comptes pas rester ? s'étonna-t-elle.

— Ça dépend…

— De quoi ?

Il n'en dit pas plus. Elle posa la tête sur la poitrine de

l'homme qui se faisait appeler Colin Hernandez et ferma les yeux.

— Tu ne peux pas rester ici, murmura-t-il.

— Je sais, répondit-elle d'une voix ensommeillée. Juste un peu…

Il resta immobile longtemps après qu'Amelia List se fut endormie sur sa poitrine. L'*Aurora* tanguait sous lui tandis qu'il réfléchissait en détail à ce qui allait suivre. Finalement, à 3 heures, il se glissa hors de la couchette, traversa la cabine à pas feutrés. Il ouvrit le placard, en sortit son sac et enfila un pantalon noir, un pull en laine et un blouson noir imperméable. Puis il déballa le paquet rectangulaire — celui qui mesurait trente centimètres sur cinquante et pesait sept kilos et trois cents grammes — et activa le minuteur du détonateur. Il remit le paquet dans le placard et plongea la main dans son sac pour récupérer le pistolet Stechkin. A cet instant, il entendit la fille remuer derrière lui. Il se retourna lentement et la fixa dans la pénombre.

— C'est quoi, ça ? demanda-t-elle.

— Rendors-toi.

— J'ai vu une lumière rouge.

— C'était ma radio.

— Pourquoi écoutes-tu la radio à 3 heures du matin ?

Avant qu'il n'ait le temps de répondre, la lampe de chevet s'alluma. Amelia ouvrit de grands yeux surpris en voyant la tenue noire qu'il venait de revêtir, puis son regard s'arrêta sur le pistolet équipé d'un silencieux qu'il tenait à la main. Elle ouvrit la bouche pour hurler, mais il plaqua fermement sa main sur son visage pour étouffer son cri de terreur. Tandis qu'elle se débattait en vain pour se dégager de son étreinte, il lui murmura tout doucement dans le creux de l'oreille :

— Ne t'en fais pas, mon amour, ça ne fera pas mal.

Horrifiée, Amelia List écarquilla les yeux. Puis il fit

violemment pivoter la tête de la jeune femme, lui rompant les cervicales, et la tint délicatement dans ses bras pendant qu'elle rendait l'âme.

Reginald Ogilvy n'avait pas l'habitude de rester éveillé pour le quart de nuit, mais l'inquiétude qu'il éprouvait pour la sécurité de son auguste passagère l'incita à se lever avant l'aube afin de prendre son poste dans la passerelle de commandement de l'*Aurora*. Il était en train de s'informer de la météo sur son ordinateur de bord, une tasse de café fumant à la main, lorsque l'homme qui se faisait appeler Colin Hernandez émergea de l'escalier, entièrement vêtu de noir. Ogilvy redressa brusquement la tête et demanda :

— Qu'est-ce que vous faites là ?

Mais il ne reçut pour toute réponse que deux balles qui traversèrent son bel uniforme et lui déchiquetèrent le cœur.

La tasse de café chuta et se fracassa bruyamment au sol. Ogilvy, tué sur le coup, s'effondra lourdement à côté des éclats de faïence. Son meurtrier s'approcha calmement du tableau de bord, procéda à une légère modification de la route du yacht et redescendit l'escalier. Le pont principal était désert. Aucun autre membre de l'équipage n'était en vue. Il mit à la mer un canot pneumatique Zodiac, s'y installa et largua les amarres.

Il dériva ainsi au fil de l'eau, sous un ciel constellé de diamants, regardant l'*Aurora* fendre les flots vers les voies de navigation de l'Atlantique, sans pilote et à l'aveuglette, tel un vaisseau fantôme. Il consulta le cadran lumineux de sa montre. Lorsque le chiffre zéro s'afficha, il leva les yeux.

Quinze secondes supplémentaires s'écoulèrent, assez longues pour qu'il commence à se demander, sans vraiment y croire, si la bombe n'était pas défectueuse. Un éclair d'une blancheur aveuglante déchira enfin les ténèbres, suivi d'un embrasement orange de l'horizon, dû à une seconde explosion et à l'incendie qui s'était déclaré à bord de l'*Aurora*.

Le bruit qu'il entendit était semblable à celui d'un lointain roulement de tonnerre. Ensuite, il n'y eut plus que le clapotis des vagues contre les flancs du Zodiac et le murmure du vent. D'une pression sur un bouton, il démarra le moteur hors-bord et regarda l'*Aurora* entamer sa descente vers les fonds marins. Puis il orienta sa course vers l'ouest et accéléra.

3
Les Antilles-Londres

Le premier signe de ce naufrage vint lorsque le bureau de Nassau de la compagnie de fret maritime Pegasus fit savoir qu'un message de routine envoyé à l'un de ses navires, le luxueux yacht à moteur *Aurora*, n'avait reçu aucune réponse. Le centre d'opérations de Pegasus requit aussitôt l'aide de tous les vaisseaux marchands et de tous les navires de plaisance présents à proximité des Îles-sous-le-Vent britanniques. Quelques minutes plus tard, un pétrolier battant pavillon libanais rapporta avoir vu un jet de lumière inhabituel dans la zone vers 3 h 45. Peu après, l'équipage d'un porte-conteneurs repéra l'un des canots pneumatiques de l'*Aurora* qui dérivait, vide, à une centaine de milles marins au sud-ouest de Gustavia. Au même moment, un navire de plaisance annonça avoir vu flotter des gilets de sauvetage et des débris divers, quelques kilomètres plus à l'ouest. Redoutant le pire, la direction de Pegasus appela le Haut-Commissariat britannique à Kingston, en Jamaïque, et informa le consul honoraire que l'*Aurora* était porté disparu et présumé naufragé. La direction de Pegasus envoya ensuite une copie du manifeste des passagers, qui comportait le nom de jeune fille de l'ex-princesse.

— Dites-moi qu'il ne s'agit pas d'*elle* ! s'écria le consul honoraire, incrédule.

Mais la direction de Pegasus ne put que confirmer que cette passagère était bien l'ex-épouse du futur roi. Le consul contacta immédiatement ses supérieurs du Foreign Office, le ministère des Affaires étrangères britannique, à Londres. Et ses supérieurs décidèrent que la situation était assez grave pour qu'ils prennent l'initiative de réveiller le Premier ministre Jonathan Lancaster. Et ce fut à ce moment-là que la crise commença vraiment.

Le Premier ministre annonça la nouvelle au futur roi par téléphone à 1 h 30, mais attendit 9 heures pour en informer le peuple de Grande-Bretagne et le reste du monde. Debout devant la porte noire de sa résidence officielle du 10, Downing Street, la mine sombre, il décrivit d'un ton grave ce qu'on savait du naufrage à ce moment-là. L'ex-épouse du futur roi était partie en vacances aux Antilles en compagnie de Simon Hastings-Clarke et de deux amies de longue date. Sur l'île de Saint-Barthélemy, ils étaient montés à bord du yacht de luxe *Aurora* pour une croisière d'une semaine dans la région. Le contact avec le bateau s'était interrompu, des débris flottants avaient été repérés dans la zone où il avait cessé d'émettre.

— Nous espérons de tout cœur que la princesse est vivante, déclara le Premier ministre d'un ton solennel. Mais il faut se préparer au pire.

Lors de la première journée de recherche, on ne retrouva ni survivants ni débris. Et il en alla de même le lendemain et le surlendemain. Après en avoir conféré avec la reine, le Premier ministre Lancaster annonça que son gouvernement partait désormais du principe que la princesse adulée était morte.

Aux Antilles, les équipes de recherche concentraient leurs efforts sur la localisation de l'épave plutôt que sur celle des corps des passagers ou des membres de l'équipage. Les recherches ne durèrent pas longtemps. En effet, tout juste quarante-huit heures plus tard, un sous-marin sans équipage de la marine française découvrit l'épave de l'*Aurora* à sept cents mètres de profondeur. Un expert, qui avait visionné les images vidéo prises par le submersible, déclara qu'il était évident que le yacht avait été envoyé par le fond à la suite d'un événement cataclysmique — presque certainement une explosion.

— La question, ajouta-t-il, c'est de savoir si cette explosion a été accidentelle ou intentionnelle.

Une majorité de Britanniques — selon un sondage fiable — se refusa à croire que l'ex-princesse était vraiment morte. L'espoir ténu auquel ils se raccrochaient reposait sur le fait que seul l'un des canots pneumatiques avait été retrouvé. A leurs yeux, elle devait sûrement dériver quelque part en haute mer, à moins qu'elle n'ait échoué sur une île déserte. Un site Internet peu recommandable alla même jusqu'à affirmer qu'elle avait été vue à Montserrat, une île des Antilles britanniques proche de Saint-Barthélemy. Un autre fit courir la rumeur qu'elle vivait tranquillement au bord de la mer dans le Dorset, au sud-ouest de l'Angleterre. Des conspirationnistes de tout poil échafaudèrent des théories, aussi extravagantes que scabreuses, selon lesquelles le conseil privé de la reine avait monté quelque ténébreux complot pour assassiner la princesse, avec la complicité du service de renseignements extérieur britannique — plus connu sous le nom de MI6.

Des pressions croissantes s'exercèrent sur le patron du MI6, Graham Seymour, pour qu'il publie un démenti catégorique de ces allégations, mais il refusa fermement de s'y prêter.

— Ce ne sont même pas des allégations, dit-il au ministre des Affaires étrangères au cours d'une réunion tendue au siège du MI6, sur les bords de la Tamise. Ce sont des balivernes inventées par des malades mentaux, et je ne leur ferai certainement pas l'honneur d'y réagir.

Sans en faire état publiquement, Seymour était cependant déjà parvenu à la conclusion que l'explosion à bord de l'*Aurora* n'était nullement due à un accident. De même que son homologue de la DGSE, le service de renseignements extérieur français, réputé pour la compétence de ses agents.

Les Français avaient procédé à une analyse des images de l'épave et avaient déterminé que l'*Aurora* avait été détruit par l'explosion d'une bombe placée quelque part sous son pont. Mais qui avait introduit cette bombe à bord ? Et qui avait activé le détonateur ? Aux yeux de la DGSE, le principal suspect était l'homme qui avait remplacé au pied levé le cuisinier de bord, porté disparu peu avant que l'*Aurora* ne lève l'ancre. Les Français transmirent au MI6 une vidéo assez floue où l'on voyait cet homme arriver à l'aéroport de Gustavia, ainsi que des vidéogrammes de piètre qualité, pris par les caméras de sécurité d'un magasin local. On y découvrait un homme qui semblait ne pas craindre d'être photographié.

— Il n'a pas l'air d'être le genre de gars qui aurait coulé avec le navire, dit Seymour lors d'une réunion des cadres du MI6. Il court toujours, j'en suis certain. Identifiez-le et trouvez où il se cache, de préférence avant les grenouilles[1].

Cet homme était comme un vague murmure dans une chapelle plongée dans la pénombre, comme un fil ténu au bas de hardes remisées. Les agents du MI6 entrèrent les photos dans leur base de données. Constatant que cette recherche informatique ne donnait aucun résultat, ils se mirent à le rechercher à l'ancienne, en se déplaçant et en dispensant des enveloppes remplies de billets de banque — américains car, dans le petit monde très fermé de l'espionnage, le dollar restait la monnaie de réserve.

L'honorable correspondant du MI6 à Caracas ne trouva aucune trace de lui. Pas plus qu'il ne trouva trace de sa prétendue mère anglo-irlandaise ayant un penchant pour la poésie, ni de l'homme d'affaires espagnol censé avoir été son père. L'adresse qui figurait sur son passeport renvoyait à une parcelle en friche dans un bidonville de Caracas. Son numéro de téléphone n'était plus valide depuis des lustres. Un informateur du MI6 au sein de la

1. Terme gentiment péjoratif par lequel certains Anglo-Saxons désignent les Français. (NdT)

police politique vénézuélienne affirma qu'il avait entendu une rumeur selon laquelle l'homme était lié aux services secrets cubains... Mais une autre source, proche de ceux-ci, aiguilla les recherches vers les cartels de la drogue colombiens.

— Oui, il a peut-être travaillé pour eux ponctuellement, déclara un policier incorruptible de Bogota. Mais ça fait longtemps qu'il a cessé d'être à la solde des barons de la drogue. La dernière fois que j'en ai entendu parler, il vivait à Panama avec l'une des ex-maîtresses de l'ex-dictateur Noriega... Il avait à l'époque plusieurs millions de dollars, cachés dans un compte anonyme d'une des banques panaméennes qui blanchissent de l'argent sale. Il vivait dans un bel appartement surplombant la Playa Farallón.

L'ex-maîtresse en question démentit tout lien avec le personnage, et le directeur de la banque sus-évoquée ne put trouver aucune trace comptable de ce compte clandestin. Quant à l'appartement de Farallón, un voisin n'avait qu'un vague souvenir de l'apparence de l'homme, mais sa voix lui était restée en mémoire.

— Il parlait avec un drôle d'accent, déclara-t-il. On aurait dit qu'il venait d'Australie... Ou peut-être d'Afrique du Sud ?

Graham Seymour dirigeait de son confortable bureau la traque de ce suspect insaisissable — aucun maître espion n'avait un bureau aussi vaste et richement meublé que le sien. La pièce était dotée d'un atrium orné de nombreuses plantes vertes qui lui donnaient des airs de jardin anglais, d'un énorme bureau en acajou qui avait vu défiler tous ses prédécesseurs, d'une baie vitrée qui surplombait la Tamise et d'une majestueuse horloge de parquet, construite par nul autre que le premier *C* des services secrets britanniques, sir Mansfield Smith-Cumming.

Un environnement aussi splendide flattait l'orgueil de Seymour. Dans un passé déjà lointain, il avait été agent de terrain réputé — non pas au MI6 mais au MI5, le service de renseignements intérieur, où il s'était distingué avant de traverser la Tamise pour prendre les commandes du MI6, dont le quartier général était situé à Vauxhall Cross. Certains, au sein du MI6, avaient alors eu du mal à admettre la nomination de ce transfuge d'un service rival. Mais d'autres n'y avaient vu qu'une sorte de retour au bercail, dans la mesure où son père avait lui-même été un agent de terrain légendaire du MI6 — de l'Allemagne nazie, qu'il avait habilement intoxiquée pendant la Seconde Guerre mondiale, au Moyen-Orient, où son action avait influé sur le cours de l'histoire. Et voilà que son fils, à présent dans la force de l'âge, était assis au bureau devant lequel Seymour père s'était tant de fois tenu, casquette à la main et petit doigt sur la couture du pantalon, pour faire son rapport aux *C* successifs qu'il avait fidèlement servis.

Avec l'exercice du pouvoir, toutefois, vient souvent un sentiment d'impuissance, et Seymour — devenu technocrate et espion en chambre — ne tarda pas à l'éprouver. Tandis que la traque de l'assassin de l'ex-princesse progressait péniblement et que les services du Premier ministre et du palais royal accroissaient leur pression, son humeur vira au maussade. Il conservait en permanence une photo de la cible sur son bureau, juste à côté de l'encrier victorien et du stylo à plume Parker dont il se servait pour parapher de son chiffre personnel les documents qu'on lui soumettait. Ce visage lui disait quelque chose. Seymour était persuadé que leurs chemins s'étaient déjà croisés quelque part — sur un autre champ de bataille, sous d'autres cieux. Peu lui importait que les bases de données du service disent le contraire. Seymour se fiait davantage à sa propre mémoire, pour imprécise qu'elle soit, qu'à celle d'un ordinateur.

Et, pendant que ses agents de terrain remontaient fausse piste sur fausse piste, Seymour se mit à conduire une recherche personnelle, du fond de sa cage dorée au sommet de l'immeuble de Vauxhall Cross. Il commença par fouiller sa mémoire prodigieuse et, quand il dut admettre que c'était en vain, il demanda l'autorisation d'accéder à quelques-uns des vieux dossiers qu'il avait traités du temps où il appartenait au MI5. Il les éplucha méthodiquement. Là encore, il ne trouva aucune trace de ce qu'il cherchait. Finalement, dans la matinée du dixième jour après l'attentat qui avait envoyé l'*Aurora* par le fond, l'un des combinés de son téléphone multiligne se mit à bourdonner doucement dans son bureau. La tonalité distinctive de la sonnerie indiquait qu'il s'agissait d'un appel d'Uzi Navot, le patron des services secrets israéliens.

Seymour hésita un long moment avant de décrocher, non sans circonspection, le combiné et de le porter à son oreille. Fidèle à son habitude, le maître espion israélien ne perdit pas de temps en civilités.

— Il est possible que nous ayons trouvé l'homme que vous recherchez, dit-il d'emblée.

— Qui est-ce ?

— Un vieil ami.

— L'un des miens ou l'un des vôtres ?

— L'un des vôtres, rétorqua l'Israélien. Nous, nous n'avons pas d'amis.

— Pourriez-vous me donner son nom ?

— Pas au téléphone.

— Quand pouvez-vous venir à Londres ? demanda Seymour.

Mais son interlocuteur avait déjà raccroché.

4
Vauxhall Cross, Londres

Uzi Navot arriva à Vauxhall Cross peu avant 23 heures ce soir-là et fut propulsé par ascenseur directement à l'étage qu'occupait la direction, aussi rapidement qu'un pli dans un tube pneumatique. Il était engoncé dans un costume gris qui moulait ses épaules massives et sous lequel il portait une chemise blanche dont le col ouvert exposait son cou de taureau. Il chaussait des lunettes sans monture, qui pinçaient son nez de boxeur. Au premier coup d'œil, peu de gens pouvaient déduire de son apparence que Navot était israélien, ou même juif — ce qui lui avait été fort utile tout au long de sa carrière. Jadis il avait été *katsa*, terme par lequel son service désigne les agents de terrain clandestins. Armé d'une batterie de langues étrangères et de faux passeports, Navot avait infiltré des réseaux terroristes et recruté de nombreux espions et informateurs dans le monde entier. A Londres, on l'avait connu sous le nom de Clyde Bridges, le directeur du marketing d'une obscure entreprise de logiciels. Il avait mené à bien plusieurs opérations secrètes sur le sol britannique, à une époque où il était précisément de la responsabilité de Seymour d'empêcher de telles activités. Seymour ne lui en gardait pas rancune — car telle est la nature des relations entre espions : les adversaires d'un jour peuvent être les alliés du lendemain.

Navot, qui rendait de fréquentes visites à Vauxhall Cross, ne s'émerveilla pas de la beauté du somptueux bureau de

Seymour. Il n'échangea pas davantage avec Seymour de potins professionnels, par lesquels les habitants du monde de l'ombre avaient pourtant coutume de commencer la plupart de leurs rencontres. Seymour savait pourquoi l'Israélien était d'humeur taciturne. Le premier mandat de Navot en tant que chef de son service touchait à sa fin, et le Premier ministre israélien lui avait demandé de céder sa place à un autre homme — un agent légendaire avec lequel Seymour avait collaboré à maintes occasions. La rumeur disait que cet agent aux états de service prestigieux avait passé un accord avec le gouvernement pour conserver Navot à ses côtés. Permettre à son prédécesseur de rester en activité dans un service de renseignements, ce n'était guère orthodoxe, mais l'agent légendaire se conformait rarement à l'orthodoxie. Sa propension à prendre des risques constituait sa plus grande force — *et cette témérité,* songea Seymour, *a parfois causé sa perte.*

Navot enserrait dans sa puissante main droite la poignée d'un attaché-case en acier inoxydable, pourvu d'une serrure à combinaison. Il l'ouvrit et en sortit un mince dossier qu'il posa sur le bureau en acajou. A l'intérieur du dossier se trouvait une seule page — les Israéliens s'enorgueillissaient de la brièveté de leurs rapports. Seymour lut l'intitulé, puis il jeta un coup d'œil à la photo posée à côté de son encrier et murmura un juron. De l'autre côté de l'imposant meuble en acajou, Uzi Navot esquissa un sourire. Il n'arrivait pas souvent qu'on puisse apprendre au directeur du MI6 quelque chose qu'il ignorait.

— Quelle est la source de cette information ? demanda Seymour.

— Il est possible qu'il s'agisse d'un Iranien, répondit Navot d'un ton vague.

— Le MI6 a-t-il un accès régulier aux renseignements de cette source ?

— Non, répondit Navot. C'est *notre* source. Exclusive.

Le MI6, la CIA et les services secrets israéliens travaillaient de concert depuis plus d'une décennie dans le but de retarder la marche des Iraniens vers l'arme nucléaire. Les trois services de renseignements avaient mené des opérations conjointes pour perturber la chaîne logistique de l'industrie nucléaire iranienne. Pour ce faire, ils avaient partagé une grande quantité de données et d'informations techniques. Il était acquis que les Israéliens disposaient des meilleures sources humaines à Téhéran. Et, au grand agacement des Américains et des Britanniques, ils protégeaient jalousement l'anonymat de ces sources. Se fondant sur la formulation du bref rapport qu'il avait sous les yeux, Seymour crut pouvoir déduire que son auteur devait appartenir au VEVAK, la police secrète iranienne. Les sources au sein du VEVAK étaient notoirement délicates à traiter. Parfois, leurs informations, qu'elles se faisaient grassement payer en devises occidentales, étaient véridiques. Et parfois elles n'étaient transmises que selon le principe de la *taqiyya*, l'antique ruse persane qui consiste à révéler telle ou telle intention tout en nourrissant d'autres objectifs.

— Vous y croyez ? demanda Seymour.

— Je ne serais pas ici, si je n'y croyais pas… Et quelque chose me dit que vous y croyez, vous aussi…

Voyant que Seymour ne réagissait pas, Navot sortit un deuxième document de son attaché-case et le posa à côté du premier sur le bureau.

— C'est une copie d'un rapport que nous avons transmis au MI6 il y a trois ans, expliqua-t-il. Nous savions déjà, à l'époque, qu'il était lié aux Iraniens. Nous savions aussi qu'il travaillait pour le Hezbollah, le Hamas, Al-Qaïda et tous ceux qui étaient disposés à l'employer. Votre ami n'est pas très regardant sur ses fréquentations…

— C'était avant que je dirige ce service, dit machinalement Seymour.

— Peut-être mais, maintenant, c'est votre problème…

Navot désigna de l'index une ligne vers la fin du document.

— Comme vous le voyez, reprit-il, nous avions proposé, à l'époque, de monter une opération conjointe pour le liquider. Nous avions même proposé de faire le boulot nous-mêmes. Et comment croyez-vous que votre prédécesseur a réagi à cette offre généreuse ?

— A l'évidence, il l'a déclinée.

— Avec virulence. En fait, il nous a même dit sans ambages que nous ne devions pas porter la main sur lui. Il avait peur que cela n'ouvre une boîte de Pandore.

Navot secoua lourdement sa grosse tête avant de déplorer :

— Et voilà où on en est aujourd'hui...

Le silence se fit dans la pièce. On n'entendait plus que le tic-tac de l'antique horloge de parquet du premier *C*. Au bout d'un moment, Navot finit par dire tout bas :

— Où étiez-vous ce jour-là, Graham ?

— Quel jour ?

— Le 15 août 1998.

— Le jour de l'attentat ?

Navot hocha la tête.

— Vous savez très bien où j'étais, répondit Seymour. J'étais au MI5.

— Et vous y dirigiez la section antiterroriste...

— C'est exact.

— Ce qui signifie que vous étiez responsable.

Seymour resta silencieux.

— Qu'est-ce qui s'est passé, Graham ? Comment a-t-il fait pour y arriver ?

— Des erreurs ont été commises. De graves erreurs. Assez graves pour ruiner des carrières, même de nos jours, si longtemps après...

Seymour ramassa les deux documents, les rendit à Navot et lui demanda :

— Votre source iranienne vous a expliqué pourquoi il avait fait sauter l'*Aurora* ?

— Non, malheureusement. Il est possible qu'il soit revenu à ses anciens combats. Il est également possible qu'il ait agi pour le compte d'un commanditaire. Dans les deux cas, il est nécessaire de s'occuper de lui. Et le plus tôt sera le mieux.

Seymour resta de marbre.

— Notre offre tient toujours, Graham, dit Navot.

— Quelle offre ?

— L'éliminer, répondit Navot. Ensuite, nous l'enterrerons dans un trou si profond qu'aucun des vieux problèmes ne resurgira à la surface.

Seymour se mura un moment dans un silence contemplatif.

— Il n'y a qu'une seule personne à qui je puisse faire confiance pour une telle opération, fit-il enfin.

— Ce sera peut-être difficile.

— La grossesse ?

Navot hocha la tête.

— Quand va-t-elle arriver à terme ? demanda Seymour.

— Cette information est confidentielle.

Seymour parvint à esquisser un sourire.

— Vous pensez qu'on pourrait le persuader d'accepter cette mission ? demanda-t-il.

— Tout est possible, répondit évasivement Navot. Si vous voulez, je serai heureux de l'approcher de votre part.

— Non, fit Seymour. Je m'en charge.

Nouveau silence.

— Il y a un autre problème, dit Navot au bout d'un moment.

— Un seul ?

— Il ne connaît pas bien cette partie du monde.

— J'ai quelqu'un qui pourrait lui servir de guide.

— Il ne voudra pas travailler avec quelqu'un qu'il ne connaît pas.

— Ça tombe bien, parce qu'ils se connaissent très bien.

— C'est un de vos agents ?

— Pas encore.

5
Aéroport de Fiumicino, Rome

— A ton avis, pour quelle raison mon vol est-il retardé ? demanda Chiara.

— Un problème mécanique, peut-être, répondit Gabriel.

Il s'interrompit avant de répéter sans conviction :

— Peut-être…

Ils étaient assis dans un coin tranquille du salon réservé aux passagers voyageant en première classe, en attente de départ. *Quelle que soit la ville,* songea Gabriel, *ces endroits se ressemblent tous.* Journaux non lus, bouteilles de pinot gris tiède et médiocre, CNN diffusant en sourdine des images sur un large téléviseur à écran plat… Selon ses calculs, Gabriel avait passé un tiers de sa carrière à poireauter dans des salons d'aéroport plus ou moins semblables. Contrairement à sa femme, il était exceptionnellement apte à patienter.

— Va demander à cette jolie fille au guichet d'information pourquoi on n'a toujours pas annoncé mon vol, dit-elle.

— Je ne veux pas parler à la jolie fille du guichet d'information.

— Pourquoi ?

— Parce qu'elle ne sait rien et qu'elle va simplement me dire ce qu'elle croit que je veux entendre.

— Pourquoi es-tu toujours aussi fataliste ?

— Ça m'évite d'être déçu, après.

Chiara sourit et ferma les yeux. Gabriel se tourna vers le téléviseur et tendit l'oreille en vain. Un journaliste britannique, coiffé d'un casque et vêtu d'un gilet pare-balles, était en train de parler de la dernière frappe aérienne visant la bande de Gaza. Gabriel se demanda pourquoi CNN s'était entiché à ce point des journalistes britanniques. Il supposa que c'était en raison de leur accent. Les informations semblent toujours plus dignes de foi quand elles sont prononcées avec l'accent anglais, même quand elles ne contiennent pas un seul mot de vrai.

— Qu'est-ce qu'il raconte ? s'enquit Chiara.

— Tu veux vraiment le savoir ?

— Ça fait passer le temps.

Gabriel cligna des yeux pour lire les sous-titres à l'usage des malentendants.

— Il dit qu'un avion de combat israélien a bombardé une école où des centaines de Palestiniens s'étaient réfugiés pour échapper aux combats qui ravageaient l'enclave. Il dit qu'au moins quinze personnes ont été tuées et que des dizaines d'autres ont été sérieusement blessées.

— Combien y avait-il de femmes et d'enfants ?

— Apparemment, toutes les victimes sont des femmes et des enfants.

— L'école était-elle la cible de ce raid aérien ?

Gabriel saisit un bref message sur le clavier de son BlackBerry et l'envoya au boulevard du Roi-Saül, le quartier général du service de renseignements israélien à Tel-Aviv. Le nom de ce service, long comme le bras et délibérément trompeur, n'avait guère de rapport avec la vraie nature de son activité. Ceux qui y travaillaient l'appelaient le « Bureau », tout court.

— La vraie cible, dit-il en lisant la réponse qui venait de s'afficher sur l'écran de son BlackBerry, c'était une maison située en face de l'école.

— Qui habite dans cette maison ?

— Muhammad Sarkis.

— *Le* Muhammad Sarkis ?

Gabriel hocha la tête.

— Et Muhammad figure-t-il encore au nombre des vivants ? demanda Chiara.

— Hélas, non…

— Et l'école ?

— Elle n'a pas été touchée. Les seules victimes sont Sarkis et des membres de sa famille.

— Il faudrait peut-être que quelqu'un dise la vérité à ce journaliste.

— A quoi bon ?

— Encore ton fatalisme…

— Pour ne pas être déçu…

— Essaie de savoir pourquoi mon vol a du retard, s'il te plaît.

Gabriel saisit un autre message sur le clavier de son BlackBerry et reçut une réponse quelques instants plus tard.

— Une roquette tirée par le Hamas a atterri près de l'aéroport Ben-Gourion.

— A quelle distance ? interrogea Chiara.

— Trop près.

— Tu crois que la jolie fille du guichet d'information sait que ma destination est sous le feu ennemi ?

Gabriel ne dit rien.

— Tu es sûr que tu veux vraiment faire ça ? demanda Chiara.

— Faire quoi ?

— Ne me le fais pas dire à voix haute.

— Tu veux savoir si je veux vraiment être à la tête du Bureau en des temps aussi troublés ?

Elle hocha la tête.

— En des temps aussi troublés, dit-il en regardant les images de combat et d'explosions qui défilaient sur l'écran du téléviseur, je voudrais aller à Gaza et combattre aux côtés de nos gars.

— Je croyais que tu détestais l'armée.

— *C'était* vrai.

Elle tourna la tête vers lui et ouvrit les yeux. Ils avaient la couleur du caramel et étaient mouchetés d'or. Le temps n'avait pas laissé son empreinte sur son beau visage. Sans son abdomen rebondi et l'alliance qui ornait son annulaire, elle aurait pu être la jeune fille qu'il avait rencontrée dans un passé lointain, au cœur de l'ancien ghetto de Venise.

— C'est approprié, hein ? lança-t-elle.

— Quoi donc ?

— Que les enfants de Gabriel Allon naissent en temps de guerre…

— Avec un peu de chance, cette guerre-là sera terminée avant qu'ils ne naissent.

— Je n'en suis pas si sûre, dit Chiara.

Elle jeta un coup d'œil au tableau des départs. Le vol 386 à destination de Tel-Aviv était annoncé comme « retardé ».

— Si mon avion ne décolle pas bientôt, ils vont naître ici, en Italie, dit-elle.

— C'est impossible.

— Quel mal y aurait-il à cela ?

— Ce serait contraire à notre plan. Et nous allons nous y tenir.

— En fait, dit Chiara d'un ton malicieux, notre plan, c'était de revenir en Israël ensemble.

— C'est vrai, dit Gabriel en souriant. Mais certains événements sont survenus.

— Comme d'habitude…

Soixante-douze heures auparavant, dans une petite église près du lac de Côme, Gabriel et Chiara avaient retrouvé l'un des tableaux volés les plus célèbres, *La Nativité avec saint François et saint Laurent*, dû au pinceau du Caravage. La toile, sérieusement endommagée, se trouvait à présent au Vatican, où elle attendait d'être restaurée. Gabriel avait eu l'intention de superviser lui-même les premières étapes de la réfection de l'œuvre. Car ses talents étaient exceptionnellement variés : il était à la fois restaurateur d'œuvres d'art et maître espion — un assassin légendaire qui avait piloté certaines des plus retentissantes opérations de l'histoire des services secrets israéliens. Bientôt, il serait de nouveau père. Et ensuite, il serait à la tête du Bureau.

On n'écrit pas d'articles sur les chefs, se dit-il. On n'écrit que sur les hommes que les chefs envoient sur le terrain pour faire le sale boulot à leur place.

— Je ne comprends pas pourquoi tu t'entêtes autant, à propos de ce tableau, dit Chiara.

— C'est moi qui l'ai retrouvé et je tiens à le restaurer.

— Pour être tout à fait exacte, *nous* l'avons retrouvé. Et ça ne change rien au fait qu'il est absolument impossible que tu finisses de le restaurer avant la naissance des jumeaux.

— Que je ne puisse pas finir, ça n'a pas d'importance… Je veux juste…

— Laisser ta marque dessus ?

Il hocha la tête lentement.

— C'est peut-être la dernière toile que je vais restaurer. Ensuite, je lui dois bien ça…

— A qui ?

Il ne répondit pas. Il lisait les sous-titres qui se succédaient au bas de l'écran du téléviseur.

— De quoi parlent-ils, maintenant ? demanda Chiara.

— De la princesse.

— Qu'est-ce qu'ils en disent ?

— Il semblerait que l'explosion qui a coulé son yacht était accidentelle.

— Tu y crois ?

— Non.

— Alors pourquoi le disent-ils ?

— Je suppose qu'ils cherchent à se donner du temps…

— Dans quel but ?

— Pour retrouver le type qu'ils recherchent.

Chiara ferma les yeux et pencha la tête de côté pour se blottir contre l'épaule de Gabriel. Ses cheveux très bruns, aux reflets mordorés et châtains, exhalaient un arôme de vanille. Gabriel déposa un baiser sur cette chevelure qu'il aimait tant, humant leur parfum. Subitement, il ne voulut plus la laisser prendre l'avion toute seule.

— Quoi de neuf sur le tableau des départs ? s'enquit Chiara.

— Ton vol est toujours retardé.

— Tu ne peux rien faire pour accélérer les choses ?

— Tu surestimes mes pouvoirs.

— La fausse modestie ne te va pas bien, mon chéri.

Gabriel saisit un autre court message sur le clavier de son BlackBerry avant de l'envoyer au boulevard du Roi-Saül. Un moment plus tard, l'appareil se mit à vibrer doucement.

— Alors ? demanda Chiara.

— Regarde le tableau.

Chiara ouvrit les yeux. Le vol 386 était toujours annoncé comme « retardé ». Trente secondes plus tard, ce mot fut remplacé par « embarquement immédiat ».

— Dommage que tu ne puisses pas arrêter la guerre aussi facilement, dit Chiara.

— Seul le Hamas peut arrêter la guerre.

Elle prit son bagage à main et quelques magazines imprimés sur papier glacé avant de se lever avec précaution.

— Pas de bêtises en mon absence, dit-elle. Et si quelqu'un te demande un service, souviens-toi des trois mots magiques…

— « Trouvez quelqu'un d'autre », récita-t-il.

Chiara sourit, puis elle embrassa Gabriel avec une ardeur surprenante.

— Reviens vite à la maison, Gabriel, murmura-t-elle.

— Bientôt.

— Non, dit-elle. Tout de suite !

— Tu ferais mieux de te dépêcher, Chiara. Sinon, tu vas rater ton avion…

Elle l'embrassa une dernière fois. Puis elle tourna les talons, s'éloigna sans rien ajouter et monta à bord du vol 386.

Gabriel attendit que l'avion de Chiara ait décollé avant de quitter le terminal et de se diriger vers le parking chaotique de Fiumicino. Sa berline allemande banale était garée tout au fond du troisième niveau, l'avant dépassant de la rangée de véhicules, prête à démarrer en vitesse — au cas où Gabriel serait contraint de fuir le parking précipitamment. Comme d'habitude, il passa les mains sous le bas de caisse en quête d'un éventuel engin explosif. Cette précaution prise, il s'installa au volant et démarra le moteur. Une chanson populaire italienne jaillit des haut-parleurs de l'autoradio — l'une de ces ritournelles un peu niaises que Chiara chantait quand elle croyait que personne ne pouvait l'entendre. Gabriel changea de station, réglant la radio sur la BBC. Mais on n'y parlait que de la guerre à Gaza, et il baissa le volume. *La guerre peut attendre,* se dit-il. Pendant les prochaines semaines, il ne vivrait que pour le tableau du Caravage.

Il traversa le Tibre par le Ponte Cavour et se dirigea vers la Via Gregoriana. L'appartement sécurisé mis à sa disposition par le Bureau se trouvait au bout de la rue, non loin du haut de l'escalier monumental de la place d'Espagne. Il eut la chance de dénicher une place où se garer dans la Via Gregoriana. Il sortit son Beretta 9 mm de la boîte à gants avant de descendre de la berline. L'air frais du soir sentait l'ail frit et les feuilles mortes humides — l'odeur de Rome en automne. Il y avait quelque chose dans ces effluves qui lui rappelait toujours la mort.

Il passa devant l'entrée de son immeuble puis sous la marquise de l'hôtel Hassler et poursuivit sa marche jusqu'à l'église de la Trinité-des-Monts. Un instant plus tard, après avoir conclu qu'il n'était pas suivi, il rebroussa chemin et revint au bas de son immeuble. A l'intérieur, une ampoule fluorescente dénudée éclairait faiblement l'entrée. Il traversa la petite zone qu'elle illuminait et se mit à gravir l'escalier, plongé dans l'obscurité. Quand il parvint au deuxième étage, il s'immobilisa. La porte de son appartement était entrouverte. Il entendit le bruit de tiroirs qu'on ouvrait et qu'on fermait, à l'intérieur. Calmement, il tira son Beretta de sa ceinture, au creux de ses reins, et se servit du canon pour pousser légèrement la porte. Il jeta un coup d'œil à l'intérieur et ne vit aucun signe de l'intrus. Puis il poussa la porte de quelques centimètres supplémentaires et aperçut Graham Seymour, debout devant le comptoir de la cuisine, tenant d'une main une bouteille de gavi et, de l'autre, un tire-bouchon. Gabriel rangea le pistolet dans la poche de son manteau et entra dans l'appartement. Et trois mots se mirent à résonner dans sa tête : « Trouvez quelqu'un d'autre. »

6
Via Gregoriana, Rome

— Vous devriez peut-être vous en charger, Gabriel. Sinon, il risque d'y avoir du grabuge,

— dit Seymour.

L'Anglais lui tendit la bouteille et le tire-bouchon avant de s'appuyer contre le comptoir de la cuisine. Il portait un pantalon en flanelle grise, une veste en tweed et une chemise bleu ciel, ornée de boutons de manchette. L'absence de gardes du corps ou d'assistants donnait à penser qu'il était venu à Rome en se servant d'un passeport établi à un faux nom. Le chef du MI6 ne voyageait clandestinement que lorsqu'il était confronté à un très grave problème.

— Comment êtes-vous entré ? demanda Gabriel.

Seymour extirpa une clé de la poche de son pantalon. Elle était attachée à un médaillon noir sans fioritures, semblable à ceux qu'affectionnait le Département du logement, le service chargé de procurer des pied-à-terre sécurisés et des planques aux agents du Bureau.

— Où avez-vous trouvé ça ?

— Uzi me l'a donné hier, à Londres.

— Et le code du système d'alarme ? Je suppose qu'il vous a aussi donné ça ?

Seymour récita le code à huit chiffres.

— Mais c'est une violation du protocole du Bureau ! s'indigna Gabriel.

— Il avait des circonstances atténuantes. En outre, après

toutes les opérations que nous avons menées ensemble, je suis presque un membre de la famille.

— Même les membres de ma famille frappent avant d'entrer.

— Ça vous va bien, de dire ça…

Gabriel déboucha la bouteille, remplit deux verres et en tendit un à Seymour. L'Anglais leva son verre d'un centimètre et dit :

— A vos futurs enfants !

— Ça porte malheur de boire à la santé d'enfants qui ne sont pas encore nés, Graham.

— Alors, à quoi pourrions-nous trinquer ?

Gabriel resta muet, et Seymour alla dans le salon. De la fenêtre panoramique, on pouvait voir le clocher de l'église voisine, ainsi que le haut de l'escalier de la place d'Espagne. Il y resta un moment, observant les toits de la Ville éternelle comme s'il était sur la terrasse de son manoir, dans un coin de la campagne anglaise, admirant les vertes collines environnantes. Avec ses cheveux grisonnants et sa mâchoire carrée, il était l'archétype du haut fonctionnaire britannique. C'était un homme qui était né, avait été élevé et éduqué pour diriger. Il était beau garçon, mais pas trop. Il était grand, mais ce n'était pas un géant. Il avait cependant l'art de faire sentir aux autres qu'il leur était supérieur — en particulier aux Américains.

— Vous savez, finit-il par dire, vous devriez vraiment trouver un autre lieu de résidence quand vous venez à Rome. Le monde entier connaît l'existence de cet appartement sécurisé, ce qui signifie qu'il n'est plus du tout sécurisé.

— J'aime la vue.

— Il y a de quoi, en effet.

Seymour se tourna une nouvelle fois vers les toits sombres. Gabriel sentit que Seymour était profondément perturbé. L'Anglais finirait par dire à Gabriel ce qui le troublait ainsi. Comme toujours.

— Il paraît que votre épouse a quitté Rome aujourd'hui, dit-il enfin.

— Quelle autre information confidentielle le patron de mon service vous a-t-il confiée ?

— Il m'a parlé d'un tableau…

— Ce n'est pas n'importe quel tableau, Graham, c'est…

— Un Caravage, conclut Seymour en souriant. Vous avez le don de retrouver les objets perdus, hein ?

— C'est censé être un compliment ?

— Je suppose que oui.

Seymour but une gorgée de vin. Gabriel lui demanda ce qui avait amené Uzi Navot à Londres.

— Il voulait me montrer un document, répondit Seymour. Je dois admettre qu'il avait l'air de bonne humeur, pour un homme dans sa situation.

— Quelle situation ?

— Tout le monde, dans notre secteur d'activité, sait qu'Uzi va être remplacé, répondit Seymour. Et il laissera derrière lui une situation épouvantable. Le Proche-Orient tout entier est en flammes, et cela va s'aggraver considérablement avant que cela ne s'améliore.

— Ce n'est pas Uzi qui a provoqué cette pagaille.

— Non, certes, acquiesça Seymour. Ce sont les Américains. Le président et ses conseillers se sont montrés trop empressés de lâcher les dictateurs arabes. A présent, le président doit faire face à une situation internationale chaotique, et il n'a pas la moindre idée de ce qu'il faut faire pour y remédier.

— Que diriez-vous au président si vous étiez son conseiller ?

— Je lui conseillerais de ressusciter les dictateurs. Ça a marché dans le passé, ça marchera une fois de plus.

— « Tous les chevaux du roi et tous les sujets du roi[1]… », chantonna Gabriel.

— Où voulez-vous en venir ?

1. Allusion à une comptine anglaise très populaire, *Humpty Dumpty*, dans laquelle ni les chevaux ni les sujets du roi ne suffisent à recoller les morceaux d'un gros œuf s'étant fracassé au sol. (NdT)

— L'ordre ancien a éclaté, et personne ne pourra en recoller les morceaux. En outre, l'ordre ancien est ce qui nous a amené Ben Laden et les djihadistes…

— Et si les djihadistes tentent d'éjecter l'Etat juif des terres d'islam ?

— Ils sont déjà en train de s'y appliquer, Graham. Et, au cas où ça vous aurait échappé, ils n'ont guère d'affinités avec le Royaume-Uni, non plus. Que ça vous plaise ou pas, nous sommes tous dans le même bateau.

Le BlackBerry de Gabriel se mit à vibrer. Il consulta l'écran et fronça les sourcils.

— Qu'y a-t-il ? demanda Seymour.

— Un nouveau cessez-le-feu.

— Combien de temps durera-t-il, cette fois ?

— Jusqu'à ce que le Hamas décide de le rompre, sans doute, dit Gabriel.

Il posa le BlackBerry sur la table basse et considéra Seymour d'un œil curieux.

— Vous étiez sur le point de me dire ce que vous faisiez dans mon appartement, dit-il.

— J'ai un problème.

— Comment s'appelle ce problème ?

— Quinn, répondit Seymour. Eamon Quinn.

Gabriel creusa sa mémoire mais ne trouva rien.

— Un Irlandais ? demanda-t-il.

Seymour hocha la tête.

— Républicain ?

— De la pire espèce…

— Et quel est le problème, au juste ?

— J'ai fait une erreur, il y a longtemps… Et beaucoup de gens sont morts…

— Et Quinn était responsable de ces morts ?

— C'est Quinn qui a allumé la mèche mais, en définitive, c'est moi, le responsable. C'est ça qui est merveilleux, dans notre métier. Nos erreurs finissent toujours par revenir nous hanter, et il vient toujours un temps où il faut payer ses dettes…

Seymour leva son verre vers Gabriel et ajouta :

— Buvons à cette vérité, voulez-vous ?

7
Via Gregoriana, Rome

Le ciel avait été menaçant tout au long de l'après-midi. A 22 h 30, une averse torrentielle transforma brièvement la Via Gregoriana en un canal vénitien. Graham Seymour regardait par la fenêtre les grosses gouttes de pluie s'abattre en trombes sur la terrasse mais, dans ses pensées, il était revenu à l'été 1998, si chargé d'espoir. L'Union soviétique n'était alors plus qu'un mauvais souvenir. Les économies européennes et américaines étaient florissantes. Les djihadistes d'Al-Qaïda n'étaient évoqués que dans des documents diplomatiques internes et au cours de séminaires ennuyeux sur les futures menaces qui planaient alors sur le monde.

— Nous nous sommes fourré le doigt dans l'œil en pensant que nous étions parvenus à la fin de l'histoire, dit Seymour. Certains députés, au Parlement, proposaient même, à l'époque, de dissoudre les services de renseignements et de nous brûler tous sur un bûcher des vanités moderne.

Il jeta un coup d'œil par-dessus son épaule avant d'ajouter :

— C'était le temps du vin et des roses… Le temps des illusions.

— Pas pour moi, Graham. Je n'étais plus dans le métier, à l'époque.

— Je m'en souviens, dit Seymour.

Il se remit à contempler la pluie battante qui martelait les vitres.

— Vous habitiez en Cornouailles, reprit-il. Dans cette

petite maison sur les rives de la rivière Helford. Votre première épouse était hospitalisée dans une clinique psychiatrique de Stafford et vous subveniez à ses besoins en restaurant des tableaux pour le compte de Julian Isherwood. Et il y avait ce garçon, qui vivait dans la maison voisine de la vôtre… Son nom m'échappe…

— Peel, dit Gabriel. Il s'appelait Timothy Peel.

— Ah oui, le jeune Peel… Nous ne comprenions pas pourquoi vous passiez autant de temps en sa compagnie… Jusqu'à ce que nous nous rendions compte qu'il avait exactement le même âge que le fils que vous avez perdu dans un attentat à la bombe, à Vienne.

— Je croyais que nous allions parler de vous, Graham.

— C'est ce que nous sommes en train de faire, dit Seymour.

Il rappela à Gabriel (qui le savait déjà) que, lors de l'été 1998, il était directeur du contre-terrorisme au sein du MI5. En tant que tel, il était responsable de la protection du territoire britannique, menacé par l'IRA, l'Armée républicaine irlandaise. Même en Irlande du Nord — théâtre d'un conflit séculaire entre protestants et catholiques —, les raisons d'espérer se multipliaient. Les électeurs y avaient massivement ratifié les accords de paix du Vendredi saint, et l'IRA provisoire, la principale organisation armée du camp catholique, adhérait aux conditions du cessez-le-feu. Seule l'IRA véritable, un groupuscule de dissidents irrédentistes issu de cette dernière, poursuivait la lutte armée. Elle était dirigée par Michael McKevitt, ancien intendant militaire de l'IRA provisoire. Sa concubine, Bernadette Sands-McKevitt, était à la tête de l'aile politique du groupuscule, le Mouvement pour la souveraineté des trente-deux comtés[1]. Elle n'était autre que la sœur de

1. L'Irlande du Nord, province autonome au sein du Royaume-Uni, est composée de six des neuf comtés de la province historique de l'Ulster ; la république d'Irlande, indépendante, regroupe vingt-six comtés : une Irlande souveraine réunifiée compterait donc trente-deux comtés.(NdT)

Bobby Sands, ce membre de l'IRA provisoire, qui s'était laissé mourir de faim dans la prison de Maze en 1981.

— Et puis, dit Seymour, il y avait Eamon Quinn. Quinn planifiait les opérations. Quinn fabriquait les bombes. Malheureusement, il savait très bien les fabriquer. Il y excellait, même.

Un formidable coup de tonnerre fit trembler les murs de l'immeuble. Seymour tressaillit avant de poursuivre son récit :

— Quinn avait le génie de la confection d'explosifs hautement destructifs, et nul ne savait mieux les poser au plus près de ses cibles. Mais ce qu'il ignorait, c'est qu'un de mes agents le surveillait de près.

— Depuis combien de temps ?

— C'était une femme, dit Seymour. Et elle était là depuis le début.

Traiter cette infiltrée et les renseignements qu'elle fournissait sur les terroristes, poursuivit en substance Seymour, s'était révélé extrêmement délicat. Comme elle occupait un poste élevé au sein de l'IRA véritable, elle savait souvent à l'avance où et quand auraient lieu les attentats. Elle connaissait les cibles mais aussi la puissance des bombes et l'heure exacte à laquelle elles devaient exploser.

— Que pouvions-nous faire ? demanda Seymour. Empêcher les attentats et exposer notre agent ? Ou permettre qu'ils aient lieu tout en tentant de s'assurer qu'ils ne feraient pas de victimes ?

— J'aurais opté pour cette dernière solution, dit Gabriel.

— C'est parler en espion…

— Nous ne sommes pas des policiers, Graham…

— Dieu merci.

Dans la plupart des cas, reprit Seymour, cette stratégie marchait bien. Plusieurs bombes, à bord de voitures piégées, avaient été désamorcées. Et plusieurs autres avaient explosé en provoquant un minimum de dégâts — même si l'une d'entre elles avait rasé presque entièrement la Grand-Rue de Portadown en février 1998. Puis, six mois plus tard, l'agent du MI5 avait fait savoir que l'IRA véritable préparait un attentat spectaculaire. Attention, avait-elle prévenu, cette fois, ce serait du lourd. Cet attentat-là pouvait faire exploser en vol le processus de paix amorcé par les accords du Vendredi saint.

— Que pouvions-nous faire ? demanda Seymour.

Dehors, des éclairs en cascade illuminaient la nuit romaine. Seymour vida son verre et raconta à Gabriel la suite de l'histoire.

Le soir du 13 août 1998, une Vauxhall Cavalier bordeaux, dont le numéro d'immatriculation était 91 dl 2554, avait disparu d'une cité de logements sociaux à Carrickmacross, en république d'Irlande. Elle avait été conduite jusqu'à une ferme isolée, située sur la frontière, où l'on avait remplacé ses plaques d'immatriculation irlandaises par de fausses plaques nord-irlandaises. Puis Quinn y avait installé une bombe composée de deux cent trente kilos d'engrais chimique et d'un tube en acier usiné spécialement pour l'occasion et bourré d'un explosif puissant. Elle était pourvue d'un détonateur et d'une pile électrique, dissimulée dans un emballage alimentaire et reliée à un interrupteur, destinée à armer la bombe et placée dans la boîte à gants. Le matin du dimanche 15 août, Quinn avait traversé la frontière à bord de la Vauxhall. Il avait parcouru la trentaine de kilomètres qui la séparaient d'Omagh, où il s'était garé devant le magasin de vêtements S. D. Kells dans Lower Market Street, la principale artère commerçante de ce gros bourg du comté de Tyrone.

— A l'évidence, précisa Seymour, Quinn n'était pas seul quand il a acheminé la voiture piégée. Il y avait un autre homme à bord de la Vauxhall, et deux autres les précédaient dans une voiture de reconnaissance… S'y ajoute le conducteur de la voiture qui a permis à tout ce beau monde de s'enfuir. Ils communiquaient entre eux par téléphone portable. Et nous écoutions tout ce qu'ils se disaient…

— Vous… C'est-à-dire le MI5 ?

— Non, répondit Seymour. Nous ne pouvions pas surveiller des appels passés hors des frontières du Royaume-Uni. Comme les préparatifs de l'attentat d'Omagh avaient eu lieu en république d'Irlande, nous devions compter sur le GCHQ pour pratiquer ces écoutes.

Le GCHQ (Quartier général gouvernemental des communications) est l'équivalent britannique de la NSA américaine. A 14 h 20, ce service intercepta un appel passé par un homme dont la voix ressemblait à celle d'Eamon Quinn. Il ne prononça que six mots : « Les briques sont dans le mur. » Le MI5 savait d'expérience que cette phrase signifiait que la bombe avait été placée sur le site ciblé. Douze minutes plus tard, une chaîne de télévision d'Irlande du Nord reçut un coup de téléphone anonyme pour l'avertir de l'explosion imminente :

— Il y a une bombe devant le tribunal d'Omagh, dans la rue principale… Deux cent trente kilos… Elle explosera dans trente minutes.

Les agents de Royal Ulster Constabulary (RUC), nom que portait alors la police d'Irlande du Nord, entreprirent donc d'évacuer les rues aux alentours du tribunal d'Omagh et de rechercher la bombe en toute hâte. Ce que les policiers nord-irlandais ne savaient pas, c'est qu'ils intervenaient au mauvais endroit.

— L'avertissement était erroné, dit Gabriel.

Seymour hocha lentement la tête.

— La Vauxhall n'était pas du tout garée dans les parages du tribunal. Elle se trouvait à plusieurs centaines de mètres de là, dans Lower Market Street. Quand les agents de la RUC procédèrent à l'évacuation, ils repoussèrent involontairement les passants vers le lieu où était réellement posée la bombe, au lieu de les en éloigner…

Seymour marqua une pause avant d'ajouter :

— Mais c'était justement ce que Quinn souhaitait. Il

voulait que des gens meurent, ce jour-là. Voilà pourquoi il a délibérément garé la voiture piégée au mauvais endroit. Il a doublé sa propre organisation.

A 15 h 10, la bombe explosa. Vingt-neuf personnes trouvèrent la mort, plus de deux cents autres furent blessées — protestants et catholiques confondus, car Omagh est une ville multiconfessionnelle. Ce fut l'acte de terrorisme le plus sanglant de toute l'histoire du très meurtrier conflit nord-irlandais. La colère et le dégoût général furent tels que l'IRA véritable se vit obligée de s'excuser publiquement. Et, malgré l'attentat, le processus de paix se poursuivit avec succès. Après trente ans de haines réciproques, d'attentats et de meurtres, le peuple d'Irlande du Nord en avait ras le bol et n'aspirait qu'à vivre en paix.

— Après l'attentat, la presse et les familles des victimes se sont mises à poser des questions gênantes, dit Seymour. Comment l'IRA véritable était-elle parvenue à déposer une bombe en plein centre d'Omagh, sans que la police et les services de sécurité soient avisés ? Et pourquoi n'y avait-il pas eu d'arrestations à la suite d'un tel carnage ?

— Qu'avez-vous fait ?

— Nous avons fait comme d'habitude. Nous avons resserré les rangs, brûlé les dossiers compromettants et attendu que la tempête passe…

Seymour se leva, emporta son verre dans la cuisine et sortit la bouteille de gavi du réfrigérateur.

— Vous n'avez rien de plus fort que ça ? s'enquit-il.

— Quel genre ?

— Quelque chose de distillé.

— Je préférerais boire de l'acétone que de l'eau-de-vie.

— Un petit verre d'acétone avec un zeste de citron ne me ferait pas de mal.

Seymour versa un peu de vin dans son verre et posa la bouteille sur le comptoir.

— Qu'est-il arrivé à Quinn après Omagh ? demanda Gabriel.

— Quinn est passé au privé. Quinn est passé à l'international.

— Quel genre de travail accomplissait-il ?

— Comme d'habitude, répondit Seymour. De la protection rapprochée pour les chefs mafieux et les potentats du tiers-monde… De la fabrication de bombes en série pour les révolutionnaires et les fanatiques religieux. Nous entendions parler de lui de temps en temps mais, la plupart du temps, il échappait à nos radars. Un jour, le patron des services secrets iraniens l'a invité à Téhéran, et c'est là que le boulevard du Roi-Saül est entré dans le tableau…

Seymour ouvrit sa serviette, en sortit une seule feuille de papier et la posa sur la table basse. Gabriel considéra le document un instant et fronça les sourcils.

— Encore une violation du protocole du Bureau, marmonna-t-il.

— C'est-à-dire ?

— Transporter un rapport confidentiel du Bureau dans une serviette non sécurisée.

Gabriel prit le document et se mit à le lire. Il y était rapporté qu'Eamon Quinn, ancien membre de l'IRA et véritable cerveau de l'attentat massacre d'Omagh, avait été choisi par les services secrets iraniens pour construire des bombes artisanales hautement meurtrières pouvant être utilisées contre les forces américaines et britanniques en Irak. Le même Eamon Quinn avait déjà rendu un service similaire au Hezbollah, au Liban, et au Hamas, dans la bande de Gaza. En outre, il s'était rendu au Yémen, où il avait aidé Al-Qaïda dans la Péninsule arabique à construire une petite bombe liquide, destinée à être introduite dans un avion de ligne américain. Cet artificier hors pair, concluait le rapport, était l'un des hommes les plus dangereux de la planète et méritait d'être éliminé sans tarder.

— Vous auriez dû accepter l'offre d'Uzi, observa Gabriel.

— Rétrospectivement, c'est facile à dire, répliqua Seymour. Et vous ne devriez pas vous montrer aussi sarcastique. Après tout, c'est à vous qu'Uzi aurait certainement confié cette mission.

Gabriel déchira méthodiquement le document en lambeaux minuscules.

— Cela ne suffit pas, remarqua Seymour.

— Je les brûlerai plus tard.

— Rendez-moi donc un service et brûlez Eamon Quinn par la même occasion.

Gabriel resta silencieux un moment.

— Ma carrière sur le terrain est terminée, finit-il par dire. Je suis un col blanc, désormais… Tout comme vous, Graham. Et puis, l'Irlande du Nord n'a jamais été mon territoire…

— Il faudra donc vous trouver un partenaire… Quelqu'un qui connaisse bien le terrain. Quelqu'un qui puisse se faire passer pour un autochtone, si nécessaire. Quelqu'un qui connaisse personnellement Eamon Quinn…

Seymour marqua une pause avant de demander :

— Vous ne connaîtriez personne qui corresponde à cette description, par hasard ?

— Non, répondit Gabriel d'un ton ferme.

— Eh bien, moi, j'en connais un, dit Seymour. Mais il y a un petit problème…

— Lequel ?

Seymour sourit avant de répondre :

— Il est mort…

8
Via Gregoriana, Rome

— Mais l'est-il vraiment ? ajouta Seymour.

Il sortit deux photos de sa serviette et en posa une sur la table basse. On y voyait un homme de taille et de corpulence moyennes qui franchissait un poste de contrôle des passeports à l'aéroport de Heathrow.

— Vous le reconnaissez ? demanda Seymour.

Gabriel ne répondit pas.

— C'est vous, bien sûr.

Seymour désigna le code temporel, inscrit au bas de l'image.

— Ce vidéogramme date de l'hiver dernier, pendant l'affaire Madeline Hart. Vous êtes entré au Royaume-Uni, sans nous prévenir, pour y mener une petite enquête.

— Je m'en souviens, en effet. Je m'en souviens même très bien.

— Vous devez donc vous souvenir également que vous avez commencé à rechercher Madeline Hart en Corse. Ce qui était logique puisque c'est dans cette île qu'elle avait disparu. Peu après votre arrivée, vous êtes allé voir un certain Anton Orsati. Cet Orsati est à la tête de la famille mafieuse la plus puissante de Corse. Et cette famille s'est spécialisée dans le meurtre tarifé. Il vous a fourni un renseignement précieux sur les gens qui avaient enlevé Madeline. Il vous a aussi prêté son meilleur tueur à gages.

Seymour sourit une nouvelle fois avant de demander :

— Ça ne vous dit rien ?

— A l'évidence, vous me surveilliez.

— A bonne distance. Après tout, Gabriel, vous étiez, à ma requête, à la recherche de la maîtresse du Premier ministre britannique.

— Ce n'était pas seulement sa maîtresse, Graham… C'était…

— Cet assassin corse est un type intéressant, l'interrompit Seymour. En réalité, il n'est pas du tout corse, même s'il parle mieux corse que beaucoup de Corses. C'est un Anglais, un ancien membre du Special Air Service, spécialisé dans les opérations clandestines, qui a déserté le champ de bataille dans l'ouest de l'Irak en janvier 1991, après un incident… Des tirs de son propre camp contre son unité… L'armée britannique le tient pour mort. Et ses parents aussi, malheureusement. Mais tout ça, vous le saviez déjà…

Seymour posa la deuxième photo sur la table. Comme sur la première, on y voyait un homme à l'aéroport de Heathrow. Il mesurait une bonne dizaine de centimètres de plus que Gabriel. Ses cheveux courts étaient blonds, sa peau était très bronzée, ses épaules étaient carrées et puissantes.

— Cette photo a été prise le même jour que la précédente, quelques minutes plus tard. Votre ami est entré en Grande-Bretagne avec un faux passeport français, l'un des nombreux faux passeports dont il dispose. Ce jour-là, il se nommait Adrien Leblanc. Mais son vrai nom est…

— J'ai compris, Graham, dit Gabriel.

Seymour ramassa les deux clichés et les tendit à Gabriel.

— Que suis-je censé faire de ces photos ? demanda celui-ci.

— Les garder en souvenir de votre amitié pour cet homme.

Gabriel les déchira en deux et les posa à côté des lambeaux du rapport du Bureau.

— Vous êtes au courant depuis combien de temps ? demanda-t-il.

— Cela fait plusieurs années que les services de renseignements britanniques ont entendu parler d'un Anglais qui travaille en Europe en tant que tueur à gages. Pendant longtemps, nous n'avons pas pu découvrir sa véritable identité. Et jamais, même dans nos rêves les plus fous, nous n'aurions imaginé qu'il travaillait pour le Bureau contre espèces sonnantes et trébuchantes.

— Ce n'est pas le cas.

— Comment décririez-vous sa situation ?

— C'est un vieil adversaire qui est devenu un ami.

— Un adversaire ?

— Un consortium de banquiers suisses l'avait engagé, autrefois, pour m'éliminer.

— Considérez-vous comme chanceux, dit Seymour. Christopher Keller échoue rarement à remplir un contrat. Il excelle dans son métier.

— Il m'a dit le plus grand bien de vous, aussi, Graham.

Graham s'assit tandis que le hurlement d'une sirène retentit dans la rue avant de s'estomper.

— Nous avons été proches, Keller et moi, dit-il au bout d'un moment. Je luttais contre l'IRA de mon confortable bureau londonien… Et Keller était à l'autre bout de la chaîne, sur le terrain. Il accomplissait des missions qui étaient nécessaires pour protéger le territoire britannique des menées terroristes de l'IRA. Et il a fini par le payer très cher.

— Quel est son lien avec Quinn ?

— Je laisse à Keller le soin de vous en dire plus à cet égard. Moi, je ne suis pas certain de pouvoir lui rendre justice.

Une rafale de vent fit vibrer les vitres. L'éclairage de la pièce vacilla.

— Je n'ai pas encore donné mon accord, Graham, remarqua Gabriel.

— Mais vous allez le faire. Sinon, je vais ramener votre ami en Grande-Bretagne, pieds et poings liés, et je vais le livrer au gouvernement de Sa Majesté pour qu'il soit poursuivi et condamné.

— Sous quels chefs d'accusation ?

— C'est un déserteur et un tueur professionnel. Je ne doute pas que nous trouverons quelque chose à lui coller sur le dos.

Gabriel se contenta de sourire.

— Un fonctionnaire de votre rang ne devrait pas proférer des menaces en l'air, dit-il tranquillement.

— Je suis tout ce qu'il y a de sérieux, Gabriel.

— Christopher Keller en sait trop sur la vie privée du Premier ministre britannique pour que le gouvernement de Sa Majesté le fasse juger pour désertion ou tout autre crime. En outre, je vous soupçonne d'avoir d'autres projets pour Keller…

Seymour resta muet.

— Qu'est-ce que vous avez d'autre dans votre serviette ? demanda Gabriel.

— Un gros dossier sur la vie et l'œuvre d'Eamon Quinn.

— Que voulez-vous que nous fassions ?

— Ce que nous aurions dû faire il y a longtemps. Retirez-le de la circulation le plus tôt possible. Et, pendant que vous y êtes, trouvez qui a ordonné et financé le meurtre de la princesse.

— Quinn a peut-être repris le sentier de la guerre.

— Vous voulez parler de la lutte pour une Irlande réunifiée ? fit Seymour en secouant la tête. Cette guerre-là est terminée. Selon moi, il a tué la princesse à la requête de l'un de ses commanditaires habituels. Et nous savons tous deux quelle est la règle cardinale en matière d'assassinats de ce genre. Ce n'est pas celui qui tire le coup fatal qui importe, c'est celui qui paie la balle.

Une nouvelle rafale de vent vint faire trembler les vitres. La lumière baissa dans la pièce, avant de s'éteindre complètement. Les deux espions restèrent plusieurs minutes assis dans l'obscurité, en silence.

— Qui a dit ça ? finit par demander Gabriel.

— Qui a dit quoi ?

— Cette histoire de balle…

— Je crois que c'est Eric Ambler.

Nouveau silence.

— J'ai d'autres projets, Graham, déclara Gabriel.

— Je sais.

— Ma femme est enceinte. Jusqu'au cou.

— Il vous faudra donc travailler rapidement.

— Je suppose qu'Uzi vous a déjà donné son accord.

— C'est lui qui m'a suggéré de m'adresser à vous.

— Rappelez-moi de confier une mission bien pourrie à Uzi dès mon entrée en fonction à la tête du Bureau.

Un éclair vint illuminer fugitivement le sourire rusé de Seymour.

— J'aime bien l'obscurité, dit Gabriel. Elle m'aide à clarifier mes pensées.

— A quoi pensez-vous donc ?

— Je pense à ce que je vais bien pouvoir dire à ma femme.

— A rien d'autre ?

— Je me demande aussi, répondit Gabriel, comment Quinn savait que la princesse serait à bord de ce yacht.

9
Berlin-Corse

L'hôtel Savoy se dressait à l'extrémité la moins prisée de l'une des rues les plus chic de Berlin. Un tapis rouge recouvrait le trottoir devant l'entrée de l'établissement. Des tables rouges étaient disposées sous des auvents de la même couleur le long de sa façade. La veille, Keller avait repéré un acteur célèbre en train d'y boire un café en terrasse. Mais, ce matin-là, lorsque Keller sortit de l'hôtel, personne n'y était attablé. Les nuages étaient bas et gris, un vent glacial dépouillait de leurs dernières feuilles les arbres qui bordaient la chaussée. Le bref automne berlinois touchait à sa fin. L'hiver n'allait pas tarder à faire son retour.

— Taxi, monsieur ?

— Non merci.

Keller glissa un billet de cinq euros dans la main tendue du voiturier et se mit à marcher dans la rue. Il avait pris une chambre au Savoy, sous un nom d'emprunt français. Il avait fait croire à l'employé de la réception qu'il était journaliste free-lance, spécialisé dans la critique de films, et n'était resté qu'une nuit. Il avait dormi la nuit précédente dans un hôtel plus modeste, le Seifert. Et sa première nuit à Berlin, il l'avait passée dans une petite pension de famille lugubre nommée la Bella Berlin. Ces trois établissements avaient un point commun : ils étaient tous proches de l'hôtel Kempiski, vers lequel Keller dirigeait à présent ses pas. Il y allait pour rencontrer un Libyen, qui avait été un proche associé de Kadhafi et avait fui en France après la révolution, avec deux valises bourrées d'argent liquide et de pierres précieuses. Ce Libyen avait investi deux millions de dollars dans les activités de deux hommes d'affaires français, après avoir reçu l'assurance d'un substantiel retour sur investissement. Les deux hommes d'affaires français s'étaient vite lassés de leur association avec le Libyen. Sa réputation d'homme violent les inquiétait au plus haut point. On disait de lui qu'il aimait naguère enfoncer des clous dans les yeux des opposants au régime dont il avait été l'un des piliers. Les hommes d'affaires français s'étaient donc adressés à don Orsati pour qu'il les aide à se débarrasser de cet encombrant partenaire. Et le parrain avait confié cette mission au plus doué de ses assassins.

Keller dut admettre qu'il avait hâte de remplir ce contrat. Il n'avait jamais porté dans son cœur le dictateur libyen, à présent décédé, ni les séides qui l'avaient aidé à se maintenir si longtemps au pouvoir. Kadhafi avait permis aux terroristes de tout poil de s'entraîner dans ses camps, au fin fond du désert libyen — et parmi eux, les membres de l'IRA provisoire. Le dictateur avait également fourni des armes et des explosifs à l'IRA. En fait, la quasi-totalité du Semtex dont se servait l'IRA pour confectionner ses bombes provenait directement de Libye.

Keller traversa la Kantstraße et se dirigea vers l'entrée d'un parking souterrain. Au second niveau, dans une zone du parking non couverte par les caméras de surveillance, une BMW noire était garée, laissée là à l'usage de Keller par un affidé local du clan Orsati. Dans le coffre, il trouva un pistolet Heckler & Koch 9 mm équipé d'un silencieux. De la boîte à gants, il sortit une carte clé magnétique à l'aide de laquelle on pouvait ouvrir n'importe quelle chambre du Kempiski. Ce passe-partout électronique avait été acheté, pour cinq mille euros, à un employé gambien qui travaillait à la blanchisserie de l'hôtel. Le Gambien avait juré au correspondant local du clan Orsati que cette carte resterait opérationnelle pendant quarante-huit heures. Ce délai passé, les codes seraient changés et la direction de l'hôtel fournirait de nouveaux passe-partout aux employés qui en avaient l'usage. Keller espérait que le Gambien avait dit vrai. Dans le cas contraire, il y aurait bientôt un poste à pourvoir dans le service de blanchisserie du Kempiski.

Keller glissa le pistolet et la carte clé magnétique dans sa serviette. Puis il rangea son sac de voyage dans le coffre de la BMW et sortit du parking à pied. Le Kempiski était situé à une centaine de mètres de là, un peu plus loin sur la Fasenenstraße. C'était un grand hôtel dont l'entrée était surmontée de néons à la Las Vegas et qui abritait un café à la parisienne donnant sur le Kurfürstendamm. Le Libyen était assis à l'une des tables de ce café. Il était en compagnie d'un homme qui devait avoir la soixantaine et d'une femme, aux cheveux de jais et au maquillage outrancier, qui devait jadis avoir été belle. L'homme semblait être un vieux copain du temps de Kadhafi ; la femme paraissait un peu trop bien nourrie et avait l'air de s'ennuyer à mourir. Keller supposa qu'elle appartenait à l'ami du Libyen, car il savait que ce Libyen-là n'aimait que les blondes — de préférence professionnelles et coûteuses.

Keller pénétra dans l'hôtel, parfaitement conscient du fait qu'il entrait ainsi dans le champ de plusieurs caméras de surveillance. Cela n'avait aucune importance : il portait une perruque brune et de fausses lunettes à grosse monture. Cinq clients de l'hôtel — de nouveaux arrivants, à en juger par leur aspect — attendaient l'ascenseur. Keller les laissa s'engouffrer dans la première cabine qui s'ouvrit devant eux. Il attendit la suivante pour monter au quatrième étage, la tête penchée de manière à cacher ses traits à la caméra de surveillance. Lorsque les portes de l'ascenseur coulissèrent, il en sortit en arborant la mine d'un homme qui ne revenait pas de gaieté de cœur à la solitude d'une chambre d'hôtel. Une femme de ménage le salua en passant d'un vague hochement de tête. Autrement, le couloir était vide. La carte clé se trouvait à présent dans la poche intérieure de son pardessus. Il l'en sortit en approchant de la chambre

518 et l'inséra dans la fente. Un voyant vert s'alluma et la serrure électronique s'ouvrit. Le Gambien allait vivre.

Le ménage venait d'être fait dans la chambre, et néanmoins l'odeur de l'abominable eau de Cologne du Libyen y flottait encore. Keller alla à la fenêtre et scruta la rue. Le Libyen et ses deux compagnons étaient toujours attablés, mais la femme semblait nerveuse, comme si elle avait hâte de prendre congé. Depuis que Keller les avait vus, leurs assiettes avaient été emportées et leurs cafés venaient de leur être servis. *Encore dix minutes,* se dit-il. *Peut-être moins.*

Il se tourna pour inspecter du regard la pièce. Le Kempiski vantait ses chambres comme étant luxueuses, mais Keller trouva celle-là très banale : un grand lit, un secrétaire, un téléviseur, un fauteuil bleu roi. Les murs, cependant, étaient assez épais pour étouffer tout son en provenance des chambres voisines, même s'ils ne l'étaient pas assez pour résister à une balle normale, même ayant traversé un corps humain. En prévision de cela, le pistolet de Keller était chargé de balles expansives à cent vingt-quatre grains qui s'élargissaient à l'impact. Chaque balle atteignant sa cible y resterait fichée. Et, dans le cas fort improbable où Keller rate sa cible, la balle se logerait dans le mur, sans risque de ricochet.

Il revint à la fenêtre et constata que le Libyen et ses deux compagnons s'étaient levés. L'homme qui paraissait avoir la soixantaine serrait la main de son ami libyen. La femme qui jadis avait été belle jetait déjà des regards pleins de convoitise aux vitrines des magasins de luxe qui bordaient le Ku-Damm. Keller tira les rideaux, aussi lourds qu'épais, s'assit dans le fauteuil bleu roi et sortit le pistolet de sa serviette. Il entendit grincer les roues du chariot d'une femme de ménage dans le couloir. Puis ce fut le silence. Il consulta sa montre et nota l'heure. *Cinq minutes*, songea-t-il. *Peut-être moins.*

Un soleil radieux brillait sur la Corse lorsque le ferry de nuit en provenance de Marseille entra dans le port d'Ajaccio. Keller sortit du navire en même temps que les autres passagers et se dirigea vers le parking, où il avait laissé son break Renault tout cabossé. Une fine poussière tapissait les vitres et le capot. Keller se dit que cette poussière était de mauvais augure. Selon toute vraisemblance, le sirocco l'avait apportée d'Afrique du Nord. Instinctivement, il toucha la petite main en corail rouge qui pendait à son cou au bout d'un cordon de cuir. Les Corses croyaient que ce talisman donnait le pouvoir d'éloigner l'*occhju*, le mauvais œil. Keller y croyait, lui aussi, même si la présence d'une poussière nord-africaine sur sa voiture, le lendemain de l'assassinat d'un Libyen, pouvait laisser penser que le talisman n'avait pas suffi à le protéger. Il y avait, dans son village, une vieille femme, une *signadora*, qui avait le pouvoir d'ôter le mal du corps de ceux qui venaient la consulter. Keller ne tenait pas beaucoup à aller la voir, car cette femme pouvait également lire dans le passé et dans l'avenir. Elle comptait parmi les rares habitants de l'île qui connaissaient la vérité sur Keller. Elle n'ignorait rien de la longue litanie de ses méfaits et de ses péchés. Elle prétendait même savoir quand et dans quelles circonstances il trouverait la mort. C'était d'ailleurs l'unique prédiction qu'elle se refusait à lui révéler.

— Ce n'est pas mon rôle, lui murmurait-elle dans le petit parloir éclairé à la bougie où elle recevait ses « patients ».

Keller s'installa au volant de la Renault et se mit à longer la côte occidentale de l'île. A droite s'étendait une mer limpide et turquoise. A gauche se dressaient les sommets des monts de l'intérieur. Pour passer le temps, il écouta les informations à la radio. On n'y parlait pas encore d'un Libyen retrouvé mort dans sa chambre d'hôtel, à Berlin.

Rien d'étonnant à cela. Keller estimait que le cadavre n'avait pas encore été découvert. Il avait agi dans le silence le plus complet et avait pris soin, après être sorti de la chambre, d'accrocher à la poignée une pancarte « Ne pas déranger ». Plus tard dans la journée, un employé du Kempiski ne manquerait pas de prendre sur lui et de frapper à la porte. Ne recevant pas de réponse, il entrerait dans la chambre et y trouverait un client avec deux balles dans le cœur et une troisième au milieu du front. La direction de l'hôtel appellerait aussitôt la police, bien sûr, et celle-ci se mettrait sans tarder sur la piste de l'homme brun et moustachu qui avait été filmé en train d'entrer dans la chambre peu avant le meurtre. Les policiers berlinois parviendraient à retracer ce qu'il avait fait immédiatement après le meurtre, mais la piste s'arrêterait dans les sombres bosquets du Tiergarten. La police n'établirait jamais son identité. Certains flics le soupçonneraient d'être libyen, tout comme sa victime. D'autres, plus expérimentés et plus avisés, imagineraient que c'était encore un coup du tueur professionnel qui sévissait en Europe depuis quelques années. Et ceux-là s'en laveraient les mains, car ils savaient que les affaires de meurtre qui lui étaient attribuées n'étaient que très rarement résolues.

Keller longea le littoral jusqu'à la petite ville de Porto, où il bifurqua vers l'intérieur des terres. C'était un dimanche : il n'y avait pas grand monde sur les routes et les cloches des églises sonnaient dans les vallées. Au centre de l'île, non loin de son point culminant, se trouvait le petit village des Orsati. Il avait été fondé, disait-on, au temps des Vandales, lorsque les habitants des côtes s'étaient réfugiés dans les montagnes pour échapper aux envahisseurs. Là, le temps semblait s'être arrêté. Les gamins jouaient dans les rues du hameau à toute heure, car il n'y avait pas de prédateurs dans les parages. Pas plus qu'il n'y avait de trafic de drogue, car aucun dealer n'aurait osé affronter la colère des Orsati en venant vendre des substances illégales dans leur fief. Il ne s'y passait pas grand-chose, et le travail y était rare. Mais c'était un endroit propre et beau — et sûr. Les habitants semblaient heureux de bien manger, de boire le vin du vignoble local et de passer beaucoup de temps en famille, avec les minots et les anciens. Ils manquaient beaucoup à Keller chaque fois qu'il devait quitter la Corse pour une longue période. Il s'habillait comme eux, parlait corse avec eux et, le soir, lorsqu'il jouait à la pétanque avec les hommes sur la place du village, il secouait comme eux la tête d'un air dégoûté chaque fois que l'on parlait des Français ou, pis encore, des Italiens. Autrefois, les villageois le surnommaient *« l'Inglese »*. A présent, ils l'appelaient simplement Cristofanu. Il était devenu l'un d'entre eux.

Le domaine familial des Orsati s'étendait au-dessus du hameau, dans une petite vallée plantée d'oliviers, qui donnaient l'une des meilleures huiles de l'île. Deux gardes armés se tenaient à l'entrée de la propriété. Ils le saluèrent respectueusement, en inclinant la tête et en touchant leur casquette plate quand il franchit le portail avant de remonter la longue allée qui menait à la villa. Des pins laricio ombrageaient la cour de devant mais, dans le jardin clos, un soleil éclatant illuminait la longue table qui avait été dressée pour le traditionnel déjeuner familial du dimanche. A cette heure-là, personne n'y était encore attablé. Les membres du clan étaient à la messe et le parrain, qui ne mettait plus les pieds dans une église, se trouvait dans son bureau à l'étage. Lorsque Keller entra dans la pièce, don Orsati était assis derrière une grosse table en chêne, plongé dans un registre relié de cuir. Sur la table était posée une bouteille décorative d'huile d'olive Orsati. La production d'huile était en effet l'activité légale servant à blanchir les profits illicites engendrés par les assassinats tarifés qui avaient fait la fortune du clan.

— Alors, c'était comment, à Berlin ? demanda le parrain sans lever la tête de son livre de comptes.

— Froid, dit Keller. Mais fructueux.

— Pas de complications ?

— Non.

Orsati sourit. Il ne détestait rien tant que les complications — sauf les Français, bien entendu. Il ferma son registre et fixa Keller de ses yeux noirs. Comme d'habitude, don Orsati était vêtu d'une chemise blanche impeccable et d'un pantalon ample en coton beige. Il avait aux pieds ses éternelles sandales en cuir, qui semblaient avoir été achetées au marché du bourg voisin — ce qui était d'ailleurs le cas. Sa grosse moustache avait été taillée, ses cheveux raides et grisonnants luisaient de brillantine. Le dimanche, le parrain prenait toujours soin de son apparence. Il ne croyait plus ni à Dieu ni au diable, mais tenait à ce que le jour du Seigneur demeure un jour sacré. Durant ces vingt-quatre heures-là, il s'abstenait de proférer le moindre juron, il s'efforçait d'avoir de bonnes pensées et, chose plus importante, il interdisait à ses *taddunaghiu* de remplir des contrats. Même Keller, qui avait été élevé dans la religion anglicane et était, de ce fait, considéré sous ces cieux comme un hérétique, était lié par cet édit du parrain. Récemment, il avait été contraint de passer une nuit supplémentaire à Varsovie parce que don Orsati ne lui avait pas accordé de dispense pour occire sa cible — un mafieux russe — en plein repos dominical.

— Restez déjeuner avec nous, dit le parrain.

— Je vous remercie, don Orsati, répondit poliment Keller, mais je ne voudrais pas vous imposer ma présence.

— Vous ? M'imposer votre présence ?

Le Corse fit un geste dédaigneux du revers de la main.

— Je suis fatigué, déclara Keller. La traversée a été rude.

— Vous n'avez pas dormi, sur le ferry ?

— Je vois que ça fait longtemps que vous n'avez pas pris le ferry.

Et c'était vrai. Anton Orsati ne s'aventurait que rarement au-delà des murs bien gardés de son domaine. Le monde venait à lui pour lui exposer ses problèmes. Et lui, il les résolvait — en échange d'honoraires substantiels, bien sûr. Il prit une enveloppe en papier kraft qui traînait sur son bureau et la tendit à Keller.

— C'est quoi ? s'enquit celui-ci.

— Disons que c'est une prime de Noël.

— On est en octobre.

Le parrain haussa les épaules. Keller souleva le rabat de l'enveloppe et jeta un coup d'œil à l'intérieur. Elle était bourrée de laisses de billets de cent euros. Il la referma et la posa au milieu de la table.

— Chez nous, en Corse, dit le parrain en fronçant les sourcils, c'est très impoli de refuser un cadeau.

— Ce cadeau n'est pas nécessaire.

— Prenez-le, Cristofanu. Vous l'avez bien mérité.

— Vous avez fait de moi un homme riche, don Orsati… Plus riche que je ne l'aurais jamais rêvé.

— Et alors ?

Keller resta muet.

— En bouche close n'entrent ni mouche ni pain, dit le parrain d'un ton sentencieux, puisant dans son inépuisable réserve de proverbes corses.

— Où voulez-vous en venir ?

— Parlez, Cristofanu. Dites-moi ce qui vous pèse sur le cœur.

Keller fixa sans rien dire l'enveloppe remplie de billets, évitant délibérément le regard du parrain.

— Vous en avez marre de votre travail ?

— Ce n'est pas ça.

— Vous devriez peut-être prendre des vacances. Vous pourriez concentrer vos efforts sur le côté légal de notre entreprise. Il y a beaucoup d'argent à gagner dans l'huile d'olive, de nos jours.

— Ça ne résoudra rien, don Orsati.

— C'est donc qu'il y a bien un problème…

— Je n'ai pas dit ça.

— Non, mais j'ai bien compris qu'il y en avait un…

Le parrain examina attentivement le visage de Keller avant d'ajouter :

— Quand on arrache une dent gâtée, Cristofanu, elle cesse de faire mal.

— Sauf quand on va chez un mauvais dentiste.

— La seule chose qui soit pire qu'un mauvais dentiste, c'est un mauvais compagnon.

— Il vaut mieux être seul que mal accompagné, philosopha Keller.

Le parrain sourit.

— Vous avez beau être né anglais, Cristofanu, vous avez l'âme d'un vrai Corse.

Keller se leva. Le parrain poussa l'enveloppe à l'autre bout de la table.

— Vous êtes sûr que vous ne voulez pas déjeuner avec nous ?

— J'ai d'autres projets.

— Quels qu'ils soient, dit le parrain, ces projets devront attendre.

— Pourquoi ?

— Vous avez de la visite.

Keller n'eut pas besoin de demander le nom du visiteur. Il n'y avait qu'une poignée de personnes, dans le monde entier, qui savaient qu'il était vivant — et seule l'une d'entre elles aurait l'audace de venir le voir sans s'annoncer au préalable.

— Quand est-il arrivé ? demanda Keller.

— Hier soir.

— Que veut-il ?

— Il n'est pas autorisé à me le dire…

Le parrain examina Keller d'un œil de loup.

— Est-ce mon imagination dit-il enfin, ou est-ce que votre humeur est subitement plus joyeuse ?

Keller prit congé sans répondre. Don Orsati le regarda s'éloigner. Puis il baissa les yeux vers la table et lâcha tout bas un juron. L'Anglais avait oublié de prendre son enveloppe.

10
Corse

Christopher Keller avait toujours pris grand soin de son argent. Selon ses calculs, il avait gagné plus de vingt millions de dollars en travaillant pour don Orsati et, à force d'investir judicieusement, il était devenu plus riche encore. Le gros de sa fortune était à l'abri, dans des banques de Genève et de Zurich, mais il avait également ouvert des comptes à Monaco, au Liechtenstein, à Bruxelles, à Hong Kong et aux îles Caïmans. Il en avait même un dans une banque londonienne dont la réputation était sans tache. Son gestionnaire de compte londonien le tenait pour un expatrié qui vivait reclus en Corse et qui, tout comme don Orsati, ne voyageait que rarement hors de l'île de Beauté. Le gouvernement français était du même avis. Keller payait au fisc français des impôts sur les bénéfices que lui rapportaient ses investissements légaux et sur le salaire confortable que lui versait l'huilerie Orsati, où il occupait officiellement les fonctions de directeur des ventes pour l'Europe centrale. Il votait aux élections françaises, faisait des dons aux bonnes œuvres françaises, encourageait de bon cœur des équipes de football françaises et, en une occasion, il avait même été contraint de recourir au système de santé français. Il n'avait jamais été mis en examen pour le moindre délit — chose remarquable pour un Méridional — et il n'avait même jamais été verbalisé pour la moindre infraction routière. Tout bien considéré, et à une grosse exception près, Christopher Keller était un citoyen exemplaire.

Skieur et alpiniste confirmé, il cherchait discrètement, depuis quelque temps, à acquérir un chalet dans les Alpes françaises. Pour l'heure, il ne possédait qu'un seul logement, une modeste villa située dans la vallée voisine de celle où vivait don Orsati. Ses murs extérieurs étaient ocre brun, son toit était de tuiles rouges et elle était agrémentée d'une grande piscine bleue. Le matin, la vaste terrasse était illuminée par le soleil et, l'après-midi, les pins qui l'entouraient lui donnaient de l'ombre. A l'intérieur, les grandes pièces étaient confortablement meublées. Le mobilier était patiné de jaune pâle, de beige et de blanc. De nombreuses étagères étaient garnies de livres sérieux — Keller, qui avait brièvement étudié l'histoire militaire à Cambridge, était un lecteur vorace d'ouvrages politiques — et une modeste collection de tableaux impressionnistes et contemporains était accrochée aux murs. L'œuvre la plus précieuse était un petit paysage, signé Monet, que Keller avait acheté, par l'entremise d'un intermédiaire, lors d'une vente aux enchères chez Christie's à Paris.

C'était devant ce paysage que se tenait Gabriel, une main posée sur le menton, la tête légèrement de côté. Il se lécha le bout de l'index, frotta la surface du tableau et secoua lentement la tête.

— Il y a un problème ? lui demanda l'Anglais.

— Ce tableau est couvert de crasse résiduelle. Tu devrais me laisser le nettoyer. Ça ne prendrait que…

— Je le préfère comme ça.

Gabriel s'essuya l'index sur son pantalon et se tourna pour faire face à Keller. L'Anglais avait dix ans de moins que Gabriel, mesurait une bonne dizaine de centimètres de plus et lui rendait une quinzaine de kilos. Cette différence de poids venait surtout des épaules et des bras de Keller, puissants et musculeux. Ses cheveux courts étaient blondis par l'air marin, sa peau était tannée et hâlée par le soleil. Ses yeux étaient d'un bleu délavé. Il avait les pommettes saillantes et son menton carré était orné d'une fossette en son centre. Sa bouche semblait continuellement figée en un petit sourire moqueur. Keller était un homme sans allégeance, sans peur et sans morale — sauf en matière d'amitié et d'amour. Il avait affronté la vie en fixant ses propres règles, et il avait gagné.

— Je croyais que tu étais à Rome, dit Keller.

— J'y étais, répondit Gabriel. Mais Graham Seymour est passé me voir là-bas. Il voulait me montrer quelque chose.

— Quoi donc ?

— Une photo d'un homme, prise à Heathrow.

Le demi-sourire de Keller s'effaça, ses yeux bleus se plissèrent.

— Que sait-il, au juste ? demanda-t-il.

— Tout, Christopher. Tout.

— Je suis en danger ?

— Ça dépend.

— De quoi ?

— De ton accord pour faire un boulot pour lui.

— Qu'est-ce qu'il attend de moi ?

Gabriel sourit.

— Ce que tu sais faire le mieux, dit-il.

Sur la terrasse, le soleil était encore triomphant. Ils s'assirent dans de confortables fauteuils de jardin, séparés par une petite table en fer forgé. Sur cette table était posé l'épais dossier que Graham Seymour avait remis à Gabriel, et dans lequel étaient relatés les exploits professionnels d'un certain Eamon Quinn. Keller ne l'avait pas encore lu. Il ne l'avait même pas feuilleté. Il était en train d'écouter ce que Gabriel lui racontait au sujet du rôle de Quinn dans l'assassinat de la princesse.

Quand Gabriel eut achevé son récit, Keller prit la photo de son récent passage à l'aéroport de Heathrow et l'examina un instant.

— Tu m'avais juré que tu ne révélerais jamais à Graham qu'il nous arrivait de travailler ensemble.

— Je n'ai pas eu besoin de lui dire. Il le savait déjà.

— Comment ?

Gabriel le lui expliqua.

— Il est sournois, ce salaud, grommela Keller.

— Il est anglais, dit Gabriel. C'est une seconde nature, chez eux.

Keller dévisagea un instant Gabriel avant de dire :

— C'est marrant, mais la situation n'a pas l'air de te chagriner outre mesure…

— Il faut reconnaître qu'elle t'offre d'intéressantes possibilités, Christopher.

Dans une vallée voisine, une cloche sonna les douze coups de midi. Keller posa la photo sur le dossier et alluma une cigarette.

— Tu es obligé ? demanda Gabriel en repoussant la fumée d'un geste de la main.

— Je n'ai pas le choix…

— Tu pourrais arrêter de fumer et gagner plusieurs années d'espérance de vie.

— Je parlais de Graham, dit Keller d'un ton exaspéré.

— Tu pourrais rester ici, en Corse, en espérant qu'il ne te dénonce pas aux Français, ou bien…

— Ou bien quoi ?

— Ou tu pourrais m'aider à retrouver Eamon Quinn.

— Et ensuite ?

— Tu pourrais rentrer chez toi, Christopher.

Keller tendit le bras vers la vallée et dit :

— Chez moi, c'est ici.

— C'est faux, Christopher. C'est une illusion… Une chimère.

— Toi aussi, tu n'existes pas.

Gabriel sourit mais ne dit rien. La cloche s'était tue. Les ombres de l'après-midi commençaient à couvrir les bords de la terrasse. Keller écrasa sa cigarette et baissa les yeux vers le dossier fermé.

— C'est intéressant ? demanda-t-il.
— Très.
— Ça parle de gens que tu connais ?
— Un cadre du MI5, nommé Graham Seymour, dit Gabriel. Et un officier du SAS qui n'est désigné que sous son nom de code.
— Lequel ?
— Merchant.
— Ça sonne bien.
— C'est ce que j'ai pensé, moi aussi.
— Et que dit-on de ce Merchant ?
— Qu'il a mené des opérations d'infiltration à Belfast-Ouest pendant à peu près une année à la fin des années 1980.
— Pourquoi a-t-il arrêté ?
— Sa couverture a été éventée. Apparemment, il y a un rapport avec une femme…
— Le nom de cette femme est-il mentionné dans ce dossier ? demanda Keller.
— Non.
— Qu'est-ce qui s'est passé, ensuite ?
— Merchant a été enlevé par l'IRA et emmené dans une ferme reculée pour être interrogé et exécuté. Cette ferme était située dans le sud du comté d'Armagh. Quinn était présent.
— Comment ça s'est terminé ?
— Mal.

Une bourrasque fit frémir les pins. Keller regarda sa vallée corse comme si elle allait s'évaporer. Puis il alluma une autre cigarette et raconta à Gabriel le reste de l'histoire.

11
Corse

Ce furent les facultés linguistiques de Keller qui lui avaient valu d'être choisi pour cette mission. Non pas, en l'occurrence, sa capacité à parler des langues étrangères, mais sa connaissance des différentes manières dont était parlée la langue anglaise tant dans les rues de Belfast que dans les six comtés d'Irlande du Nord. Les subtilités des accents locaux empêchaient presque entièrement les officiers du régiment d'élite Special Air Service (SAS) d'opérer au sein des petites communautés très soudées de la province sans être immédiatement repérés. En conséquence, la plupart des agents du SAS mobilisés contre l'IRA étaient contraints de recourir aux services d'un « Fred » — un assistant local, dans le jargon du régiment d'élite — quand ils traquaient un membre de l'armée secrète républicaine ou devaient assurer une surveillance discrète des rues. Mais ce n'était pas le cas de Keller. Il avait acquis une singulière aptitude à imiter les divers dialectes en usage en Irlande du Nord, parlant avec les intonations, l'assurance et la rapidité d'un autochtone. Il pouvait même changer d'accent à volonté — après avoir parlé comme un catholique d'Armagh, il passait un instant plus tard à l'accent des protestants de Shankill Road puis à celui des catholiques des logements sociaux de Ballymurphy. Ces talents linguistiques extraordinaires n'avaient pas échappé à ses supérieurs. Et ils n'avaient pas tardé à être portés à la connaissance d'un jeune et ambitieux agent de renseignements, qui dirigeait les opérations du MI5 en Irlande du Nord.

— Je crois deviner, dit Gabriel, que ce jeune agent du MI5 se nommait Graham Seymour…

Keller hocha la tête. Puis il expliqua à Gabriel que Seymour, à la fin des années 1980, n'était pas satisfait de la qualité des renseignements qu'il recevait des informateurs stipendiés par le MI5 en Irlande du Nord. Il souhaitait infiltrer ses propres agents dans les bastions républicains de Belfast-Ouest, avec pour mission de s'informer plus directement sur les déplacements et les liens des commandants et volontaires de l'IRA que les services avaient identifiés. Ce n'était pas un boulot pour un agent du MI5 ordinaire. L'agent allait devoir se débrouiller tout seul dans un monde où le moindre faux pas, le moindre regard de travers pouvait vous valoir une balle dans la tête. Keller avait rencontré Seymour dans une maison sécurisée de Londres et accepté la mission. Deux mois plus tard, il était de retour à Belfast et se faisait passer pour un catholique nommé Michael Connelly. Il avait loué un deux pièces dans la Divis Tower, un grand immeuble de vingt étages qui se dressait à l'entrée de Falls Road, le bastion catholique. Son voisin était membre de la brigade de Belfast-Ouest de l'IRA. L'armée britannique avait installé un poste d'observation sur le toit de la tour et se servait des deux derniers étages comme caserne et comme espace de bureaux. Au plus fort des troubles, les soldats n'y accédaient que par hélicoptère.

— C'était de la folie ! dit Keller en secouant lentement la tête. De la pure folie !

Alors que de très nombreux habitants de Belfast-Ouest étaient au chômage, Keller n'avait pas tardé à trouver un emploi comme livreur pour une blanchisserie de Falls Road. Ce travail lui permettait d'aller et venir à sa guise sans susciter de soupçons dans les quartiers populaires et les enclaves confessionnelles de Belfast-Ouest. Il lui donnait, en outre, accès au domicile et au linge de membres identifiés de l'IRA. Cet exploit n'était pas dû au hasard : la blanchisserie appartenait aux services secrets britanniques.

— Cette opération a été l'une des plus secrètes, dit Keller. Même le Premier ministre n'était pas au courant. Nous disposions d'une petite flotte de camionnettes équipées de matériel d'écoute et d'un labo à l'arrière de la blanchisserie. Nous avons testé tous les vêtements possibles et imaginables en quête de traces d'explosifs. Et quand nous en trouvions, nous placions le propriétaire du vêtement et sa maison sous surveillance.

Peu à peu, Keller était parvenu à nouer des liens amicaux avec des membres de la communauté dysfonctionnelle dans laquelle il s'était immergé. Son voisin membre de l'IRA l'avait invité à dîner et, un jour, dans un bar républicain de Falls Road, un recruteur lui avait fait, sans s'embarrasser de subtilités, des avances, que Keller avait poliment déclinées. Il assistait régulièrement à la messe à l'église St. Paul — une partie de son entraînement avait consisté à apprendre les rites et les doctrines propres au catholicisme. Et c'est par un dimanche pluvieux, pendant le carême, qu'il avait rencontré dans cette église une ravissante jeune fille nommée Elizabeth Conlin. Son père n'était autre que Ronnie Conlin, un commandant de la brigade de Ballymurphy de l'IRA.

— Un client sérieux, dit Gabriel.

— Aussi sérieux que possible.

— Et tu as décidé de poursuivre cette relation…

— Je n'avais guère le choix.

— Tu étais amoureux d'elle…

Keller hocha lentement la tête.

— Comment faisais-tu pour… la voir ?

— Je me glissais furtivement dans sa chambre. Elle suspendait un foulard violet à la fenêtre quand la voie était libre. C'était une maison minuscule, dont les murs étaient épais comme du carton. J'entendais le père, qui couchait dans la chambre à côté. C'était…

— De la folie, conclut Gabriel.

Keller se tut.

— Graham était au courant ? demanda Gabriel.

— Bien sûr.

— Tu lui as dit ?

— Ça n'a pas été nécessaire. J'étais sous surveillance permanente du MI5 et du SAS.

— Je suppose qu'il t'a ordonné de rompre avec Elizabeth…

— Sans la moindre ambiguïté.

— Et qu'as-tu fait ?

— J'ai donné mon accord, répondit Keller. A une seule condition…

— Tu voulais la revoir une dernière fois.

Keller se renferma dans un long silence. Et quand il finit par parler, sa voix avait changé. Elle avait pris les intonations de Belfast-Ouest : les voyelles allongées, les inflexions rugueuses. Il n'était plus Christopher Keller. Il était redevenu Michael Connelly, le livreur de la blanchisserie de Falls Road, qui était tombé amoureux de la ravissante fille d'un dirigeant de l'IRA, tout-puissant à Ballymurphy. Lors de sa dernière nuit en Irlande du Nord, il avait garé sa camionnette sur Springield Road puis il avait escaladé le mur du jardinet de la maison des Conlin. Le foulard violet était accroché à l'endroit habituel, mais la chambre d'Elizabeth était plongée dans l'obscurité. Keller avait soulevé sans un bruit la fenêtre guillotine. Ecartant les rideaux vaporeux, il avait pénétré dans la chambre. A peine y avait-il posé un pied qu'il avait reçu un coup à la tempe, aussi percutant et douloureux qu'un coup de hache — et il avait perdu connaissance. Son dernier souvenir, avant de s'évanouir, avait été le visage de Ronnie Conlin.

— Il m'a parlé, dit Keller. Il m'a dit que j'allais bientôt mourir.

Keller avait été ligoté, bâillonné, cagoulé et jeté dans le coffre d'une voiture. On l'avait transporté, ainsi ficelé, des taudis de Belfast-Ouest jusqu'à une ferme du sud de l'Armagh. Là, il avait été emmené dans une grange, où il avait été très brutalement passé à tabac. Puis on l'avait attaché à une chaise pour être interrogé et jugé. Quatre membres de la redoutable brigade du Sud-Armagh composaient le jury. Eamon Quinn tenait tout à la fois les rôles de procureur, de juge et de bourreau. Il projetait d'exécuter la sentence avec un poignard de combat qu'il avait prélevé sur le cadavre d'un soldat britannique. Quinn était le meilleur artificier de l'IRA, un technicien hors pair — mais quand il lui fallait tuer de sa main, il préférait le faire à l'arme blanche.

— Il m'a dit que, si je coopérais, ma mort serait plus douce… Et il a ajouté que, si je me taisais, il allait me tailler en morceaux.

— Et qu'est-ce qui s'est passé ?

— J'ai eu de la chance, dit Keller. Ils m'avaient mal ligoté, et c'est *moi* qui les ai taillés en pièces. J'ai agi avec une telle rapidité qu'ils n'ont jamais compris ce qui leur arrivait.

— Combien ?

— Deux, d'abord, répondit Keller. Ensuite j'ai mis la main sur un pistolet et j'en ai buté deux autres.

— Qu'est-il advenu de Quinn ?

— Quinn a eu la sagesse de fuir à temps le champ de bataille. Quinn a survécu pour continuer le combat.

Le lendemain matin, l'armée britannique avait annoncé que quatre membres de la brigade du Sud-Armagh avaient été tués au cours d'un raid contre une cache de l'IRA. Le communiqué officiel ne faisait aucune mention d'un officier du SAS nommé Christopher Keller, pas plus qu'il n'évoquait une blanchisserie de Falls Road secrètement possédée par les services secrets britanniques. Keller avait été rapatrié en Angleterre pour être soigné. La blanchisserie avait discrètement fermé ses portes. C'était un grave revers de l'intervention britannique en Irlande du Nord.

— Et Elizabeth ?

— On a retrouvé son corps deux jours plus tard. Son crâne avait été rasé et sa gorge tranchée.

— Qui l'a tuée ?

— Il paraît que c'est Quinn, dit Keller. Apparemment, il a insisté pour le faire lui-même.

Après sa sortie de l'hôpital, Keller était revenu au quartier général du SAS à Hereford pour y passer sa convalescence. Il faisait de longues randonnées exténuantes dans les collines du pays de Galles et enseignait l'art de tuer en silence à de nouvelles recrues. Mais, pour ses supérieurs, il était clair que son expérience à Belfast l'avait transformé. Peu après, en août 1990, Saddam Hussein avait envahi le Koweït. Keller avait rejoint son escadron opérationnel, déployé au Proche-Orient. Et, le soir du 28 janvier 1991, alors que son unité cherchait des lanceurs de missiles SCUD dans le désert de l'Ouest irakien, elle avait été bombardée par des avions de la coalition dirigée par les Etats-Unis. Seul Keller avait survécu à ce cas tragique de tirs contre son propre camp. Furieux, il avait déserté le champ de bataille et, déguisé en Bédouin, traversé la frontière irako-syrienne. De là, il avait marché jusqu'à la Turquie, était passé en Grèce puis en Italie avant d'échouer sur le littoral corse, où il avait été accueilli à bras ouverts par don Orsati.

— Tu n'as jamais cherché à le retrouver ?

— Qui ça, Quinn ?

Gabriel hocha la tête.

— Le parrain me l'a interdit.

— Mais ça ne t'a pas empêché d'essayer, hein ?

— Disons que j'ai suivi de près l'évolution de sa carrière. J'ai su qu'il avait rejoint l'IRA véritable après les accords de paix du Vendredi saint, et que c'était lui qui avait posé la bombe dans le centre-ville d'Omagh.

— Et quand il a quitté l'Irlande ?

— Je me suis renseigné, en m'efforçant d'être persuasif, sur les endroits où il se trouvait.

— Et ces recherches ont été fructueuses ?

— Tout à fait.

— Mais tu n'as jamais essayé de le tuer.

— Non, répondit Keller en secouant la tête. Le parrain me l'avait strictement interdit.

— Mais, maintenant, tu as une nouvelle occasion de te venger…

— Avec la bénédiction des services secrets de Sa Majesté, dit Keller en esquissant un sourire. Plutôt ironique, hein ?

— Quoi donc ?

— C'est Quinn qui m'a fait sortir du grand jeu… Et voilà que c'est à cause de lui que j'y retourne.

Keller regarda Gabriel avec gravité avant de lui demander :

— Tu es sûr de vouloir m'impliquer là-dedans ?

— Pourquoi pas ?

— Parce que c'est personnel, répondit Keller. Et quand c'est personnel, on fait rarement dans la dentelle.

— Moi-même, j'agis très souvent pour des motifs personnels, observa Gabriel.

— Oui, et c'est bien pour ça que tu fais rarement dans la dentelle…

L'ombre avait envahi la terrasse. Le vent faisait onduler l'eau de la piscine.

— Et quand je lui aurai réglé son compte, que se passera-t-il ?

— Graham te donnera une nouvelle identité britannique. Et un boulot…

Gabriel s'interrompit avant d'ajouter :

— Si ça t'intéresse.

— Quel genre de boulot ?

— Sers-toi de ton imagination.

Keller fronça les sourcils.

— Qu'est-ce que tu ferais, à ma place ? demanda-t-il.

— J'accepterais.

— Il me faudrait renoncer à tout ça, dit-il en désignant la paisible vallée.

— C'est une chimère, Christopher.

Dans la vallée voisine, la cloche sonna 1 heure.

— Que vais-je dire au parrain ? s'enquit Keller.

— Là, malheureusement, je ne peux pas t'aider.

— Pourquoi ?

— Parce que c'est personnel, répondit Gabriel. Et quand c'est personnel, on fait rarement dans la dentelle.

Un ferry partait pour Nice à 18 heures le jour même. Gabriel embarqua à 17 h 30, but une tasse de café à la buvette et alla attendre Keller sur la terrasse panoramique du navire. A 17 h 45, l'Anglais n'était toujours pas arrivé. Cinq autres minutes s'écoulèrent sans qu'il donne le moindre signe de vie. C'est alors que Gabriel vit une vieille Renault toute cabossée entrer dans le parking du port. Un instant plus tard, Keller franchissait la passerelle à petites foulées, un sac de voyage à l'épaule. Ils restèrent un moment côte à côte sur le pont supérieur, contemplant les lumières d'Ajaccio qui s'estompaient dans la pénombre du crépuscule. La brise marine était chargée des parfums du maquis, où dominaient les fragrances du romarin et de la lavande. Keller inspira profondément avant d'allumer une cigarette.

— Tu es obligé de fumer ?

Keller ne répondit pas.

— Je commençais à me dire que tu avais changé d'avis, observa Gabriel.

— Pour te laisser partir à la poursuite de Quinn, tout seul ?

— Tu ne m'en crois pas capable ?

— Je n'ai pas dit ça…

Keller fuma en silence pendant un moment.

— Comment le parrain a-t-il pris ton départ ?

— Il a récité plusieurs proverbes corses sur l'ingratitude des enfants. Et puis il m'a donné son accord.

Les lumières de l'île devenaient de plus en plus indistinctes. L'odeur saline de la Méditerranée avait remplacé le parfum du maquis. Keller plongea sa main dans la poche de son manteau et en sortit un talisman corse qu'il tendit à Gabriel.

— Un cadeau… De la part de la *signadora*.

— Nous autres, nous ne croyons pas à ces sortilèges.

— Si j'étais toi, je le prendrais, quand même. La vieille a laissé entendre que ça pourrait mal tourner…

— Comment ?

Keller ne répondit pas. Gabriel accepta le talisman et l'accrocha à son cou. Une à une, les lumières de l'île s'éteignaient à l'horizon, avant de disparaître entièrement.

12
Dublin

Théoriquement, l'opération qu'entamèrent Gabriel et Keller le lendemain était une entreprise conjointe entre le Bureau et le MI6. Le rôle des Britanniques était tellement secret qu'au MI6 seul Graham Seymour était au courant. Ce fut donc le Bureau qui se chargea de la logistique, achetant les billets d'avion et louant la berline Skoda qui les attendait sur le parking de longue durée de l'aéroport de Dublin. Gabriel vérifia qu'aucun objet suspect n'était caché sous le bas de caisse avant de se mettre au volant. Keller s'assit sur le siège du passager et ferma la portière en faisant grise mine.

— Ils n'auraient pas pu nous trouver quelque chose de mieux qu'une Skoda ?

— C'est l'une des voitures les plus courantes en Irlande, ce qui signifie qu'elle passera plus inaperçue.

— Et les armes à feu ?

— Ouvre la boîte à gants.

C'est ce que Keller fit. A l'intérieur se trouvaient un Beretta 9 mm, chargé, ainsi qu'un chargeur supplémentaire et un silencieux.

— Il n'y a qu'un pistolet ? s'étonna Keller.

— Nous ne partons pas en guerre, Christopher.

— Ça, c'est ce que tu crois.

Keller referma la boîte à gants. Gabriel inséra la clé dans le contact. Le moteur toussota un instant avant de tourner au ralenti.

— Tu penses toujours qu'ils ont bien fait de louer une Skoda ? demanda Keller.

Gabriel passa la première.

— On commence par où ? demanda-t-il.

— Ballyfermot.

— Bally par où ?

Keller désigna le panneau indiquant la sortie et répondit :

— Bally par là.

La république d'Irlande avait jadis été un pays sans criminalité violente, ou presque. Jusqu'à la fin des années 1960, la police irlandaise, dont le nom en gaélique était Garda Siochána, ne comptait que quelques centaines d'agents et d'officiers. Et seules sept voitures de police patrouillaient dans les rues de Dublin. Le principal problème de maintien de l'ordre était la petite délinquance : cambriolages, vols à la tire et quelques attaques à main armée. Les rares actes de violence étaient habituellement provoqués par l'alcool ou la passion amoureuse — ou un mélange des deux.

Tout cela changea lorsque éclatèrent les troubles de l'autre côté de la frontière, en Irlande du Nord. Ayant grand besoin d'armes et d'argent pour lutter contre l'armée britannique, l'IRA provisoire se mit à braquer des banques dans le Sud. Les petits voyous des taudis et des logements sociaux délabrés de Dublin imitèrent les méthodes des « Provos » et se mirent à monter des coups de plus en plus audacieux, pour leur propre compte. Les Gardaí, en sous-effectif et sous-équipés, furent rapidement dépassés par la double menace de l'IRA et de la pègre locale. Dès 1970, l'Irlande avait perdu sa tranquillité. Les gangs y prospéraient et les révolutionnaires y opéraient en toute impunité.

En 1979, deux événements imprévus, survenus loin des côtes de l'Irlande, accélérèrent la plongée du pays dans l'anarchie et le chaos social. Le premier fut la révolution iranienne, le second, l'invasion soviétique de l'Afghanistan. Ces deux cataclysmes engendrèrent un déferlement d'héroïne bon marché dans les rues des grandes villes occidentales. La drogue inonda les taudis dublinois dès 1980. Un an plus tard, elle faisait des ravages dans les ghettos de Belfast. Des vies furent gâchées, des familles brisées et la criminalité fit un bond, stimulée par des toxicomanes qui cherchaient à financer leur accoutumance. Des quartiers entiers devinrent des zones désolées où des junkies se shootaient dans la rue, au vu et au su des habitants, et où les dealers étaient rois.

Le miracle économique des années 1990, après l'entrée de l'Irlande dans l'Union européenne, transforma l'un des pays les plus pauvres d'Europe en l'un des plus riches. Mais avec la prospérité vint un surcroît d'appétit pour les drogues, en particulier la cocaïne et l'ecstasy. Les chefs de l'ancienne pègre durent céder la place à de nouveaux caïds, qui se livrèrent de sanglants combats de rue pour conquérir territoires et parts de marché. Alors que les voyous à l'ancienne utilisaient des fusils à canon scié pour faire régner leur loi, les nouveaux truands étaient armés de kalachnikovs et autres armes de guerre. Des corps truffés de plomb se mirent à joncher les rues des quartiers défavorisés. Selon une estimation de la Garda, pas moins de vingt-cinq bandes de trafiquants de drogue violents exerçaient, en 2012, leur métier mortifère en Irlande du Sud. Plusieurs d'entre elles avaient établi des liens lucratifs avec des organisations criminelles basées à l'étranger, parmi lesquelles ce qui restait de l'IRA véritable.

— Je croyais que les nationalistes étaient contre la drogue, dit Gabriel.

— C'est peut-être vrai là-bas, chez eux, répondit Keller en pointant du doigt vers le nord. Mais, ici, en république d'Irlande, il en va tout autrement. Dans la pratique, l'IRA véritable n'est qu'un gang de dealers de plus. Parfois, ils vendent de la drogue directement. Le plus souvent, ils vendent leur « protection » aux autres dealers. Leur principale activité consiste à extorquer du fric aux dealers.

— Et Liam Walsh, qu'est-ce qu'il fait ?

— Un peu de tout.

La pluie brouillait les lumières des phares des véhicules en cette heure de pointe, où la circulation était dense. Mais elle l'était moins que Gabriel ne l'avait imaginé. Il attribua cette relative fluidité du trafic à la situation économique du pays. L'Irlande avait connu une récession plus prononcée que la plupart des autres pays européens frappés par la crise de 2008. Même le trafic de drogue s'en ressentait.

— Le nationalisme irlandais coule dans les veines de Walsh, dit Keller. Son père était membre de l'IRA, ainsi que ses oncles et ses frères. Il a suivi l'IRA véritable après la scission et, quand la guerre a effectivement pris fin, il est venu à Dublin pour faire fortune dans le trafic de drogue.

— Quels sont ses liens avec Quinn ?

— Omagh, répondit Keller.

Il fit un geste vers la droite et dit :

— C'est là que tu tournes.

Gabriel bifurqua dans Kennelsfort Road. Elle était bordée de petites maisons en brique d'un étage, toutes identiques. Ce n'était pas tout à fait le « miracle irlandais », mais ce n'était pas des taudis.

— On est à Ballyfermot, là ?

— Non, ici, c'est Palmerstown.

— Et maintenant, je vais où ?

D'un autre geste de la main, Keller fit savoir à Gabriel qu'il fallait qu'il continue tout droit. Ils contournèrent une zone industrielle abritant des entrepôts gris avant de se retrouver sur Ballyfermot Road. Au bout d'un moment, ils débouchèrent sur une artère commerçante bordée de petites boutiques blafardes : un soldeur, un opticien discount, un magasin de vêtements au rabais, une friterie… De l'autre côté de la rue se trouvaient un supermarché Tesco et, juste à côté de celui-ci, l'officine d'un bookmaker. A l'entrée de cette boutique se tenaient quatre hommes vêtus de manteaux noirs en cuir. Liam Walsh était le plus petit des quatre. Il était en train de fumer une cigarette, tout comme ses compagnons. Gabriel entra dans le parking du supermarché et y trouva une place libre. De là, ils avaient une bonne vue sur l'officine du bookmaker.

— Tu devrais peut-être laisser tourner le moteur, dit Keller.

— Pourquoi ?

— On n'est pas sûrs qu'elle va redémarrer.

Gabriel coupa le contact et éteignit ses phares. La pluie martelait le pare-brise. Au bout de quelques instants, la silhouette de Liam Walsh disparut dans un kaléidoscope flou. Gabriel activa les essuie-glaces et Walsh fut à nouveau distinctement visible. Une grosse Mercedes noire venait de se garer devant l'officine. C'était la seule Mercedes de la rue, et sans doute la seule de tout le quartier. Walsh parlait au conducteur par la vitre ouverte.

— Apparemment, ce Walsh est un pilier de la vie locale, murmura Gabriel.

— En tout cas, c'est ainsi qu'il aime à se décrire.

— Mais alors, qu'est-ce qu'il fiche, sous la pluie, devant un bureau de paris ?

— Il veut que les autres bandes sachent qu'il surveille son territoire. Un rival a essayé de le tuer au même endroit, l'an dernier. Si tu regardes de près, tu verras des impacts de balles dans le mur.

La Mercedes s'éloigna. Liam Walsh revint s'abriter dans l'entrée de l'officine.

— Et qui sont les gars à l'air avenant qui sont avec lui ?

— Les deux de gauche sont ses gardes du corps. Le troisième est son adjoint.

— Ce sont des membres de l'IRA véritable ?

— Jusqu'à la moelle.

— Armés ?

— Sans le moindre doute.

— Alors, qu'est-ce qu'on fait ?

— On attend qu'il bouge.

— Ici ?

Keller secoua la tête.

— S'ils nous voient nous attarder dans ce parking, ils vont finir par se dire qu'on est des flics ou des concurrents. Et s'ils se disent ça, on est morts.

— Alors, on devrait peut-être se tirer, suggéra prudemment Gabriel.

Keller désigna du menton la friterie sur le trottoir d'en face et sortit de la voiture. Gabriel lui emboîta le pas. Les mains dans les poches et la tête baissée pour se protéger du vent pluvieux, ils attendirent côte à côte de pouvoir traverser la rue.

— Ils nous observent, dit Keller.

— Tiens, toi aussi, tu as remarqué ?

— Difficile de ne pas le remarquer…

— Walsh sait-il à quoi tu ressembles ?

— Non, pas encore.

Le flot de voitures sur la chaussée s'interrompit et ils purent traverser, se dirigeant vers l'entrée de la friterie.

— Il vaut mieux que tu ne parles pas, dit Keller. Ce n'est pas le genre de quartier qui accueille beaucoup de visiteurs exotiques.

— Je parle parfaitement anglais.

— C'est bien ça, le problème.

Keller ouvrit la porte de la gargote et entra le premier. C'était une pièce exiguë. Le sol était couvert d'un linoléum craquelé, la peinture des murs était écaillée. Une odeur de graisse, d'amidon et de laine humide flottait dans l'air. Une jolie jeune fille officiait au comptoir. Il y avait une table libre contre la vitrine. Gabriel s'y assit, tournant le dos à la rue tandis que Keller allait tout droit au comptoir et commandait deux portions de frites, avec l'accent d'un habitant de la banlieue sud de Dublin.

— Je suis impressionné, murmura Gabriel lorsque

Keller vint s'asseoir en face de lui. J'ai cru un instant que tu allais entonner *When Irish Eyes Are Smiling*[1].

— Pour cette jolie fillette, je suis aussi irlandais qu'elle.

— C'est ça, dit Gabriel d'un ton sceptique. Et moi, je suis Oscar Wilde.

— Tu ne crois pas que je puisse me faire passer pour un Irlandais ?

— Peut-être, mais alors pour un Irlandais qui aurait passé de longues vacances au soleil.

— C'est justement comme ça que je me présente.

— Où étais-tu, au juste ?

— A Majorque, répondit Keller. Les Irlandais adorent Majorque, surtout les truands irlandais.

Gabriel regarda autour de lui avant de dire d'un ton sarcastique :

— On se demande bien pourquoi…

La jeune fille vint à leur table et y posa une assiette de frites et deux gobelets remplis de thé au lait. Tandis qu'elle regagnait son comptoir, la porte s'ouvrit et deux hommes à la peau très pâle, qui avaient dans les vingt-cinq ans, entrèrent en hâte. Une femme, vêtue d'un manteau trempé et chaussée d'escarpins, les suivit quelques instants plus tard. Les deux hommes s'assirent à côté de Keller et de Gabriel, et se mirent à parler avec un accent à couper au couteau, que Gabriel trouva presque entièrement incompréhensible. La femme alla s'installer au fond de la gargote. Elle se mit à lire un livre de poche en sirotant une tasse de thé.

— Qu'est-ce qui se passe, dehors ? demanda Gabriel à Keller.

— Nos quatre lascars sont toujours debout devant la boutique du bookmaker. L'un d'entre eux semble en avoir marre de la pluie.

1. *Quand des yeux irlandais sourient*, chanson américaine en hommage à l'Irlande qui connut un grand succès dans la première moitié du xxe siècle. (NdT)

— Où habite-t-il ?

— Pas loin, répondit Keller. Il aime vivre au plus près du peuple.

Gabriel but une gorgée de thé et grimaça. Keller poussa l'assiette de frites vers Gabriel.

— Mange, dit-il.

— Non.

— Pourquoi pas ?

— Je veux vivre assez vieux pour voir naître mes enfants.

— Bonne idée, dit Keller en souriant. Les gens de ton âge doivent faire attention à ce qu'ils mangent.

— Fais gaffe à ce que tu dis.

— Quel âge as-tu, au juste ?

— Je ne m'en souviens plus.

— Tu as des troubles de la mémoire dus à la sénilité ?

Gabriel ne répondit pas à la provocation et but une autre gorgée de thé. Keller se mit à grignoter une frite puis une autre.

— Evidemment, elles ne sont pas aussi bonnes que celles du sud de la France, dit-il.

— Tu as demandé un ticket de caisse ?

— Pour quoi faire ?

— Il paraît que les comptables du MI6 sont très pointilleux.

— Il est encore un peu tôt pour parler du MI6. Je n'ai pas encore pris de décision.

— Il arrive que ce soient d'autres que nous qui prennent les meilleures décisions à notre place, dit Gabriel d'un ton sentencieux.

— On croirait entendre don Orsati.

Keller mangea une autre frite.

— C'est vrai, ce que tu viens de dire sur les comptables du MI6 ?

— C'était juste histoire de bavarder un peu.

— Et les comptables du Bureau, ils sont comment ?

— Ce sont les plus pointilleux de tous.

— Mais pas avec toi, hein ?

— Avec moi, un peu moins…

— Mais alors, pourquoi ne t'ont-ils pas trouvé mieux qu'une Skoda ?

— Cette Skoda convient parfaitement.

— J'espère qu'il tiendra dans le coffre.

— On l'aplatira, si nécessaire.

— Et la maison sécurisée ?

— Je suis sûre qu'elle est magnifique, Christopher.

Keller ne parut pas convaincu. Il piocha une autre frite, se ravisa et la laissa tomber dans l'assiette.

— Qu'est-ce qui se passe derrière moi ? murmura-t-il.

— Il y a deux jeunes types qui parlent un langage inconnu. Et une femme qui bouquine.

— Qu'est-ce qu'elle lit ?

— Je crois que c'est un livre de John Banville.

Keller hocha la tête et resta songeur un instant, les yeux rivés sur Ballyfermot Road.

— Que vois-tu ? demanda Gabriel.

— Un homme qui se tient à l'entrée d'une boutique de bookmaker. Et trois hommes qui montent dans une voiture.

— Quel genre de voiture ?

— Une Mercedes noire.

— C'est mieux qu'une Skoda.

— Beaucoup mieux.

— Alors, qu'est-ce qu'on fait, maintenant ?

— On laisse les frites ici et on emporte nos tasses de thé.

— Quand ? demanda Gabriel.

Keller se leva.

13
Ballyfermot, Dublin

Ils jetèrent leurs gobelets en plastique dans une poubelle sur le parking du supermarché Tesco et montèrent à bord de la Skoda. Cette fois, ce fut Keller qui se mit au volant. Il était sur son territoire. Il s'engagea dans Ballyfermot Road et se fraya un chemin dans la circulation jusqu'à ce qu'il ne reste plus que deux voitures entre la leur et la Mercedes. Il conduisait calmement, une main posée sur le volant et l'autre sur le levier de vitesse, les yeux rivés sur la route. Gabriel se chargeait de vérifier dans le rétroviseur latéral que personne ne les suivait.

— Alors ? demanda Keller.

— Tu t'en sors très bien, Christopher. Tu seras un excellent agent du MI6.

— Je voulais savoir si on était suivis.

— Ce n'est pas le cas.

Keller ôta sa main gauche du levier et s'en servit pour extraire une cigarette de la poche de son manteau. Gabriel tapota sur une petite plaque jaune et noir, collée sur le pare-soleil.

— C'est une voiture non-fumeurs, marmonna-t-il. C'est marqué là.

Keller alluma sa cigarette sans tenir compte de la remarque. Gabriel abaissa sa vitre de quelques centimètres pour aérer l'habitacle.

— Ils s'arrêtent, dit-il.

— J'ai vu.

La Mercedes se gara dans une place en épi, devant une maison de la presse. Il s'écoula quelques secondes avant que Liam Walsh n'en sorte. Il entra dans le magasin. Keller roula sur une cinquantaine de mètres puis s'arrêta devant une pizzeria. Il éteignit les phares mais laissa le moteur tourner.

— Je suppose qu'il a besoin de faire quelques emplettes avant de rentrer chez lui.

— Quel genre d'emplettes ?

— Le *Herald*, suggéra Keller.

— Plus personne ne lit de journaux, Christopher. Tu n'es pas au courant ?

Keller jeta un regard à la pizzeria.

— Tu pourrais y aller et commander deux parts de pizza à emporter.

— Sans parler ?

— Tu trouveras bien un moyen de communiquer avec les indigènes.

— Quel genre de pizza te ferait plaisir ? Une margarita ?

— Vas-y, dit Keller.

Gabriel sortit de la Skoda et entra à son tour dans la pizzeria. Il y avait trois clients qui faisaient la queue devant lui. Il patienta dans l'odeur de fromage fondu et de pâte à pain. Puis il entendit klaxonner dehors, se retourna et vit la Mercedes démarrer en trombe et foncer dans Ballyfermot Road. Il sortit aussitôt et monta dans la Skoda. Keller exécuta une marche arrière, manœuvra et se mit à accélérer progressivement.

— Il n'a rien acheté ? s'enquit Gabriel.

— Des journaux et un paquet de Winston.

— Quelle tête faisait-il quand il est sorti du magasin ?

— La tête de quelqu'un qui n'a besoin ni de journaux ni de cigarettes.

— Je suppose que la Garda le surveille régulièrement…

— J'espère bien.

— Ce qui veut dire qu'il a l'habitude d'être suivi de temps en temps par des voitures banalisées.

— C'est fort probable.

— Il tourne, dit Gabriel.

— J'ai vu.

La Mercedes s'était engagée dans une rue étroite bordée de petites maisons en brique. Il n'y avait pas de voitures ni de magasins dans cette rue lugubre et mal éclairée, ni aucun endroit où deux étrangers pouvaient se cacher. Keller se gara le long du trottoir et éteignit ses phares. Cent mètres plus loin, la Mercedes pénétra lentement dans une allée. Ses feux s'éteignirent. Quatre portières s'ouvrirent en même temps et quatre hommes sortirent du véhicule.

— C'est là qu'habite Walsh ? demanda Gabriel.

Keller hocha la tête.

— Il est marié ?

— Divorcé.

— Une petite amie ?

— Possible.

— Et un chien ? Il a un chien ?

— Tu as quelque chose contre les chiens ?

Gabriel préféra ne pas répondre. Il regarda les quatre hommes approcher de la maison et disparaître derrière la porte.

— Et maintenant ? Qu'est-ce qu'on fait ?

— On pourrait attendre plusieurs jours qu'une meilleure occasion se présente…

— Ou alors ?

— Ou alors, on le chope maintenant.

— Ils sont quatre et nous ne sommes que deux, objecta Gabriel.

— Un, en fait, dit Keller. Toi, tu ne viens pas.

— Pourquoi ?

— Parce que le futur patron du Bureau ne peut pas être mêlé de trop près à un acte illégal de ce genre…

Keller palpa la bosse que faisait le Beretta sous sa veste et ajouta :

— Et puis, on n'a qu'un seul flingue.

— Quatre contre un, dit Gabriel au bout d'un moment. C'est pratiquement perdu d'avance…

— En fait, étant donné mon palmarès, je trouve que j'ai une bonne chance d'y arriver.

— Comment comptes-tu la jouer ?

— Comme on la jouait en Irlande du Nord, répondit Keller. C'est un jeu de grands garçons, avec des règles de grands garçons.

Keller sortit sans ajouter le moindre mot et ferma sa portière sans faire de bruit. Gabriel enjamba la console centrale et se mit au volant. Il activa furtivement les essuie-glaces et put voir Keller qui marchait vers la maison, les mains dans les poches de son manteau, les épaules bien droites face au vent. Gabriel consulta son BlackBerry : il était 20 h 27 à Dublin, 10 h 27 à Jérusalem. Il songea à sa belle et jeune épouse, seule dans son appartement de la rue Narkiss, et aux jumeaux qu'elle attendait, confortablement recroquevillés dans le ventre maternel. Et lui, il était là, dans une rue désolée de la banlieue de Dublin, faisant une fois de plus le guet le temps qu'un vieil ami ait réglé un vieux compte. La pluie martelait sans répit le pare-brise, transformant cette rue morne et sinistre en un paysage aquatique tout droit sorti d'un rêve confus. Gabriel activa de nouveau les essuie-glaces et vit Keller passer sous le halo jaunâtre d'une lampe de réverbère. Et quand il les activa une troisième fois, Keller avait disparu de son champ de vision.

La maison était située au 48, Rossmore Road. La façade, couverte d'un crépi gris, était percée d'une fenêtre à cadre blanc au rez-de-chaussée et de deux autres, identiques, à l'étage. L'étroite allée ne pouvait contenir qu'une seule voiture. Une clôture, derrière laquelle un petit chemin pavé menait à la porte d'entrée, séparait la rue d'une petite pelouse, bordée d'une haie courte. Ce logis modeste paraissait simple et respectable — même si on ne pouvait pas en dire autant de l'homme qui y vivait.

Comme toutes les autres maisons de ce bout de rue, celle du 48 avait un jardin à l'arrière, derrière lequel s'étendait le terrain de sport d'une école catholique pour garçons. L'entrée de cet établissement se trouvait dans une rue adjacente, Le Fanu Road. Le portail principal de l'école était ouvert. Il y avait, selon toutes les apparences, une réunion de parents d'élèves dans le préau. Keller franchit le portail sans être vu et se mit à traverser une aire de jeux goudronnée. Et soudain il se crut de retour dans cette morne école du Surrey où ses parents l'avaient exilé à l'âge de dix ans. Il était le garçon dont on attendait beaucoup : il venait d'une bonne famille, c'était un excellent élève et un meneur-né. Les garçons plus âgés ne portaient jamais la main sur lui car ils avaient peur de lui. Le directeur lui épargna un jour un châtiment corporel car, en son for intérieur, le directeur le craignait aussi.

A l'autre bout de l'aire de jeux, il y avait une rangée d'arbres ruisselants de pluie. Keller passa sous leurs branches dénudées et entreprit de traverser le terrain de sport. A l'extrémité nord du terrain se dressait un mur d'à peu près deux mètres de haut, couvert de lierre. Derrière ce mur se trouvaient les jardins arrière des maisons qui bordaient Rossmore Road. Keller marcha jusqu'au coin le plus éloigné du terrain et effectua exactement cinquante-sept pas. Puis, sans faire le moindre bruit, il escalada le mur et se laissa tomber de l'autre côté. Avant même que ses pieds n'entrent en contact avec la terre humide, il avait sorti son Beretta pourvu d'un silencieux et le dirigeait vers la porte de derrière de la maison. A l'intérieur, des lampes étaient allumées, des ombres se déplaçaient sur les rideaux tirés. Keller tenait le pistolet fermement, l'œil aux aguets, l'oreille tendue. C'était un jeu de grands garçons, avec des règles de grands garçons.

A 21 h 10, le BlackBerry de Gabriel vibra doucement. Il le plaqua contre son oreille, écouta et coupa la communication. Une bruine brumeuse avait succédé à la pluie. Il n'y avait pas âme qui vive dans Rossmore Road. Pas une voiture, pas un piéton. Il roula jusqu'au 48, se gara devant la maison et coupa le contact de la Skoda. Son BlackBerry se remit à vibrer, mais cette fois il ne décrocha pas. Il enfila une paire de gants en latex, sortit et ouvrit le coffre exigu de la Skoda. A l'intérieur se trouvait une valise, laissée là par l'agent de l'antenne du Bureau à Dublin. Gabriel la sortit du coffre et l'emporta jusqu'à la porte d'entrée de la maison. Celle-ci s'ouvrit quand il la poussa doucement. Il entra et la referma délicatement derrière lui. Keller était debout dans l'entrée, le Beretta à la main. L'âcre odeur de la cordite se mêlait à celle, moins prononcée, du sang. Gabriel n'était que trop familier de ces effluves de champ de bataille. Il passa devant Keller sans prononcer un mot et entra dans le salon. Un nuage de fumée flottait dans la pièce. Trois hommes étaient étendus sur le sol, chacun arborant une blessure par balle au milieu du front. Un quatrième homme était à peine en meilleur état : son nez était brisé et sa mâchoire paraissait avoir été fracassée à coups de masse. Gabriel se pencha et posa sa main sur le cou de l'homme pour prendre son pouls. Après avoir constaté qu'il vivait encore, Gabriel ouvrit sa valise et se mit au travail.

La valise renfermait trois rouleaux d'adhésif ultra-résistant, une douzaine de menottes flexibles jetables, une grande housse en nylon pouvant contenir un homme mesurant jusqu'à un mètre quatre-vingt-dix, une cagoule noire sans ouverture, un survêtement blanc et bleu, une paire d'espadrilles, deux changes de sous-vêtements, une trousse de premiers secours, un paquet de boules Quiès, des flacons de sédatif et des seringues, de l'alcool à 90° et un exemplaire du Coran. Le Bureau désignait le contenu de cette valise sous le nom de « pack de détention mobile ». Les agents de terrains éprouvés l'appelaient « trousse de voyage pour terroriste ».

Après avoir déterminé que Walsh n'était ni mort ni agonisant, Gabriel le momifia à l'aide de l'adhésif. Il n'utilisa pas les menottes flexibles : il était traditionaliste en matière de contrainte physique autant qu'il l'était dans ses goûts artistiques. Tandis qu'il achevait de saucissonner Walsh, recouvrant ses yeux et sa bouche, l'Irlandais reprit connaissance. Gabriel le replongea dans l'inconscience en lui administrant une dose de sédatif. Puis, avec l'aide de Keller, il empaqueta Walsh dans la grande housse en nylon et tira la fermeture à glissière.

La maison n'ayant pas de garage, ils n'eurent pas d'autre choix que de sortir avec leur paquet par la porte d'entrée, à la vue des voisins. Gabriel avait trouvé la clé de la Mercedes dans les poches de l'un des cadavres. Il la sortit de l'allée, monta dans la Skoda et la gara en marche arrière à la place de la Mercedes. Keller porta Walsh tout seul jusqu'au coffre ouvert de la Skoda, dans lequel il le fourra tant bien que mal. Puis il s'assit sur le siège passager et laissa Gabriel prendre le volant. C'était préférable car, Gabriel le savait d'expérience, il n'était pas judicieux de laisser conduire un homme qui vient d'en tuer trois autres.

— Tu as éteint les lumières ? demanda-t-il.

Keller hocha la tête.

— Et les portes ?

— Elles sont verrouillées.

Keller dévissa le silencieux et retira le chargeur du Beretta, puis il plaça ces trois objets dans la boîte à gants. Gabriel tourna dans la première rue et se mit à rouler vers Ballyfermot Road.

— Combien de balles as-tu tirées ?

— Trois, répondit Keller.

— Combien de temps avant que la Garda ne découvre ces cadavres ?

— Ce n'est pas la Garda qui m'inquiète.

Keller jeta sa cigarette dans la nuit noire. Dans le rétroviseur, Gabriel vit la braise rougeoyer sur la chaussée.

— Comment te sens-tu ? demanda-t-il.

— Comme si je n'étais jamais parti de ce pays.

— C'est ça, le problème avec la vengeance, Christopher. On n'en tire jamais aucune satisfaction, ironisa Gabriel.

— C'est bien vrai, dit Keller en allumant une autre cigarette. Et ça ne fait que commencer.

14
Clifden, comté de Galway

Le cottage se dressait dans Doonen Road, perché sur une falaise qui donnait sur les eaux sombres du Salt Lake. Il y avait trois chambres à coucher, une vaste cuisine bien équipée, une salle à manger, une petite bibliothèque, qui faisait office de bureau, et une cave aux murs de pierre. Le propriétaire des lieux, un avocat dublinois réputé, en avait demandé mille euros pour la semaine. Le Département du logement lui avait offert mille cinq cents pour deux personnes, et l'avocat, qui ne recevait guère de propositions en hiver, avait accepté le marché. L'argent avait été viré sur son compte bancaire le lendemain matin. Il provenait d'une entité nommée Taurus Global Entertainment, une société de production télévisuelle basée à Montreux, en Suisse. L'avocat avait été informé que les deux hommes qui allaient séjourner dans son cottage étaient des cadres de Taurus. Ils étaient venus en Irlande pour travailler ensemble sur un projet hautement sensible — ce qui était bien la seule chose de vraie.

Le cottage était situé en retrait de Doonen Road, à une bonne centaine de mètres de la chaussée. On y accédait par un frêle portail en aluminium, qu'il fallait ouvrir et fermer manuellement. Une allée de gravier, bordée de bruyère et d'ajoncs, serpentait vers le sommet de la falaise. Au point culminant de la propriété étaient juchés trois vieux arbres courbés par le vent de l'Atlantique qui remontait les bras de mer de la baie de Clifden. Ce vent était glacial et soufflait sans répit. Il faisait vibrer les vitres du cottage et les tuiles du toit, et envahissait les chambres chaque fois qu'on ouvrait une porte. La petite terrasse était trop inhospitalière pour qu'on puisse y rester plus d'un bref instant — un vrai no man's land. Même les mouettes ne s'attardaient pas dans les parages.

Doonen Road n'était pas à proprement parler une route, c'était plutôt une étroite chaussée à peine assez large pour une seule voiture et ornée d'un ruban d'herbe verte en son milieu. Les vacanciers s'y aventuraient parfois, mais elle servait essentiellement de porte de derrière à la petite bourgade de Clifden. C'était un village assez récent, pour l'Irlande : il avait été fondé en 1814 par un propriétaire terrien et shérif nommé John d'Arcy, qui souhaitait créer un îlot d'ordre et de civilisation au beau milieu du Connemara et de ses landes sauvages, grouillant de hors-la-loi. D'Arcy se fit bâtir un château et fit construire, à l'usage des villageois, une ravissante petite bourgade, avec des rues pavées et des places, ainsi que deux églises dont les clochers étaient visibles à des kilomètres à la ronde. Le château était tombé en ruine depuis longtemps. Mais le village — après avoir failli perdre tous ses habitants au cours de la grande famine qui frappa l'île tout entière, quelques décennies plus tard — comptait désormais parmi les plus animés de l'ouest de l'Irlande.

Le plus petit des deux hommes qui séjournaient dans le cottage de Doonen Road se rendait à pied au village tous les jours, habituellement en fin de matinée. Il était vêtu d'un manteau en toile cirée vert olive et portait un sac à dos. La visière de sa casquette plate ombrageait son regard. Il faisait quelques emplettes au supermarché, achetait une bouteille ou deux chez Ferguson, le marchand de vin local — du vin italien, le plus souvent, mais aussi français, à l'occasion. Et, quand il avait fini de faire ses courses, il flânait devant les vitrines de la rue principale, arborant la mine d'un homme accablé de soucis.

Un jour, il entra dans la galerie d'art Lavelle pour jeter

un bref coup d'œil aux tableaux qui y étaient accrochés. Le galeriste se souvint, plus tard, que le touriste avait l'air de s'y connaître diablement bien. Son accent était difficile à définir. Allemand, peut-être, ou quelque chose d'approchant, selon le galeriste. Peu lui importait, au fond, car, à Clifden, tous les gens qui ne sont pas du Connemara ont un drôle d'accent.

Le quatrième jour, sa balade dans la rue principale parut plus désinvolte que d'habitude. Il n'entra que dans une seule boutique, celle du marchand de journaux, où il acheta quatre paquets de cigarettes américaines et un exemplaire de *The Irish Independent*. En première page, le quotidien titrait sur une tuerie survenue à Dublin, où trois membres de l'IRA véritable avaient été retrouvés morts dans une maison de Ballyfermot. Un quatrième homme était porté disparu, et la Garda estimait qu'il avait été enlevé. Elle le recherchait activement. *Ainsi que l'IRA véritable,* songea le touriste.

— Y en a marre de ces trafiquants de drogue, dit le marchand de journaux.

— Oui, c'est affreux, acquiesça le touriste avec son accent indéfinissable.

Il rangea le journal dans son sac à dos et, avec une réticence évidente, les paquets de cigarettes. Puis il repartit à pied vers le cottage qui appartenait à l'avocat dublinois — lequel faisait par ailleurs l'objet d'un profond ressentiment de la part des autochtones, comme on l'apprit par la suite.

L'autre homme, celui qui avait la peau tannée comme du cuir, était en train de regarder les informations de la mi-journée sur la RTE.

— On est près du but, dit-il.

— Quand ?

— Peut-être ce soir.

Le plus petit des deux hommes sortit sur la terrasse pendant que l'autre fumait. Un gros nuage noir planait sur la baie de Clifden, et le vent était comme une grêle de balles. Il ne put supporter cette épreuve plus de cinq minutes. Il rentra dans le cottage, dans la fumée et la tension de l'attente. Il n'avait pas honte. Même les mouettes ne restaient pas aussi longtemps sur cette terrasse.

Durant sa longue carrière, Gabriel avait eu le malheur de rencontrer de nombreux terroristes : des terroristes palestiniens, des terroristes égyptiens, des terroristes saoudiens, des terroristes motivés par leur foi, des terroristes motivés par la vengeance, des terroristes qui étaient nés dans les plus misérables taudis de la planète et des terroristes qui avaient grandi dans le confort matériel occidental. Il se demandait souvent ce que ces hommes auraient pu accomplir s'ils avaient choisi une autre voie. La plupart d'entre eux étaient plus intelligents que la moyenne et, au fond de leurs regards implacables, Gabriel avait cru déceler tantôt l'inventeur d'un médicament salvateur, tantôt celui d'un logiciel novateur, ou encore le compositeur d'une symphonie bouleversante, le créateur inspiré de sonnets émouvants… Liam Walsh, quant à lui, ne produisit pas une telle impression sur Gabriel. Selon toutes les apparences, Walsh était un tueur inculte et dénué de remords, qui n'avait d'autre ambition, dans la vie, que la destruction des biens et des personnes. Même selon les critères peu sélectifs en vigueur dans le dernier carré des irrédentistes irlandais, une telle brute n'aurait jamais pu ambitionner mieux qu'une carrière dans le terrorisme.

Cependant, il était dénué de toute peur physique et son entêtement naturel était tel qu'il était difficile de le briser. Durant les premières quarante-huit heures de sa détention, il fut soumis à une isolation sensorielle totale dans la cave froide et humide du cottage — bâillonné et immobilisé par des bandelettes d'adhésif, les yeux bandés et les oreilles bouchées. Il ne fut pas nourri. On lui offrit de l'eau, mais il la refusa. Keller se chargeait de l'amener aux toilettes — ce qui arrivait rarement, étant donné son régime très restrictif. Quand c'était nécessaire, Keller s'adressait à son prisonnier avec l'accent d'un protestant du quartier ouvrier de Belfast-Est. Il ne proposa à l'Irlandais aucun moyen d'échapper à son épreuve, et celui-ci ne demandait pas s'il en existait un. Ayant vu trois de ses camarades se faire trucider en un clin d'œil, il paraissait se résigner à son sort. A l'instar des soldats d'élite du SAS, les terroristes irlandais et les parrains de la drogue jouaient le jeu selon les règles des grands garçons.

Le matin du troisième jour, rendu fou par la soif, il but quelques gorgées d'eau glaciale. A midi, il absorba un peu de thé avec du sucre et du lait. Et, le soir, il eut droit à une autre tasse de thé, agrémentée d'une seule tranche de pain grillé. Ce fut à cette occasion que Keller lui adressa la parole un peu plus longuement :

— Tu es dans une merde noire, Liam, lança-t-il avec son accent de Belfast-Est. Et la seule manière de t'en sortir, c'est de me dire ce que je veux savoir.

— T'es qui, toi ? brailla Walsh d'une voix déformée par la douleur que lui causait sa mâchoire fracturée.

— Ça, ça dépend entièrement de toi, répondit Keller. Si tu te mets à table, je serai ton meilleur ami… Si tu te tais, tu vas finir comme tes trois copains.

— Qu'est-ce que tu veux savoir ?

— Omagh, dit simplement Keller.

Le matin du quatrième jour, Keller ôta les boules Quiès des oreilles de Walsh et le débarrassa de son bâillon. Puis il expliqua plus précisément la situation dans laquelle se trouvait l'Irlandais. Keller prétendit être un membre d'une petite milice protestante qui s'était donné pour mission de venger les victimes du terrorisme républicain. Il laissa entendre qu'il avait des liens avec l'UVF (Ulster Volunteer Force), organisation paramilitaire qui avait causé la mort d'au moins cinq cents personnes, pour la plupart des civils catholiques, au cours des périodes les plus noires des troubles interconfessionnels. L'UVF avait conclu un cessez-le-feu dès 1994, mais des fresques vantant les exploits de ses membres, cagoulés et armés, ornaient encore les rues des quartiers protestants. La plupart de ces grandes peintures murales étaient accompagnées du même slogan : « Attachés à la paix, prêts à faire la guerre. » On aurait pu dire la même chose de Keller.

— Je cherche celui qui a fabriqué la bombe, poursuivit-il. Tu sais bien de quelle bombe je parle, Liam… La bombe qui a tué vingt-neuf innocents à Omagh. Tu y étais, ce jour-là. Tu étais dans la voiture avec lui.

— Je ne vois pas de quoi tu parles.

— Tu y étais, Liam, répéta Keller. Et tu es resté en contact avec lui après la déconfiture du mouvement. Il est venu ici, à Dublin. Tu l'as protégé jusqu'à ce que cela devienne trop risqué.

— C'est faux. Rien de tout ça n'est vrai.

— Il est de retour, Liam. Dis-moi où je peux le trouver.

Walsh resta silencieux un long moment, avant de demander :

— Et si je te le dis ?

— Tu passeras du temps en prison. Beaucoup de temps… Mais tu vivras.

— Foutaises, cracha Walsh.

— Ce n'est pas toi qui nous intéresses, Liam, dit calmement Keller. C'est Quinn, et lui seul. Dis-nous où le trouver, et nous te laisserons la vie sauve. Si tu fais le con, je vais te tuer. Et ce ne sera pas d'une simple balle dans la tête. Non, Liam… Ça va faire mal, très mal…

Cet après-midi-là, une tempête déferla sur le Connemara. Gabriel était assis devant le feu, lisant un roman de Fitzgerald, pendant que Keller arpentait la campagne sous les rafales de vent, guettant une activité inhabituelle de la Garda. Liam Walsh resta reclus dans la cave, ligoté, bâillonné, les yeux bandés et les oreilles bouchées. Il ne lui fut donné aucun aliment, solide ou liquide. Le soir venu, il était si affaibli par la faim et la déshydratation que Keller dut le porter jusqu'aux toilettes.

— Alors ? Combien de temps, encore ? demanda Gabriel pendant le dîner.

— On est près du but.
— C'est ce que tu as dit hier.
Keller se tut.
— On ne peut rien faire pour accélérer le cours des choses ? J'aimerais bien qu'on ne soit plus ici quand la Garda viendra frapper à la porte…
— Ou l'IRA véritable…
— Alors ?
— A ce stade, il est immunisé contre la douleur.
— Et l'eau ?
— L'eau, ça marche toujours.
— Il sait ce qu'on veut savoir ?
— Il le sait.
— Tu as besoin d'aide ?
— Non, dit Keller. C'est personnel.
Quand Keller sortit de la salle à manger, Gabriel se rendit sur la terrasse et resta debout sous la pluie battante. Au bout de cinq minutes, il rentra dans le cottage. Même un dur comme Liam Walsh ne pourrait pas résister longtemps au supplice de l'eau.

15
Thames House, Londres

Tous les vendredis soir — en général vers 18 heures, mais parfois un peu plus tard si Londres ou le reste du vaste monde était en crise —, Graham Seymour buvait un verre en compagnie d'Amanda Wallace, la directrice générale du MI5. C'était pour lui, sans le moindre doute, le rendez-vous le moins agréable de la semaine. Amanda Wallace était son ancienne patronne au MI5. Ils avaient rejoint les rangs du MI5 la même année et avaient gravi les échelons en suivant des voies parallèles — Seymour à l'antiterrorisme, Wallace au contre-espionnage. Finalement, c'était Wallace qui avait gagné la course vers le poste tant convoité de directeur général. Mais voilà que, de manière plutôt imprévue et alors qu'il arrivait en fin de carrière, Seymour avait touché le gros lot : il avait été nommé à un poste encore plus convoité, à la tête du MI6. Amanda lui en voulait terriblement car cet éternel rival était devenu l'espion le plus puissant de Londres. Et elle trouvait un malin plaisir à le contrecarrer discrètement à chaque occasion.

Tout comme Seymour, Amanda avait l'espionnage dans son ADN. Sa mère avait travaillé aux archives pendant la Seconde Guerre mondiale et, après avoir obtenu un diplôme à Cambridge, Amanda n'avait jamais envisagé d'autre carrière que dans le renseignement. Leurs antécédents familiaux auraient dû en faire des alliés. Mais Amanda avait, dès le début, considéré Seymour comme un concurrent. Il était le beau garçon un peu canaille à qui le succès venait trop facilement, et elle se voyait comme la fille timide et gauche qui allait le déboulonner. Ils se connaissaient depuis une trentaine d'années et avaient atteint à peu près en même temps les deux sommets du renseignement britannique, et cependant la nature compétitive de leur relation n'avait jamais vraiment changé.

Le vendredi précédent, Amanda était venue à Vauxhall Cross, ce qui signifiait, selon le rituel qui régissait leur relation, que c'était au tour de Seymour de se déplacer. Il n'y voyait pas une corvée car il aimait bien revenir à Thames House, l'ensemble d'immeubles de bureaux où se trouvait le siège du MI5. Sa Jaguar de fonction passa le contrôle de sécurité, à l'entrée du parking souterrain de Thames House, à 17 h 55. Et deux minutes plus tard, l'ascenseur personnel d'Amanda l'amenait au dernier étage. Le couloir principal était plongé dans un silence absolu. Seymour supposa que les dirigeants du service étaient allés se mêler à la piétaille dans les deux bars privés qu'abritait l'immeuble. Comme à chacune de ses visites, il ne manqua pas de jeter un coup d'œil à son ancien bureau. Miles Kent, son successeur en tant que directeur général adjoint, était en train de fixer d'un œil hagard l'écran de son ordinateur. On aurait dit qu'il n'avait pas dormi depuis une semaine.

— Comment va-t-elle ? demanda Seymour d'un ton méfiant.

— Elle est en pétard, répondit Kent. Tu ferais mieux de te dépêcher… Il ne faut pas faire attendre la reine.

Seymour poursuivit son chemin jusqu'au bureau de la directrice générale. Un des membres de son équipe rapprochée, entièrement masculine, l'attendait dans l'antichambre. Il le conduisit aussitôt dans le vaste bureau d'Amanda. Elle était debout près d'une fenêtre qui offrait une vue imprenable sur le Parlement. Elle semblait contempler le paysage urbain. Elle l'entendit entrer, se tourna et consulta machinalement sa montre. Amanda plaçait la ponctualité au-dessus de toutes les autres qualités.

— Graham, dit-elle d'un ton égal, comme si elle lisait son nom dans l'un des mémorandums que ses secrétaires lui concoctaient avant chaque rendez-vous important.

Puis elle le gratifia d'un sourire pincé. On aurait dit qu'elle avait appris cette mimique en s'entraînant laborieusement devant la glace.

— C'est sympa d'être venu, ajouta-t-elle.

Un plateau garni de verres et de bouteilles était posé sur la longue table de conférences d'Amanda. Elle prépara un gin tonic pour Seymour, et un gin Martini, sans eau mais avec des olives et des petits oignons, pour elle-même. Elle se targuait de bien tenir l'alcool, une aptitude indispensable, selon elle, à tout espion digne de ce nom. C'était l'un de ses rares traits de caractère attachants.

— A ta santé, dit Seymour en levant son verre d'un ou deux petits centimètres.

Amanda se contenta de sourire, sans la moindre chaleur dans le regard. Les images de la BBC défilaient silencieusement sur le vaste téléviseur à écran plat. On y voyait un officier supérieur de la Garda Siochána, debout devant une petite maison de Ballyfermot où avaient été retrouvés les cadavres de trois hommes, tous membres d'une bande de trafiquants de drogue liée à l'IRA véritable.

— Terrifiant, hein ? dit-elle en désignant le téléviseur.

— Une guerre des gangs, apparemment, murmura Seymour.

— Nos amis de la Garda n'en sont pas si sûrs.

— Que savent-ils, au juste ?

— Rien, et c'est justement ça qui les inquiète. Habituellement, après une tuerie impliquant la pègre, les lignes téléphoniques bruissent de bavardages et de rumeurs. Mais là, rien... Silence radio. Et puis, il y a le mode opératoire de ces meurtres. D'ordinaire, dans ce genre de règlements de comptes, ces gangsters canardent la pièce avec des armes automatiques, sans viser. Là, les tirs ont été d'une précision diabolique : trois balles, trois cadavres. Les gens de la Garda sont convaincus qu'ils ont affaire à des professionnels.

— Ils ont une idée de l'endroit où se trouve Liam Walsh ?

— Ils enquêtent en postulant que, mort ou vivant, il est quelque part en Irlande du Sud, mais ils n'ont aucune idée de l'endroit précis.

Elle fixa Seymour et haussa un sourcil avant de demander :

— Il ne serait pas attaché à une chaise dans une planque du MI6, Graham ?

— Non, malheureusement.

Seymour leva les yeux vers le téléviseur. Les journalistes de la BBC étaient passés à un autre sujet d'actualité. Le Premier ministre Jonathan Lancaster était en visite d'Etat à Washington et avait rencontré le président américain. L'entrevue ne s'était pas passée aussi bien qu'il l'avait espéré. Par les temps qui couraient, la Grande-Bretagne n'avait plus vraiment la cote à Washington — en tout cas pas à la Maison Blanche.

— Tiens, voilà ton copain, fit Amanda d'un ton glacial.

— Le président américain ?

— Jonathan…

— C'est aussi le tien, répliqua Seymour.

— Ma relation avec le Premier ministre est cordiale, dit posément Amanda. Mais elle n'a rien à voir avec la tienne. Toi et Jonathan, vous vous entendez comme larrons en foire…

A l'évidence, Amanda aurait voulu s'étendre davantage sur les liens privilégiés qui unissaient Seymour au Premier ministre. Elle préféra remplir son verre tout en partageant avec Seymour un vilain ragot sur l'épouse de l'ambassadeur d'un émirat arabe, riche producteur de problèmes. Seymour lui rendit la politesse en lui parlant d'un rapport qu'il avait reçu sur un homme à l'accent anglais, qu'on avait vu en train d'acheter des missiles sol-air portatifs dans un bazar libyen. Ensuite, la glace étant ainsi rompue, ils se mirent à bavarder de manière plus décontractée, comme seuls pouvaient le faire deux maîtres espions de leur calibre. Ils échangèrent des informations, des révélations, des conseils et même une ou deux plaisanteries. De fait, pendant quelques minutes, on aurait pu penser que leur rivalité n'avait jamais existé. Ils parlèrent de la situation en Irak et en Syrie, de la montée en puissance de la Chine, de la conjoncture économique mondiale et de ses effets sur les questions de sécurité. Ils parlèrent du président américain, auquel ils reprochèrent nombre des problèmes que connaissait le monde. Ensuite, ils discutèrent des Russes. Ces derniers temps, il était rare qu'ils se voient sans évoquer les Russes.

— Leurs cyberguerriers s'en donnent à cœur joie, dit Amanda. Ils se servent de tous leurs outils électroniques pour saboter nos institutions financières. Ils ciblent aussi les réseaux informatiques de notre Etat ainsi que ceux des plus importants fournisseurs de notre armée.

— Ils cherchent quelque chose de spécifique ?

— En fait, ils ne semblent pas chercher quoi que ce soit de particulier. Ils tentent simplement de nous infliger le plus de dommages possible. Ils agissent avec une audace que nous n'avions encore jamais vue.

— Il y a du nouveau sur leurs agents en poste à Londres ? demanda Seymour.

— Le D4 a remarqué un accroissement notable d'activité à la *rezidentura* de Londres. Nous ne savons pas ce que cela recouvre exactement, mais il est évident qu'ils mijotent quelque chose de gros…

— Encore plus gros qu'introduire une espionne russe dans le lit du Premier ministre ?

Amanda haussa les sourcils et fit glisser une olive sur le bord de son verre. Le visage de l'ex-princesse apparut sur l'écran du téléviseur. Sa famille venait d'annoncer la création d'une fondation destinée à lever des fonds pour financer les causes qui lui avaient été chères. Jonathan Lancaster avait été autorisé à être le premier donateur.

— Du nouveau, à propos ? demanda Amanda.

— Sur la princesse ?

Elle hocha la tête.

— Rien, dit Seymour. Et toi ?

Elle posa son verre et observa Seymour en silence pendant un instant.

— Pourquoi ne m'as-tu pas dit que c'était un coup d'Eamon Quinn ? finit-elle par demander d'un ton glacial.

Elle tapota de l'ongle sur l'accoudoir de son fauteuil en attendant la réponse — ce qui n'était jamais bon signe. Seymour décida qu'il n'avait d'autre choix que de lui dire la vérité, ou plutôt une version de la vérité.

— Je ne t'en ai pas parlé, dit-il au bout d'un moment, parce que je ne voulais pas t'impliquer.

— Tu ne me fais pas confiance ?

— Je ne voulais pas que tu sois éclaboussée.

— Pourquoi serais-je éclaboussée ? Après tout, Graham, c'est *toi* qui dirigeais l'antiterrorisme à l'époque de l'attentat d'Omagh, pas moi.

— C'est d'ailleurs bien pour ça que tu es devenue directrice générale du MI5…

Il s'interrompit un instant avant d'ajouter :

— Et pas moi.

Un silence tendu s'ensuivit. Seymour aurait voulu se retirer, mais c'était impossible. Il fallait bien résoudre le problème.

— Quinn a-t-il agi au nom de l'IRA véritable ? demanda finalement Amanda. Ou de quelqu'un d'autre ?

— Nous devrions connaître la réponse à cette question dans quelques heures.

— Dès que Liam Walsh aura craqué ?

Seymour ne répondit pas.

— C'est une opération pilotée par le MI6 ? insista Amanda.

— Pas officiellement.

— Je vois… C'est ta spécialité, dit Amanda d'un ton caustique. Je suppose que tu travailles avec les Israéliens, sur cette affaire. Après tout, ça fait longtemps qu'ils veulent liquider Quinn…

— Et nous aurions dû accepter leur proposition, à l'époque.

— Et Jonathan, il est au courant ?

— Non. Il ne sait rien.

Elle marmonna un juron, ce qu'elle ne faisait que très rarement.

— Je vais te laisser la bride sur le cou, dans cette affaire, dit-elle. Pas pour te faire plaisir, mais pour le bien du service. Mais j'exige que tu me préviennes immédiatement si cette opération devait déborder sur le territoire britannique. Et s'il y a du grabuge, je ferai en sorte que ce soit *ta* tête qui tombe, pas la mienne.

Elle sourit et précisa :

— Je te dis ça pour qu'il n'y ait aucun malentendu entre nous.

— Je n'en attendais pas moins de toi.

— Très bien, donc.

Elle consulta sa montre et reprit :

— Malheureusement, il faut que je file, Graham. La semaine prochaine, dans ton bureau ?

— J'attends ce moment avec impatience, dit Seymour d'un ton pince-sans-rire.

Il se leva et lui tendit la main avant d'ajouter :

— C'est toujours un plaisir de bavarder avec toi, Amanda.

16
Clifden, comté de Galway

Ils l'emmenèrent de la cave au rez-de-chaussée et lui permirent de prendre une douche, les yeux toujours couverts par une bande d'adhésif. Puis ils le revêtirent du survêtement blanc et bleu et lui octroyèrent quelques bouchées de pain ainsi qu'une tasse de thé au lait sucré. Mais tout cela n'améliora guère son apparence. Avec son visage tuméfié, sa peau blafarde et sa maigre carcasse, il ressemblait à un cadavre qui s'était échappé de la morgue.

Le repas terminé, Keller réitéra ses exigences. L'Irlandais serait bien traité s'il répondait sincèrement et d'une voix normale aux questions de Keller. S'il mentait, éludait ou se mettait à crier, ou, bien sûr, s'il commettait l'erreur de tenter de s'évader, il serait remis dans son cachot et les conditions de sa détention seraient encore plus pénibles. Gabriel ne dit rien, mais Walsh, son ouïe étant aiguisée par l'aveuglement et la peur, était visiblement conscient de sa présence. Gabriel préférait qu'il en soit ainsi. Il ne voulait pas que Walsh s'imagine à tort qu'il était sous la surveillance d'un seul geôlier — même si le geôlier en question se trouvait être l'un des hommes les plus dangereux du monde.

Keller n'avait pas été formé aux techniques d'interrogatoire mais, comme tout bon interrogateur, il habitua vite Walsh à répondre sincèrement et sans hésiter ni éluder. Les premières questions furent simples, des questions dont les réponses étaient facilement vérifiables : date et lieu de naissance ; prénoms des parents et des frères, nom des écoles qu'il avait fréquentées ; comment il avait été recruté par l'IRA provisoire. Walsh déclara qu'il était né à Ballybay, dans le comté de Monaghan, le 16 octobre 1972. Son lieu de naissance était significatif dans la mesure où ce village était situé à moins de trois kilomètres de la frontière entre les deux Irlande, dans une région traditionnellement hostile aux Britanniques. Sa date de naissance n'était pas moins significative : c'était aussi l'anniversaire de Michael Collins, le dirigeant révolutionnaire irlandais. Walsh avait fréquenté des écoles catholiques jusqu'à dix-huit ans, âge auquel il avait rejoint les rangs de l'IRA. Son recruteur n'avait pas cherché à lui présenter sous un jour séduisant l'existence qui l'attendait. Il serait mal payé et ses jours seraient sans cesse en danger. Selon toute probabilité, il passerait plusieurs années en prison. Et il y avait de fortes chances pour qu'il meure d'une mort violente.

— Le nom de ce recruteur ? demanda Keller avec son accent de Belfast.

— Je ne suis pas autorisé à le dire.

— Maintenant, tout t'est permis.

— C'était Seamus McNeil, dit Walsh après un moment d'hésitation. Il était…

— Membre de la brigade du Sud-Armagh, conclut Keller. Il a été abattu par des soldats britanniques dans une embuscade et enterré avec les honneurs par l'IRA… Qu'il repose en paix.

— En fait, il est mort dans une fusillade entre sa brigade et le SAS, précisa Walsh.

— Parle-moi de ton entraînement.

Walsh en parla donc et voici ce qu'il en dit. Il avait été envoyé dans un camp isolé en Irlande du Sud, au fin fond de la campagne, pour s'entraîner au maniement des armes légères, à la fabrication des bombes et à l'art de les poser. On lui avait ordonné d'arrêter de boire et d'éviter de se lier avec des gens n'appartenant pas à l'IRA. Finalement, au bout de six mois, il avait été affecté à une unité d'élite de l'IRA. Parmi les membres de cette unité se trouvait un maître artificier et organisateur hors pair nommé Eamon Quinn. Quinn, qui n'avait que quelques années de plus que Walsh, était déjà une légende. Dans les années 1980, il avait été envoyé dans un camp d'entraînement situé dans le désert libyen. Mais, au bout du compte, c'était Quinn, et non les Libyens, qui avait été le principal instructeur. En fait, c'était Quinn qui avait appris aux Libyens comment fabriquer la bombe qui fit exploser un avion de la Pan Am en plein vol, au-dessus de la petite bourgade écossaise de Lockerbie, le 21 décembre 1988.

— Foutaises, commenta Keller.

— Tu n'es pas obligé de me croire, répliqua Walsh.

— Qui d'autre était dans ce camp avec lui ?

— Essentiellement des gens de l'OLP, et deux ou trois autres gars qui appartenaient à l'une des factions palestiniennes dissidentes.

— Laquelle ?

— Je crois que ça s'appelait le Front populaire de libération de la Palestine.

— Tu t'y connais en groupes terroristes palestiniens…

— Nous avons beaucoup de choses en commun avec les Palestiniens.

— Ah bon ?

— Nous sommes, comme eux, occupés par une puissance coloniale raciste.

Keller jeta un regard à Gabriel, qui fixait ses mains d'un œil impassible. Walsh, dont les yeux étaient toujours bandés, sembla sentir le regain de tension dans la pièce. Dehors, le vent soufflait fort contre les portes et les fenêtres du cottage.

— Je suis où, là ? demanda Walsh.

— En enfer, répondit Keller.

— Qu'est-ce qu'il faut que je fasse pour en sortir ?

— Continue de causer.

— Qu'est-ce que tu veux savoir ?

— Des détails sur ta première opération.

— C'était en 1993.
— Quel mois ?
— Avril.
— En Ulster ou en Grande-Bretagne ?
— En Grande-Bretagne.
— Quelle ville ?
— La seule qui compte.
— Londres ?
— Oui.
— Bishopsgate ?
Walsh hocha la tête.
Bishopsgate...

Le camion à benne, un Iveco, avait disparu de Newcastle-under-Lyme, dans le Staffordshire, en mars. Ils l'avaient emmené dans un entrepôt loué pour l'occasion et le repeignirent en bleu marine. Puis Quinn y avait installé une bombe, un engin d'une tonne, composé de nitrate d'ammonium et de gazole, qu'il avait fabriqué dans le comté d'Armagh et introduit discrètement en Angleterre. Le matin du 24 avril 1993, Walsh avait conduit le camion jusqu'à Londres et l'avait garé devant le 99, Bishopsgate. A cette adresse se dressait une tour de bureaux dont l'unique occupant était la banque HSBC. L'explosion avait fait voler en éclats plus de cinq cents tonnes de verre, provoquant l'effondrement d'une église voisine et tuant un photographe de presse. Le gouvernement britannique avait réagi en instaurant autour du district financier de Londres un cordon de sécurité permanent, que la presse n'avait pas tardé à surnommer le « cercle d'acier ». Cette précaution n'avait pas suffi à décourager l'IRA, qui était revenue à Londres en février 1996 avec un autre camion piégé, lui aussi conçu et équipé par Eamon Quinn. Cette fois, la cible était Canary Wharf, dans le nouveau quartier d'affaires des Docklands. L'explosion avait été si puissante qu'elle avait fait trembler les vitres dans un rayon de plus de huit kilomètres. Les Premiers ministres de Grande-Bretagne et d'Irlande du Sud avaient alors promptement annoncé la reprise des pourparlers de paix. Dix-huit mois plus tard, en juillet 1997, l'IRA acceptait un cessez-le-feu.

— C'était un putain de désastre, dit Liam Walsh.

— Et quand il y a eu une scission de l'IRA, l'automne de la même année, tu as suivi McKevitt et Bernadette Sands ? demanda Keller.

— Non, répondit Walsh. J'ai suivi Eamon Quinn.

Dès le début, poursuivit-il, l'IRA véritable grouillait de mouchards qui informaient le MI5 et Crime and Security, un service secret de la Garda Siochána qui opérait à partir de bureaux banalisés, situés dans le quartier de Phoenix Park à Dublin. Malgré cela, l'organisation irrédentiste était parvenue à commettre une série d'attentats, parmi lesquels celui de Banbridge, le 1er août 1998. La bombe pesait vingt-cinq kilos et était cachée dans une Vauxhall Cavalier. L'avertissement téléphonique codé de l'IRA véritable était imprécis : pas de lieu ni d'heure précise de l'explosion. En conséquence, trente-trois personnes avaient été grièvement blessées, parmi lesquelles deux policiers de la RUC. Des débris de la Vauxhall avaient été retrouvés à six cents mètres du lieu de l'explosion. C'était un prélude à d'autres attentats, plus meurtriers.

— Omagh, dit Keller tout bas.

Walsh resta silencieux.

— Tu faisais partie de l'équipe opérationnelle ? lui demanda Keller.

Walsh hocha la tête.

— Tu étais dans quelle voiture ? demanda Keller. Celle de reconnaissance, celle de fuite ou celle où il y avait la bombe ?

— Celle où il y avait la bombe.

— Conducteur ou passager ?

— J'étais censé conduire, mais il y a eu un changement de dernière minute.

— Qui conduisait ?

Walsh hésita avant de répondre :

— Quinn.

— Pourquoi ce changement ?

— Il a dit qu'il était plus tendu que d'habitude. Et que ça l'aiderait à se détendre s'il se mettait au volant.

— Mais ce n'était pas la vraie raison, hein, Liam ? Quinn voulait n'en faire qu'à sa tête. Quinn voulait enterrer le processus de paix.

— Oui, il a dit que ce coup-là serait fatal aux accords de paix.

— Il était censé laisser la voiture piégée devant le tribunal ?

— C'était ce qui était prévu au départ…

— Il a cherché un endroit où se garer ?

— Non, dit Walsh en secouant la tête. Il est allé tout droit à Lower Market Street et s'est garé devant le magasin SD Kells.

— Pourquoi n'es-tu pas intervenu ?

— J'ai essayé de l'en dissuader, mais il ne m'a pas écouté…

— Tu aurais dû te montrer plus persuasif, Liam.

— Ça se voit que tu ne connais pas Eamon Quinn…

— Où était la voiture de fuite ?

— Sur le parking du supermarché.

— Que s'est-il passé quand tu es monté dans cette voiture ?

— L'avertissement a été envoyé de l'autre côté de la frontière…

— « Les briques sont dans le mur… »

Walsh hocha la tête.

— Pourquoi n'as-tu pas prévenu tes chefs que la bombe était posée au mauvais endroit ?

— Si j'avais ouvert la bouche, Quinn m'aurait tué. Et puis, il était déjà trop tard.

— Et quand la bombe a explosé, que s'est-il passé ?

— Ça a été la merde…

La tuerie avait suscité une réprobation unanime des

deux côtés de la frontière et dans le monde entier. L'IRA véritable avait publié ses excuses et annoncé un cessez-le-feu, mais c'était trop tard : le mouvement avait subi des dégâts irréparables. Walsh s'était installé à Dublin, afin de veiller aux intérêts de l'IRA véritable dans le trafic de drogue qui prospérait dans la capitale. Quinn s'était mis en cavale.

— Où ça ? demanda Keller.

— En Espagne.

— Qu'est-ce qu'il a fait là-bas ?

— Il a traîné sur la plage jusqu'à ce qu'il se trouve à court d'argent.

— Et ensuite ?

— Il a appelé un vieil ami pour lui dire qu'il voulait revenir dans le jeu.

— Quel ami ?

Walsh hésita avant de répondre :

— Mouammar Kadhafi.

17
Clifden, comté de Galway

Ce n'était pas vraiment Kadhafi, ajouta rapidement Walsh. C'était un de ses plus proches confidents, un dirigeant des services secrets libyens avec lequel Quinn avait sympathisé lors de son stage de terrorisme appliqué dans le désert. Quinn avait besoin d'un refuge, et l'agent secret libyen, après en avoir référé au Guide de la révolution, l'avait autorisé à venir en Libye. Il y avait habité une villa clôturée, dans les beaux quartiers de Tripoli. Il accomplissait de petites missions pour le compte des services secrets libyens. Il se rendait souvent dans le bunker souterrain de Kadhafi, où il régalait le Guide de récits du combat contre les Britanniques. Avec le temps, Kadhafi s'était mis à partager Quinn avec certains de ses alliés régionaux les moins recommandables. C'est ainsi que Quinn était entré en contact avec tout ce que le continent africain comptait de scélérats : dictateurs, seigneurs de la guerre, mercenaires, trafiquants de diamants, militants islamistes de tout poil. Il avait aussi fait la connaissance d'un marchand d'armes russe qui alimentait en matériel de guerre toutes les guerres civiles et toutes les rébellions en Afrique subsaharienne. Le marchand d'armes avait accepté de livrer un petit conteneur rempli de kalachnikovs et de pains de plastic à l'IRA véritable. Walsh avait réceptionné la livraison à Dublin.

— Tu te souviens du nom du type des services secrets libyens ? demanda Keller.

— Il se faisait appeler Abou Muhammad.

Keller consulta du regard Gabriel, lequel hocha lentement la tête.

— Et le marchand d'armes russe ? demanda Keller.

— C'était Ivan Kharkov, celui qui a été tué à Saint-Tropez, il y a quelques années.

— Tu en es sûr, Liam ? Tu es sûr que c'était Ivan ?

— Qui d'autre ? Ivan contrôlait le commerce des armes en Afrique et il zigouillait tous ceux qui cherchaient à lui prendre des parts de marché.

— Et la villa, à Tripoli ? Tu sais où elle était située ?

— Dans le quartier Al-Andalus.

— Dans quelle rue ?

— Via Canova, au numéro 27. Mais ne perdez pas votre temps à chercher Quinn en Libye. Il en est parti depuis des années.

— Pourquoi ? Qu'est-ce qui s'est passé ?

— Kadhafi a décidé de s'acheter une conduite. Il a renoncé à son programme d'armes chimiques et nucléaires, et il a fait savoir aux Européens et aux Américains qu'il voulait normaliser ses relations avec eux. Tony Blair lui a serré la main sous une tente, dans les environs de Tripoli. BP a obtenu des droits d'extraction de pétrole en territoire libyen. Tu ne t'en souviens pas ?

— Je m'en souviens, Liam.

Apparemment, poursuivit Walsh, le MI6 savait que Quinn vivait secrètement à Tripoli. Le chef du MI6 avait réussi à convaincre Kadhafi de congédier Quinn. Kadhafi avait contacté ses amis dictateurs africains mais aucun d'entre eux ne voulait accueillir le sulfureux Irlandais. Alors, il avait appelé l'un de ses meilleurs amis au monde, et ils s'étaient mis d'accord. Une semaine plus tard, Kadhafi donnait un exemplaire de son *Livre vert* à Quinn et le mettait dans un avion.

— Qui est l'ami qui a accepté d'accueillir Quinn ?

— Devinez…

L'ami en question n'était autre que Hugo Chavez,

président du Venezuela et proche allié de la Russie, de Cuba et des mollahs de Téhéran — et bête noire des Etats-Unis. Chavez se voyait en leader révolutionnaire mondial et il avait installé, dans l'île de Margarita, un camp d'entraînement pour terroristes et insurgés d'extrême gauche. Quinn n'avait pas tardé à en être l'attraction vedette. Il y avait travaillé avec tout le monde, du Sentier lumineux péruvien au Hamas et au Hezbollah, partageant avec eux le savoir-faire qu'il avait acquis au cours de sa longue et sanglante carrière dans la lutte armée contre les Britanniques. Chavez, comme Kadhafi avant lui, avait traité Quinn sur un grand pied. Il lui avait donné une villa au bord de la mer et un passeport diplomatique lui permettant de parcourir le vaste monde. Il lui avait même offert un visage tout neuf.

— Qui l'a opéré ?

— Le médecin personnel de Kadhafi.

— Le Brésilien ?

Walsh hocha la tête.

— Le chirurgien est venu à Caracas et a pratiqué l'opération dans un hôpital local. Il a entièrement reconstruit le visage de Quinn. Les vieilles photos de lui ne servent plus à rien. Même moi, j'ai eu du mal à le reconnaître.

— Tu es allé le voir au Venezuela ?

— Deux fois.

— Tu es allé au camp de la Margarita ?

— Jamais.

— Pourquoi ?

— Je n'ai pas été autorisé à y aller. Quinn, je l'ai vu sur le continent.

— Continue, Liam…

Un an après l'arrivée de Quinn au Venezuela, un officier supérieur du VEVAK, le service de renseignements iranien, s'était rendu discrètement sur l'île. Il n'y allait pas pour voir ses alliés du Hezbollah, il y allait pour voir Quinn. Le type du VEVAK était resté une semaine sur l'île. Et, en rentrant à Téhéran, il était accompagné de Quinn.

— Pourquoi ?

— Les Iraniens voulaient que Quinn leur construise une arme.

— Quel genre d'arme ?

— Une arme que le Hezbollah pourrait utiliser contre les chars d'assaut et autres véhicules militaires blindés israéliens au Sud-Liban.

Keller jeta un regard à Gabriel, qui paraissait contempler une fissure dans le plafond. Walsh, ignorant l'identité réelle de ses interlocuteurs, poursuivit son récit.

— Les Iraniens ont installé Quinn dans une usine d'armement de la banlieue de Téhéran, Lavizan. C'est là qu'il a construit l'arme antichar à laquelle il travaillait depuis des années. Elle propulsait une boule de feu à la vitesse de trois cent cinquante mètres par seconde, qui pouvait engloutir dans les flammes un véhicule blindé. Le Hezbollah s'en est servi contre les Israéliens à l'été 2006. Les chars israéliens ont cramé comme du petit bois. C'était comme l'Holocauste…

Keller jeta un nouveau regard en coin à Gabriel qui fixait à présent Liam Walsh d'un œil intense.

— Et après avoir terminé de fabriquer cette arme antichar, qu'a-t-il fait ?

— Il est parti au Liban, pour travailler directement avec le Hezbollah.

— Quel genre de travail ?

— Des bombes artisanales, principalement.

— Et ensuite ?

— Les Iraniens l'ont envoyé au Yémen pour travailler avec Al-Qaïda dans la péninsule Arabique.

— Je ne savais pas qu'il y avait des liens entre Iraniens et Al-Qaïda…

— Tu es mal informé.

— Où est Quinn, actuellement ?

— Je n'en ai pas la moindre idée.

— Tu mens, Liam.

— Non. Je te jure que je ne sais pas où il est ni pour qui il travaille en ce moment.

— Quand l'as-tu vu pour la dernière fois ?

— Il y a six mois.

— Où ?

— En Espagne.

— C'est grand, l'Espagne, Liam…

— Dans le sud, près de Cadix, à Sotogrande.

— Une des stations balnéaires préférées des Irlandais…

— Ouais, on se croirait à Dublin, avec le soleil en plus.

— Où vous êtes-vous rencontrés ?

— Dans un petit hôtel près de la marina. Très tranquille…

— Que te voulait-il ?

— Que je livre un colis.

— Quel genre de colis ?

— De l'argent.

— Pour qui ?

— Sa fille.

— Je ne savais pas qu'il était marié…

— Rares sont les gens qui le savent.

— Et elle vit où, sa fille ?

— A Belfast, avec sa mère.

— Continue, Liam…

Les services de renseignements britanniques avaient joint leurs efforts pour accumuler une riche documentation sur la vie et l'œuvre d'Eamon Quinn, mais nulle part dans ces volumineux dossiers n'étaient mentionnés une épouse ou un enfant. Ce n'était pas un hasard, comme l'expliqua Walsh. En bon planificateur d'opérations, Quinn s'était ingénié à garder secrète sa petite famille. Walsh affirma avoir assisté à la cérémonie de mariage. Plus tard, il avait aidé l'épouse et la fille de Quinn à gérer leurs finances pendant les années où celui-ci vivait à l'étranger la vie d'une superstar du terrorisme international. Le colis qu'il avait remis à Walsh, à Sotogrande, contenait cent mille livres en billets de banque usagés. C'était la plus forte somme que Quinn ait jamais confiée à son vieux complice.

— Pourquoi tant d'argent ? demanda Keller.

— Il m'a dit qu'il n'y aurait pas d'autre versement avant longtemps.

— Il t'a expliqué pourquoi ?

— Non.

— Et tu n'as pas demandé ?

— Avec Quinn, il vaut mieux ne pas poser trop de questions.

— Et tu as remis les cent mille livres à l'épouse ?

— Jusqu'au dernier sou.

— Tu n'as pas gardé une petite commission ? Après tout, Quinn ne l'aurait jamais su.

— Ça se voit vraiment que tu ne le connais pas, répondit Walsh.

Keller lui demanda ensuite si Quinn était revenu discrètement à Belfast pour voir sa femme et sa fille.

— Pas une fois.

— Et elles ne voyagent jamais hors du pays pour le rencontrer ?

— Il a trop peur que les Britanniques les suivent et qu'elles les mènent à lui… Et puis, maintenant, elles ne le reconnaîtraient plus. Quinn a un nouveau visage. Quinn est devenu quelqu'un d'autre.

Ce qui les ramena à l'apparence de Quinn, modifiée par la chirurgie. Gabriel et Keller avaient récupéré des copies des photos transmises par les autorités françaises de Saint-Barthélemy — quelques vidéogrammes tirés de ce qu'avaient filmé les caméras de surveillance de l'aéroport ou celles des magasins locaux. Mais le visage de Quinn n'était net sur aucun de ces clichés. On y voyait une tignasse et une barbe noires, et pas grand-chose de plus. Walsh pouvait les aider à compléter le portrait de Quinn, car il l'avait vu six mois plus tôt dans une chambre d'hôtel en Andalousie.

Gabriel avait déjà dessiné des portraits-robots dans des

conditions difficiles, mais jamais sur les indications d'un témoin aux yeux bandés. En fait, il était certain que c'était impossible. Keller expliqua donc à Walsh comment ils allaient s'y prendre. Il lui expliqua qu'il y avait un autre homme présent à ses côtés depuis le début de l'interrogatoire. Et cet homme était tout aussi doué avec un crayon ou un pinceau qu'avec ses poings ou un pistolet. Cet homme n'était pas irlandais, ni du Nord ni du Sud. Walsh devait lui décrire l'apparence de Quinn. Walsh pourrait regarder le dessin, mais il ne devait sous aucun prétexte regarder le visage du dessinateur.

— Et si je vois son visage sans le faire exprès ? objecta Walsh.

— Fais exprès de ne pas le faire exprès, répliqua Keller.

Il ôta l'adhésif qui aveuglait Walsh. Ebloui, l'Irlandais cligna des yeux plusieurs fois de suite avant de regarder droit devant, vers l'homme qui était assis en face de lui — et qui avait étalé devant lui un carnet à dessin et une boîte de crayons de couleur.

— Vous venez d'enfreindre la règle, dit calmement Gabriel.

— Vous voulez savoir à quoi il ressemble, oui ou non ?

Gabriel prit un crayon et déclara :

— Commençons par les yeux.

— Ils sont verts. Comme les vôtres.

Ils travaillèrent ainsi sans interruption pendant deux heures. Walsh décrivait, Gabriel croquait, Walsh vérifiait et Gabriel rectifiait si nécessaire. Vers minuit, le portrait était achevé. Le chirurgien esthétique brésilien avait fait du bon boulot. Il avait doté Quinn d'un visage banal et difficile à mémoriser, sans le moindre signe particulier ou trait remarquable. Néanmoins, Gabriel était certain de le reconnaître, désormais, s'il le croisait dans la rue.

Si Walsh se posait des questions sur l'identité de l'homme aux yeux verts et au carnet à dessin, il se garda bien de manifester la moindre curiosité à ce sujet. Il ne fit pas même mine de résister quand Keller lui recouvrit les yeux lorsque le dessin fut terminé, ou quand Gabriel lui injecta une dose de sédatif qui le plongea dans l'abrutissement pendant quelques heures. Ils le remballèrent dans la housse en nylon avant d'essuyer tous les objets et toutes les surfaces de la maison qu'ils avaient touchés. Puis ils le fourrèrent dans le coffre de la Skoda et montèrent à l'avant. Keller prit le volant : il était sur son territoire.

Les routes étaient désertes, des averses torrentielles entrecoupaient un crachin venteux. Keller fumait cigarette sur cigarette et écoutait les informations à la radio. Gabriel regardait défiler les collines noires, les landes et les tourbières balayées par le vent. Ses pensées étaient entièrement occupées par Eamon Quinn. Depuis qu'il avait quitté l'Irlande, Quinn avait travaillé avec certains des hommes les plus dangereux du monde… Pour des motifs idéologiques ou politiques, peut-être. Mais Gabriel en doutait. A priori, Quinn avait dépassé tout cela. Il avait suivi la même voie que Carlos ou Abou Nidal avant lui. Il était un terroriste à gages, tuant sur l'ordre de puissants commanditaires.

Mais qui avait payé la bombe que Quinn avait fait exploser ? Qui lui avait passé commande du meurtre d'une princesse ? Gabriel avait une longue liste de suspects potentiels. Pour l'heure, sa priorité était de trouver Quinn. Liam Walsh leur avait parlé de nombreux endroits où fouiner, le plus prometteur étant une maison de Belfast-Ouest. Gabriel aurait voulu suivre une autre piste, car il préférait généralement tenir les épouses et les enfants en dehors de ses investigations. Mais Quinn ne leur laissait pas d'autre choix.

A l'extrémité orientale de Killary Harbor, le plus long fjord d'Irlande, Keller tourna pour s'engager sur une route non goudronnée, bordée d'ajoncs et de bruyère. Il s'arrêta dans une petite clairière, éteignit ses phares et le moteur et appuya sur l'ouverture automatique du coffre. Gabriel allait ouvrir sa portière, mais Keller l'en dissuada :

— Reste là, dit-il.

Et il ouvrit sa portière et sortit sous la pluie.

A ce moment, Walsh avait émergé de sa torpeur. Gabriel écouta Keller expliquer à l'Irlandais ce qui allait se passer. Comme Walsh avait coopéré, il allait être relâché sans qu'il lui fasse plus de mal. Sous aucun prétexte, il ne devait parler de son interrogatoire avec ses associés. Pas plus qu'il ne devait faire la moindre tentative de transmettre un message d'avertissement à Quinn. S'il tentait de communiquer avec lui par quelque moyen que ce soit, il était un homme mort.

— C'est clair, Liam ?

Gabriel entendit Walsh articuler quelque chose qui ressemblait à un oui. Puis il sentit l'arrière de la Skoda se soulever légèrement tandis que Keller aidait Walsh à s'extraire du coffre. Celui-ci se referma et Gabriel vit Walsh — dont les yeux étaient toujours bandés et les membres ligotés — avancer en chancelant dans la bruyère, Keller le tenant par l'épaule. Ils disparurent dans la végétation et, pendant un instant, Gabriel n'entendit plus que la pluie et le vent. Puis il vit deux éclairs surgir d'un massif de bruyère et déchirer la nuit.

Keller ne tarda pas à réapparaître. Il se mit au volant, démarra et revint en marche arrière sur la route. Gabriel regarda par la fenêtre tandis que la radio leur apportait des nouvelles d'un monde en crise. Cette fois, il ne prit pas la peine de demander à Keller comment il se sentait. C'était personnel. Gabriel ferma les yeux et s'assoupit. Et, quand il se réveilla, il faisait jour et ils étaient en train de franchir la frontière entre les deux Irlande.

18
Omagh, Irlande du Nord

La première ville, de l'autre côté de la frontière, était Aughnacloy. Keller s'y arrêta pour faire le plein dans une station-service jouxtant une coquette église en granit. Puis il emprunta la nationale A5, tout comme Eamon Quinn et Liam Walsh l'avaient fait en cet après-midi fatidique du 15 août 1998. Il était 9 heures passées de quelques minutes lorsqu'ils atteignirent le sud de la ville. La pluie avait cessé et un beau soleil brillait entre deux nuages. Keller et Gabriel laissèrent la voiture près du tribunal et entrèrent dans un café de Lower Market Street. Keller commanda un copieux petit déjeuner traditionnel irlandais, mais Gabriel se contenta d'une tasse de thé et de quelques tranches de pain.

Il aperçut son reflet dans la vitrine et fut consterné par son propre aspect. *Quant à Keller,* se dit-il, *il a l'air encore pire que moi.* Les yeux de l'Anglais étaient injectés de sang et soulignés de cernes rougeâtres ; il avait les traits tirés et ses joues avaient grand besoin d'être rasées. Pourtant, rien dans son regard ou dans son comportement n'aurait pu laisser penser qu'il venait de tuer un homme dans un massif de bruyère et d'ajoncs dans le comté de Mayo.

— Pourquoi sommes-nous ici ? demanda Gabriel en observant les premiers passants de la matinée, pour la plupart des boutiquiers qui marchaient d'un pas décidé sur le trottoir.

— C'est un bled sympa, répondit Keller.

— Tu es déjà venu ici ?
— Oui. Plusieurs fois, en fait.
— Que venais-tu faire dans cette ville ?
— C'est ici que je rencontrais une de mes sources.
— Quelqu'un de l'IRA ?
— Plus ou moins.
— Elle est où, cette source, aujourd'hui ?
— Au cimetière de Greenhill.
— Qu'est-ce qui s'est passé ?

Keller imita avec la main la forme d'un pistolet et plaqua l'index et le majeur contre sa tempe.

— L'IRA ? demanda Gabriel.

Keller haussa les épaules.

— Plus ou moins, fit-il à nouveau.

Leur commande arriva. Keller dévora ses œufs et ses saucisses comme s'il n'avait rien mangé depuis plusieurs jours, mais Gabriel mangea ses tartines sans appétit. Dehors, les nuages jouaient à cache-cache avec la lumière. Un moment, c'était une belle matinée radieuse et, l'instant suivant, on se serait cru au crépuscule. Gabriel imagina cette rue paisible jonchée d'éclats de verre et de corps déchiquetés aux membres épars. Il se tourna vers Keller et lui redemanda pourquoi ils étaient venus dans cette ville.

— C'est pour le cas où tu aurais des regrets, répondit l'Anglais.

— A quel propos ?

Keller baissa les yeux vers les restes de son petit déjeuner et murmura :

— Liam Walsh…

Gabriel demeura silencieux. Sur le trottoir d'en face, une femme qui n'avait qu'un seul bras et dont le visage était couvert de brûlures était en train d'ouvrir, tant bien que mal, la porte d'une boutique de vêtements. Gabriel supposa qu'elle comptait parmi les personnes blessées par l'explosion de 1998. Il y en avait eu plus de deux cents, ce jour-là : des hommes et des femmes, des adolescents et des bambins. Après un attentat à la bombe, les politiciens et les journalistes semblent déplorer avant tout les victimes décédées, mais les blessés et les séquelles dont ils souffrent sont souvent bien vite oubliés — les victimes qui ont été meurtries dans leur chair, comme celles dont le traumatisme mental est si profond qu'aucune thérapie ni aucun médicament ne peuvent suffire à leur rendre la sérénité. Telle était l'œuvre d'un assassin du calibre d'Eamon Quinn, l'homme qui était capable de propulser une boule de feu à plus de trois cent cinquante mètres par seconde.

— Alors ? demanda Keller.

— Non, dit Gabriel. Je n'ai aucun regret.

Une Vauxhall rouge se gara devant le café et deux hommes en sortirent. Gabriel sentit le sang lui monter au visage tandis qu'il les regardait s'éloigner dans la rue. Puis il fixa leur voiture comme s'il attendait que l'aiguille du minuteur caché dans la boîte à gants atteigne le zéro.

— Qu'aurais-tu fait ? demanda-t-il brusquement à Keller.

— A quel propos ?

— Si tu avais su où était la bombe, ce jour-là…

— J'aurais tenté de les avertir.

— Et si la bombe était sur le point d'exploser ? Aurais-tu risqué ta vie ?

La serveuse posa l'addition sur leur table avant que Keller ne puisse répondre. Gabriel paya leur repas en espèces, empocha le reçu et suivit Keller dans la rue. Le tribunal se trouvait à leur droite. Keller se dirigea vers la gauche, suivi de Gabriel. Ils passèrent devant des devantures de magasin bariolées et parvinrent à une petite tour rectangulaire, toute de verre couleur de jade, qui se dressait sur le trottoir comme une pierre tombale. Il s'agissait du mémorial en hommage aux victimes de l'attentat d'Omagh, érigé à l'endroit même où la voiture piégée avait explosé. Gabriel et Keller s'attardèrent un moment devant le monument, sans dire un mot, tandis qu'autour d'eux les passants se hâtaient d'aller travailler.

La plupart d'entre eux détournaient les yeux à l'approche du mémorial.

Sur le trottoir d'en face, une femme aux cheveux très blonds, le regard masqué par des lunettes de soleil, leva un smartphone vers son visage, comme pour prendre une photo. Keller s'empressa de lui tourner le dos, aussitôt imité par Gabriel.

— Qu'aurais-tu fait, Christopher ? insista Gabriel.

— A propos de la bombe ?

Gabriel hocha la tête.

— J'aurais fait tout mon possible pour mettre les gens à l'abri.

— Même au risque d'y laisser ta vie ?

— Même au risque d'y laisser ma vie.

— Comment peux-tu en être aussi sûr ?

— Parce que je sais qu'autrement je n'aurais pas pu continuer à vivre.

Gabriel demeura silencieux un moment. Puis il dit tout bas :

— Tu feras un excellent agent du MI6, Christopher.

— Les agents du MI6 n'abandonnent pas en pleine nature les corps des terroristes qu'ils ont flingués.

— Non, dit Gabriel. Sauf les meilleurs d'entre eux.

Il regarda par-dessus son épaule. La femme au smartphone avait disparu.

Vingt-cinq ans s'étaient écoulés depuis que Christopher Keller avait mis les pieds à Belfast pour la dernière fois. Le centre de la capitale de l'Ulster avait beaucoup changé depuis. A vrai dire, s'il n'avait pas retrouvé quelques anciens points de repère comme l'opéra ou l'hôtel Europa, il aurait eu du mal à reconnaître les lieux. Il n'y avait plus de soldats britanniques patrouillant dans les rues, plus de postes de surveillance militaires au sommet des plus hauts immeubles et plus de peur sur le visage des passants qui marchaient tranquillement dans Great Victoria Street.

Certes, la géographie de la ville demeurait visiblement façonnée par les divisions confessionnelles. Et il y subsistait encore de grandes peintures murales à la gloire de telle ou telle faction paramilitaire, quoique seulement dans les quartiers les plus populaires. Mais la majeure partie des traces d'une guerre civile longue et sanglante avait été effacée. Belfast se targuait même, désormais, d'être une destination touristique en vogue.

Et, pour une raison ou pour une autre, constata Keller, *les touristes y affluent, en effet.*

L'une des attractions les plus prisées de la ville était une scène musicale celtique à laquelle la paix avait redonné toute sa vitalité. La plupart des bars et des pubs où l'on pouvait entendre des groupes jouer étaient situés dans les rues des alentours de la cathédrale Sainte-Anne. Tommy O'Boyle's, dans Union Street, avait été aménagé au rez-de-chaussée d'une vieille usine en brique rouge qui datait de l'époque victorienne. Il n'était pas encore midi, et la porte de ce pub était fermée à clé. Keller appuya sur le bouton de l'interphone et tourna aussitôt le dos à la caméra de surveillance. L'interphone resta muet et Keller pressa une seconde fois le bouton.

— On est fermés, grésilla une voix.

— Je sais lire, dit Keller avec son accent de Belfast.

— Qu'est-ce que vous voulez ?

— Dire un mot à Billy Conway.

Quelques secondes de silence. Puis :

— Il est occupé.

— Je suis sûr qu'il aura le temps de me recevoir.

— C'est quoi, votre nom ?

— Michael Connelly.

— Ça ne me dit rien.

— Dites-lui que, dans le temps, je travaillais pour la blanchisserie Sparkle Clean, sur Falls Road.

— Cette blanchisserie a fermé il y a longtemps.

— On envisage de la rouvrir.

Nouveau silence. Puis la voix dit :

— Soyez gentil, laissez-moi regarder votre visage.

Keller hésita avant de se tourner vers l'objectif de la caméra. Dix secondes plus tard, la porte joua sur ses gonds.

— Entrez, fit la voix.

— Je préfère rester dehors.

— Comme vous voudrez.

De vieux journaux chiffonnés en boule roulèrent sur le trottoir ombragé, poussés par le vent glacial qui venait de la Lagan, le fleuve qui traverse Belfast. Keller remonta le col de son manteau. Il songea à sa terrasse ensoleillée, surplombant sa vallée dans le maquis corse. Le petit coin de paradis lui semblait aussi étranger, à présent, qu'un endroit qu'il aurait visité une seule fois dans son enfance. Il n'arrivait plus à se remémorer le parfum du maquis ni les traits du visage de don Orsati. Il était redevenu Christopher Keller. Il était revenu dans le grand jeu.

Il entendit un cliquetis et se tourna pour voir la porte de Tommy O'Boyle's s'ouvrir lentement. Debout dans l'étroit entrebâillement, un homme, petit et mince, qui approchait de la soixantaine. Sa barbe de trois jours était grisonnante, ainsi que ses cheveux coupés ras. On aurait dit qu'il venait de voir un fantôme. Ce qui n'était pas tout à fait faux.

— Salut, Billy, dit Keller d'un ton cordial. Ça fait plaisir de te revoir.

— Je croyais que tu étais mort.

— Je suis mort, dit Keller en posant une main sur l'épaule du petit homme. Viens faire un tour avec moi, Billy. Il faut qu'on cause.

19
Great Victoria Street, Belfast

Il fallait qu'ils aillent quelque part où personne ne pouvait les reconnaître. Billy Conway proposa donc à Keller d'aller boire un café dans la succursale d'une chaîne américaine de fast-food, spécialisée dans les beignets. L'établissement se trouvait dans Great Victoria Street. Aucun membre de l'IRA, selon Billy, n'aurait risqué d'y être vu, sous peine d'être la risée de ses camarades. Il commanda deux grandes tasses de café au comptoir et prit possession d'une table dans un coin sombre, tout près de la sortie de secours. C'était le syndrome des bars de Belfast : ne jamais s'asseoir près d'une vitrine, au cas où une bombe exploserait dans la rue ; toujours se ménager un chemin de fuite, au cas où des gens armés feraient irruption dans le bar.

Keller s'assit, dos à la salle. Conway jaugea du coin de l'œil les autres clients.

— Tu aurais dû appeler d'abord, dit-il. J'ai failli faire un infarctus.

— Tu aurais accepté de me recevoir ?

— Non, répondit Billy Conway. Je ne crois pas.

Keller sourit.

— Tu as toujours été franc, Billy, dit-il.

— Trop franc. Je t'ai aidé à envoyer pas mal de monde à la prison de Maze…

Conway s'interrompit avant d'ajouter :

— Et six pieds sous terre, aussi…

— C'était il y a longtemps.

— Pas si longtemps que ça, fit Conway en jetant un coup d'œil autour de lui. Ils m'ont soumis à un sacré interrogatoire après ton départ. Ils m'ont dit que tu leur avais donné mon nom, dans cette ferme de l'Armagh.

— C'est faux.

— Je sais, dit Conway. Je ne serais pas vivant si tu m'avais balancé, hein ?

— Sans le moindre doute, Billy.

Les yeux de Conway s'étaient remis à bouger. Il avait aidé le SAS à sauver d'innombrables vies et à empêcher des dommages qui se seraient chiffrés en centaines de millions d'euros. Et sa récompense, songea Keller, c'est de passer le reste de sa vie à attendre une balle de l'IRA. L'IRA avait une mémoire d'éléphant. Elle n'oubliait jamais. Et ne pardonnait en aucun cas aux mouchards.

— Comment vont les affaires ? s'enquit Keller.

— Ça marche bien. Et toi ?

Keller haussa les épaules.

— Tu travailles dans quel secteur, de nos jours, Michael Connelly ?

— Peu importe.

— Je suppose que ce n'était pas ton vrai nom…

Keller lui fit comprendre d'un regard qu'en effet il ne s'appelait pas ainsi.

— Comment as-tu appris à parler comme ça ?

— A parler comment ?

— Comme l'un d'entre nous, dit Conway.

— Je suppose que c'est un don.

— Tu en as bien d'autres, observa Conway. Tu étais seul contre quatre dans cette ferme, et ils auraient été plus nombreux que tu aurais quand même eu le dessus.

— En fait, ils étaient cinq.

— Qui était le cinquième ?

— Quinn.

Il y eut un long silence.

— Tu as bien du courage, finit par dire Conway. Revenir

après tout ce temps… S'ils apprennent que tu es en ville, tu es mort. Accords de paix ou pas…

La porte du restaurant s'ouvrit et un petit groupe de touristes — des Danois ou des Suédois, Keller n'aurait su le dire — s'y engouffra. Conway fronça les sourcils et but son café.

— Les guides touristiques les baladent dans les quartiers populaires pour leur montrer les endroits où ont eu lieu les pires atrocités. Et ensuite ils les emmènent au Tommy O'Boyle's pour écouter de la musique.

— C'est bon pour les affaires.

— Sans aucun doute, fit Conway.

Il fixa Keller et s'enquit :

— C'est pour ça que tu es revenu ? Pour te payer une petite excursion touristique historique ?

Keller regarda les touristes, un beignet à la main, sortir dans la rue en file indienne. Puis il se tourna vers Conway et lui demanda :

— Qui t'a interrogé après que j'ai quitté Belfast ?

— Quinn.

— Où ça ?

— Je ne saurais pas le dire avec certitude. Je me souviens surtout de son couteau. Il m'a dit qu'il allait m'arracher les yeux avec ce couteau si je n'avouais pas que j'étais un espion à la solde des Britanniques.

— Qu'est-ce que tu lui as dit ?

— J'ai nié, évidemment. Et je l'ai peut-être un peu supplié de m'épargner… Ça, ça avait l'air de lui plaire. Il a toujours été cruel, ce salaud.

Keller hocha lentement la tête, comme si Conway venait de prononcer des paroles d'une infinie sagesse.

— Tu as entendu parler de ce qui est arrivé à Liam Walsh ? demanda Conway.

— Difficile d'y échapper.

— A ton avis, qui l'a enlevé ?

— La Garda a déclaré que c'était un épisode d'une guerre entre gangs de trafiquants de drogue.

— La Garda se fourre le doigt dans l'œil, dit Conway.

— Ah bon ? Qu'est-ce que tu en sais ?

— Je sais que quelqu'un a déboulé chez Walsh à Dublin et tué trois durs à cuire en deux coups de cuillère à pot…

Conway marqua une pause avant de demander :

— Ça ne te rappelle rien ?

Keller resta muet.

— Pourquoi es-tu revenu ? insista Conway.

— Quinn.

— Ce n'est pas à Belfast que tu vas le trouver.

— Tu sais qu'il a une femme et une fille ici ?

— J'ai entendu des rumeurs de ce genre, mais je n'ai jamais entendu mentionner le nom de son épouse.

— Maggie Donahue, dit Keller.

Conway leva les yeux vers le plafond d'un air pensif avant de dire :

— Ça paraît plausible.

— Tu la connais ?

— Tout le monde connaît Maggie.

— Elle travaille où ?

— De l'autre côté de la rue, à l'hôtel Europa…

Conway consulta sa montre et précisa :

— En fait, elle devrait y être, en ce moment.

— Et la gamine ?

— Elle va à l'école Notre-Dame-de-Miséricorde. Elle doit avoir seize ans.

— Tu sais où elles habitent ?

— Pas loin de Crumlin Road, dans le quartier d'Ardoyne.

— Il me faut l'adresse exacte, Billy.

— Pas de problème.

20
Ardoyne, Belfast-Ouest

Il fallut moins d'une demi-heure à Billy Conway pour déterminer que Maggie Donahue vivait au 8, Stratford Gardens, avec sa fille unique, prénommée Catherine comme la mère adorée de Quinn. Les voisins ignoraient l'origine du nom de l'enfant, même si la plupart d'entre eux soupçonnaient le mari absent de Maggie Donahue d'être un combattant de l'IRA, mort ou vivant — très possiblement un irrédentiste ayant rejeté l'accord du Vendredi saint. Le sentiment nationaliste était très profondément enraciné dans ce quartier populaire catholique. Au pire des troubles, la Royal Ulster Constabulary le considérait comme une zone interdite, trop dangereuse pour y patrouiller ou y intervenir. Plus d'une décennie après les accords de paix, il restait encore le théâtre d'altercations entre catholiques et protestants.

Pour compléter les versements en espèces que lui faisait son mari, Maggie Donahue travaillait comme serveuse au bar du hall de l'hôtel Europa — l'hôtel qui a subi le plus d'attentats à la bombe, dans le monde entier. Cet après-midi-là, elle eut la malchance de veiller aux besoins d'un client nommé Johannes Klemp. Selon sa fiche d'hôtel, Herr Klemp était domicilié à Munich, mais son métier — quelque chose, apparemment, ayant à voir avec la décoration intérieure — l'obligeait à voyager le plus clair de son temps loin de chez lui. Il était plutôt difficile à satisfaire, comme le sont souvent les voyageurs professionnels. Son déjeuner, à l'en croire, était une catastrophe. Sa salade n'était pas fraîche, son sandwich était trop froid, le lait de son café était tourné. Pis encore, il avait pris en affection la malheureuse créature dont la fonction était de satisfaire le client. Maggie n'était guère enthousiasmée par ses tentatives d'engager la conversation. Peu de femmes l'étaient.

— La journée a été longue ? lui demanda-t-elle tandis qu'elle remplissait sa tasse de café.

— Elle ne fait que commencer.

Elle sourit d'un air las. Elle avait les cheveux aile de corbeau, la peau pâle et de grands yeux bleus surmontant de larges pommettes. Elle avait été jolie autrefois, mais son visage s'était terriblement durci. Il supposa que c'était Belfast qui l'avait vieillie prématurément. Ou peut-être était-ce Quinn qui l'avait enlaidie ainsi.

— Vous êtes de Belfast ?

— Tout le monde est de Belfast, ici.

— Est ou ouest ?

— Vous posez beaucoup de questions.

— Je suis curieux, c'est tout.

— Curieux de quoi ?

— De Belfast, répondit Herr Klemp.

— C'est pour ça que vous êtes venu ici ? Par curiosité ?

— Non, malheureusement. Je voyage pour mon travail. Mais je suis libre pour tout le reste de la journée et je me suis dit que je pourrais visiter un peu la ville.

— Vous devriez louer les services d'un guide touristique. Ils sont très calés.

— Je préférerais encore m'ouvrir les veines.

— Je vous comprends.

L'ironie de cette remarque sembla avoir autant d'impact sur Herr Klemp qu'un galet jeté sur un TGV roulant à toute vitesse.

— Qu'est-ce que je peux faire d'autre pour vous ? demanda-t-elle.

— Vous pourriez prendre un jour de congé et me faire visiter la ville.

— Impossible, fit-elle.

— A quelle heure arrêtez-vous de travailler ?

— A 20 heures.

— Je viendrai boire un verre et je vous raconterai ma journée.

Elle sourit tristement et dit :

— J'y serai.

Il régla la note en espèces et se dirigea vers Great Victoria Street, où Keller l'attendait, au volant de la Skoda. Un bouquet de fleurs, enrobé de cellophane, était posé sur la banquette arrière. La petite enveloppe qui y était attachée était soigneusement adressée à « Maggie Donahue ».

— A quelle heure sort-elle du travail ? demanda Keller.

— Elle a dit 20 heures, mais elle essayait peut-être de m'éviter.

— Je t'avais dit d'être gentil.

— La gentillesse avec les épouses de terroristes n'est pas dans mon ADN.

— Elle ignore peut-être que son mari est un terroriste.

— Son mari qui vient de lui donner cent mille livres en billets usagés ?

Keller ne sut que répondre.

— Et la fille ? demanda Gabriel.

— Elle est en cours jusqu'à 15 heures.

— Et ensuite ?

— Elle doit participer à un match de hockey sur gazon contre la Belfast Model School.

— C'est une école protestante ?

— Majoritairement.

— Voilà un match qui promet d'être intéressant.

Keller ne fit pas de commentaire.

— Bon, alors, qu'est-ce qu'on fait ? demanda Gabriel.

— On va livrer des fleurs au 8, Stratford Gardens.

— Et ensuite ?
— On jette un coup d'œil à l'intérieur.

Mais, tout d'abord, ils décidèrent de faire un détour par le passé violent de Keller. Ils se rendirent devant la vieille Divis Tower, où il avait vécu parmi des membres de l'IRA sous le nom de Michael Connelly. Puis devant l'ancienne blanchisserie de Falls Road, où le même Michael Connelly avait testé le linge sale de ces mêmes membres de l'IRA pour y déceler des traces d'explosifs. Plus loin, dans la même artère catholique, se dressait le portail en acier du cimetière de Milltown, où Elizabeth Conlin, la femme que Keller avait aimée en secret, était enterrée dans la tombe où Eamon Quinn l'avait expédiée.

— Tu n'y es jamais allé ? demanda Gabriel.

— Ce serait trop dangereux, dit Keller en secouant la tête. Ici, l'IRA surveille même les tombes.

De Milltown, ils roulèrent devant le grand ensemble de logements sociaux de Ballymurphy et arrivèrent sur Springfield Road, séparée par une barrière de sécurité d'une enclave protestante voisine. Les premiers de ces prétendus « murs de la paix » furent érigés à Belfast en 1969, comme solution temporaire aux sanglantes émeutes interconfessionnelles. Depuis, ils avaient proliféré et faisaient partie intégrante du paysage de la ville. Leur nombre, leur hauteur et leur longueur avaient même augmenté depuis la signature des accords de paix de 1998. Sur Springfield Road, la barrière était constituée d'une clôture grillagée verte d'une dizaine de mètres de haut. Mais à Cupar Way, un secteur particulièrement tendu d'Ardoyne, c'était une structure surmontée de barbelés acérés, évoquant le mur de Berlin. Les habitants des deux côtés de la barrière l'avaient couverte de peintures murales. L'une des œuvres comparait son propre support à la barrière de séparation entre Israël et la Cisjordanie.

— Tu trouves que ça ressemble à la paix, ça ? demanda Keller.

— Non, répondit Gabriel. Ça, ça ressemble plutôt à mon pays.

Finalement, à 13 h 30, Keller tourna dans Stratford Gardens. La maison du numéro 8 était, comme ses voisines, une modeste bicoque en brique rouge d'un étage, avec une porte blanche et une seule fenêtre à chaque niveau. Dans l'avant-cour, les mauvaises herbes proliféraient autour d'une poubelle verte renversée par le vent. Keller se gara devant et éteignit le moteur.

— On se demande, dit Gabriel d'un ton pince-sans-rire, pourquoi Quinn a préféré vivre dans une luxueuse villa au Venezuela plutôt qu'ici…

— Tu as regardé la porte ?

— Une seule serrure, pas de verrou.

— Combien de temps te faudrait-il pour l'ouvrir ?

— Trente secondes, répondit Gabriel. Moins que ça, si tu me permets de laisser ce bouquet ridicule dans la voiture.

— Il faut prendre les fleurs, insista Keller.

— Je préférerais emporter le pistolet.

— Non, le pistolet, je le garde.

— Et si je tombe sur des copains de Quinn dans cette maison ?

— Fais semblant d'être un catholique de Belfast-Ouest.

— Je ne suis pas sûr qu'ils me croient.

— Il vaudrait mieux, dit Keller. Sinon, tu es mort.

— Tu as un autre conseil utile ?

— Cinq minutes, pas une de plus.

Gabriel ouvrit sa portière et se dirigea vers la maison. Keller laissa échapper un juron : les fleurs étaient restées sur la banquette arrière.

21
Ardoyne, Belfast-Ouest

Un petit drapeau tricolore irlandais pendait mollement au bout d'une tige rouillée, fichée dans la porte. Tout comme le rêve d'une Irlande unie, il était défraîchi et déchiré. Gabriel tourna la poignée et constata, comme il l'avait prévu, qu'elle était verrouillée. Puis il sortit un outil métallique ultra-fin de sa poche et, appliquant une technique qu'on lui avait enseignée dans sa jeunesse, l'introduisit soigneusement dans le mécanisme de la serrure. Il ne lui fallut qu'une poignée de secondes pour le faire jouer. Quand il tourna une deuxième fois la poignée, celle-ci l'invita à entrer. Il entra donc et referma la porte doucement derrière lui. Aucune alarme ne retentit, aucun chien n'aboya.

Le courrier du matin était éparpillé sur le plancher nu de l'entrée. Il ramassa les enveloppes, les prospectus, les journaux et leurs suppléments publicitaires, et les éplucha rapidement. Tous ces courriers étaient adressés à Maggie Donahue, sauf un magazine de mode pour adolescentes, qui était destiné à sa fille. Il ne vit aucune lettre personnelle dans ce fatras de courriers publicitaires, semblable à celui qui sature les services postaux dans le monde entier. Gabriel empocha un reçu de carte de paiement et lâcha le reste par terre. Puis il entra dans le salon.

C'était une petite pièce, qui suffisait à peine à abriter un canapé, un téléviseur et une paire de fauteuils assortis et ornés de motifs floraux. Sur la table basse se trouvait une pile de vieux magazines et journaux locaux, ainsi que d'autres enveloppes, certaines ouvertes et d'autres fermées. Gabriel en prit une et tomba ainsi sur le bulletin du Mouvement pour la souveraineté des trente-deux comtés — l'aile politique de l'IRA véritable —, qui contenait un appel de fonds au profit de l'organisation irrédentiste. Gabriel se demanda si l'expéditeur avait conscience que la destinataire était l'épouse secrète du meilleur artificier que son organisation ait jamais compté dans ses rangs.

Il remit le bulletin dans son enveloppe et l'enveloppe sur la table. Les murs de la pièce étaient nus, sauf pour une croûte représentant un paysage irlandais aux coloris criards, accrochée au-dessus du canapé. Sur l'une des tables à côté de celui-ci était posée une photo encadrée d'une mère et de sa fille, prise à l'occasion de la première communion de la gamine, à l'église de la Sainte-Croix. Gabriel ne retrouva aucun des traits de Quinn sur le visage de la fillette. En cela, du moins, elle avait de la chance.

Il consulta sa montre. Quatre-vingt-dix secondes s'étaient écoulées depuis qu'il était entré dans la maison. Il écarta légèrement le fin rideau de la fenêtre et scruta la rue, dans laquelle il vit une voiture passer devant la maison en roulant au pas. Elle contenait deux hommes, qui semblèrent remarquer Keller avec intérêt en passant devant la Skoda. Puis elle s'éloigna et disparut au coin de la rue. Gabriel jeta un coup d'œil à la Skoda. Les phares étaient toujours éteints. Puis il regarda l'écran de son BlackBerry. Pas d'appels manqués, ni de messages d'avertissement.

Il lâcha le rideau et passa dans la cuisine. Sur le comptoir était posée une tasse à café dont le bord était maculé de rouge à lèvres. Des plats trempaient dans l'évier rempli d'eau savonneuse. Il ouvrit le réfrigérateur. Il ne recelait que de la nourriture industrielle. Ni fruits ni légumes. Pas de bière non plus, juste une bouteille à moitié vide de vin blanc italien acheté au supermarché Tesco.

Il lâcha la porte du réfrigérateur et entreprit d'ouvrir

et de fermer des tiroirs. Dans l'un d'eux, il découvrit une enveloppe beige clair sans adresse. Et dans l'enveloppe il trouva un message écrit de la main de Quinn.

« Dépose-les à la banque par petites sommes pour qu'on croie que c'est l'argent des pourboires… Embrasse C. de ma part… »

Gabriel glissa la lettre dans la poche de son manteau, à côté du reçu de carte de paiement. Puis il consulta sa montre. Deux minutes et demie… Il sortit de la cuisine et monta à l'étage.

La voiture revint à 13 h 37. Une nouvelle fois, elle passa à faible allure devant le numéro 8 mais, cette fois, elle s'arrêta devant la Skoda. Keller fit d'abord semblant de ne rien remarquer. Puis, l'air indifférent, il se décida à baisser sa vitre.

— Qu'est-ce que vous faites là ? demanda le conducteur avec un accent de Belfast-Ouest très prononcé.

— J'attends une amie, répondit Keller avec le même accent.

— Elle s'appelle comment, votre amie ?

— Maggie Donahue.

— Et vous ? demanda le passager.

— Gerry Campbell.

— Et d'où êtes-vous, Gerry Campbell ?

— De Dublin.

— Et avant ?

— De Derry.

— Quand êtes-vous parti de Derry ?

— Ça, ça ne te regarde pas, mon pote.

Keller avait cessé de sourire. Les deux hommes à bord de la voiture ne semblaient pas plus affables. Le conducteur remonta sa vitre, et la voiture s'éloigna dans la rue déserte avant de disparaître une nouvelle fois au coin de la rue. Keller se demanda combien de temps il leur faudrait pour établir que Maggie Donahue, l'épouse secrète d'Eamon Quinn, travaillait au même moment dans le bar du hall de l'hôtel Europa. *Deux minutes,* évalua-t-il. *Peut-être même moins.* Il sortit son téléphone portable et composa un numéro.

— Les indigènes commencent à s'agiter, dit-il.

— Essaie de leur donner le bouquet de fleurs.

Gabriel coupa la communication. Keller démarra le moteur de la Skoda et enserra la crosse du Beretta. Puis il garda les yeux rivés sur le rétroviseur, attendant le retour de la voiture.

En haut de l'escalier se trouvaient deux portes. Gabriel entra dans la chambre de droite. C'était la plus grande des deux, même si elle était loin d'être spacieuse. Les vêtements étaient éparpillés sur la moquette et sur le lit défait. Les rideaux étaient fermés. La seule source de lumière provenait des numéros rouges luminescents du réveil électrique, qui affichait dix minutes d'avance. Gabriel ouvrit le tiroir supérieur de la table de nuit et éclaira son contenu à l'aide de sa lampe de poche. Des stylos sans encre, de vieilles piles, une enveloppe contenant plusieurs centaines de livres en billets usagés, une autre lettre de Quinn. Apparemment, il souhaitait voir sa fille. Mais il ne mentionnait ni l'endroit où il résidait ni un éventuel lieu de rendez-vous. Cependant, cette lettre donnait à penser que Liam Walsh n'avait pas dit vrai lorsqu'il avait affirmé que Quinn n'avait aucun contact direct avec sa petite famille depuis qu'il avait dû fuir l'Irlande après l'attentat d'Omagh.

Gabriel ajouta la lettre à sa petite récolte d'indices et ouvrit la porte de la penderie. Il farfouilla parmi les vêtements qu'il contenait et en découvrit plusieurs qui appartenaient sans le moindre doute à un homme. Il était possible que Maggie Donahue se soit trouvé un amant, depuis le temps que son mari était absent. Mais il était également possible que ces vêtements soient à Quinn. Il sortit l'un d'eux, un pantalon en laine, et le plaqua contre ses propres jambes. Quinn mesurait un peu moins d'un mètre quatre-vingts. Il n'était pas très grand, mais un peu plus que Gabriel. Il fouilla les poches et y trouva trois pièces d'un euro et un petit ticket bleu et jaune. Il était déchiré et il en manquait la moitié. Gabriel ne parvint à distinguer que quatre numéros : 5-8-4-6. Au dos du ticket se trouvaient quelques centimètres de bande magnétique flétrie.

Gabriel le fourra dans sa poche, remit le pantalon sur son cintre et entra dans la salle de bains. Dans l'armoire à pharmacie, il trouva des rasoirs et de la lotion après-rasage, ainsi que du déodorant pour homme. Puis il traversa le petit palier et entreprit d'inspecter l'autre chambre à coucher. En matière de rangement, la fille de Quinn était l'exact contraire de sa mère. Son lit était soigneusement fait. Ses vêtements étaient accrochés méthodiquement dans le placard. Gabriel fouilla les tiroirs de sa commode. Il n'y trouva ni drogue ni cigarettes — aucune trace d'une vie secrète qu'elle cacherait à sa mère. Ni aucune trace d'Eamon Quinn.

Gabriel vérifia l'heure. Cinq minutes s'étaient écoulées. Il alla à la fenêtre et vit la voiture, avec les deux hommes patibulaires à son bord, s'éloigner lentement. Dès qu'ils eurent disparu au coin de la rue, le BlackBerry de Gabriel se mit à vibrer. Il le plaqua contre son oreille et entendit la voix de Christopher Keller.

— Le temps imparti est écoulé, dit-il.

— Deux autres minutes…

— Nous n'avons pas deux autres minutes.

Keller raccrocha sans rien ajouter. Gabriel jeta un regard circulaire à la chambre. Il avait l'habitude de fouiller les chambres des professionnels de l'espionnage, du terrorisme et de la pègre — pas celles des adolescents. Les professionnels connaissaient beaucoup mieux l'art de cacher des objets que les adolescents. Ceux-ci partaient du principe que tous les adultes étaient des balourds. Et cette présomption leur coûtait souvent cher.

Gabriel revint à la penderie et se mit à inspecter l'intérieur des chaussures. Puis il feuilleta les magazines de mode que conservait la fille de Quinn. Mais il n'y trouva que des offres de souscription et des échantillons de parfum. Il feuilleta ensuite les quelques livres qu'elle avait rangés sur une étagère — parmi lesquels un livre sur les troubles d'Irlande du Nord, rédigé par un sympathisant de l'IRA et fervent partisan d'une Irlande unie. Et ce fut entre deux de ces pages que Gabriel trouva enfin ce qu'il cherchait.

C'était la photo d'une adolescente et d'un homme coiffé d'un chapeau à large bord, les yeux cachés par de grosses lunettes de soleil. On voyait à l'arrière-plan un alignement de vieux immeubles passablement délabrés, en Europe du Sud peut-être, ou bien en Amérique latine. La fille était Catherine Donahue. Et l'homme qui se tenait à son côté n'était autre que son père, Eamon Quinn.

La petite rue était plongée dans le silence lorsque Gabriel sortit de la maison. Il franchit le portail en fer et monta dans la Skoda. Keller démarra et se fraya un chemin dans les rues d'Ardoyne pour revenir sur Crumlin Road. Puis il tourna presque aussitôt dans Cambrai Street et leva le pied de l'accélérateur. Des drapeaux britanniques étaient accrochés aux réverbères. Ils venaient de franchir l'une des frontières invisibles de Belfast. Ils étaient de retour en territoire protestant.

— Tu as trouvé quelque chose ? finit par demander Keller.

— Je crois.

— C'est quoi ?

Gabriel sourit avant de répondre :

— Quinn.

22
Warring Street, Belfast

— Ça pourrait être n'importe qui, dit Keller.

— Non, assura Gabriel. C'est Quinn.

Ils étaient dans la chambre de Keller au Premiere Inn de Warring Street. Cet hôtel était à deux pas de l'Europa, quoique beaucoup moins luxueux. Keller y avait pris une chambre sous le nom d'Adrien Leblanc, s'efforçant de parler anglais avec l'accent français au personnel. Gabriel n'avait pas ouvert la bouche pendant la traversée du lugubre hall de l'établissement.

— A ton avis, ils sont où, là ? demanda Keller en examinant la photo.

— Bonne question.

— On ne voit aucun panneau routier ni aucune plaque de rue. C'est presque comme si…

— Il avait sciemment choisi cet endroit, conclut Gabriel.

— C'est peut-être une rue de Caracas.

— Ou de Santiago… Ou de Buenos Aires…

— Tu es déjà allé là-bas ?

— Où ça ?

— A Buenos Aires, dit Keller.

— Plusieurs fois, en fait.

— Pour le travail ou pour le plaisir ?

— Je ne voyage jamais pour le plaisir.

Keller sourit et se remit à étudier la photo.

— Ça ressemble beaucoup au centre de Bogota, dit-il.

— Je n'y suis jamais allé.

— Ou peut-être à Madrid…
— Peut-être.
— Montre-moi ce bout de ticket.
Gabriel le lui tendit. Keller examina le côté face du ticket avant de le retourner et de passer le doigt sur la bande magnétique.
— Il y a quelques années, dit-il au bout d'un moment, le parrain a accepté d'exécuter un contrat sur un monsieur qui avait volé beaucoup d'argent à des gens qui n'aiment pas qu'on leur vole leur argent. Ce monsieur se cachait dans une ville qui ressemble beaucoup à celle de la photo. C'était une vieille ville à la beauté un peu fanée, une ville toute en collines, avec des trams.
— Comment s'appelait ce monsieur ?
— Je préfère ne pas le dire…
— Où se cachait-il ?
— J'y arrive.
Keller s'était remis à étudier le côté face du ticket.
— Comme ce monsieur n'avait pas de voiture, il était par nécessité un usager assidu des transports publics. Je l'ai suivi pendant une semaine avant de l'expédier *ad patres*. Ce qui m'a obligé à être, moi aussi, un usager assidu des transports publics.
— Tu le reconnais, ce ticket, Christopher ? s'impatienta Gabriel.
— C'est possible.
Keller prit le BlackBerry de Gabriel, activa Google et saisit un mot-clé. Quand les résultats s'affichèrent, il cliqua sur l'un d'eux et sourit.
— Trouvé ? demanda Gabriel.
Keller tourna le BlackBerry vers Gabriel pour qu'il puisse voir l'écran, sur lequel s'affichait une version complète d'un ticket semblable à celui qu'il avait trouvé chez Maggie Donahue.
— Quelle ville ? insista Gabriel.
— La ville des collines et des tramways.
— Je suppose qu'il ne s'agit pas de San Francisco.

— Non, dit Keller. Il s'agit de Lisbonne.

— Ça ne prouve pas que la photo a été prise à Lisbonne, dit Gabriel après un instant de réflexion.

— Tu as raison, acquiesça Keller. Mais si nous arrivons à prouver que Catherine Donahue y est allée… Tu n'as pas vu son passeport, par hasard, quand tu as fouillé la maison ?

— Non, je n'ai pas eu cette chance.

— Donc il va falloir trouver un autre moyen d'y jeter un coup d'œil.

Gabriel prit son BlackBerry et envoya un bref message à Graham Seymour, à Londres, pour lui demander des informations sur les déplacements à l'étranger effectués par Catherine Donahue, domiciliée au 8, Stratford Gardens, Belfast. Une heure plus tard, tandis que la nuit tombait sur la capitale de l'Ulster, ils obtinrent la réponse du MI6.

Le Bureau des Affaires étrangères et du Commonwealth avait délivré le passeport de Catherine le 10 novembre 2013. Une semaine plus tard, elle avait pris un vol de la British Airways à destination de l'aéroport londonien de Heathrow, où, quatre-vingt-dix minutes plus tard, elle avait embarqué sur un autre avion de la British Airways, en partance pour Lisbonne. Selon la police de l'air et des frontières portugaise, Catherine était restée trois jours dans le pays. C'était son premier voyage à l'étranger, et elle n'en avait pas fait d'autres depuis.

— Ce qui ne prouve toujours pas que Quinn vivait à Lisbonne à l'époque, observa Keller.

— Mais alors, pourquoi faire venir sa fille à Lisbonne ? Pourquoi pas Monaco ou Cannes… ou Saint-Moritz ?

— Quinn voulait peut-être faire des économies, suggéra Keller.

— Ou peut-être qu'il a un appartement à Lisbonne, dans un vieil immeuble plein de charme et situé dans un quartier où personne ne remarquerait les allées et venues d'un étranger.

— Tu connais un quartier comme ça, à Lisbonne ?

— J'ai passé ma vie à habiter des quartiers comme ça, répliqua Gabriel.

Keller resta songeur un instant.

— Et maintenant, qu'est-ce qu'on fait ? finit-il par demander.

— Il ne nous reste plus qu'à aller à Lisbonne avec la photo et le portrait-robot, et à frapper aux portes… Ou alors…

— Ou alors quoi ?

— Ou alors nous recourons aux services d'un expert, spécialisé dans la recherche des gens qui ne veulent pas qu'on les trouve.

— Tu en connais ?

— Un seul.

Gabriel prit son BlackBerry et composa le numéro d'Eli Lavon.

23
Belfast-Lisbonne

Ils décidèrent d'emprunter un chemin indirect pour se rendre à Lisbonne. Gabriel était d'avis de ne pas s'y précipiter. Mieux valait prendre les plus grandes précautions pendant leurs préparatifs et s'assurer qu'ils n'étaient pas surveillés. Pour la première fois, Quinn était dans leur viseur. Il avait cessé d'être une simple rumeur. Il était un homme qui se fait photographier dans la rue avec sa fille. Il était de chair et de sang. Il pouvait être retrouvé. Et ensuite, il pouvait être soulagé du fardeau de son existence.

Et c'est ainsi qu'ils quittèrent Belfast comme ils y étaient venus : discrètement et sous de faux motifs. M. Leblanc annonça au réceptionniste du Premiere Inn qu'il avait un petit problème d'ordre familial à régler. Herr Klemp tint le même genre de propos aux employés de l'Europa. En traversant le hall de l'hôtel, il vit Maggie Donahue, épouse secrète d'un assassin, servir un très copieux whiskey à un homme d'affaires éméché. Elle évita le regard de Herr Klemp, et Herr Klemp évita le sien.

Ils roulèrent d'une traite jusqu'à Dublin, abandonnèrent la Skoda à l'aéroport et réservèrent deux chambres à l'hôtel Radisson. Le matin, ils prirent leur petit déjeuner, en faisant mine de ne pas se connaître, dans le restaurant de l'établissement, avant d'embarquer sur deux vols différents pour Paris — Aer Lingus pour Gabriel, Air France pour Keller. L'avion de Gabriel se posa en premier. Il récupéra une Citroën dans le parking et attendit à l'extérieur du terminal que Keller en sorte.

Ils passèrent la nuit à Biarritz, où Gabriel avait un jour ôté une vie pour assouvir une vengeance, et la nuit suivante en Espagne, à Vittoria, où Keller avait naguère occis, sur ordre de don Orsati, un membre de l'organisation séparatiste basque ETA. Gabriel voyait bien que les liens de Keller avec son mode de vie passé commençaient à se distendre. Et qu'au fil des jours Keller était de plus en plus séduit par la perspective de travailler pour Graham Seymour au MI6. C'était Quinn qui avait déclenché la suite d'événements qui avait poussé Keller à rompre ses liens avec l'Angleterre. Et voilà que, vingt-cinq ans plus tard, c'était à nouveau Quinn qui ramenait Keller vers son pays natal.

De Vittoria, ils poursuivirent leur route jusqu'à Madrid et, de là, ils roulèrent jusqu'à Badajoz, à la frontière portugaise. Keller avait hâte d'arriver à Lisbonne et voulut y aller directement, mais Gabriel insista pour qu'ils fassent un détour par Estoril, un peu plus à l'ouest, où ils profitèrent quelques jours des derniers rayons de soleil de la saison. Ils descendirent dans deux hôtels différents, en bord de plage, et se comportèrent comme des vacanciers sans femme ni enfants, sans souci ni responsabilité. Gabriel passa plusieurs heures par jour à vérifier qu'ils n'étaient pas surveillés. Il aurait voulu envoyer un message à Chiara, à Jérusalem, mais s'en garda bien. Il ne contacta pas non plus Eli Lavon. Lavon était l'un des traqueurs d'hommes les plus expérimentés de la planète. Dans sa jeunesse, il avait pisté les membres de Septembre Noir qui avaient perpétré le massacre des jeux Olympiques de Munich en 1972. Plus tard, après avoir quitté le Bureau, il s'était mis à son compte, traquant dans le monde entier des biens volés aux Juifs victimes de l'Holocauste et démasquant, à l'occasion, tel ou tel criminel de guerre nazi. S'il y avait une trace de Quinn à Lisbonne — une résidence, un pseudonyme ou une autre épouse et un autre enfant —, Lavon saurait la trouver.

Mais, quand deux autres jours passèrent sans qu'il se manifeste, Gabriel commença à nourrir des doutes — non pas quant aux capacités de Lavon, mais quant à la possibilité même d'un lien entre Quinn et Lisbonne. Catherine Donahue y était peut-être allée avec des amis ou dans le cadre d'un voyage scolaire. Le pantalon que Gabriel avait trouvé dans le placard de Maggie Donahue appartenait peut-être à un autre homme, ainsi que le ticket de tramway lisboète. *Il va falloir le chercher ailleurs,* songea Gabriel. En Iran, au Liban, au Yémen, au Venezuela ou dans l'un des innombrables pays où Quinn avait exercé son métier d'assassin. Quinn était un homme de l'ombre. Quinn pouvait être n'importe où.

Mais, le troisième jour de leur séjour à Estoril, Gabriel reçut un message prometteur d'Eli Lavon. Il y laissait entendre que l'homme en question pourrait bien être, en effet, un visiteur assidu de la capitale portugaise. A midi, Lavon en avait acquis la certitude et, en fin d'après-midi, il avait déniché une adresse. Gabriel appela Keller à son hôtel et lui annonça qu'il était temps de se remettre en route. Ils quittèrent Estoril comme ils y étaient venus — discrètement et sous de faux motifs — et se rendirent à Lisbonne.

— Il se fait appeler Alvarez, dit Eli Lavon.

— Ça s'écrit à l'espagnole ou à la portugaise ?

— Ça dépend de son humeur.

Lavon sourit. Ils étaient attablés au café A Brasileira, dans le quartier du Chiado, à Lisbonne. Il était 21 h 30 et l'endroit était bondé. Personne ne semblait accorder d'attention à ces deux sexagénaires penchés sur leurs tasses de café, dans un coin de l'établissement. Ils conversaient en allemand, l'une des nombreuses langues qu'ils maîtrisaient tous deux. Gabriel parlait avec l'accent berlinois de sa mère et Lavon avec un accent viennois très prononcé. Il portait un cardigan en laine sous sa veste en tweed fripée et avait noué autour du cou un foulard en soie. Ses cheveux fins et clairsemés étaient mal peignés. Les traits de son visage étaient banals et faciles à oublier. C'était l'un de ses atouts. Eli Lavon avait l'aspect d'un minus, alors qu'en réalité c'était un redoutable prédateur, capable de suivre un agent secret surentraîné ou un terroriste endurci dans n'importe quelle rue du monde sans jamais se faire remarquer.

— Prénom ? demanda Gabriel.

— Des fois, c'est José… Des fois, c'est Jorge…

— Nationalité ?

— Des fois vénézuélienne, des fois équatorienne, répondit Lavon en souriant. Tu commences à voir son profil ?

— Mais il n'essaie jamais de se faire passer pour portugais ?

— Il ne parle pas assez bien la langue. D'ailleurs, même en espagnol, il écorche les mots. Apparemment, il a un très fort accent.

Au bar, quelqu'un avait dû dire quelque chose de cocasse car une explosion de rires retentit dans le café, du sol carrelé au plafond, où des lustres émettaient une lueur dorée et vaporeuse. Gabriel regarda par-dessus l'épaule de Lavon et imagina un instant que Quinn était assis à la table voisine. Mais ce n'était pas Quinn, c'était Christopher Keller. Il tenait sa tasse de café dans la main droite, ce qui signalait qu'ils n'étaient pas suivis. Si la tasse avait été dans la main gauche, cela aurait voulu dire qu'ils avaient un problème. Gabriel se tourna vers Lavon et lui demanda l'adresse de l'appartement de Quinn. Lavon pointa du menton vers le Bairro Alto.

— A quoi ressemble l'immeuble ?

Lavon fit un geste de la main pour indiquer qu'il n'était pas délabré mais loin d'être luxueux.

— Il y a un concierge ?

— Dans le Bairro Alto ? Tu plaisantes.

— Quel étage ?

— Premier.

— On peut y entrer ?

— Je suis surpris de t'entendre poser une telle question. La vraie question, c'est : « Est-ce qu'on veut y entrer ? »

— A ton avis ?

Lavon secoua la tête.

— Quand on a la chance de mettre au jour le pied-à-terre secret d'un type comme Eamon Quinn, on ne prend pas le risque de tout gâcher en se précipitant à l'intérieur. On se trouve un poste d'observation et on attend patiemment que la cible apparaisse.

— Sauf s'il y a d'autres facteurs à prendre en considération…

— Par exemple ?

— La possibilité qu'une autre bombe peut exploser d'un moment à l'autre…

— Ou que l'épouse d'un agent est sur le point de donner naissance à des jumeaux, dit Lavon.

Gabriel fronça les sourcils mais ne répondit pas.

— Au cas où tu t'inquiéterais, dit Lavon, sache qu'elle va très bien.

— Elle est en colère ?

— Elle est enceinte de sept mois et demi, et son mari est assis dans un café de Lisbonne, à plusieurs milliers de kilomètres. Comment veux-tu qu'elle ne soit pas en colère ?

— Et sa sécurité ?

— La rue Narkiss est sans doute la rue la plus sûre de Jérusalem. Uzi a pris des dispositions pour qu'il y ait en permanence une équipe de protection devant la porte de votre immeuble…

Lavon hésita avant d'ajouter :

— Mais tous les anges gardiens du monde ne sauraient remplacer un mari.

Gabriel ne réagit pas à cette pique.

— Je peux te donner un conseil ? demanda Lavon.

— Si tu y tiens…

— Retourne à Jérusalem pour quelques jours. Avec l'aide de ton ami, je me chargerai de surveiller l'appartement. Si Quinn montre le bout du nez, tu seras le premier averti.

— Si je retourne à Jérusalem, répliqua Gabriel, je ne voudrai jamais en repartir.

— C'est bien pour ça que je te le conseille…

Lavon se racla la gorge doucement, ce qui annonçait des propos plus personnels.

— Ta femme, reprit-il, voudrait que tu saches que dans un mois, peut-être moins, tu seras de nouveau père. Elle aimerait que tu sois présent pour l'occasion. Sinon, insiste-t-elle, ta vie ne vaudra plus le coup d'être vécue…

— C'est tout ce qu'elle a dit ?

— Elle a mentionné Eamon Quinn, je crois…

— Qu'est-ce qu'elle a dit ?

— Apparemment, Uzi l'a mise au courant de l'opération. Ta femme n'apprécie pas trop les types qui tuent des innocents, des femmes et des enfants… Elle aimerait que tu retrouves Quinn avant de rentrer à la maison. Et quand tu l'auras retrouvé, elle voudrait que tu le tues.

Gabriel jeta un coup d'œil en direction de Keller et répliqua :

— Ce ne sera pas nécessaire.

— Petit veinard, dit Lavon.

Gabriel sourit et but une gorgée de café. Lavon fouilla la poche de sa veste et en sortit une clé USB argentée. Il la posa sur la table et la poussa vers Gabriel.

— Comme tu l'as demandé, voici le dossier complet établi par le Bureau sur Tariq al-Hourani, né en Palestine pendant la Grande Catastrophe arabe… et abattu dans une cage d'escalier d'un immeuble de Manhattan peu après l'attentat du 11 Septembre…

Lavon marqua une pause avant d'ajouter d'un ton malicieux :

— Il paraît que tu étais dans le coin quand c'est arrivé… Mais, cette fois, je n'avais pas été invité.

Gabriel fixa sans mot dire la clé USB. Il y avait des passages, dans ce dossier, qu'il n'aurait pas la force de relire — car c'était Tariq al-Hourani qui, un soir de neige de janvier 1991, avait posé une bombe sous la voiture de Gabriel à Vienne. L'explosion avait tué Dani, le fils de Gabriel et de sa première épouse, Leah. Elle vivait désormais dans un hôpital psychiatrique au sommet du mont Herzl, emmurée dans ses souvenirs et dans un corps ravagé par les brûlures. Lors d'une récente visite, Gabriel lui avait annoncé qu'il allait être à nouveau père.

— J'aurais cru, dit Lavon, que tu connaissais ce dossier par cœur.

— A peu de chose près, c'est vrai, répondit Gabriel. Mais j'aimerais me rafraîchir la mémoire sur un point particulier de sa carrière.

— Lequel ?

— L'époque où il a séjourné en Libye.

— Tu as une intuition ?

— Peut-être.

— Tu as encore besoin de moi ?

— Je suis heureux que tu sois venu, Eli.

Lavon remua lentement son café.

— Tu es bien le seul.

Ils sortirent par la célèbre porte verte du café A Brasileira et se retrouvèrent sur une place carrelée d'azulejos bleus et blancs où Fernando Pessoa, tout de bronze, était assis pour l'éternité — ainsi puni pour être le plus célèbre homme de lettres et poète portugais du XXe siècle. Un vent frais, venant du Tage, tourbillonnait dans un amphithéâtre de gracieux immeubles jaunes. Un antique tramway traversa en cliquetant le Largo do Chiado. Gabriel imagina que Quinn y occupait une place près de la fenêtre. Quinn, au visage remodelé par la chirurgie esthétique et au cœur exempt de toute pitié… Quinn, le gigolo de la Grande Faucheuse…

Lavon remontait la rue d'un pas lent et serein, à la manière d'un flâneur. Gabriel le rattrapa et ils se frayèrent ensemble un chemin dans un dédale de rues sombres. Lavon ne s'arrêtait jamais pour prendre ses repères ou consulter un plan de la ville. Il parlait en allemand d'une découverte qu'il avait faite, récemment, au cours d'une fouille sous la vieille ville de Jérusalem. Quand il ne travaillait pas pour le Bureau, il enseignait l'archéologie biblique à l'université Hébraïque. Et, grâce à une découverte monumentale qu'il avait faite sous le mont du Temple, Eli Lavon était considéré comme une version israélienne d'Indiana Jones.

Il s'arrêta subitement et demanda :

— Tu le reconnais ?

— Quoi donc ?

— Cet endroit.

Comme Gabriel restait muet, Lavon se retourna et s'enquit :

— Et comme ça ?

Gabriel se retourna, lui aussi. Il n'y avait aucun réverbère allumé dans la rue. L'obscurité avait rendu les immeubles informes, sans caractère ni détails.

— C'est ici qu'ils ont posé pour la photo, dit Lavon.

Il fit quelques pas vers le haut de la rue aux trottoirs pavés de galets et ajouta :

— Et la personne qui a pris la photo se tenait ici.

— Je me demande qui c'était…

— Peut-être un passant, choisi au hasard par Quinn ou sa fille, dit Lavon.

— Quinn ne me semble pas être du genre à se laisser photographier par un inconnu.

Lavon se remit à marcher, se rapprochant des hauteurs du quartier. Il tourna à plusieurs reprises, tantôt à droite, tantôt à gauche, jusqu'à ce que Gabriel ait entièrement perdu son sens de l'orientation. Son seul point de repère était le Tage, qui apparaissait sporadiquement entre deux immeubles et dont la surface luisait comme les écailles d'un poisson. Finalement, Lavon s'arrêta et désigna du menton l'entrée d'un immeuble. Il était légèrement plus haut que la plupart des bâtiments du Bairro Alto — il avait trois étages au lieu de deux — et sa façade était dégradée au rez-de-chaussée par des graffitis. Au premier étage, un volet était monté de travers sur ses gonds, une plante rampante pendait de la balustrade rouillée du balcon. Gabriel alla à la porte d'entrée et examina l'interphone. En face du numéro 2B, l'étiquette était vierge de toute inscription. Il appuya sur le bouton correspondant et entendit distinctement sonner dans l'appartement, comme si ses murs étaient en carton ou que l'une de ses fenêtres était ouverte. Puis il posa la main sur la poignée de la porte d'entrée de l'immeuble.

— Tu sais combien de temps il me faudrait pour l'ouvrir ?

— Une petite quinzaine de secondes, répondit Lavon. Mais les bonnes choses viennent à ceux qui savent attendre.

Gabriel scruta le bas de la rue. Il vit un minuscule restaurant où Keller s'était attablé en terrasse, étudiant le menu. En face de l'immeuble se dressaient deux courtes maisons cubiques, voisinant avec un autre immeuble de trois étages, dont la façade était jaune canari. Un petit prospectus aux coins recourbés était fixé sur la porte d'entrée, annonçant en portugais et en anglais que l'un des appartements de l'immeuble était à louer. Gabriel l'arracha et l'empocha. Puis, suivi de Lavon, il passa devant Keller sans dire un mot et sans lui accorder le moindre regard et se mit à descendre la rue en pente vers le fleuve.

Le lendemain matin, en prenant son petit déjeuner au café A Brasileira, il composa le numéro qui était inscrit sur l'annonce. Et, à midi, après avoir payé six mois de loyer d'avance et versé une caution, l'appartement était à sa disposition.

24
Bairro Alto, Lisbonne

Gabriel prit possession de l'appartement au crépuscule, avec l'air d'un homme dont l'épouse ne tolère plus la présence au domicile conjugal. Il avait pour tout bagage un vieux sac de voyage en toile, et sa mine renfrognée signifiait qu'il préférait se débrouiller tout seul. Eli Lavon arriva une heure plus tard avec deux sacs remplis de victuailles — les ingrédients, à ce qu'il semblait, d'un repas de deuil. Keller arriva en dernier. Il pénétra dans l'immeuble sans faire de bruit, comme un voleur, et, une fois dans l'appartement, s'installa près d'une fenêtre, comme s'il se terrait dans une cachette au fin fond du « pays des bandits », le fief de l'IRA dans le sud du comté d'Armagh. Et c'est ainsi que commença la longue surveillance.

L'appartement était meublé, mais très chichement. Dans le salon, quelques vieilles chaises dépareillées, qui semblaient avoir été achetées dans une brocante, constituaient l'essentiel du mobilier. Les deux chambres avaient tout de la cellule monacale. Il manquait un lit mais cela n'avait aucune importance, car il y avait toujours un homme posté à la fenêtre. Le plus souvent, c'était Keller. Il avait attendu longtemps que Quinn sorte de sa tanière et, maintenant, il tenait à avoir l'honneur d'être le premier à poser les yeux sur ce gibier de choix. Gabriel avait accroché au mur le portrait-robot de Quinn, tel un portrait de famille. Et Keller y jetait un coup d'œil chaque fois qu'il voyait passer dans la rue étroite un homme de la même tranche d'âge (entre quarante et cinquante ans) et d'une taille semblable (un peu moins d'un mètre quatre-vingts). A l'aube du troisième matin, il se persuada qu'il avait vu Quinn approcher de l'immeuble.

— Il a le visage de Quinn, murmura-t-il à Lavon d'une voix excitée.

Et, plus important, il avait la démarche de Quinn. Mais ce n'était pas Quinn. C'était un Portugais qui, découvrirent-ils plus tard, travaillait dans une boutique située à quelques rues de là. Lavon, expert en surveillance physique, expliqua à Keller qu'une telle erreur comptait parmi les dangers d'une longue surveillance. Le guetteur finit parfois par ne plus voir que ce qu'il veut voir. Ou bien, la cible se trouve juste devant le guetteur, et celui-ci, aveuglé par la fatigue, ne s'en rend même pas compte.

Comme le propriétaire croyait que Gabriel était l'unique occupant des lieux, seul ce dernier se montrait en public. Il jouait les oisifs esseulés. Il flânait dans les rues pentues du Bairro Alto, il prenait des trams sans destination apparente, il visitait le Museu do Chiado, il buvait son café de l'après-midi au café A Brasileira.

Et, dans un espace vert sur les bords du Tage, il rencontra un messager du Bureau, qui lui remit une valise remplie des outils nécessaires à un avant-poste de terrain : un appareil photo monté sur trépied, équipé d'un téléobjectif de vision nocturne ; un microphone parabolique ; des radios sécurisées ; un micro-émetteur miniature ; et un ordinateur portable pourvu d'un lien satellitaire sécurisé avec le boulevard du Roi-Saül. En sus de tout ce matériel, il trouva dans la valise un message du directeur des Opérations, qui y réprimandait gentiment Gabriel pour avoir loué un appartement de son propre chef au lieu de recourir au Département du logement. Il s'y trouvait aussi une lettre manuscrite de Chiara. Gabriel la lut deux fois avant de la brûler dans le lavabo. Après cette lecture, son humeur fut plus noire que les cendres qu'il évacuait dans les canalisations.

— Mon offre tient toujours, dit Lavon.

— Quelle offre ?

— Je reste ici avec Keller. Toi, tu rentres chez toi et tu passes un peu de temps avec ta femme.

Gabriel lui fit la même réponse que la fois précédente, et Lavon ne souleva plus jamais le sujet — même tard dans la nuit, quand les tables du restaurant en bas de la rue avaient été rentrées et que la pluie trempait les pavés de la rue silencieuse. Les lumières de l'appartement étaient tamisées, afin que leurs ombres ne puissent pas être aperçues de l'extérieur. Et, dans la pénombre, les années s'effaçaient de leurs visages. Ils étaient revenus au temps de leurs vingt ans, en cet automne 1972 où le Bureau leur avait confié pour mission de traquer les auteurs du massacre des jeux Olympiques de Munich. Cette opération avait pour nom de code « Colère de Dieu ». Dans le jargon hébraïsant de l'équipe, Lavon était alors un *ayin*, un pisteur. Gabriel était un *aleph*, un assassin. Pendant trois ans, ils avaient traqué leurs proies dans toute l'Europe, tuant de nuit comme de jour, vivant constamment dans la peur d'être arrêtés et traduits en justice pour meurtre. Ils avaient passé d'interminables nuits dans des chambres miteuses, épiant des portes et des hommes, pénétrant secrètement la vie d'autrui. Le stress et les cauchemars ensanglantés les privaient de sommeil. Un poste de radio à transistors constituait leur unique lien avec le monde réel. Il leur parlait de guerres, perdues et gagnées, et d'un président américain qui avait démissionné, couvert d'opprobre… Et parfois, par de chaudes nuits d'été, il leur jouait de la musique — la même musique que les garçons normaux de leur âge écoutaient alors… Mais ces garçons normaux n'avaient pas été, eux, missionnés par leur pays pour servir d'anges exterminateurs et venger onze vies juives.

L'insomnie se révéla vite contagieuse dans le petit appartement du Bairro Alto. Ils avaient prévu de veiller à tour de rôle, par tranches de deux heures, auprès de la fenêtre. Mais, au fil des jours, et à mesure que l'insomnie triomphait dans leurs rangs, les trois vétérans de l'action secrète se mirent à exercer une sorte de surveillance collective et permanente. Toute personne qui passait sous cette fenêtre était photographiée, quels que soient son âge, son sexe ou son origine. Ceux qui entraient dans l'immeuble ciblé faisaient l'objet d'une observation plus poussée, ainsi que ses locataires. Petit à petit, les riverains n'eurent plus de secrets pour les guetteurs. Telle était la nature d'une surveillance prolongée. Le plus souvent, c'étaient les péchés véniels des honnêtes gens qui étaient dévoilés.

L'appartement contenait un téléviseur relié à une antenne parabolique, qui perdait le signal chaque fois qu'il pleuvait quelques gouttes ou qu'une petite brise se mettait à souffler dans la rue. La télévision leur servait de lien avec un monde qui leur paraissait, à chaque jour qui passait, de plus en plus chaotique. C'était le monde dont Gabriel allait hériter dès l'instant où il aurait prêté serment en tant que nouveau chef du Bureau. Et ce serait aussi le monde de Keller, s'il faisait le choix de rejoindre le MI6.

Keller, c'était la dernière œuvre de restauration de Gabriel. Son vernis crasseux avait été ôté, sa toile avait été réparée et retouchée. Il n'était plus l'assassin anglais. Bientôt, il allait être l'espion anglais.

Comme tous les bons guetteurs, Keller était doté d'une grande patience. Néanmoins, au bout de sept jours de surveillance assidue, sa patience finit par l'abandonner. Lavon lui suggéra d'aller se promener au bord du fleuve ou d'aller longer le littoral en voiture — tout était bon pour rompre la monotonie de la surveillance. Mais Keller refusa de sortir de l'appartement ou de céder son poste d'observation près de la fenêtre. Il photographia les visages qui défilaient à ses pieds — les vieilles connaissances, les nouveaux venus, les passants — en espérant qu'un homme âgé de quarante-cinq ans environ et mesurant près d'un mètre quatre-vingts allume un jour l'entrée de l'immeuble d'en face. Aux yeux de Lavon, Keller aurait pu aussi bien surveiller Lower Market Street, à Omagh, attendant qu'une Vauxhall Cavalier rouge au coffre arrière surchargé se gare et que deux hommes — Quinn et Walsh — en sortent. Walsh avait été châtié. Bientôt, ce serait le tour de Quinn de payer pour ses crimes.

Mais une autre journée s'écoula sans que Quinn montre le bout du nez, et Keller proposa aux autres de chercher ailleurs. L'Amérique latine, selon lui, était la région du monde la plus logique, celle par laquelle il fallait commencer. Ils pourraient aller à Caracas et frapper à quelques portes jusqu'à ce qu'ils trouvent celle derrière laquelle Quinn se cachait. Gabriel parut accorder à cette proposition la plus sérieuse considération. En réalité, il était en train d'épier la femme d'une trentaine d'années qui était assise, seule, à la terrasse du petit restaurant en bas de la rue. Elle avait posé son sac à main sur la chaise à côté de la sienne. C'était un grand sac à main, pouvant contenir des articles de toilette et même quelques vêtements. La fermeture à glissière était ouverte et le sac était orienté de façon que son contenu soit facilement accessible. *Un agent secret du Bureau aurait placé son sac exactement de la même manière,* songea Gabriel. *Surtout si son sac contient une arme à feu.*

— Tu m'écoutes ? demanda Keller.

— Je suis tout ouïe, mentit Gabriel.

Les dernières lueurs du crépuscule s'estompaient. La femme d'une trentaine d'années n'en avait pas pour autant ôté ses lunettes de soleil. Gabriel dirigea le téléobjectif vers elle, zooma et la prit en photo. Il l'examina attentivement dans le viseur de l'appareil. Il trouva que c'était un bon visage — un visage digne d'être peint. Les pommettes étaient larges et saillantes, le menton fin et délicat, la peau blanche et parfaite. Les lunettes de soleil rendaient ses yeux invisibles, mais Gabriel aurait parié qu'ils étaient bleus. Ses cheveux étaient mi-longs et très noirs. Gabriel devina que ce n'était pas leur couleur naturelle.

Au moment où Gabriel l'avait prise en photo, elle était en train d'étudier le menu. A présent, elle regardait vers le haut de la rue, chose légèrement incongrue en ces lieux. En effet, les clients de ce restaurant se tournaient généralement dans la direction opposée, qui offrait une meilleure vue de la ville. Un serveur vint prendre la commande. Avec un temps de retard, Gabriel saisit le microphone parabolique et le dirigea vers la table où la femme était assise. Il entendit le serveur dire « merci » en anglais. Ce mot fut immédiatement suivi d'une éruption de musique électronique. C'était la sonnerie de son téléphone portable. Elle rejeta l'appel d'une pression sur un bouton et remit l'appareil dans son sac, dont elle sortit un guide de Lisbonne. Gabriel colla une nouvelle fois son œil contre le viseur et zooma, non pas sur le visage de la femme cette fois, mais sur le livre qu'elle tenait à la main. C'était le guide Frommer's de Lisbonne, en version anglaise. Elle le baissa au bout de quelques secondes et se remit à scruter la rue.

— Qu'est-ce que tu regardes ? demanda Keller.

— Je ne sais pas encore.

Keller se rapprocha de la fenêtre et suivit le regard de Gabriel.

— Jolie, fit-il.

— Peut-être.

— Nouvelle venue ou habituée ?

— Touriste, selon toutes les apparences.

— Pourquoi une jeune et jolie touriste mangerait-elle toute seule dans ce restaurant de quartier ?

— Bonne question.

Le serveur réapparut, apportant un verre de vin blanc, qu'il posa sur la table, à côté du guide de Lisbonne. Il sortit son carnet pour prendre la commande, mais la femme lui dit quelque chose d'inaudible qui l'incita à le ranger sans qu'il y ait rien noté. Il revint un instant plus tard avec l'addition. Il la posa sur la table et s'en alla vaquer à ses occupations. Aucun autre mot n'avait été échangé.

— Qu'est-ce qui vient de se passer ? demanda Keller.

— On dirait que la jolie jeune femme a changé d'avis.

— Je me demande bien pourquoi…

— Il y a peut-être un rapport avec l'appel qu'elle n'a pas pris.

Les mains de la femme étaient à présent en train de fouiller dans le sac à main ouvert. Quand elles réapparurent, elles tenaient un billet de banque. Elle le posa sur l'addition, le cala avec le verre de vin encore plein et se leva.

— On dirait qu'elle n'a pas aimé le vin, dit Gabriel.

— Elle a peut-être une migraine.

La femme prit son sac, le mit en bandoulière et jeta un dernier regard à la rue. Puis elle se tourna dans la direction opposée, bifurqua dans la première rue et disparut.

— Dommage, dit Keller.

— C'est ce qu'on verra, dit Gabriel.

Il vit le serveur ramasser le billet tout en calculant le temps qu'il faudrait à la femme pour réapparaître dans son champ de vision. *Deux minutes,* songea-t-il — le temps nécessaire pour faire le tour du pâté de maisons. Il nota l'heure qu'affichait sa montre et, quand quatre-vingt-dix secondes se furent écoulées, il colla son œil droit contre le viseur et se mit à compter lentement. Quand il eut atteint vingt, il la vit émerger de la pénombre, le sac à l'épaule, les lunettes de soleil sur le nez. Elle s'arrêta à l'entrée de l'immeuble ciblé, inséra une clé dans la serrure et poussa la porte. Tandis qu'elle pénétrait dans l'entrée de l'immeuble, un autre locataire, un homme d'une vingtaine d'années, en sortit. Il se retourna pour la regarder — Gabriel n'aurait su dire si c'était par curiosité ou par admiration. Il photographia le locataire avant de diriger son regard vers les fenêtres obscures du premier étage. Dix secondes plus tard, la lumière s'alluma derrière les stores.

25
Bairro Alto, Lisbonne

Ils ne la revirent pas avant 8 h 30 le lendemain matin, quand elle apparut sur le balcon, vêtue en tout et pour tout d'un peignoir de bain. Gabriel en déduisit que c'était le peignoir de Quinn, car il était beaucoup trop ample pour le corps svelte de la jeune femme. Elle observait la rue d'un air songeur, en grillant une cigarette. Ses yeux n'étaient plus dissimulés par des lunettes de soleil. Comme l'avait supputé Gabriel, ils étaient bleus. Bleus comme l'azur. Le bleu de Vermeer. Il prit plusieurs photos de la jeune femme et les transmit aussitôt au boulevard du Roi-Saül. Puis il la vit rentrer dans l'appartement et disparaître derrière la porte vitrée.

La lumière resta allumée dans son appartement pendant les vingt minutes suivantes. Peu après son extinction, la jeune femme sortit de l'immeuble. Elle portait son sac en bandoulière, et ses mains étaient plongées dans les poches de son manteau. Un duffle-coat d'étudiante bien sage avait remplacé le blouson en cuir noir de petite gouape qu'elle portait la veille au soir. Son pas était alerte, ses chaussures claquaient sur les galets. Ce bruit s'amplifia lorsqu'elle passa sous la fenêtre-poste d'observation, puis s'estompa à mesure qu'elle s'éloignait. Elle atteignit le bas de la rue et disparut du champ de vision de Gabriel, qui sortit en hâte de l'appartement.

La Citroën qu'il avait récupérée à Paris était garée en face du petit restaurant aux volets fermés, au coin d'une rue assez large pour permettre le passage de deux voitures. Keller se mit au volant pendant que Gabriel suivait la jeune femme à pied, empruntant derrière elle une autre rue aux trottoirs pavés de galets et bordée de magasins et de cafés. Cette rue débouchait sur un boulevard qui descendait tout droit vers le Tage, tel un affluent du fleuve. La femme entra dans un café, passa commande au bar et s'assit au comptoir, près de la vitrine. Gabriel alla dans le café d'en face et fit de même. Keller se gara en double file, non loin de là, jusqu'à ce qu'un agent de police lui fasse signe de circuler. Il alla se garer quelques mètres plus loin, toujours en double file.

Pendant un bon quart d'heure, leurs positions respectives demeurèrent inchangées : la jeune femme était dans son café, Gabriel était dans le sien, Keller était au volant de la Citroën. La jeune femme fixait son téléphone portable en sirotant son expresso. Gabriel la vit passer au moins un appel. Puis, à 9 h 30, elle rangea le téléphone dans son sac à main et sortit du café. Elle fit quelques pas en direction du fleuve avant de s'arrêter brusquement et de héler un taxi qui arrivait en sens inverse. Gabriel sortit précipitamment du café et monta sur le siège du passager de la Citroën. Keller fit un demi-tour sur les chapeaux de roues et se mit à rouler pied au plancher.

Trente secondes s'écoulèrent avant que le taxi ne revienne dans leur champ de vision. Il roulait vers le nord, slalomant allègrement entre les camions, les bus, les berlines allemandes rutilantes des nouveaux riches et les vieilles guimbardes pétaradantes des Lisboètes moins favorisés et plus nombreux. Gabriel n'avait pas souvent opéré à Lisbonne et ses connaissances géographiques de cette grande capitale étaient rudimentaires. Cela ne l'empêcha pas de comprendre vers quel lieu se dirigeait le taxi. Le chemin qu'il suivait menait à l'aéroport de Lisbonne comme l'aiguille d'une boussole pointe vers le nord.

Ils traversèrent un quartier moderne et se coulèrent dans le flot des véhicules jusqu'à un vaste rond-point, au bord d'un grand parc. De là, ils suivirent le taxi vers le nord-est, jusqu'à un autre rond-point, où ils s'engagèrent dans l'Avenida da República. Au bout de cette avenue, ils commencèrent à apercevoir les premiers panneaux indiquant l'aéroport. Le taxi les suivit tous un à un jusqu'à ce qu'il s'arrête au niveau des départs du terminal 1. La jeune femme sortit du taxi et se dirigea promptement vers l'entrée, comme si elle était en retard et craignait de rater son vol. Gabriel demanda à Keller de garer la Citroën dans le parking de courte durée du terminal, et de laisser le pistolet dans le coffre et les clés dans un petit boîtier magnétique au-dessus de la roue gauche. Puis il sortit de la Citroën et suivit la jeune femme dans le hall du terminal.

Juste après avoir passé la porte, elle s'arrêta brièvement, comme pour prendre ses repères, et examina un instant le vaste panneau des départs qui surplombait le hall moderne et étincelant. Puis elle alla tout droit au comptoir de British Airways et prit sa place dans la file d'attente des premières classes. British Airways ne desservait qu'une seule destination au départ de Lisbonne. Le vol 501 décollait une heure plus tard. Le vol suivant n'était qu'à 19 heures.

Gabriel sortit son BlackBerry de sa poche et envoya un message au Département des voyages du boulevard du Roi-Saül pour réclamer deux billets de première classe sur le vol 501 de la BA — l'un au nom de Johannes Klemp, l'autre à celui d'Adrien Leblanc. Les Voyages accusèrent immédiatement réception de cette requête et demandèrent à Gabriel de patienter. Deux minutes plus tard, son numéro de réservation s'affichait sur l'écran du BlackBerry. Il ne restait plus qu'une seule place en première classe et les Voyages, dans leur infinie sagesse, l'avaient attribuée à Gabriel. M. Leblanc avait donc hérité d'un siège en classe économique, à l'arrière de l'appareil, où son voyage serait agrémenté par l'odeur des toilettes et les vagissements des enfants en bas âge.

Gabriel envoya un autre message au boulevard du Roi-Saül pour demander qu'une voiture l'attende, prête à démarrer, à Heathrow. Puis il rangea le BlackBerry dans sa poche et vit la femme se diriger, billet en main, vers le contrôle de sécurité. Keller attendit qu'elle ait disparu derrière une paroi pour rejoindre Gabriel.

— Où va-t-on ? demanda-t-il.

Gabriel sourit avant de répondre :

— A la maison.

Ils se présentèrent séparément à l'enregistrement de leurs billets. Ils n'avaient ni bagage ni sac de voyage. Un policier des frontières portugais tamponna leurs faux passeports. Un agent de sécurité de l'aéroport leur fit signe de passer sous les portiques de détection. Ensuite, comme il leur restait trois quarts d'heure à tuer avant le décollage, ils déambulèrent un moment dans la galerie marchande *duty free* et achetèrent quelques magazines dans une maison de la presse, histoire de ne pas monter à bord de l'avion les mains vides.

Lorsqu'ils arrivèrent à la porte de leur vol, la jeune femme était assise dans la salle d'attente, l'œil rivé sur son téléphone portable. Gabriel s'installa derrière elle et attendit que les passagers du vol 501 soient appelés. La première annonce se fit en portugais, la seconde en anglais. La jeune femme attendit la seconde pour se lever. Elle rangea son téléphone portable dans son sac à main et s'engagea sur la passerelle télescopique réservée aux passagers de première classe. Gabriel fit de même un moment plus tard. Tout en tendant son billet à l'employé de la compagnie aérienne, il jeta un regard en coin au pauvre Keller, perdu au milieu de la foule plébéienne qui se bousculait dans la file de la classe économique. Keller se gratta le nez et fronça les sourcils en regardant le bambin emmailloté qui allait bientôt être son bourreau.

Lorsque Gabriel monta à bord de l'avion, la jeune femme s'était installée sur son siège et s'était déjà vu offrir une coupe de champagne. Elle était assise près du hublot au deuxième rang, du côté gauche du fuselage. Son sac était posé à ses pieds, mal rangé. Un magazine de voyage était posé sur ses cuisses. Elle ne semblait pas pressée de le feuilleter.

Elle ne prêta aucune attention à Gabriel lorsqu'il passa en se faufilant devant un retraité en surpoids pour gagner sa place — couloir, quatrième rang, côté droit de l'appareil. Une hôtesse de l'air outrancièrement maquillée lui colla dans la main une coupe de champagne. Il comprit bien vite pourquoi ce breuvage gazeux était gratuit : il avait un goût prononcé de térébenthine. Il posa la coupe délicatement sur la console centrale et salua d'un hochement de tête son voisin, un homme d'affaires britannique pourvu d'un fort accent du Yorkshire, qui hurlait dans son téléphone portable des propos peu amènes au sujet d'une cargaison manquante.

Gabriel sortit son propre téléphone portable et envoya un nouveau message au boulevard du Roi-Saül. Cette fois, ce fut pour demander une vérification d'identité concernant une femme âgée d'une trentaine d'années, qui occupait en ce moment même le siège 2A du vol 501 de la British Airways. La réponse arriva cinq minutes plus tard, au moment même où Keller passait devant Gabriel en traînant des pieds comme un bagnard qu'on mène casser des cailloux. Le nom de la passagère était Anna Huber, citoyenne allemande. Elle avait 32 ans. Dernière adresse connue : Lessingstraße 11, Francfort.

Gabriel éteignit le BlackBerry et observa la jeune femme, assise à quelques mètres de lui, de l'autre côté du couloir. *Qui es-tu ?* pensa-t-il. *Et que fais-tu dans cet avion ?*

26
Aéroport de Heathrow, Londres

Le vol dura deux heures et quarante-six minutes. La femme qui se nommait Anna Huber resta pendant tout le trajet sans manger ni boire autre chose que son imbuvable champagne. Une demi-heure avant l'atterrissage, elle alla aux toilettes avec son sac et s'y enferma. Gabriel songea au séjour de Quinn au Yémen, où il avait travaillé avec Al-Qaïda sur un projet de bombe capable de faire exploser un avion de ligne. *Ça va peut-être se terminer comme ça,* se dit-il. Il serait propulsé hors de l'avion par l'explosion et viendrait s'écraser sur un gazon anglais, attaché à la même banquette qu'un homme d'affaires du Yorkshire. Puis la porte des toilettes s'ouvrit et la jeune femme réapparut. Elle s'était recoiffée et avait ajouté une touche de couleur à ses joues pâles. Lorsqu'elle regagna sa place, son regard d'azur croisa celui de Gabriel sans qu'il y décèle le moindre signe de récognition.

L'avion plongea hors d'un nuage et entra en contact avec la piste d'atterrissage en tressautant, ce qui provoqua l'ouverture de quelques casiers à bagages. Il était 13 heures passées de quelques minutes mais, en regardant au-dehors, on se serait cru à la tombée de la nuit. L'homme d'affaires se remit à beugler dans son téléphone : apparemment, le grave problème que connaissait son entreprise n'avait pas encore été résolu. Gabriel alluma son BlackBerry et apprit qu'une Volkswagen Passat gris métallisé était à sa disposition devant l'entrée du terminal 3. Il envoya un message de confirmation et, lorsque le témoin lumineux de sa ceinture de sécurité s'éteignit, il la déboucla, se leva lentement et se joignit à la file des passagers qui attendaient de sortir de l'avion. La jeune femme nommée Anna Huber était coincée contre le hublot, courbée vers son sac à main comme si c'était un lourd fardeau. Quand les portes de la cabine s'ouvrirent, Gabriel lui laissa poliment le passage pour qu'elle prenne sa place dans la file. Elle le gratifia d'un hochement de tête raide et sec pour l'en remercier — cette fois encore sans manifester le moindre signe de récognition, et s'engagea sur la passerelle télescopique.

Son passeport allemand l'autorisait à entrer au Royaume-Uni en passant par la file rapide réservée aux ressortissants de l'Union européenne. Gabriel était juste derrière elle lorsque l'agent de l'Immigration lui demanda la nature de son séjour. Gabriel ne put entendre sa réponse, mais celle-ci dut plaire au fonctionnaire, car il la récompensa d'un sourire chaleureux. Gabriel ne reçut pas le même accueil. L'agent de l'Immigration tamponna son passeport avec une violence à peine contenue et le lui rendit en évitant son regard.

— Bon séjour, marmonna-t-il.

— Merci, dit Gabriel.

Et il se lança aux trousses de la jeune femme.

Il la rattrapa sur le trottoir roulant qui transportait les passagers vers le hall des arrivées. Un agent subalterne de l'antenne de Londres était debout près de la rampe, à côté de deux femmes voilées de noir. Il avait l'air de s'ennuyer profondément et tenait à la main une petite pancarte en carton sur laquelle était inscrit le nom « ASHTON ». Il abaissa sa pancarte et se fraya un chemin vers Gabriel, perturbant au passage de touchantes retrouvailles familiales.

— Où est la voiture ?

L'agent subalterne désigna du menton la porte la plus à gauche.

— Retournez dans le hall et continuez à brandir votre

pancarte, dit Gabriel. Un autre homme va arriver dans quelques minutes.

L'agent subalterne se retira. Dehors, taxis et navettes d'aéroport attendaient les passagers sous un ciel ténébreux. La jeune femme se faufila dans la cohue en direction du parking de courte durée. C'était le seul scénario que Gabriel n'avait pas prévu. Il sortit son BlackBerry et appela Keller.

— Où es-tu ? lui demanda-t-il.

— Au contrôle des passeports.

— Il y a un gars dans le hall des arrivées qui tient une pancarte où il y a marqué « Ashton ». Dis-lui de te mener à la voiture.

Gabriel raccrocha sans ajouter un mot et suivit la jeune femme dans le parking. Son véhicule se trouvait au deuxième niveau. C'était une berline bleue, une BMW immatriculée en Grande-Bretagne. Gabriel la vit extraire une clé de son sac à main, appuyer sur l'ouverture à distance et se mettre au volant. Gabriel rappela Keller.

— Et là, tu es où ?

— Au volant d'une Passat gris métallisé.

— Retrouve-moi à la sortie du parking de courte durée.

— Plus facile à dire qu'à faire.

— Si tu n'es pas là dans deux minutes, on va la perdre.

Gabriel coupa la communication et se cacha derrière un pilier lorsque la BMW passa près de lui. Puis il se mit à courir à petites foulées vers la sortie et revint au niveau du hall des arrivées à l'instant où la BMW émergeait de la sortie du parking. Elle passa devant Gabriel et disparut de son champ de vision. Gabriel allait rappeler Keller lorsqu'il vit une Volkswagen rouler vers lui à toute allure en faisant des appels de phares. Il ouvrit la portière du passager, monta prestement à l'intérieur et fit signe à Keller d'aller tout droit. Ils rattrapèrent la BMW au moment où elle s'engageait sur l'A4, en direction de l'ouest londonien. Keller leva le pied et alluma une cigarette. Gabriel baissa sa vitre et appela Graham Seymour.

Seymour reçut l'appel pendant un bref répit entre une réunion avec les cadres de son service et une visite du patron du renseignement jordanien, un homme que Seymour avait secrètement en horreur. Il nota sur une feuille de papier les principaux détails — ce qu'il allait regretter, plus tard. Une femme nommée Anna Huber, voyageant avec un passeport allemand et domiciliée à Francfort, venait d'arriver à Londres en provenance de Lisbonne, où elle avait passé une seule nuit dans un appartement lié à Eamon Quinn. A l'aéroport de Heathrow, elle avait récupéré une BMW bleue (immatriculée en Grande-Bretagne : AG62 VDR) dans le parking de courte durée du terminal 3. La BMW se dirigeait vers Londres, suivie de près par le futur chef des services de renseignements israéliens et par un déserteur du SAS devenu tueur à gages.

Seymour avait pris cet appel sur un téléphone réservé à ses communications privées. A côté de cet appareil se trouvait celui qui était en ligne directe avec Amanda Wallace, à Thames House. Il hésita quelques secondes avant de décrocher le combiné. La voix de son homologue du MI5 se fit aussitôt entendre dans le récepteur.

— Graham, dit-elle d'un ton cordial.

— J'ai bien peur que cette opération n'ait débordé sur le sol britannique.

— Sous quelle forme ?

— Une voiture qui se dirige vers le centre de Londres.

Après avoir raccroché, Amanda Wallace utilisa son ascenseur personnel pour descendre au centre d'opérations. Elle s'installa sur son siège habituel, au niveau supérieur de la vaste salle, et décrocha un téléphone qui la remit en contact avec Graham Seymour.

— Où sont-ils ? demanda-t-elle.

Dix secondes pleines de tension s'écoulèrent avant que Seymour ne réponde. La BMW approchait du toboggan de Hammersmith. Amanda Wallace ordonna à l'un des techniciens d'afficher sur l'écran vidéo central les images de la caméra de surveillance. Vingt secondes plus tard, elle vit la BMW bleue rouler à bonne allure sous la pluie, dans un trafic fluide.

— Allon la suit dans quelle voiture ? demanda-t-elle à Graham.

Seymour le lui dit tandis que la Passat traversait l'écran central, à trois voitures de distance de la BMW. Amanda ordonna aux techniciens du centre d'opérations de pister les déplacements des deux véhicules. Puis elle appela le chef de l'A4 — une branche du MI5 chargée des actions secrètes et des surveillances clandestines — et lui intima l'ordre de faire suivre les deux voitures.

D'autres hauts responsables du MI5 affluèrent dans le centre d'opérations, parmi lesquels Miles Kent, le directeur général adjoint. Amanda lui demanda de vérifier l'immatriculation de la BMW. En moins d'une minute, Kent lui fournit le résultat de sa recherche : le numéro AG62 VDR ne figurait pas dans la base de données du service des immatriculations. Les plaques étaient fausses.

— Tâchez de savoir si une BMW bleue a été déclarée volée récemment, ordonna-t-elle.

Cette recherche dura plus longtemps que la précédente — près de trois minutes. Une BMW du même modèle avait été déclarée volée quatre jours plus tôt dans la petite ville portuaire de Margate. Mais elle était grise et non bleue.

— Ils ont dû la repeindre, dit Amanda. Je veux savoir quand elle a été laissée à Heathrow, et je veux visionner ce qu'a filmé la caméra de surveillance.

Elle regarda l'écran central. La BMW était en train de franchir le carrefour, au croisement de West Cromwell Road et d'Earl's Court Road. La Passat était toujours à trois voitures de distance. Gabriel Allon, qu'Amanda n'avait rencontré qu'une seule fois, était distinctement visible sur le siège du passager. Ainsi que l'homme qui tenait le volant.

— Qui est le conducteur de la Passat ? demanda-t-elle à Graham Seymour.

— C'est une longue histoire…

— Je n'en doute pas.

La BMW approchait du musée d'Histoire naturelle. Les trottoirs environnants grouillaient d'écoliers. Le poing d'Amanda se crispa sur le combiné. Elle parvint néanmoins à parler d'une voix calme et pleine d'assurance :

— Je ne suis pas disposée à tolérer ce cirque plus longtemps, Graham.

— Je soutiendrai ta décision, quelle qu'elle soit.

— C'est sympa, dit-elle avec une pointe de mépris dans la voix.

Elle ne quittait pas des yeux l'écran central.

— Dis à Allon de lâcher l'affaire. A partir de maintenant, nous prenons le relais.

Elle écouta Seymour relayer le message à Allon. Puis elle décrocha le combiné d'un appareil en ligne directe avec le commissaire principal du Metropolitan Police Service — la police londonienne, plus couramment appelée la « Met ». Le commissaire principal lui répondit immédiatement.

— Une berline BMW bleue se dirige vers Cromwell Road, avec de fausses plaques d'immatriculation portant ce numéro : AG62 VDR. La voiture est presque certainement volée et la femme qui la conduit est liée à un terroriste notoire.

— Que recommandez-vous ?

Amanda Wallace fixa un instant l'écran central. La BMW roulait à présent sur Brompton Road en direction de Hyde Park Corner. Et, trois voitures derrière elle, la Passat gris métallisé maintenait la même allure.

A l'entrée de Brompton Square, un policier londonien était assis sur sa moto. Il n'accorda aucune attention à la BMW lorsqu'elle passa devant lui. Il ne tourna pas plus la tête quand la Passat le frôla un instant plus tard. Gabriel plaqua le BlackBerry contre son oreille.

— Qu'est-ce qui se passe ? demanda-t-il.

— Amanda a ordonné à la Met d'intervenir, d'arrêter la femme et de la placer en garde à vue.

— Où sont les flics ?

— Il y a une équipe qui arrive par Park Lane et une autre qui se dirige vers Hyde Park Corner en passant par Piccadilly.

Une rangée de magasins de luxe défilait derrière la vitre de Gabriel. Une galerie d'art, le showroom d'un décorateur réputé, une agence immobilière, un café avec terrasse où les touristes se rinçaient le gosier à l'abri d'un auvent vert. Au loin hurlait une sirène. Gabriel trouva qu'elle ressemblait au cri d'un enfant qui appelle sa mère.

Keller freina brusquement. Devant lui, un feu passé au rouge avait ralenti la circulation. Deux voitures — dont un taxi — séparaient Gabriel et Keller de la BMW. Brompton Road s'étendait devant eux. Sur le côté droit de cette artère commerçante se dressaient les tourelles tarabiscotées du grand magasin Harrods. Les sirènes s'étaient rapprochées, mais les policiers n'étaient toujours pas en vue. Le feu redevint vert et les véhicules s'élancèrent. Après avoir franchi le croisement de Montpelier Street et de Brompton Road, ils longèrent une nouvelle rangée de magasins et de cafés. Soudain, la BMW fit une embardée et se déporta dans la voie réservée aux bus avant de s'arrêter devant une succursale de la banque HSBC. La portière du conducteur s'ouvrit en grand, la jeune femme en sortit et s'éloigna en marchant d'un pas tranquille. Il ne lui fallut que quelques secondes pour se fondre dans la foule et disparaître dans la forêt de parapluies qui couvraient le trottoir tels des champignons géants.

Gabriel fixa un instant la berline bleue garée le long du trottoir puis la multitude de touristes et de passants qui se hâtaient sous la pluie. Son regard se porta ensuite sur la façade fantasmagorique du grand magasin emblématique qui se trouvait de l'autre côté de la rue. Enfin, il baissa les yeux vers son BlackBerry, qui vibrait doucement dans sa main. C'était un texto envoyé par un correspondant non identifié, et il n'était constitué que de six mots :

LES BRIQUES SONT DANS LE MUR…

27
Brompton Road, Londres

Ils bondirent hors de la voiture dans une sorte de brouillard, agitant les bras comme des déments, chacun criant le même mot tout simple, qui se confondait avec le hurlement strident des sirènes. Pendant quelques instants, personne ne réagit. Alors Gabriel sortit un Beretta de la boîte à gants de la Passat, et les passants apeurés reculèrent. La peur semblait être un moyen efficace. Brandissant son pistolet, il força la foule à s'éloigner de la BMW, aidant ceux qui avaient trébuché dans la cohue à se relever, pendant que Keller tentait, avec l'énergie du désespoir, d'évacuer un bus à impériale. Les passagers terrifiés jaillissaient par la porte de devant et par celle de derrière. Keller les aida un par un à s'arracher à leur cage d'acier, les projetant dans la rue comme des poupées de chiffon.

Les automobilistes qui roulaient dans les deux sens de la rue s'étaient arrêtés pour observer toute cette agitation. Gabriel tambourina sur les vitres des voitures et leur fit signe de passer leur chemin en vitesse. Mais cela ne servit à rien. La rue était complètement embouteillée. A l'arrière d'une Ford blanche, un petit garçon aux cheveux bouclés, âgé tout au plus de deux ans, était fermement attaché à son rehausseur. Gabriel saisit la poignée de la portière mais elle était verrouillée, et la mère de l'enfant, terrifiée, prenait visiblement Gabriel pour un fou furieux et refusait d'ouvrir.

— Il y a une bombe ! hurla-t-il contre la vitre. Sortez de là et courez !

Mais la femme ne réagit pas, fixant Gabriel d'un air hagard, muette d'effroi et de perplexité. Le gamin se mit à pleurer.

Keller, qui avait achevé l'évacuation du bus, donnait de grands coups sur la vitrine de la succursale de HSBC. Gabriel leva les yeux et regarda, par-dessus les toits des voitures immobilisées, vers le trottoir d'en face. Une foule de spectateurs s'était amassée devant l'entrée de Harrods. Gabriel courut vers eux en hurlant et en brandissant son pistolet. Les badauds affolés se dispersèrent comme des moineaux. Dans la cohue, une femme enceinte chuta sur le trottoir. Gabriel se précipita et l'aida à se relever.

— Vous pouvez marcher ? lui demanda-t-il.

— Je crois…

— Alors, dépêchez-vous ! cria-t-il. Pour votre enfant…

Tandis qu'elle s'éloignait en courant, il se mit à calculer le temps écoulé depuis que le message s'était affiché sur l'écran de son BlackBerry. *Vingt secondes, trente au maximum…* En ce bref laps de temps, ils avaient réussi à éloigner plus d'une centaine de personnes d'une petite zone qui allait bientôt être le théâtre d'une explosion dévastatrice. Mais il y avait encore des voitures coincées dans la rue, avec des passagers à leur bord, parmi lesquelles la Ford blanche.

Des clients de Harrods sortirent en foule du grand magasin. Brandissant son pistolet, Gabriel les repoussa à l'intérieur, leur criant de rester à l'abri dans le bâtiment. Revenu dans la rue, il constata que les voitures avaient commencé à avancer. Il vit la Ford blanche se détacher dans le trafic, comme un drapeau blanc. La femme était toujours au volant, tétanisée par l'indécision, inconsciente de ce qui allait arriver incessamment. Sur la banquette arrière, l'enfant hurlait, inconsolable.

Le Beretta lui glissa des mains et, subitement, il se mit à courir, brassant l'air avec les bras, comme s'il essayait de se propulser plus rapidement. Au moment où il atteignait la portière de la Ford, un éclair blanc l'aveugla, avec l'éclat d'un millier de soleils. Il fut soulevé par un souffle brûlant et, projeté par un tourbillon de sang et d'éclats de verre, retomba lourdement en arrière. Il vit la main d'un enfant se tendre vers lui… Il la saisit brièvement mais elle lui glissa entre les doigts. Puis les ténèbres l'enveloppèrent, silencieuses et immobiles — et il sombra dans le néant.

DEUXIÈME PARTIE

Mort d'un espion

28
Londres

Plus tard, la Metropolitan Police déterminerait qu'il s'était écoulé quarante-sept secondes exactement entre le moment où la jeune femme avait abandonné la voiture piégée dans Brompton Road et celui où la bombe qui se trouvait dans le coffre avait explosé. Elle pesait deux cent quarante kilos et avait été fabriquée avec une grande expertise. On ne pouvait en attendre moins de Quinn.

Juste après l'attentat, cependant, la Met ne savait pas encore que c'était un coup de Quinn. Cela, elle n'allait l'apprendre que plus tard — après les engueulades mutuelles, les menaces de démission et de représailles, et l'inévitable purge au sein des services.

Pour l'heure, la Met ne savait que ce qu'Amanda Wallace, la patronne du MI5, lui en avait dit dans les minutes précédant le désastre. Une femme âgée de trente-deux ans et porteuse d'un passeport allemand venait de récupérer une BMW dernier modèle, volée et maquillée, dans le parking de courte durée du terminal 3 de l'aéroport de Heathrow et se dirigeait à son bord vers le centre de Londres. Un agent secret, appartenant à un service de renseignements étranger, avait informé le MI6 que cette femme était liée à un terroriste notoire doublé d'un artificier de haut vol. L'identité de cet agent secret n'avait pas été révélée. Amanda Wallace avait recommandé au commissaire principal de la Met de prendre toutes les mesures appropriées pour entraver la progression de la

BMW et arrêter sa conductrice. Le commissaire principal avait réagi en dépêchant immédiatement sur place des unités de la SCO19, la brigade antiterroriste de la Met. Le premier véhicule d'intervention armée était arrivé sur les lieux au moment même de la déflagration. Les deux agents qui se trouvaient à son bord avaient été tués sur le coup.

De la BMW bleue, il ne restait plus rien. De l'endroit où elle avait été garée, il ne subsistait plus qu'un cratère de vingt mètres de large sur dix de profondeur. Un fragment du toit de la BMW fut retrouvé flottant sur les eaux paisibles de la Serpentine, le lac artificiel de Hyde Park, à plus de cinq cents mètres du lieu de l'explosion. Les voitures et les bus avaient brûlé comme des fétus de paille dans Brompton Road. Un puissant jet d'eau avait jailli d'une canalisation fracturée par l'effet de souffle, rinçant les membres sectionnés des blessés et des morts. Etonnamment, les bâtiments situés sur le côté nord de la rue — là où était garée la voiture piégée — n'avaient subi que des dégâts relativement modérés. Harrods avait enduré le plus gros des destructions causées par la déflagration. Elle en avait soufflé la façade tout entière, exposant aux regards l'intérieur du grand magasin vu en coupe, comme si c'était une maison de poupée géante : literie et baignoires, meubles et équipements électroménagers, bijoux et parfums de prix, vêtements et sous-vêtements… Pendant de longs moments après l'attentat, les clients sidérés du Georgian Restaurant, au troisième étage du magasin, fixèrent en silence la rue pleine de débris qui s'étendait à leurs pieds. Ce salon de thé, aussi cher que réputé, était abondamment fréquenté par de riches ressortissantes des pétromonarchies du golfe Persique. Enveloppées dans leurs voiles noirs, elles ressemblaient à des corbeaux perchés sur un fil électrique.

Le nombre de victimes se révéla difficile à calculer. A la tombée de la nuit, on dénombrait cinquante-deux morts et plus de quatre cents blessés, dont beaucoup l'étaient grièvement. Plusieurs experts médiatiques exprimèrent à la télévision leur soulagement, voire leur surprise, face à un bilan aussi faible, étant donné la puissance de la bombe et le lieu très fréquenté où elle avait explosé. Des survivants parlèrent de deux hommes qui avaient désespérément tenté d'éloigner les passants, dans les secondes qui avaient précédé l'explosion. Leurs efforts étaient clairement visibles dans une vidéo que se procura la BBC. L'un des deux hommes, armé d'un pistolet, repoussait les passants en hurlant et en agitant son arme, tandis que l'autre procédait à l'évacuation d'un bus, immobilisé devant la BMW. On ne savait rien de leur identité. Leur véhicule avait été, tout comme la voiture piégée, entièrement détruit par l'explosion, et aucun des deux hommes ne s'était manifesté depuis, du moins pas publiquement. La Met fit savoir qu'ils n'appartenaient pas à la police londonienne. Le MI5 et le MI6 choisirent de ne faire aucun commentaire. Sur l'un des enregistrements vidéo effectués par les caméras de surveillance de l'espace public, on voyait l'un des deux hommes se précipiter vers une Ford Fiesta blanche, coincée dans l'embouteillage de Brompton Road. Les occupants de cette voiture, une mère et son jeune fils, avaient été carbonisés par la boule de feu créée par la détonation. L'homme qui avait voulu les sauver était, lui aussi, considéré comme mort, même si son corps n'avait pas été retrouvé.

Le choc initial fit rapidement place à la colère. Les auteurs de l'attentat étaient activement recherchés. Tout en haut de la liste des suspects figurait l'Etat islamique (ou Daesh, son acronyme arabe), l'organisation djihadiste qui terrorisait les populations au Proche-Orient et tranchait d'innombrables têtes pour créer un « califat » islamique s'étendant déjà d'Alep aux portes de Bagdad. Cette secte fanatique avait annoncé qu'elle s'en prendrait à l'Occident et comptait dans ses rangs plusieurs centaines de ressortissants du Royaume-Uni, qui avaient conservé leur précieux passeport britannique. Selon les experts médiatiques, Daesh avait tous les motifs pour frapper ainsi au cœur de Londres, et ces fous de Dieu en avaient très probablement les moyens. Mais un porte-parole de la secte démentit toute implication de son organisation dans cette tuerie, comme le firent par ailleurs des personnages appartenant à l'autre franchise islamiste terroriste, Al-Qaïda. Une faction palestinienne qui n'avait encore jamais fait parler d'elle revendiqua l'attentat, ainsi qu'un groupe d'origine indéterminée, nommé les Martyrs des Deux Saintes Mosquées. Aucune de ces deux revendications ne fut prise au sérieux.

La seule personne qui aurait pu fournir des indications sur les commanditaires du massacre était la femme qui avait conduit la voiture piégée jusqu'à la cible : Anna Huber, 32 ans, citoyenne allemande. Dernière adresse connue : Lessingstraße 11, Francfort. Mais, quarante-huit heures après l'attentat, elle restait introuvable. Les tentatives de pister ses déplacements par des moyens électroniques furent vaines. Sur les enregistrements vidéo de sécurité, on la voyait brièvement sortir de la BMW et marcher dans Brompton Road en direction de Knightsbridge. Mais, après l'explosion, la fumée, les monceaux de débris et les mouvements chaotiques de la foule en panique empêchèrent les caméras de la suivre à la trace. Aucune femme nommée Anna Huber n'avait quitté le pays par l'avion ou par le train, personne n'avait franchi sous ce nom d'autres frontières européennes. Un détachement de la police antiterroriste allemande se rendit en force à son domicile et n'y trouva que quatre pièces vides, ne contenant aucune trace de la personne qui était censée y habiter. Ses voisins la décrivirent comme calme et introvertie. L'un d'eux affirma qu'elle œuvrait pour une ONG humanitaire et passait beaucoup de temps en Afrique. Un autre croyait savoir qu'elle travaillait dans le tourisme… à moins que ce ne soit le journalisme ?

La responsabilité de la protection du territoire britannique contre le terrorisme incombait avant tout au MI5 et au JTAC, le Centre coordonné d'analyse du terrorisme. En conséquence, la colère du public et celle des politiciens étaient l'une et l'autre largement dirigées contre Amanda Wallace, à qui l'on faisait porter le blâme de ce fiasco retentissant des mesures de prévention antiterroristes. Chaque fois que l'on parlait d'elle dans la presse, à la radio ou à la télévision, son nom était suivi des termes « sur la sellette ». Des sources anonymes, au sein de la Met, déplorèrent que le MI5 ait été « peu empressé » dans la transmission des renseignements se rapportant à l'attentat. Un dirigeant de la police nationale compara le flot d'informations de Thames House vers Scotland Yard à l'avance d'un glacier. Il fit savoir ensuite, moins métaphoriquement, que la coopération entre les deux institutions avait été « inexistante ».

Peu après, plusieurs articles vindicatifs parurent dans la presse, reprochant à Amanda Wallace sa manière de diriger le renseignement intérieur britannique. Selon ces critiques, ses subordonnés la redoutaient et de nombreux cadres du service, qui étouffaient sous son joug, cherchaient de nouveaux horizons, en un temps où la Grande-Bretagne pouvait le moins se permettre, dans le domaine de la sécurité publique, une telle fuite des cerveaux. Il fut écrit aussi qu'Amanda Wallace entretenait des rapports difficiles avec Graham Seymour, son homologue du MI6. A en croire tel journaliste, les deux maîtres espions ne se parlaient plus, ou à peine. Il ajoutait que, lors d'une réunion de crise au 10, Downing Street en présence du Premier ministre, ils avaient même refusé de se serrer la main. Une ex-barbouze de renom déclara que les relations entre les deux services de renseignements britanniques étaient à leur plus bas depuis une génération. Un journaliste respecté, qui couvrait les problèmes de sécurité pour le très sérieux *Guardian*, écrivit que « le renseignement britannique était pris dans une tempête de force 10 ».

A ce stade, l'ambiance à Thames House avait pris des allures de veillée funèbre, l'agonie d'Amanda Wallace semblait sans remède et sa chute imminente. Cette situation ne dura guère — deux jours, trois, tout au plus. Puis Amanda y mit un terme. L'arme qu'elle choisit pour contre-attaquer fut ce même estimé journaliste du *Guardian*, une relation qu'elle cultivait depuis de longues années. Son article commençait, cette fois, non par l'attentat de Brompton Road mais par la mort de l'ex-princesse. A partir de là, l'histoire ne faisait qu'empirer. Le nom de Quinn y était abondamment mentionné. Ainsi que celui de Graham Seymour. Ce fut, au dire d'un commentateur avisé de la politique anglaise, le plus bel exemple d'assassinat par voie de presse jamais commis.

Le lendemain matin, c'était une nouvelle veillée funèbre qui avait commencé. Cette fois, celui dont on guettait la chute était le directeur général du service de renseignements extérieur de Sa Majesté. Il ne publia aucun communiqué pour réagir à l'article qui le mettait en cause. Il se conforma à son emploi du temps comme si de rien n'était jusqu'à 11 h 30 — heure à laquelle sa Jaguar officielle aux vitres teintées fut aperçue en train de franchir discrètement le portail du 10, Downing Street. Il demeura moins d'une heure dans la résidence du Premier ministre. Plus tard, Simon Hewitt, le conseiller chargé de la communication du Premier ministre, refusa de confirmer cette visite du maître espion. Peu après 14 heures, on vit la Jaguar de celui-ci entrer dans le parking souterrain de Vauxhall Cross, mais il s'avéra que Graham Seymour ne se trouvait pas à son bord. Il était assis à l'arrière d'une camionnette banalisée. Et, à ce moment-là, cette camionnette était déjà loin de Londres.

29
Dartmoor, Devon

La route n'avait pas de nom et n'apparaissait sur aucune carte. Vue du ciel, elle ressemblait à une égratignure sur la lande — le tracé, peut-être, d'un ancien ruisseau qui coulait sur cette terre dans les temps reculés où les hommes érigeaient des cercles de pierre. A l'entrée de cette route était posé un panneau, tout rouillé, avertissant qu'elle était privée. Et au bout de cette route se trouvait un portail qui respirait la force tranquille.

Le terrain qui s'étendait au-delà du portail était aride et désolé — mais on y prenait goût à la longue. L'homme qui avait bâti cette modeste maison de campagne avait fait fortune dans le transport de marchandises. Il l'avait transmise à son fils unique. Lequel, n'ayant pas d'héritiers, l'avait léguée aux services secrets de son pays, au sein desquels il avait travaillé pendant près d'un demi-siècle. Il avait servi dans nombre d'avant-postes de l'Empire, sous différents noms, mais on le connaissait principalement sous celui de Wormwood. Et le service avait rebaptisé de ce nom, en son honneur, le cottage.

Wormwood Cottage était perché sur une petite butte au milieu de la lande. Ses murs étaient en pierres du Devon, que le passage du temps et le manque d'entretien avaient noircies. Derrière la maison, de l'autre côté d'une cour délabrée, se dressait une grange convertie en bureaux et en chambres à l'usage du personnel. Quand Wormwood Cottage était inoccupé, un seul gardien, le dénommé

Parish, suffisait à assurer son entretien et à veiller sur les lieux. Mais quand il y avait un invité — que l'on désignait invariablement du nom de « visiteur » —, le personnel pouvait compter jusqu'à dix personnes. Tout dépendait de *qui* était l'invité et de *qui* étaient les gens auxquels il cherchait à échapper. Un « allié » ayant peu d'ennemis pouvait prendre ses aises et se comporter comme s'il était chez lui. En revanche, un transfuge iranien ou russe pouvait être traité, à peu de chose près, comme un prisonnier.

Les deux hommes qui arrivèrent le soir de l'attentat de Brompton Road se situaient quelque part entre ces deux extrêmes. Le personnel de Wormwood Cottage n'avait été prévenu de leur venue que quelques minutes avant leur arrivée. Ils étaient accompagnés d'un acolyte des grands chefs qui se faisait appeler Davies et d'un médecin qui soignait les blessures inguérissables. Le médecin avait passé toute la nuit à rafistoler le plus âgé des deux visiteurs. Le plus jeune ne l'avait pas quitté des yeux pendant qu'il œuvrait ainsi à la guérison de son ami.

Le plus jeune était anglais — mais c'était un expatrié, un exilé qui avait vécu sous d'autres cieux et parlé une autre langue. Le plus âgé était une légende. Deux membres du personnel de Wormwood Cottage avaient déjà eu à veiller sur lui, après un incident survenu à Hyde Park et impliquant la fille de l'ambassadeur des Etats-Unis. C'était un gentleman et un artiste par tempérament. Comme la plupart des gens de sa trempe, il était un peu taciturne, un peu lunatique. A Wormwood Cottage, on le bichonnerait, on panserait ses plaies et, dès qu'il serait rétabli, on le renverrait. Et jamais on ne prononcerait son nom car, pour le personnel, il n'était pas censé exister. C'était un homme sans passé ni avenir. Il était une page blanche. Il était mort.

Pendant les premières quarante-huit heures de son séjour, il se montra encore plus taciturne que la fois précédente. Il ne parlait qu'à l'Anglais et au médecin qui le soignait. Au personnel, il n'adressa pas une seule fois la parole, en dehors d'un faible « merci » chaque fois qu'on lui apportait ses repas ou des vêtements propres. Il restait dans sa petite chambre qui donnait sur la lande déserte, avec pour toute compagnie un téléviseur et les journaux londoniens. Il ne formula qu'une requête : récupérer son BlackBerry. Parish, le gardien permanent, lui expliqua patiemment que les visiteurs, même ceux de sa stature, n'étaient pas autorisés à se servir de moyens privés de communication à Wormwood Cottage ou dans ses alentours.

— Je veux connaître leurs noms ! dit le blessé, le matin du troisième jour de son séjour, lorsque Parish lui apporta son thé et ses toasts.

— Quels noms, monsieur ?

— Le nom de la femme et du petit garçon… La police n'a pas publié leurs noms.

— J'ai bien peur de ne pouvoir vous aider en la matière, monsieur, je ne suis que le gardien.

— Trouvez-moi leurs noms, insista le blessé.

Et Parish, qui avait hâte de sortir de la pièce, promit de faire tout son possible.

— Et mon BlackBerry ?

— Désolé, dit Parish. Mais le règlement, c'est le règlement.

Le quatrième jour, il avait recouvré assez de forces pour sortir de sa chambre. Il était assis dans le jardin à midi lorsque l'Anglais partit en randonnée dans la lande et il s'y trouvait encore quand l'Anglais revint, suivi de deux gardes du corps exténués par la marche.

L'Anglais faisait tous les après-midi une longue promenade, par tous les temps — même le cinquième jour, alors qu'un vent terrible balayait la lande. Ce jour-là, il insista pour porter un sac à dos lesté de gravats, obligeamment glanés par le personnel. Les deux gardes du corps étaient à moitié morts d'épuisement lorsqu'ils revinrent à Wormwood Cottage. Cette nuit-là, dans les chambres réservées au personnel, on parla avec respect de cet homme dont la force et l'endurance avaient quelque chose de surhumain. Un des gardes du corps, qui avait lui-même servi dans le SAS, crut reconnaître la patte de son ancien régiment dans ces aptitudes physiques exceptionnelles. Il précisa l'avoir discerné dans sa démarche, mais aussi dans la manière dont son regard prenait la mesure du paysage environnant. Tantôt on aurait dit qu'il le découvrait pour la première fois, tantôt il semblait y être comme chez lui. Les gardes du corps avaient veillé sur toute sorte de gens, à Wormwood Cottage : transfuges, espions, agents de terrain grillés, imposteurs en quête d'émoluments aux frais du contribuable... Mais ce lascar était d'une tout autre trempe. Il était à part. Il était dangereux. Son passé était ténébreux. Mais son avenir serait peut-être radieux.

Le sixième jour — le jour de la parution de l'article sulfureux du *Guardian*, le jour qui resterait dans l'histoire comme celui où les services de renseignements britanniques s'étaient entre-déchirés publiquement —, le plus jeune des deux visiteurs partit en randonnée vers une butte rocheuse des environs. Une marche de quinze kilomètres, trente si ce dingue insistait pour revenir à pied. Après avoir parcouru huit kilomètres, il parvint au sommet d'une colline balayée par le vent et s'arrêta subitement, comme s'il reniflait la présence d'un danger. Il redressa brusquement la tête et la tourna vers la gauche. Puis il se figea, les yeux rivés sur ce qui avait mis ses sens en éveil.

C'était une camionnette qui roulait à vive allure sur la route cahoteuse qui traverse le parc national du Dartmoor. Il la vit bifurquer dans la route sans nom. Il la vit foncer entre les haies. Puis il baissa les yeux et se remit à marcher dans la lande. Malgré son sac à dos bien chargé, il marchait à une cadence encore plus soutenue qu'à son ordinaire, et les gardes du corps eurent le plus grand mal à le suivre. Il marchait comme s'il fuyait quelque chose. Il marchait comme s'il avait hâte de rentrer chez lui.

Le portail était ouvert quand la camionnette atteignit le bout de la route sans nom. Seul Parish était là pour l'accueillir. *Quel spectacle choquant,* songea le gardien. *Je n'aurais jamais cru voir le patron des services secrets de Sa Majesté sortant en catimini de l'arrière d'une vulgaire camionnette.* « En catimini ! devait-il dire le soir même à ses collègues. Comme un djihadiste capturé sur le champ de bataille et soumis à Dieu sait quel traitement. »

Parish serra respectueusement la main du grand chef tandis que le vent ébouriffait son abondante chevelure grise.

— Où est-il ? demanda le grand chef.

— Lequel, monsieur ?

— Notre ami israélien.

— Dans sa chambre, monsieur.

— Et l'autre ?

— Là-bas, dit Parish en désignant la lande.

— Dans combien de temps sera-t-il de retour ?

— C'est difficile à dire, monsieur. A vrai dire, je ne suis même pas sûr qu'il rentre. J'ai l'impression que c'est le genre de type qui est capable de marcher très, très longtemps s'il est bien décidé à arriver à son but.

Le grand chef esquissa très brièvement un sourire.

— Voulez-vous que je demande à l'équipe de sécurité de le ramener ici, monsieur ?

— Non, dit Graham Seymour en entrant dans la maison. Je vais m'en charger personnellement.

30
Wormwood Cottage, Dartmoor

Les murs de Wormwood Cottage abritaient un système de surveillance audiovisuel sophistiqué, capable d'enregistrer chaque mot, chaque geste de ses « visiteurs ». Graham Seymour ordonna à Parish de le débrancher et de prier tous les membres du personnel de se retirer dans leurs appartements — à l'exception de miss Coventry, la cuisinière, qui leur servit du thé Earl Grey et des petits pains au lait avec de la crème fraîche épaisse du Devonshire. Ils s'assirent tous deux autour de la petite table de la cuisine, qui était placée dans une douillette alcôve entourée de fenêtres. Un exemplaire du *Guardian* était étalé sur l'une des chaises, tel un intrus qui s'était invité sans avoir été convié. Seymour y jeta un regard aussi morne que la lande du Dartmoor.

— Je vois que vous vous tenez au courant des nouvelles, dit-il.

— Je n'ai pas grand-chose d'autre à faire.

— C'est pour votre bien que vous êtes ici.

— Et pour le vôtre, aussi, répliqua Gabriel.

Seymour but une gorgée de thé.

— Vous allez vous en remettre ? demanda Gabriel.

— Je crois bien. Après tout, le Premier ministre et moi, nous sommes très proches l'un de l'autre…

— Vous avez sauvé sa carrière politique, et même son mariage…

— En fait, c'est vous, Gabriel, qui avez sauvé la

carrière de Jonathan. Moi, je n'ai fait que vous faciliter discrètement les choses.

Seymour ramassa le journal et fronça les sourcils en lisant le gros titre de la première page.

— Cet article est remarquablement exact, dit Gabriel.

— C'est normal. Ce journaliste a de bonnes sources.

— Vous n'avez pas l'air de prendre la situation au tragique.

— De toute façon, je n'ai pas le choix. En outre, ça n'a rien de personnel. Amanda a agi en légitime défense. Elle n'était pas disposée à payer les pots cassés à ma place.

— Ça ne change rien au résultat…

— Oui, acquiesça sombrement Seymour. Le renseignement britannique est dans la tourmente. Et, aux yeux du public désormais, c'est entièrement ma faute…

— C'est drôle, hein ? Comment en est-on arrivé là ?

Un profond silence se fit dans la pièce.

— Doit-on s'attendre à de nouvelles surprises ? finit par demander Seymour.

— Un cadavre dans le comté de Mayo.

— Liam Walsh ?

Gabriel hocha la tête.

— Je suppose qu'il l'a bien mérité, dit Seymour en guise d'éloge funèbre.

— C'est exact.

Seymour piocha un petit pain au lait avant de déclarer :

— Je suis navré de vous avoir mêlé à cette affaire. J'aurais dû vous laisser finir de restaurer votre Caravage à Rome.

— Et j'aurais dû vous dire tout de suite que la femme qui venait de passer la nuit dans l'appartement clandestin d'Eamon Quinn à Lisbonne prenait l'avion pour Londres.

— Qu'est-ce que ça aurait changé ?

— On ne sait jamais.

— Nous ne sommes pas des policiers, Gabriel.

— Où voulez-vous en venir ?

— J'aurais réagi instinctivement comme vous l'avez

fait. Je ne l'aurais pas fait arrêter à Heathrow. Je l'aurais laissée courir en espérant qu'elle me conduise à notre cible.

Seymour remit le journal sur la chaise.

— Je dois admettre, dit-il au bout d'un moment, que vous avez plutôt bonne mine, pour un homme qui sort d'une confrontation avec une bombe de deux cent quarante kilos. Après tout, vous êtes peut-être vraiment un archange…

— Si j'étais un archange, j'aurais trouvé le moyen de les sauver tous.

— Vous en avez sauvé un grand nombre… Au moins une centaine, d'après nos estimations. Et vous vous en seriez tiré sans une égratignure si vous aviez eu le bon sens de vous abriter à l'intérieur de Harrods…

Gabriel ne fit pas de commentaire.

— Pourquoi avez-vous fait ça ? demanda Seymour. Pourquoi êtes-vous revenu en courant dans la rue ?

— Je les ai vus.

— Qui donc ?

— La femme et l'enfant qui étaient dans la Ford blanche. J'ai essayé de les prévenir, mais elle ne m'a pas compris. Elle n'a pas voulu…

— Ce n'est pas votre faute, Gabriel, le coupa Seymour.

— Vous connaissez leurs noms ?

Seymour regarda par la fenêtre. Le soleil couchant illuminait la lande.

— La femme se nommait Charlotte Harris. Elle habitait le quartier de Shepherd's Bush.

— Et le petit garçon ?

— Il se prénommait Peter, comme son grand-père.

— Quel âge avait-il ?

— Deux ans et quatre mois…

Seymour s'interrompit et observa Gabriel avec attention.

— A peu près le même âge que votre fils, hein ? demanda-t-il.

— Ce n'est pas ça qui compte.

— Bien sûr que si.

— Dani avait quelques mois de plus, dit Gabriel.

— Et il était, lui aussi, attaché à un rehausseur quand la bombe a sauté…

— Bon, vous avez fini, Graham ?

— Non, dit Seymour.

Il laissa le silence s'installer un moment dans la pièce avant de reprendre :

— Vous allez bientôt être à nouveau père. Et vous allez être nommé patron de votre service. Les pères et les patrons ne jouent pas les héros face à des bombes de deux cent quarante kilos.

Dehors, le soleil coiffait une colline au loin, embrasant la lande.

— Que savent les gens de mon service, au juste ? demanda Gabriel.

— Ils savent que vous étiez tout près de la bombe quand elle a explosé.

— Comment savent-ils ça ?

— Votre épouse vous a reconnu sur une vidéo de surveillance. Comme vous pouvez vous y attendre, elle a hâte de vous voir revenir. Uzi aussi, d'ailleurs. Il a menacé de venir vous chercher personnellement à Londres.

— Pourquoi ne l'a-t-il pas fait ?

— Shamron l'a convaincu de ne pas s'en mêler. Il pense qu'il vaut mieux attendre que ça se calme.

— Sage décision.

— Vous vous seriez attendu à ce qu'il fasse le mauvais choix ?

— Non, pas Shamron.

Ari Shamron était l'ex-directeur général du Bureau, le grand manitou du renseignement israélien, l'éternel espion. Il avait modelé le Bureau à son image, inventé son jargon, distribué les postes et les responsabilités, incarné son âme. Alors même qu'il atteignait un âge canonique et que sa santé déclinait rapidement, il veillait sur sa création d'un œil jaloux. C'était grâce à Shamron que Gabriel allait bientôt succéder à Navot à la tête du Bureau. Et Shamron y était aussi pour quelque chose lorsque Gabriel s'était précipité comme un fou vers cette Ford blanche dans laquelle un enfant était piégé sur un rehausseur.

— Où est mon téléphone ? demanda-t-il.

— Dans notre labo.

— Vos techniciens s'éclatent bien à analyser nos logiciels ?

— Nos logiciels sont meilleurs que les vôtres.

— Je suppose donc qu'ils sont parvenus à déterminer où se trouvait Quinn quand il m'a envoyé ce message.

— Le GCHQ pense qu'il a été envoyé d'un portable, à Londres. La vraie question, c'est : « Comment s'est-il procuré votre numéro personnel ? »

— Je suppose qu'il l'a obtenu auprès des gens qui l'ont engagé pour me tuer.

— Vous avez des suspects en vue ?

— Un seul.

31
Wormwood Cottage, Dartmoor

Des vestes Barbour pendaient dans le placard de l'entrée et des bottes de caoutchouc étaient alignées contre l'un des murs du débarras où l'on rangeait les vêtements d'extérieur. Miss Coventry les convainquit de prendre une lampe torche. La nuit tombait vite sur la lande, les prévint-elle, et même des randonneurs chevronnés s'égaraient parfois dans ce paysage uniforme et monotone. La lampe torche était de type militaire, et son faisceau lumineux avait la portée et la clarté d'un projecteur. S'ils se perdaient dans la nuit, observa Gabriel d'un ton railleur, ils pourraient toujours s'en servir pour se signaler à un avion de passage.

Lorsqu'ils sortirent du cottage, le soleil s'était couché. Un ruban de lumière orange bordait encore l'horizon, mais une fine lune flottait déjà dans les cieux et une nébuleuse d'étoiles scintillait à l'est. Gabriel, affaibli et meurtri par ses innombrables contusions, avançait d'un pas hésitant sur le sentier, la lampe torche éteinte à la main. Seymour, qui était plus grand et, pour l'heure, en meilleure forme, marchait à son côté, les sourcils froncés, tandis que Gabriel lui expliquait ce qui s'était passé, selon lui, et, plus important, *pourquoi* ça s'était passé.

Gabriel confia à Seymour que le complot avait pris naissance dans une maison située au milieu d'une forêt de bouleaux, sur les rives d'un lac gelé. Gabriel y avait commis un acte impardonnable à l'encontre d'un homme comme lui — un homme qui avait réussi sa carrière, un homme qui était protégé par un service vengeur — et, pour ce crime, Gabriel avait été condamné à mort. Mais pas seulement Gabriel. Un autre homme devait mourir avec lui. Et un troisième homme, qui avait été leur complice dans cette affaire, devait être puni, lui aussi. Cet homme-là serait disgracié et déshonoré, son service serait affaibli par le scandale.

— Vous parlez de moi ? demanda Seymour.

— Oui, répondit Gabriel.

Ceux qui tiraient les ficelles, poursuivit Gabriel, n'avaient pas agi dans la précipitation. Ils avaient préparé leur coup avec le plus grand soin, sous l'œil vigilant de leur maître, qui avait approuvé leurs agissements à chaque étape du processus. Quinn était leur arme fatale. Mais Quinn était aussi un appât parfait. Ceux qui tiraient les ficelles n'avaient aucun lien connu avec l'artificier irlandais, mais leurs chemins avaient forcément dû se croiser à un moment ou à un autre. Ils l'avaient fait venir à leur quartier général, ils l'avaient traité comme un héros et fêté comme un conquérant, ils l'avaient abondamment pourvu d'argent et de coûteux joujoux. Et puis ils l'avaient envoyé dans le monde pour commettre un acte meurtrier, un attentat spectaculaire qui allait choquer et endeuiller toute une nation — tout en mettant en branle la suite du complot.

— La princesse ? demanda Seymour.

Gabriel hocha la tête.

— Vous n'avez aucune preuve de ce que vous affirmez.

— Non, dit Gabriel. Pas encore.

Pendant plusieurs jours après le meurtre de la princesse, poursuivit-il, les services secrets britanniques n'avaient pas été au courant de l'implication de Quinn. Puis Uzi Navot était venu à Londres transmettre au MI6 un renseignement obtenu auprès d'une importante source iranienne. Seymour s'était rendu à Rome afin de solliciter l'aide de Gabriel. Gabriel était allé en Corse pour demander celle de Keller. Puis Gabriel, guidé par Keller, avait remonté le temps et exploré le passé meurtrier de Quinn. Ils avaient découvert sa famille secrète à Belfast, puis ils avaient appris l'existence d'un petit appartement à Lisbonne, où une femme qui se faisait appeler Anna Huber avait passé une seule nuit, surveillée par trois espions. Deux de ces espions avaient pris le même avion qu'elle, et c'est là que l'épisode suivant du complot avait commencé. Une BMW, volée, repeinte et pourvue de fausses plaques d'immatriculation fut laissée dans un parking de l'aéroport de Heathrow. La femme y avait récupéré le véhicule et l'avait conduite jusqu'à Brompton Road. Elle l'avait garée en face d'un magasin emblématique de Londres, avait activé le détonateur à retardement et s'était fondue dans la foule pendant que les deux hommes qui l'avaient suivie jusque-là tentaient désespérément de sauver le plus possible de vies humaines. Ils savaient que la bombe était sur le point d'exploser, car Quinn les avait avertis. Quinn avait signé le coup en se servant d'un message codé transparent. Tout cela s'était déroulé sous l'œil attentif de ceux qui l'avaient engagé.

— Peut-être, ajouta Gabriel, nous épient-ils encore en cet instant.

— Vous pensez que mon service a été infiltré ? demanda Seymour.

— Ça fait longtemps que votre service a été infiltré.

Seymour regarda par-dessus son épaule, vers les lumières de Wormwood Cottage qui s'estompaient au loin.

— Vous êtes en sécurité, ici ?

— Ce serait plutôt à vous de me le dire, répliqua Gabriel.

— Parish connaissait bien mon père. Il est d'une loyauté indéfectible. Mais on pourrait bientôt vous déplacer vers un autre site, par surcroît de précaution.

— J'ai bien peur qu'il ne soit trop tard, Graham.

— Pourquoi ?

— Parce que je suis déjà mort.

Seymour fixa Gabriel pendant un instant, dérouté.

— Je voudrais que vous contactiez Uzi par le canal habituel, ajouta Gabriel. Dites-lui que j'ai succombé à mes blessures. Présentez-lui vos plus sincères condoléances.

Dites-lui d'envoyer Shamron chercher le corps. Je ne peux pas faire ça sans Shamron.

— Faire quoi ?

— Je vais tuer Eamon Quinn, déclara Gabriel d'un ton glacial. Et ensuite je vais tuer l'homme qui a payé la balle.

— Laissez-moi Quinn.

— Non, dit Gabriel. Quinn, il est pour moi.

— Vous n'êtes absolument pas en état de traquer qui que ce soit, surtout pas l'un des terroristes les plus dangereux du monde.

— Il me faudra juste quelqu'un pour porter mes valises. Ce serait bien si c'était un gars du MI6, un Britannique qui saura veiller aux intérêts de la Couronne.

— Vous pensez à quelqu'un en particulier ?

— Oui, dit Gabriel. Mais il y a un problème…

— Lequel ?

— Il n'appartient pas au MI6.

— Non, dit Seymour. Pas encore.

Seymour suivit le regard de Gabriel, dirigé vers les ténèbres environnantes. Au début, il ne vit rien de spécial. Puis il vit se dessiner trois silhouettes masculines dans la nuit. Deux des hommes semblaient traîner le pas, fourbus. Mais le troisième marchait d'un pas allègre, comme s'il venait de se mettre en chemin. Il se figea brièvement et, levant la tête, fit un geste raide du bras. Il ne lui fallut qu'un instant pour rejoindre Gabriel et Seymour. Il tendit la main à Seymour en souriant.

— Graham, dit-il d'un ton cordial. Ça fait un bail… Vous restez pour le dîner, j'espère. Je me suis laissé dire que miss Coventry nous avait concocté son célèbre hachis parmentier…

Puis il leur tourna le dos et se remit à marcher. Et, une seconde plus tard, il s'était évaporé dans la nuit.

32
Wormwood Cottage, Dartmoor

Graham Seymour resta en effet à Wormwood Cottage pour le dîner, ce soir-là. Et il s'attarda longuement après la fin du repas. Miss Coventry leur servit en effet un hachis parmentier, agrémenté d'un bordeaux très correct. Puis elle se retira et ils se retrouvèrent tous trois dans le salon, chauffé par le bon feu qui dansait dans l'âtre. On parla beaucoup du passé. Gabriel ne participa pas, pour ainsi dire, à la conversation. Il demeura un spectateur, une sorte de greffier. Ce fut Keller qui parla le plus. Il parla de son travail clandestin à Belfast, de la mort d'Elizabeth Conlin, de la vie d'Eamon Quinn… Il parla aussi, de cette nuit de janvier 1991 où son unité avait essuyé le feu des avions de la coalition à laquelle elle appartenait, dans l'ouest de l'Irak. Et il raconta sa longue marche à travers le Proche-Orient et l'Europe pour atterrir dans les bras de don Orsati. Seymour l'écouta attentivement, sans l'interrompre ni porter de jugement — même quand Keller décrivit l'un des nombreux assassinats qu'il avait perpétrés sur l'ordre du parrain corse. Seymour n'était pas là pour faire la morale, il ne s'intéressait qu'à Keller et à son récit singulier.

Et c'est ainsi qu'il ouvrit une bouteille du meilleur single malt que recelait la réserve de Wormwood Cottage, mit une bûche supplémentaire dans le feu et proposa à Keller un arrangement permettant à celui-ci d'être réhabilité et rapatrié au Royaume-Uni. Il lui serait donné un emploi au MI6, ainsi qu'un nouveau nom et un nouvel état civil. Christopher Keller resterait mort aux yeux de tous, à l'exception de ses parents et du MI6. Il se verrait confié des missions correspondant à ses aptitudes personnelles. Seymour lui jura que jamais il ne se retrouverait à classer de la paperasse dans un bureau de Vauxhall Cross. Le MI6 ne manquait pas d'analystes et de ronds-de-cuir pour remplir de telles fonctions.

— Et si je rencontre un vieux copain dans la rue ? demanda Keller.

— Dites à ce vieux copain qu'il vous confond avec quelqu'un d'autre, et passez votre chemin.

— Où est-ce que j'habiterai ?

— Où vous voulez, pourvu que ce soit à Londres.

— Et ma villa en Corse ?

— Ça, on verra plus tard.

De son siège près du feu, Gabriel ne put contenir un petit sourire. Keller se remit à poser des questions.

— Qui sera mon supérieur immédiat ?

— Vous travaillerez directement sous mes ordres.

— Qu'est-ce que je ferai, exactement ?

— Tout ce que je vous demande de faire.

— Et quand vous ne serez plus là ?

— Je compte bien rester à mon poste.

— Ce n'est pas ce que j'ai lu dans les journaux.

— Une des premières choses que vous apprendrez en travaillant pour le MI6, Christopher, c'est que les journaux se trompent presque toujours.

Seymour leva son verre et contempla la teinte du whisky à la lumière des flammes de l'âtre.

— Qu'allons-nous dire au service du personnel ? demanda Keller.

— Le moins possible.

— Il est très improbable que je sois engagé après une enquête approfondie sur mes antécédents.

— Ce serait étonnant, en effet. C'est pourquoi cette enquête n'aura pas lieu.

— Et mes petites économies ?

— Quel est leur montant ?

Keller répondit franchement. Seymour haussa un sourcil.

— Il faudra trouver un moyen de légaliser tout ça avec nos avocats, dit-il.

— Je n'aime pas les avocats.

— Peut-être, mais vous ne pouvez pas continuer à cacher cet argent sur des comptes clandestins.

— Pourquoi pas ?

— Parce que, pour des raisons évidentes, les agents du MI6 ne sont pas autorisés à détenir de tels comptes.

— Mais vous venez de me dire que je ne serais pas un agent du MI6 comme les autres.

— Il faudra quand même vous conformer à certaines règles.

— Ça, ça ne m'est encore jamais arrivé, objecta Keller.

— Je sais, dit Seymour. C'est bien pour ça que vous êtes ici.

Et la conversation se prolongea bien après minuit, jusqu'à ce que l'affaire soit enfin conclue et que Seymour remonte à bord de sa camionnette miteuse. Il laissa derrière lui un ordinateur portable avec lequel il était absolument impossible de communiquer avec le monde extérieur ainsi qu'une clé USB protégée par un mot de passe et contenant deux vidéos.

La première était un montage d'images filmées par les caméras de surveillance de l'espace public. On y voyait la BMW arriver à l'aéroport de Heathrow. La voiture avait été filmée par une caméra du côté de Bristol, quelques heures avant l'attentat. Le conducteur se dirigeait tout droit vers Londres, sur l'autoroute M4. Il était coiffé d'un chapeau et chaussait de grosses lunettes de soleil, ce qui rendait ses traits invisibles à l'objectif des caméras. Il s'arrêta une fois pour faire le plein, paya en espèces et n'échangea pas le moindre mot avec le caissier lors de la transaction.

Il n'adressa pas non plus la parole à quiconque dans le parking de courte durée du terminal 3 de Heathrow, où il gara la BMW à 11 h 30 — une demi-heure après le décollage du vol 501 de la British Airways en provenance de Lisbonne. Après avoir pris une valise sur la banquette arrière, il entra dans le terminal et monta dans le train express à destination de la gare de Paddington, à Londres, où une moto l'attendait. Une heure plus tard, la moto sortit de l'espace couvert par le système de surveillance vidéo en s'engageant sur une petite route de campagne, au sud de Lutton. La moto était restée introuvable depuis. La provenance précise de la BMW, le jour de l'attentat n'avait pas, à ce jour, été déterminée.

La seconde vidéo était entièrement consacrée à la jeune femme. Elle commençait par son passage à Heathrow et se terminait par sa disparition dans la fumée et dans le chaos déchaîné par l'attentat de Brompton Road. Gabriel ajouta à ces images celles qui lui étaient restées en mémoire. Il y avait d'abord cette jeune femme, assise à la terrasse d'un modeste restaurant du Bairro Alto, puis cette même jeune femme hélant brusquement un taxi sur le boulevard. Et c'était encore elle qui avait croisé son regard, dans l'avion, sans manifester le moindre signe de réognition, en feignant la plus complète indifférence. *Elle est douée*, songea Gabriel. C'était une adversaire à sa mesure. Elle avait su que des hommes dangereux la suivaient sans jamais montrer le moindre signe de peur, ni même de la plus légère appréhension. Il était possible que Quinn l'ait rencontrée au hasard de ses voyages à travers le monde ténébreux du terrorisme international. Mais Gabriel en doutait fortement.

C'était une professionnelle, un agent d'élite. Elle était du plus haut calibre, elle était à part.

Gabriel visionna une nouvelle fois la vidéo et regarda la BMW se glisser dans la file des bus devant la succursale de HSBC. Il vit la femme sortir de la berline et s'éloigner tranquillement. Puis il vit deux types bondir hors d'une

Passat gris métallisé — l'un armé d'un pistolet, l'autre de sa seule force — et se mettre à repousser la foule loin de la voiture piégée. A qurante-cinq secondes, il se fit un silence de mort dans la rue, puis un homme traversa l'écran en courant vers une Ford Fiesta blanche, coincée dans l'embouteillage. L'explosion mit fin à la vidéo. Elle aurait dû mettre fin à la vie de l'homme. Graham Seymour avait peut-être raison, après tout. Gabriel était peut-être vraiment un archange.

L'aube était imminente lorsqu'il éteignit l'ordinateur. Comme convenu, il le rendit à Parish quand celui-ci vint lui apporter son petit déjeuner. Il y joignit une lettre manuscrite à remettre en mains propres à Graham Seymour, à Vauxhall Cross. Gabriel y demandait la permission de rencontrer deux personnes : la journaliste la plus en vue de Londres et la transfuge la plus célèbre du monde. Seymour lui donna son feu vert et envoya aussitôt une autre camionnette banalisée à Wormwood Cottage. A la fin de l'après-midi, cette camionnette longeait à vive allure les falaises du cap Lizard, dans le sud-ouest de la Cornouailles. Keller n'était pas seul à rentrer chez lui. Feu Gabriel Allon faisait de même.

33
Crique de Gunwalloe, Cornouailles

La première fois qu'il avait vu la petite maison, c'était du pont d'un ketch voguant à un mille de la côte. Ce modeste cottage, situé à l'extrémité sud de la crique de Gunwalloe, était perché sur une falaise à la manière de la *Cabane des douaniers à Pourville* de Monet. Au pied de la falaise nichait une petite plage de sable en forme de croissant. Une antique épave reposait dans le fond de la crique. Dans les terres, au-delà de la crête du promontoire hérissée d'arméries violettes et de fétuques rouges, s'étendait un bocage verdoyant entrecroisé de haies touffues. Mais Gabriel ne put goûter aux charmes du paysage cornique, car il était caché, tel un réfugié en fuite ou un migrant clandestin, à l'arrière sans vitre de la camionnette. Il savait néanmoins que celle-ci n'allait pas tarder à arriver à destination. Il connaissait chaque virage et chaque ligne droite, chaque nid-de-poule et chaque pente de la petite route côtière. Il reconnaissait les aboiements de chaque chien de garde et les effluves bovins de chaque pâturage. Et, quand la camionnette tourna à droite juste après le pub The Lamb and Flag et se mit à rouler vers la plage, Gabriel se redressa, heureux d'arriver au terme du voyage. La camionnette ralentit, sans doute pour éviter un pêcheur qui revenait de la crique, avant de tourner brusquement à gauche pour s'engager dans l'allée privée du cottage.

Tout à coup, les portières de la camionnette s'ouvrirent en grand et un agent de sécurité du MI6 vint l'accueillir dans sa propre maison, comme s'il était un étranger qui visitait la Cornouailles pour la première fois.

— Monsieur Carlyle ! beugla l'homme. Bienvenue à Gunwalloe. J'espère que vous avez fait bon voyage, monsieur. A cette heure de la journée, la circulation peut être carrément pénible.

L'air était vif et salé, un soleil orangé de fin d'après-midi brillait au-dessus de l'horizon, embrasant l'océan moucheté de moutons. Gabriel resta immobile dans l'allée, en proie à une bouffée de nostalgie, jusqu'à ce que l'agent de sécurité le pousse gentiment vers l'entrée de la maison. Car l'agent de sécurité avait reçu pour stricte consigne de ne pas permettre à ce visiteur d'être vu par un monde qui le croirait bientôt mort. Gabriel leva la tête et imagina Chiara, debout sur le pas de la porte, le regardant d'un air plein de reproche. Ses cheveux en bataille balayaient ses épaules, ses bras étaient croisés sur un abdomen vide de tout bébé. Mais, quand il gravit les trois marches du perron, la vision s'évapora sous ses yeux. Machinalement, il accrocha son ciré à la patère de l'entrée, puis il caressa la vieille casquette en daim qu'il avait tant de fois portée lors de ses balades le long des falaises. Il se tourna et vit Chiara une nouvelle fois. Elle était en train d'ôter une marmite en terre cuite du four et, quand elle souleva le couvercle, un arôme de veau braisé, de vin blanc et de sauge emplit toute la maison. Des photos d'un tableau volé — un portrait peint par Rembrandt — étaient éparpillées sur le comptoir de cuisine où elle travaillait. Gabriel venait d'accepter de retrouver cette œuvre pour le compte d'un marchand d'art nommé Julian Isherwood, sans savoir encore que cette quête allait le mener directement au cœur du programme nucléaire iranien. Il était ensuite parvenu à localiser et à détruire quatre usines secrètes d'enrichissement d'uranium, un haut fait qui avait considérablement ralenti la marche de l'Iran vers l'arme nucléaire. Evidemment, les Iraniens ne voyaient pas cet extraordinaire acte de sabotage du même œil que les Israéliens. En fait, ils voulaient la mort de Gabriel tout autant que les personnages qui avaient engagé Eamon Quinn pour lui tendre un piège mortel.

La vision de Chiara disparut. Il ouvrit la porte-fenêtre et crut entendre sonner sous la mer les cloches de Lyonesse — la mythique cité des Lions de l'épopée arthurienne, le royaume submergé des légendes celtiques. Un seul pêcheur se trouvait dans la crique, immergé dans les vagues jusqu'au torse. La plage était déserte, à l'exception d'une femme qui marchait au bord de l'eau, suivie de près par un homme en blouson en nylon. Elle se dirigeait vers le nord et tournait donc le dos à Gabriel. Une rafale glaciale surgit de l'océan, frigorifiant Gabriel. Dans ses pensées, il revoyait la femme marcher dans une rue gelée de Saint-Pétersbourg. Ce jour-là comme ce jour-ci, il l'avait d'abord vue de haut : il se cachait derrière le parapet du dôme d'une église. La femme avait détecté sa présence, mais n'en avait rien laissé paraître et n'avait pas levé les yeux. C'était une professionnelle, un agent d'élite. Elle était, elle aussi, du plus haut calibre — elle était à part.

Elle venait d'atteindre l'extrémité nord de la plage. Elle pivota et l'homme au blouson en nylon pivota simultanément. Les embruns ajoutaient une dimension onirique à cette vision. Elle s'arrêta de marcher un instant pour observer le pêcheur qui hissait hors de l'eau un bar qui se débattait désespérément. Le pêcheur lui dit quelques mots qui la firent rire. Elle se baissa pour ramasser un galet et le projeta sur les vagues. Elle se retourna et se figea une nouvelle fois, comme si elle venait d'apercevoir quelque chose d'imprévu. Il s'agissait peut-être de l'homme qui la regardait, appuyé sur la balustrade de la terrasse — un peu comme il l'avait épiée, caché derrière le parapet du clocher, à Saint-Pétersbourg. Elle lança une autre pierre dans la mer agitée, baissa la tête et se remit à marcher. Ce jour-là comme ce jour-ci, elle ne leva pas les yeux.

Tout avait commencé par une liaison entre le Premier ministre Jonathan Lancaster et une jeune femme qui travaillait au quartier général de son parti. Mais cette jeune femme n'avait rien d'ordinaire : c'était un agent dormant russe qui avait été infiltré en Angleterre dans son enfance. Et cette liaison n'avait rien d'ordinaire, non plus : elle faisait partie d'un complot tortueux monté par les Russes pour forcer le Premier ministre à accorder des droits de forage juteux en mer du Nord à une compagnie pétrolière possédée en sous-main par le Kremlin, la Volgatek Oil & Gas. Gabriel avait appris la vérité de la bouche même de l'homme qui avait monté l'opération, un agent du SVR nommé Pavel Zhirov. Par la suite, Gabriel et son équipe d'agents du Bureau étaient allés chercher Madeline Hart à Saint-Pétersbourg et l'avaient exfiltrée hors de Russie. Le scandale qui suivit sa défection avait été le pire de l'histoire du Royaume-Uni. Jonathan Lancaster, blessé politiquement et humilié personnellement, réagit en annulant le contrat concernant le forage en mer du Nord et en gelant les avoirs russes détenus par des banques britanniques. Selon certaines estimations, ces mesures de rétorsion avaient fait perdre plusieurs milliards de dollars au président russe. *A ce prix-là,* songea Gabriel, *on se demande pourquoi il a mis autant de temps à se venger.*

Dès l'origine, le KGB avait eu pour intention de transformer Madeline Hart en une fille anglaise. Et ils y étaient parvenus après des années d'entraînement et de manipulation mentale. Elle ne parlait que quelques mots de russe et elle n'éprouvait aucun sentiment d'allégeance à l'égard du pays qu'elle avait quitté enfant. En revenant en Angleterre, elle avait exprimé le souhait de reprendre le cours de son ancienne existence, mais des considérations sécuritaires et politiques rendaient cette option impossible. Gabriel avait alors mis à sa disposition son cottage adoré, en Cornouailles. Il savait que le cadre lui plairait. Elle avait grandi dans le dénuement et la grisaille, aux frais de l'Etat providence, dans un logement social de Basildon, dans l'Essex. Elle ne demandait à la vie rien de plus qu'une chambre avec vue.

— Comment m'avez-vous retrouvée ? s'enquit-elle en gravissant les marches qui menaient à la terrasse.

Et elle sourit. Elle lui avait posé exactement la même question, ce jour-là, à Saint-Pétersbourg… Ses yeux étaient toujours bleu-gris. Elle les plissa, inquiète, en découvrant le visage tuméfié de Gabriel.

— Vous êtes bien amoché, dit-elle avec son accent un peu particulier où les intonations faubouriennes de Londres se mêlaient à celles de l'Essex et, plus subtilement, à celles de Moscou. Qu'est-ce qui vous est arrivé ?

— Un accident de ski.

— Vous n'êtes pas du genre à faire du ski…

— Justement, c'était ma première tentative…

Un moment de légère gêne s'ensuivit lorsqu'elle l'invita à entrer dans sa propre maison. Elle accrocha son ciré à côté de celui de Gabriel et alla dans la cuisine faire du thé. Elle remplit la bouilloire électrique avec de l'eau minérale et sortit du placard une vieille boîte de Harney & Sons. Gabriel l'avait achetée, plusieurs siècles auparavant, dans un supermarché de Marazion, à quelques kilomètres de là. Il s'assit sur son tabouret préféré et regarda une autre femme s'affairer dans un espace qu'il avait l'habitude de voir occupé par sa propre épouse. Des journaux londoniens étaient posés sur le comptoir, visiblement sans avoir été lus. Tous évoquaient avec un grand luxe de détails l'attentat de Brompton Road et les luttes intestines au sein des services secrets britanniques. Gabriel regarda Madeline. L'air marin avait donné de la couleur à ses joues pâles. Elle avait l'air contente, heureuse même — contrairement à la femme aux abois qu'il avait retrouvée à Saint-Pétersbourg. Il ne trouva pas le courage de lui dire que c'était à cause d'elle que tout cela était arrivé.

— Je commençais à me dire que je ne vous reverrais jamais, dit-elle. Ça fait…

— Trop longtemps, l'interrompit Gabriel.

— Quand êtes-vous venu en Angleterre pour la dernière fois ?

— Je suis venu cet été.

— Pour le plaisir ou pour les affaires ?

Il hésita avant de répondre. Pendant longtemps, après la défection de Madeline, il s'était refusé à lui révéler son vrai nom. Au bout d'un moment, les transfuges peuvent avoir le mal du pays.

— C'était un voyage d'affaires, finit-il par répondre.

— Un voyage réussi, j'espère.

Il dut réfléchir un instant avant de répondre :

— Oui, je suppose qu'il a été réussi.

Madeline souleva la bouilloire de son socle et versa l'eau bouillonnante dans la théière blanche rebondie que Chiara avait dénichée dans une boutique de Penzance. En la regardant faire, Gabriel lui demanda :

— Vous êtes heureuse, ici, Madeline ?

— Je vis dans la peur que vous m'expulsiez.

— Quelles raisons aurais-je de vous expulser ?

— Je n'ai jamais eu ma propre maison, dit-elle. Pas de mère, pas de père, seulement le KGB… Je suis devenue la personne que je voulais être. Et puis ils m'ont dépouillée de cela aussi.

— Vous pouvez rester ici aussi longtemps que vous le désirez.

Elle ouvrit le réfrigérateur, en sortit une bouteille de lait et en versa un peu dans le petit pot en forme de ruche de Chiara.

— Chaud ou froid ? demanda-t-elle.

— Froid.

— Du sucre ?

— Surtout pas.

— Il doit y avoir un paquet de biscuits dans le garde-manger.

— J'ai déjà mangé, dit Gabriel.

Il versa une goutte de lait au fond de sa tasse et versa le thé par-dessus.

— Pas de problèmes avec les voisins ? s'enquit-il.
— Ils sont un peu trop curieux.
— Ça ne m'étonne pas.
— On dirait que vous leur avez fait forte impression, dit Madeline.
— Ce n'était pas moi, en fait.
— Non, c'était Giovanni Rossi, le grand restaurateur de tableaux italien.
— Pas si grand…
— Ce n'est pas ce que raconte Vera Hobbs.
— Ses petits pains sont toujours aussi bons ? demanda Gabriel.
— Presque aussi bons que ceux du café du cap Lizard.
Le sourire qu'esquissa Gabriel trahit sa nostalgie pour ce petit coin du monde, et Madeline dit :
— Je ne comprends pas comment vous avez pu renoncer à cet endroit.
— Moi non plus.
Elle l'observa attentivement par-dessus sa tasse.
— Alors, vous êtes devenu le chef de votre service ?
— Pas encore.
— Dans combien de temps ?
— Quelques mois, peut-être moins.
— La nouvelle sera dans les journaux ?
— Oui. Nous rendons public, désormais, le nom de notre patron… Tout comme le MI6…
— Pauvre Graham, fit-elle en désignant du regard les journaux empilés sur le comptoir.
— Oui, dit Gabriel sans trop de conviction.
— Vous croyez que Jonathan va le virer ?
Il était étrange de l'entendre désigner le Premier ministre par son prénom. Gabriel se demanda par quel petit nom elle l'appelait pendant leurs nuits adultérines à Downing Street, quand ils profitaient de l'absence de Diana Lancaster.
— Non, répondit-il au bout d'un moment. Je ne crois pas.
— Graham en sait trop…
— Il y a ça, bien sûr…

— Et puis, Jonathan est très fidèle…

— Avec tout le monde, sauf avec son épouse…

L'ironie de cette remarque parut blesser Madeline.

— Je suis désolé, Madeline, je ne voulais pas…

— Ce n'est pas grave, s'empressa-t-elle de dire. Je l'ai bien mérité.

Ses longues mains bien dessinées se mirent subitement à s'agiter. Elle les calma en retirant les sachets de thé de la théière, en ajoutant un peu d'eau chaude et en refermant le couvercle.

— Tout est comme dans vos souvenirs, ici ? demanda-t-elle.

— La femme qui se trouve derrière le comptoir n'est pas la même. A part ça, tout est pareil.

Elle esquissa un petit sourire gêné mais ne dit rien.

— Vous avez farfouillé dans mes affaires ? interrogea Gabriel.

— Plus d'une fois…

— Vous avez trouvé quelque chose d'intéressant ?

— Malheureusement, non. C'est un peu comme si l'homme qui vivait ici n'avait jamais existé.

— Un peu comme Madeline Hart, dit Gabriel.

Il lut du désarroi dans ses yeux bleu-gris. Ils marchèrent un peu dans la maison, d'un pas lent.

— Vous ne comptez pas me dire pourquoi vous êtes aussi amoché ? demanda Madeline.

— J'étais à Brompton Road quand la bombe a explosé.

— Que faisiez-vous là ?

Gabriel répondit avec la plus grande franchise.

— Alors, c'est vous l'agent secret étranger…

— J'en ai bien peur.

— C'est vous qui avez tenté d'éloigner les passants de la voiture piégée ?

Il ne répondit pas.

— Qui était l'autre homme ?

— Ça n'a pas d'importance.

— C'est ce que vous dites toujours.

— Sauf quand c'est vraiment important.

— Et la femme ? poursuivit Madeline.

— Son passeport était au nom de…

— Oui, le coupa-t-elle. Je l'ai lu dans le journal.

— Vous avez vu la vidéo filmée par les caméras de surveillance ?

— On ne voit pas grand-chose, à vrai dire. Une femme sort d'une voiture, une femme s'éloigne d'un pas tranquille, une rue explose.

— Très professionnel.

— En effet, dit-elle.

— Vous avez vu la photo d'elle qui a été prise à Heathrow ?

— Un peu floue…

— Vous croyez qu'elle est allemande ?

— A moitié, selon moi.

— Et l'autre moitié ?

Le regard de Madeline se perdit dans sa tasse de thé.

34
Crique de Gunwalloe, Cornouailles

Il y avait en tout quatre photos : celle que Gabriel avait prise de la jeune femme, assise toute seule à la terrasse du petit restaurant, et trois autres clichés, qu'il avait pris pendant qu'elle fumait une cigarette sur le balcon rouillé de l'appartement de Quinn. Il les disposa sur le comptoir, où il avait autrefois étalé les photos du Rembrandt volé pour les montrer à Chiara — et il éprouva une pointe de remords tandis que Madeline se penchait pour les examiner.

— Qui a pris ces photos ?

— Ça n'a pas d'importance.

— Vous êtes un photographe doué.

— Presque autant que Giovanni Rossi.

Elle ramassa la première photo où l'on voyait une femme, le regard masqué par de grosses lunettes noires, attablée à la terrasse d'un modeste restaurant de quartier et tournant le dos à une splendide vue panoramique de la ville.

— Elle a laissé son sac ouvert, observa Madeline.

— Tiens, vous aussi, vous avez remarqué ?

— Une touriste normale aurait fermé son sac, par crainte des voleurs et des pickpockets.

— Rien n'est plus vrai.

Elle posa la photo sur le comptoir et en prit une autre. On y voyait une femme seule sur un balcon, une plante rampante s'étendant à ses pieds. La femme était en train de porter une cigarette à ses lèvres, d'un geste qui exposait à l'objectif le dessous de son bras droit. Madeline se pencha un peu plus et fronça les sourcils d'un air pensif.

— Vous voyez, là ? demanda-t-elle.

— Quoi donc ?

Elle souleva la photo et dit :

— Elle a une cicatrice.

— C'est peut-être une imperfection de la photo.

— Cela arrive mais, en l'occurrence, c'est une imperfection de la femme.

— Comment pouvez-vous en être aussi certaine ?

— Parce que j'étais là quand cette femme a récolté cette cicatrice, répondit Madeline.

— Vous la connaissez ?

— Non, dit-elle en fixant la photo. Mais j'ai bien connu la fille qu'elle a été.

35
Crique de Gunwalloe, Cornouailles

La première fois que Gabriel avait entendu cette histoire, c'était sur les rives d'un lac gelé en Russie, de la bouche d'un dénommé Pavel Zhirov. A présent, c'était dans un cottage au bord de la mer qu'il l'entendait et c'était la femme qui était devenue Madeline Hart qui la lui racontait. Elle ne connaissait pas son véritable nom. De ses parents biologiques, elle ne savait à peu près rien. Son père avait été un haut gradé du KGB, peut-être même le patron de la toute-puissante Première Direction générale du service de renseignements soviétique. Sa mère, une dactylo du KGB âgée d'à peine vingt ans, n'avait pas survécu longtemps après l'accouchement. Elle avait perdu la vie à la suite d'une surdose de vodka et de somnifères — c'est du moins ce que Madeline s'était laissé dire.

Elle avait été placée dans un orphelinat. Pas un vrai orphelinat, mais un orphelinat du KGB où, comme elle aimait à le répéter, elle avait été élevée par des loups. A un certain stade de son éducation, ses tuteurs avaient cessé de lui parler en russe. Pendant une longue période, elle fut entourée d'un silence total, jusqu'à ce que les dernières traces de la langue russe soient éradiquées de sa mémoire. Puis elle fut confiée à une unité dont les membres ne lui parlaient qu'en anglais. Elle regardait en vidéo des émissions de télévision pour enfants britanniques et lisait des livres pour enfants britanniques. Son accent pâtit quelque peu de cet accès somme toute limité à la culture britannique. Elle parlait anglais, dit-elle à Gabriel, comme une speakerine de Radio Moscou.

L'institution où elle vivait se trouvait dans la proche banlieue de Moscou, non loin du quartier général de la Première Direction générale, à Iassenevo, que le KGB désignait sous le nom de « Centre moscovite ». Par la suite, elle fut transférée dans un camp d'entraînement du KGB, au fin fond de la Russie profonde, près d'une ville secrète qui n'avait pas de nom, seulement un numéro. Le camp contenait une petite ville anglaise reconstituée, avec une grand-rue bordée de magasins, un parc, un bus dont le chauffeur parlait anglais, une rangée de petites maisons en brique accolées les unes aux autres, où les recrues vivaient ensemble, comme en famille. Dans une autre partie du camp, il y avait une petite ville américaine, avec un cinéma où l'on projetait des films américains à succès. Et, tout près de la ville américaine se trouvait un village allemand. Il était administré de concert avec la Stasi est-allemande. Des aliments allemands arrivaient toutes les semaines de Berlin-Est : saucisses, bière, choucroute, jambon fumé… Tout le monde s'accordait à dire que les recrues germanophones étaient les mieux traitées.

La plupart du temps, les recrues ne sortaient pas de leurs microcosmes artificiels. Madeline vivait avec l'homme et la femme qui devaient plus tard s'installer avec elle en Grande-Bretagne. Elle suivait les cours d'une austère école anglaise, buvait du thé et mangeait des *crumpets* tartinés de confiture dans un petit salon de thé à l'anglaise, jouait dans un parc dont le gazon anglais était tapissé d'une épaisse couche de neige russe pendant de longs mois. Exceptionnellement, elle était autorisée à regarder un film hollywoodien dans le cinéma de la ville américaine, ou à dîner dans la brasserie allemande. Ce fut au cours d'une de ces rares sorties qu'elle rencontra Katerina.

— Je suppose qu'elle ne vivait pas dans le village américain, dit Gabriel.

— Non, répondit Madeline. Katerina a été dressée pour être une Allemande.

Elle était plus âgée que Madeline. C'était une adolescente qui serait bientôt femme. Elle était déjà très belle, mais pas autant qu'elle allait le devenir. Elle parlait quelques mots d'anglais — les recrues du village allemand étaient censées l'apprendre à l'école — et elle aimait pratiquer cette langue avec Madeline, qui la parlait à la perfection, quoique avec un étrange accent. En règle générale, les liens d'amitié entre recrues des différents programmes d'entraînement n'étaient pas bien vus par les autorités du camp. Mais, dans le cas de Katerina et de Madeline, elles firent une exception. Il s'agissait de remonter le moral de Katerina, qui montrait des signes de dépression depuis quelque temps. Ses formateurs n'étaient pas convaincus qu'elle était faite pour vivre en Occident en tant qu'agent dormant.

— Comment s'était-elle retrouvée dans ce programme ? demanda Gabriel.

— Son histoire ressemble à la mienne.

— Son père était un agent du KGB ?

— Non, sa mère.

— Et son père ?

— C'était un agent secret ouest-allemand ciblé par le KGB, qui avait décidé de lui poser un piège sexuel. La mère de Katerina a été sa maîtresse. Katerina est l'enfant qui est née de cette liaison.

— Pourquoi la mère ne s'est-elle pas fait avorter ?

— Elle voulait garder le bébé. Le KGB le lui a pris. Et ensuite ils lui ont pris la vie.

— Et la cicatrice ?

Madeline ne répondit pas. Elle ramassa une nouvelle fois la photo de la fille, qu'elle avait connue sous le nom de Katerina, debout sur un balcon lisboète.

— Que faisait-elle dans cet appartement, à Lisbonne ?

demanda Madeline. Et pourquoi a-t-elle posé une bombe dans Brompton Road ?

— Elle était à Lisbonne parce que ses supérieurs savaient que nous surveillions cet appartement, répondit Gabriel.

— Et la bombe ?

— Elle m'était destinée.

— Pourquoi ont-ils essayé de vous tuer ?

Gabriel hésita avant de répondre :

— A cause de vous, Madeline.

Un lourd silence se fit entre eux.

— Que pensiez-vous qu'il arriverait, dit-elle enfin, après avoir tué un agent du KGB sur le sol russe et m'avoir aidée à faire défection en Occident ?

— Je savais que le président russe serait furieux. Mais je ne pensais pas qu'il irait jusqu'à faire sauter une bombe au cœur de Londres.

— Vous le sous-estimez.

— Pas du tout, répliqua Gabriel. Moi et le président russe, on a une longue histoire commune…

— Il a déjà essayé de vous tuer ?

— Oui, dit Gabriel. Mais c'est la première fois qu'il réussit.

Elle le regarda d'un air perplexe avant de comprendre.

— Quand êtes-vous mort ? demanda-t-elle.

— Il y a quelques heures, dans un hôpital militaire britannique. J'ai lutté contre la mort de toutes mes forces, mais en vain. Mes blessures étaient trop graves.

— Qui d'autre est au courant ?

— Mon service, bien sûr… Ainsi que ma femme, qui a été discrètement avisée de mon décès.

— Et le Centre moscovite ?

— Si, comme je les en soupçonne, les gens du SVR lisent le courrier du MI6, ils sont déjà en train de lever leur verre de vodka à ma mort tragique. Mais, pour en être vraiment certain, je vais rendre les choses parfaitement claires.

— Je peux vous aider ?

— Dites du bien de moi à mon enterrement. Et faites-vous accompagner de deux gardes du corps au lieu d'un, quand vous allez vous promener sur la plage.

— Il y en avait deux, en fait.

— Le pêcheur ?

— Ce soir, il y aura du bar rôti au menu, dit Madeline.

Elle sourit et demanda :

— Qu'allez-vous faire de tout votre temps libre, maintenant que vous êtes mort ?

— Je vais retrouver les gens qui m'ont tué.

Madeline prit la photo où l'on voyait Katerina sur le balcon.

— Et elle ?

Gabriel resta silencieux pendant un moment avant de dire :

— Vous ne m'avez toujours pas raconté d'où venait la cicatrice qu'elle a au bras.

— C'est arrivé pendant un exercice.

— Quel genre d'exercice ?

— L'art de tuer sans faire de bruit…

Elle leva les yeux vers Gabriel et lâcha d'une voix lugubre :

— Au KGB, on commence tôt.

— Vous aussi ?

— J'étais trop jeune, dit-elle en secouant la tête. Mais Katerina était plus âgée, et le KGB avait d'autres projets pour elle. Son instructeur lui a tendu un poignard un jour et lui a ordonné de le tuer. Katerina a obéi. Katerina a toujours obéi…

— Continuez.

— Il l'a désarmée mais, même après, elle s'obstinait à vouloir le frapper. A un moment du combat, elle s'est blessée avec son propre poignard. Elle a eu de la chance de ne pas perdre tout son sang…

Madeline regarda une nouvelle fois la photo et reprit :

— Où croyez-vous qu'elle puisse être ?

— Quelque part en Russie, sans doute.

— Dans une ville sans nom…

Madeline rendit la photo à Gabriel et ajouta :

— Espérons qu'elle y reste.

Lorsque Gabriel revint à Wormwood Cottage, il gravit l'escalier qui menait à sa chambre et se laissa choir, épuisé, sur son lit. Il était rongé par l'envie de téléphoner à sa femme, mais il n'osait pas le faire. Ses ennemis étaient sûrement en train d'épier tous les réseaux en quête de traces de sa voix. Les cadavres ne passent pas de coups de fil.

Lorsqu'il finit par trouver le sommeil, celui-ci fut troublé par d'étranges rêves. Dans l'un d'eux, il traversait la nef de la cathédrale de Vienne, tenant à la main la mallette en bois qui contenait son matériel de restauration. Une fille allemande l'attendait à l'entrée et engagea la conversation, comme il était en effet arrivé ce soir-là — mais dans ce rêve cette fille n'était autre que Katerina, et un torrent de sang coulait d'une profonde blessure qu'elle avait au bras.

— Pouvez-vous la guérir ? demanda-t-elle en lui montrant la blessure.

Mais il passa devant elle sans prononcer un mot et se mit à marcher dans les rues silencieuses de Vienne. Il arriva sur une place dans l'ancien quartier juif. La place était tapissée de neige et encombrée de bus à impériale londoniens. Une femme tentait de faire démarrer le moteur d'une berline Mercedes, mais le moteur ne pouvait tourner parce que la bombe consommait toute l'électricité de la batterie. Son fils était attaché à l'arrière, mais la femme qui tenait le volant n'était pas sa femme. C'était Madeline Hart.

— Comment m'avez-vous retrouvée ? demanda-t-elle au travers de la vitre brisée.

Et c'est à ce moment que la bombe explosa.

Il avait dû crier dans son sommeil car Keller se tenait sur le pas de la porte de sa chambre quand Gabriel se réveilla. Miss Coventry leur servit un copieux petit déjeuner dans la cuisine et les accompagna jusqu'au perron lorsqu'ils se mirent en chemin pour une randonnée dans la lande, en cette froide et brumeuse matinée. Les jambes de Gabriel s'étaient affaiblies du fait de l'inactivité, mais Keller le prit en pitié. Ils parcourent les deux premiers kilomètres à un rythme modéré, qui s'accrut à mesure que Gabriel parlait de Madeline et de Katerina, fruit d'un amour à la Mata-Hari sauce KGB.

— Nous allons la retrouver, dit Gabriel. Et quand nous l'aurons retrouvée, nous enverrons au Kremlin un message qui n'aura pas besoin d'être traduit.

— N'oublie pas Quinn, dit Keller.

— Peut-être qu'il n'y a jamais eu de Quinn. Peut-être que Quinn n'était qu'un nom dans un rapport. Peut-être qu'il n'a été qu'un appât qu'ils ont jeté dans la rivière pour nous attirer à la surface…

— Tu ne crois pas à ce que tu dis, hein ?

— Cette possibilité m'est venue à l'esprit.

— C'est Quinn qui a tué la princesse.

— Selon une source au sein du renseignement iranien, dit Gabriel d'un ton plein de sous-entendus.

— Quand est-ce qu'on se met en route ?

— Après mon enterrement.

En revenant à Wormwood Cottage, il trouva au pied de son lit des vêtements propres, repassés et pliés. Il se doucha, s'habilla et remonta une fois de plus à bord de la camionnette banalisée. Cette fois, elle l'emmena vers l'est, dans une maison sécurisée de Highgate. La maison lui était familière, car il y avait déjà opéré. En entrant, il jeta son manteau sur le dossier d'une chaise dans le salon et monta dans un petit bureau à l'étage. L'un des murs de la pièce était percé d'une étroite fenêtre qui donnait sur un cul-de-sac, une vue bouchée. La pluie ruisselait dans la gouttière, les pigeons roucoulaient sous l'avant-toit. Trente minutes s'écoulèrent pendant lesquelles la nuit tomba, et une rangée de réverbères s'alluma en clignotant, comme s'ils hésitaient à remplir leur fonction. Puis une voiture grise apparut en haut de la rue, conduite avec une extrême prudence. Elle se gara devant la maison sécurisée, et le conducteur, un jeune homme à l'air inoffensif, en sortit. Une femme en descendit ensuite — la femme qui allait informer le monde de la mort tragique de Gabriel. Il consulta sa montre et sourit. Elle était en retard. Comme d'habitude.

36
Highgate, Londres

— Hors de question, dit Samantha Cooke. Ni maintenant ni jamais. Jamais en un million d'années !

— Mais pourquoi ?

— Dois-je vraiment énumérer les raisons ?

Elle était debout au milieu du salon, main levée et doigts écartés, et fixait Gabriel d'un œil inquisiteur. Après être entrée dans la maison sécurisée, elle avait accroché négligemment son sac à main sur le dossier d'une vieille bergère branlante, mais n'avait pas encore enlevé son manteau trempé. Ses cheveux mi-longs étaient d'un blond cendré, ses yeux étaient bleus et son regard pénétrant. Il était à présent dirigé, incrédule, sur le visage de Gabriel. Un an plus tôt, il avait fait don à Samantha Cooke et à son journal, le *Telegraph*, de l'une des exclusivités les plus sensationnelles de l'histoire du journalisme britannique : une interview de Madeline Hart, l'espionne russe qui avait été la maîtresse secrète du Premier ministre. A présent, il lui demandait en retour une faveur. Une autre exclusivité — concernant sa propre mort, cette fois.

— Tout d'abord, dit-elle, ce serait contraire à la déontologie… Totalement inapproprié !

— J'adore entendre les journalistes britanniques parler de déontologie, ironisa Gabriel.

— Je ne travaille pas pour la presse de caniveau, moi. J'écris dans un quotidien de qualité.

— C'est justement pour ça que j'ai besoin de vous. Si

cet article paraît dans le *Telegraph*, les gens le prendront au sérieux et en croiront chaque ligne. S'il paraissait dans le…

— D'accord, j'ai compris…

Elle ôta son manteau et le jeta par-dessus son sac à main.

— Je crois que j'ai besoin de boire un verre, dit-elle ensuite.

Gabriel désigna le chariot à desserte, garni de bouteilles et de verres.

— Je vous sers quelque chose ? proposa Samantha.

— C'est encore un peu tôt dans la journée, pour moi, Samantha.

— Moi aussi. J'ai un article à écrire.

— Sur quel sujet ?

— Le nouveau projet de Jonathan Lancaster pour remettre à flot le National Health Service[1]. Palpitant, n'est-ce pas ?

— J'ai un meilleur sujet, dit Gabriel.

— Je n'en doute pas.

Elle saisit une bouteille de gin Beefeater, hésita un instant, se ravisa et opta plutôt pour celle de whisky Dewar. Elle en versa deux doigts dans un verre droit en cristal taillé, y ajouta un glaçon et assez d'eau pour garder son esprit en éveil.

— A qui appartient cette maison ? demanda-t-elle.

— Elle est à ma famille depuis de longues années…

— Je ne savais pas que vous étiez juif anglais…

Elle prit un bol décoratif sur une table basse et le retourna.

— Qu'est-ce que vous cherchez ? demanda Gabriel.

— Des micros.

— Des micros, ici ? feignit de s'étonner Gabriel.

Elle se pencha sur un abat-jour pour l'inspecter.

— Vous perdez votre temps, déclara Gabriel.

1. Le NHS est le système de santé publique britannique. Instauré en 1948, il regroupe l'assurance maladie et l'essentiel de la médecine de ville et hospitalière. Malgré de nombreuses réformes, son déficit reste chronique et ses capacités saturées. (NdT)

Elle se tourna vers lui mais ne dit rien.

— Vous n'avez jamais publié d'article dont le contenu s'est révélé erroné, plus tard ? demanda Gabriel.

— Je n'ai jamais délibérément trompé mes lecteurs.

— Ah bon ?

— Enfin… Pas avec une telle ampleur, précisa-t-elle.

— Je vois.

— Il a pu arriver, dit-elle en effleurant son verre du bout des lèvres, que je trouve nécessaire de publier un papier incomplet afin que la personne ciblée par cet article se sente obligée de combler elle-même les lacunes de mes informations.

— C'est une technique qu'on utilise aussi dans les interrogatoires, observa Gabriel.

Oui, mais moi je ne torture pas les personnages sur lesquels j'écris. Je ne les soumets pas au supplice de l'eau, je ne leur arrache pas les ongles…

— Vous devriez essayer. Je suis sûr que vos révélations seraient plus croustillantes.

Elle ne put s'empêcher de sourire.

— Mais pourquoi ? demanda-t-elle. Pourquoi voulez-vous que je vous tue sur le papier ?

— Je ne peux malheureusement pas vous le dire.

— Mais il faut que vous me le disiez ! Sinon, il ne peut pas y avoir d'article.

Elle avait raison, et elle le savait bien.

— Bon, reprit-elle, commençons par le commencement… Quand êtes-vous mort ?

— Hier après-midi.

— Où ?

— Dans un hôpital militaire britannique.

— Lequel ?

— Secret défense.

— Vous êtes décédé d'une longue et douloureuse maladie ?

— Non, en fait, j'ai été grièvement blessé dans un attentat.

Le sourire de Samantha se changea en moue. Elle posa son verre délicatement sur la table.

— Où finit le mensonge et où commence la vérité, dans votre histoire ?

— Il ne s'agit pas de mensonges, Samantha, mais de tromperie.

— Quel attentat ? demanda-t-elle.

— Je suis l'agent qui a prévenu les services secrets britanniques de l'imminence de l'attentat de Brompton Road. Je suis l'un des deux hommes qui ont tenté d'écarter les passants de la voiture piégée avant la déflagration…

Il s'interrompit un instant avant d'ajouter :

— Et je suis la cible de cet attentat.

— Vous pouvez le prouver ?

— Regardez la vidéo des caméras de surveillance…

— Je l'ai vue. Ce type pourrait être n'importe qui…

— Mais ce type n'est pas n'importe qui, Samantha. C'est Gabriel Allon. Et maintenant, il est mort…

Elle vida son verre et s'en servit un autre. Du Dewar, à nouveau, mais avec moins d'eau, cette fois.

— Il va falloir que j'en parle au rédacteur en chef, dit-elle enfin.

— Impossible.

— Je lui fais une confiance absolue. Je lui confierais ma vie.

— Peut-être, mais on ne parle pas de votre vie, là, mais de la mienne.

— Mais vous n'avez plus de vie, puisque vous êtes mort.

Gabriel leva les yeux au plafond et expira lentement. Il commençait à se lasser de cette joute verbale.

— Je suis désolé de vous avoir fait venir ici pour rien, dit-il au bout d'un moment. M. Davies va vous raccompagner à votre rédaction. Et disons que cette rencontre n'a jamais eu lieu.

— Mais je n'ai pas fini mon verre…

— Et votre article sur le projet de Jonathan Lancaster pour sauver le NHS ?

— Il ne vaut rien…

— Le projet ou l'article ?

— Les deux.

Elle alla jusqu'au chariot à desserte et utilisa la pince en argent pour piocher un glaçon dans le seau.

— Vous m'en avez déjà assez dit pour que j'écrive un bon article, vous savez.

— Faites-moi confiance, Samantha. J'ai d'autres révélations à vous faire.

— Comment saviez-vous qu'il y avait une bombe dans cette voiture ?

— Pour l'instant, je ne peux pas vous répondre.

— Qui est la conductrice ?

— Elle ne s'appelle pas Anna Huber. Et elle n'est pas allemande.

— D'où vient-elle ?

— Un peu plus à l'est…

Samantha lâcha le glaçon dans son verre et reposa la pince sur le chariot, d'un air pensif. Elle avait beau tourner le dos à Gabriel, il pouvait deviner qu'elle était en proie à un grave cas de conscience journalistique.

— Elle est russe ? C'est ça que vous voulez dire ?

Gabriel ne répondit pas.

— Je prends votre silence pour une réponse affirmative, dit Samantha. La question, maintenant, est la suivante : pourquoi une Russe irait-elle poser une bombe devant chez Harrods, en plein centre de Londres ?

— A vous de me le dire.

Elle feignit de réfléchir un instant avant de déclarer :

— Je suppose que les Russes voulaient envoyer un message à Jonathan Lancaster.

— Quelle serait la teneur de ce message, à votre avis ? demanda Gabriel.

— Ne vous foutez pas de moi, dit-elle froidement. Surtout en ce qui concerne les histoires de fric. Ces droits de forage en mer du Nord auraient rapporté des milliards au Kremlin. Et Lancaster l'a privé de ces revenus juteux.

— A vrai dire, c'est moi qui l'en ai privé. C'est la raison pour laquelle le président russe et ses acolytes veulent ma mort.

— Et maintenant vous voulez leur laisser croire qu'ils ont réussi à vous tuer…

Il hocha la tête.

— Pourquoi ? demanda-t-elle.

— Parce que ça va me faciliter le travail.

— Quel travail ?

Il resta muet.

— Je vois, dit-elle tout bas.

Elle s'assit et but une gorgée de whisky.

— Si jamais, reprit-elle, ça se savait que j'ai…

— Vous me connaissez mieux que ça.

— Quelles sources devrai-je citer ?

— Les services secrets britanniques.

— Un autre mensonge…

— Non, une tromperie, rectifia-t-il tout bas.

— Et si j'appelle votre service ?

— Ils ne vous répondront pas. Mais si vous appelez ce numéro, dit-il en lui tendant un bout de papier, un monsieur plutôt taciturne vous confirmera mon décès.

— Il a un nom, ce monsieur taciturne ?

— Uzi Navot.

— Le directeur du Bureau ?

Gabriel hocha la tête.

— Appelez-le sur sa ligne directe. Et quoi que vous fassiez, ne mentionnez pas le fait que vous avez parlé au décédé récemment. Le Centre moscovite sera à l'écoute.

— J'ai besoin d'une source britannique. Une vraie source…

Il lui remit un autre petit bout de papier. Un autre numéro de téléphone.

— C'est sa ligne privée. N'abusez pas de ce privilège.

Elle fourra les deux bouts de papier dans son sac à main.

— Combien de temps vous faudra-t-il pour publier cet article ? s'enquit Gabriel.

— Si je me grouille, je peux l'avoir terminé pour l'édition papier de demain.

— A quelle heure paraîtra-t-il sur le site web du journal ?

— Vers minuit.

Un nouveau silence se fit. Elle porta son verre à ses lèvres mais se ravisa. Elle avait une longue soirée de travail devant elle.

— Que se passera-t-il si le monde apprend que vous n'êtes pas mort ? demanda-t-elle.

— Cela n'arrivera pas.

— Vous ne comptez pas rester mort toute votre vie, quand même ?

— Ça présente au moins un grand avantage, dit-il.

— Lequel ?

— Personne ne tentera plus de me tuer.

Elle posa son verre sur la table et se leva.

— Il y a quelque chose de spécial que vous souhaitez que j'écrive sur vous ?

— Dites que j'aimais mon pays et mon peuple. Et dites que j'aimais beaucoup l'Angleterre, aussi.

Gabriel l'aida à enfiler son manteau. Elle balança son sac à main sur son épaule et tendit la main à Gabriel.

— C'est un plaisir pour moi de vous avoir connu, dit-elle. Je crois que vous allez me manquer.

— Pas de larmes, cette fois, Samantha.

— Non, répondit-elle. Nous allons songer à la vengeance.

37
Wormwood Cottage, Dartmoor

Quand Gabriel revint à Wormwood Cottage ce soir-là, il vit une berline d'allure officielle garée dans l'allée. Dans la cuisine, miss Coventry était en train de débarrasser la table et, dans le bureau, deux hommes étaient penchés sur un échiquier, absorbés par le jeu. Les deux adversaires fumaient. Les pièces ressemblaient à des soldats perdus dans les brumes de la guerre.

— Qui gagne ? demanda Gabriel.

— A ton avis ? répondit Ari Shamron.

Il leva les yeux vers Keller et le pressa :

— Vous avez l'intention de jouer, un jour ?

C'est ce que Keller fit. Shamron lâcha un soupir attristé et ajouta le second cavalier à son petit camp de prisonniers. Les pièces capturées étaient alignées en deux rangées à côté du cendrier. Shamron avait toujours imposé une certaine discipline à ceux qui avaient eu le malheur de tomber entre ses mains.

— Mange quelque chose, dit-il à Gabriel. Je n'en ai pas pour longtemps.

Miss Coventry avait laissé une assiette de gigot aux petits pois dans le four chaud. Gabriel manga seul dans la cuisine, écoutant le déroulement de la partie qui se jouait dans la pièce voisine. Le cliquetis des pièces et celui du vieux briquet Zippo de Shamron lui procuraient un étrange réconfort. Du silence de Keller, Gabriel déduisit que la bataille ne se passait pas trop bien pour l'Anglais. Il lava son assiette et ses couverts, les plaça sur l'égouttoir et revint dans le salon. Shamron était en train de se réchauffer les mains près du feu de bois et de charbon qui se consumait dans l'âtre. Il portait un pantalon à pli bien repassé, une chemise en coton blanche et un vieux blouson de cuir d'aviateur, déchiré à l'épaule. Les flammes se reflétaient dans les verres de ses hideuses lunettes à monture d'acier.

— Alors ? demanda Gabriel.

— Il s'est bien défendu, mais en vain.

— Il joue bien ?

— Il est audacieux et habile, mais il manque de vision stratégique. Il prend un grand plaisir à tuer, mais il ne comprend pas toujours qu'il vaut mieux, parfois, laisser l'ennemi vivre que de le passer au fil de l'épée à la première occasion.

Shamron jeta un coup d'œil malicieux à Gabriel et sourit avant d'ajouter :

— Bref, c'est un homme de terrain, pas un concepteur.

Shamron se remit à contempler le feu.

— Alors, dit-il, c'est comme ça que tu la voyais ?

— De quoi parles-tu ?

— De ta dernière nuit sur Terre.

— Oui, dit Gabriel. C'est exactement comme ça que je l'imaginais.

— Coincé dans une maison sécurisée avec moi… Une maison sécurisée anglaise, en plus ! lança Shamron avec une pointe de dédain.

Il jeta un regard circulaire aux murs et demanda :

— Ils sont en train de nous écouter ?

— Ils m'ont assuré que non.

— Tu leur fais confiance ?

— Oui.

— Tu ne devrais pas, répliqua Shamron. En fait, tu n'aurais jamais dû t'en mêler, il fallait les laisser traquer Quinn sans toi. A titre d'information, j'étais contre. Mais c'est Uzi qui a eu le dernier mot.

— Depuis quand laisses-tu Uzi avoir le dernier mot ? demanda Gabriel, pas dupe.

Shamron haussa les épaules, comme pour reconnaître sa mauvaise foi.

— Ça fait longtemps que j'ai une case vide en face du nom d'Eamon Quinn, dit-il. C'est vrai que j'aurais bien voulu que vous la cochiez, toi et ton ami, avant qu'un autre avion n'explose en vol.

— La case est toujours vide.

— Pas pour longtemps.

Shamron alluma son briquet. L'odeur âcre du tabac turc se mêla à celle du bois et du charbon anglais.

— Et toi ? demanda Gabriel. Tu savais que ça finirait comme ça ?

— Par ta mort ?

Gabriel hocha la tête.

— Ça m'est arrivé trop souvent de le croire, dit Shamron.

— Il y a eu cette nuit dans le Quart Vide, observa Gabriel.

— Et Harwich ?

— Et Moscou ?

— Oui, dit Shamron. Il y a Moscou, aussi. Il y aura toujours Moscou. C'est à cause de Moscou qu'on en est là.

Il fuma en silence pendant un moment. En temps normal, Gabriel aurait tenté de le persuader de s'en abstenir, voire d'arrêter de fumer définitivement, mais pas ce jour-là. Shamron était en deuil. Il était sur le point de perdre un fils.

— Ta copine du *Telegraph* vient d'avoir Uzi au téléphone, lança Shamron.

— Comment ça s'est passé ?

— Apparemment, il a dit le plus grand bien de toi. Il a loué ton talent sans nul égal, il a parlé d'une grande perte pour le pays. A l'en croire, Israël est moins en sécurité depuis ton trépas…

Shamron s'interrompit un instant avant d'ajouter :

— Je crois qu'il y a pris du plaisir…

— A quel moment de son éloge funèbre ?

— Tout le temps. Après tout, si tu es mort, tu ne peux pas le remplacer comme nouveau patron du Bureau.

Gabriel sourit.

— Ne te fais pas d'illusions, dit Shamron. Dès que cette affaire sera réglée, tu rentreras dare-dare à Jérusalem, où tu ressusciteras miraculeusement.

— Comme le Christ ?

Shamron leva une main, irrité. Il avait grandi dans un village de la Pologne orientale, ensanglanté par de nombreux pogroms, et n'avait toujours pas fait sa paix avec la chrétienté.

— J'ai été surpris que tu ne sois pas venu en Angleterre avec une équipe pour m'exfiltrer, dit Gabriel.

— Cette pensée m'a traversé l'esprit, en effet…

— Mais…

— Il importe que nous envoyions aux Russes un message leur signifiant qu'ils doivent s'attendre à payer très cher l'assassinat du futur patron de nos services secrets. L'ironie de l'histoire, c'est que c'est toi qui vas leur remettre ce message.

— Tu crois que les Russes ont le sens de l'ironie ?

— Tolstoï l'avait au plus haut degré. Mais le tsar, lui, ne comprend que la force.

— Et les Iraniens ?

Shamron réfléchit un instant à la question avant d'y répondre :

— Ils ont moins à perdre, dit-il enfin. En conséquence, il faudra s'y prendre avec eux avec plus de doigté.

Il jeta son mégot dans le feu et extirpa aussitôt une autre cigarette de son paquet froissé.

— L'homme que tu cherches se trouve en ce moment à Vienne. Il séjourne à l'hôtel InterContinental. Le Logement s'est occupé de vous y trouver des chambres, pour toi comme pour Keller. Tu retrouveras deux vieux copains là-bas. Ils se mettront à tes ordres. Tu peux leur demander tout ce que tu jugeras utile.

— Et Eli ?

— Il est toujours dans ce taudis de Lisbonne.

— Fais-le venir à Vienne.

— Tu ne veux pas garder l'appartement de Lisbonne sous surveillance ?

— Non, répondit Gabriel. Quinn n'y remettra jamais les pieds. Lisbonne a fini de lui servir.

Shamron hocha lentement la tête.

— Quant aux communications, dit-il, il faudra opérer à l'ancienne. Comme au temps de Colère de Dieu.

— C'est difficile d'opérer à l'ancienne dans le monde moderne, objecta Gabriel.

— Tu es capable de remettre à neuf un tableau vieux de quatre siècles, Gabriel. Je suis sûr que tu trouveras un moyen...

Il consulta sa montre et ajouta :

— J'aimerais tant que tu puisses passer un dernier coup de téléphone à ta femme, mais ce n'est malheureusement pas possible dans les circonstances actuelles.

— Comment a-t-elle pris la nouvelle de ma mort ?

— Aussi bien que possible…

Shamron jeta un coup d'œil complice à Gabriel avant d'ajouter :

— Tu as de la veine. Il n'y a pas beaucoup de femmes à quelques semaines d'accoucher qui laisseraient leur mari partir en guerre contre le Kremlin.

— Ça fait partie de nos accords.

— C'est bien ce que je pensais. J'ai consacré ma vie à mon peuple et à mon pays. Et ce faisant, j'ai éloigné de moi tous ceux que je chérissais…

Il s'interrompit avant de préciser :

— Tout le monde, sauf toi.

Dehors, il s'était remis à pleuvoir — une averse soudaine dont les grosses gouttes qui atterrissaient dans l'âtre s'évaporaient en sifflant. Shamron ne parut pas s'en émouvoir. Il fixait son bracelet-montre. Le temps avait toujours été son principal ennemi — et il l'était devenu plus que jamais.

— Combien de temps, encore ? demanda-t-il.

— Pas longtemps, répondit Gabriel.

Shamron fumait en silence tandis que les gouttes de pluie grésillaient dans l'âtre rougeoyant.

— Donc, dit-il subitement, c'est bien comme ça que tu imaginais ta mort ?

— Oui, exactement.

— C'est terrible, hein ?

— Quoi donc, Ari ?

— Quand l'enfant meurt avant son père ou sa mère. Ça inverse l'ordre naturel des choses…

Il jeta sa cigarette dans le feu avant d'ajouter :

— On ne peut pas faire son seuil correctement, dans ces conditions. On ne pense plus qu'à la vengeance.

Ari Shamron, tout comme Gabriel, ne s'accommodait du monde moderne que de manière très limitée. Par exemple, il ne se servait d'un téléphone portable qu'à contrecœur, car il savait mieux que quiconque comment ces appareils pouvaient se retourner contre leurs utilisateurs. En cet instant, le sien se trouvait dans le bureau de Parish, dans une caisse en bois réservée aux objets dont la détention était interdite aux « visiteurs ».

Parish n'avait pas honte de dire qu'il n'aimait pas le vieux. « Il fume comme un pompier ! Mon Dieu, quelle tabagie ! » Pire que celle que produisait le jeune Anglais, qui passait son temps à rôder dans la lande. Le vieux sentait comme un cendrier. Et, pour tout arranger, il avait l'air d'un mort vivant. « Et ses dents ! » Son sourire glacial et carnassier ressemblait à un piège à loups.

On ne savait pas si le vieux comptait passer la nuit à Wormwood Cottage. Il n'avait pas daigné informer le personnel de ses intentions en la matière. Et Parish n'avait reçu, à cet égard, aucune instruction de Vauxhall Cross, hormis une note étrange concernant le site Internet du *Telegraph*. Parish devait le consulter régulièrement à partir de minuit. Un article qui intéressait au plus haut point les deux Israéliens devait y être mis en ligne. Vauxhall Cross n'avait bien sûr pas pris la peine d'expliquer *pourquoi* cet article pouvait les intéresser. Apparemment, cela allait de soi. Parish devait imprimer l'article et l'apporter aux deux hommes « sans faire le moindre commentaire et avec une solennité appropriée ».

Parish était employé par le MI6 depuis presque trente ans, à divers titres et à bien des tâches. Il était habitué aux instructions parfois étranges du quartier général. Il savait aussi, d'expérience, qu'elles allaient généralement de pair avec des opérations de première importance.

Et c'est ainsi qu'il resta dans son bureau, ce soir-là, jusqu'à une heure avancée. Longtemps après que miss Coventry avait été raccompagnée chez elle, dans son austère village du Devon. Longtemps après que les gardes du corps, éreintés par une journée à courir après le jeune Anglais dans la lande, étaient allés se coucher. Le système de protection était en mode électronique pour la nuit, ce qui signifiait que le cottage était protégé par des machines au lieu de l'être par des hommes. Parish lut quelques pages d'un roman de PD James — que Dieu ait son âme — en écoutant un peu de Haendel à la radio. Il entendit surtout la pluie qui tambourinait sur les vitres. *Encore une nuit pourrie. Quand donc va-t-il s'arrêter de pleuvoir ?*

Finalement, sur les coups de minuit, il ouvrit le navigateur de son ordinateur et entra l'adresse du site du *Telegraph.* C'était toujours le même refrain : une dispute au Parlement sur le NHS, un attentat-suicide à Bagdad et quelques détails sur la vie amoureuse d'une vedette de la chanson — que Parish estima particulièrement abjects. Il ne trouva rien, cependant, qui lui paraisse mériter l'intérêt des « visiteurs » venus de Terre sainte. Oh ! il y avait bien un article qui laissait entrevoir un faible espoir de réussite des négociations sur le programme nucléaire iranien, mais les deux Israéliens n'avaient pas besoin de Parish ni du *Telegraph* pour leur apprendre quoi que ce soit sur ce sujet.

Il se replongea donc dans PD James et dans Haendel jusqu'à 00 h 5, heure à laquelle il cliqua sur « actualiser » et vit s'afficher les mêmes bêtises que la fois précédente. A 00 h 10, rien n'avait changé. Mais à 00 h 15, quand il voulut rafraîchir la page d'accueil du *Telegraph*, l'écran se figea, pétrifié. Parish n'était pas un expert en informatique, mais il savait qu'en général les sites Internet « plantent » ainsi quand ils sont saturés par le trafic entrant. Il savait aussi qu'il n'y avait aucun moyen d'accélérer l'accès à un site dans une telle situation. Il s'accorda donc quelques instants de lecture en musique supplémentaires, pendant que la page du *Telegraph* surmontait d'elle-même les obstacles numériques à son affichage.

Cela arriva à 00 h 17 précises. La page d'accueil s'afficha lentement et, sous le logo du journal londonien, trois mots apparurent. En caractères énormes. Parish laissa échapper un juron, s'en repentit aussitôt et appuya sur « imprimer ». Puis il fourra les pages imprimées dans la poche de son manteau et traversa la cour pour entrer dans le cottage par la porte de derrière. Et, chemin faisant, il repensa aux étranges instructions qu'il avait reçues de Vauxhall Cross. Une « solennité appropriée » semblait s'imposer, en effet. Mais en quels termes doit-on annoncer à quelqu'un qu'il est mort ?

38
Londres-le Kremlin

L'article resta en ligne pendant presque une heure sans que les autres médias répercutent l'information qu'il contenait. Puis un producteur du BBC World Service, alerté par un coup de téléphone d'un journaliste du *Telegraph*, reprit la nouvelle dans le bulletin de 1 heure du matin. Les journalistes des radios israéliennes étaient à l'écoute et, quelques minutes plus tard, les téléphones se mirent à sonner dans tout le pays, tirant les journalistes de leur lit. Ainsi que les membres, passés et présents, des très influents services de renseignements et de sécurité du pays. Officiellement, personne ne confirma la nouvelle ni ne la commenta. Officieusement, néanmoins, on laissa entendre que l'information était sans doute véridique. Le ministère des Affaires étrangères se contenta de faire savoir qu'il était en train de la vérifier. Le cabinet du Premier ministre publia un communiqué disant qu'il espérait qu'il s'agissait d'une erreur. Toutefois, tandis que les premiers rayons de soleil illuminaient Jérusalem ce matin-là, les radios passèrent toutes de la musique funèbre. Gabriel Allon — l'ange exterminateur israélien, le maître espion pressenti pour accéder à la tête du Bureau — était mort.

A Londres, en revanche, la nouvelle de la mort d'Allon souleva plus de controverses qu'elle ne fit couler de larmes. Il avait mené sur le sol britannique maintes opérations, parmi lesquelles certaines avaient été portées à la connaissance du public — tandis que d'autres étaient, heureusement, restées inconnues du plus grand nombre. On évoqua ses combats contre Zizi al-Bakari, le financier saoudien du terrorisme, ou contre Ivan Zharkov, le marchand d'armes préféré du Kremlin. On reparla de son sauvetage spectaculaire d'Elizabeth Halton, la fille de l'ambassadeur des Etats-Unis, sur le parvis de l'abbaye de Westminster, et du cauchemar de Covent Garden. Mais pourquoi avait-il suivi la voiture piégée jusqu'à Brompton Road ? Et pourquoi s'était-il précipité sur une Ford blanche coincée dans l'embouteillage de cette artère ? Travaillait-il de concert avec le MI6 ou avait-il pris lui-même l'initiative de venir à Londres ? Les services secrets israéliens, dont la réputation était sulfureuse, avaient-ils une part de responsabilité dans cette tragédie ? Les services de renseignements britanniques se refusèrent à tout commentaire, de même que la Metropolitan Police. Le Premier ministre Jonathan Lancaster, en visite dans une école d'un quartier défavorisé de l'est londonien, fit mine d'ignorer la question que lui posa un journaliste sur la mort d'Allon, et les médias britanniques y virent une preuve de la véracité de l'information. Le leader de l'opposition à la Chambre des communes demanda l'ouverture d'une enquête parlementaire, tandis que l'imam de la mosquée la plus radicale de Londres dissimulait à peine sa joie. Il qualifia la mort d'Allon de « cadeau d'Allah, longtemps attendu, au peuple palestinien et au monde islamique en général ». L'archevêque de Canterbury critiqua timidement cette déclaration comme étant « peu positive ».

Au restaurant et bar à huîtres Green's, un bar élégant du quartier de St. James, fréquenté par les marchands d'art, l'ambiance était carrément funèbre. Ils connaissaient Gabriel Allon non pas en tant qu'espion, mais comme l'un des plus habiles restaurateurs de tableaux de maître de sa génération — même si certains d'entre eux avaient involontairement trempé dans certaines de ses opérations, et si quelques autres avaient été ses complices consentants. Julian Isherwood, le marchand bien connu qui avait tant de fois recouru aux talents d'Allon, était inconsolable. Même le grassouillet Oliver Dimbleby, un galeriste libidineux de Bury Street que tout le monde croyait incapable de verser la moindre larme, fut aperçu en train de sangloter en sirotant un verre de montrachet prélevé en douce sur la bouteille de Roddy Hutchinson. Jeremy Crabbe, le directeur du Département des vieux maîtres chez Bonhams, vénérable maison de vente aux enchères londonienne, qualifia Allon de « grand restaurateur… L'un des plus grands, sans conteste ». Pour ne pas être en reste, Simon Mendenhall — le commissaire-priseur principal de Christie's — déclara que le monde de l'art venait de subir une « perte irréparable ». Simon ne s'était jamais trouvé en présence de Gabriel Allon et n'aurait sans doute pas pu le reconnaître s'il l'avait croisé dans la rue. Et pourtant il avait exprimé une incontestable vérité — ce qui lui arrivait rarement.

La tristesse fut grande, également, de l'autre côté de l'Atlantique, aux Etats-Unis. Un ex-président, pour le compte duquel Allon avait accompli plusieurs missions secrètes, déclara que l'agent israélien avait contribué de manière essentielle à empêcher un nouveau 11 Septembre sur le sol américain. Adrian Carter, l'indéboulonnable patron du National Clandestine Service de la CIA, dit, en faisant l'éloge du défunt, qu'il avait été « son partenaire, son ami et sans doute l'homme le plus courageux qu'il [lui] ait été donné de rencontrer ». Zoe Reed, une présentatrice de CNBC, bafouilla son texte, tant elle était émue, lorsqu'elle lut à l'antenne la dépêche d'agence annonçant la mort d'Allon. Sarah Bancroft, une conservatrice du musée d'Art moderne de New York, annula sans explication tous ses rendez-vous de la journée. Quelques heures plus tard, elle dit à sa secrétaire qu'elle se mettait en congé jusqu'à la fin de la semaine. Ceux qui assistèrent à son brusque départ du musée la décrivirent comme « égarée par le chagrin ».

Ce n'était pas un secret, Gabriel Allon avait toujours aimé l'Italie, et la plupart des Italiens le lui rendaient bien. Au Vatican, Sa Sainteté le pape Paul VII se retira dans sa chapelle privée lorsqu'il apprit la nouvelle, tandis que son puissant secrétaire privé, monsignor Luigi Donati, passa plusieurs appels urgents afin de déterminer si l'information était véridique. Il appela notamment le général Cesare Ferrari, chef de la célèbre Brigade de l'Art au sein du corps des carabiniers. Le général ne put ni confirmer ni infirmer la nouvelle. Pas plus que Francesco Tiepolo, le patron d'une importante société vénitienne de restauration d'œuvres d'art, qui avait secrètement recouru à Allon pour restaurer plusieurs des plus beaux retables de la cité des Doges. L'épouse d'Allon était d'ailleurs originaire du ghetto de Venise, et son beau-père n'était autre que le grand rabbin de la petite communauté juive locale. Donati appela à plusieurs reprises le rabbin, au bureau et à son domicile. Mais le rabbin ne prit pas ses appels, laissant ainsi le secrétaire privé du pape présumer le pire.

Dans d'autres pays du monde, cependant, les réactions au décès d'Allon furent tout autres — spécialement dans un complexe d'immeubles bien gardés, situé dans le faubourg moscovite de Iassenevo. Ce complexe avait autrefois abrité le quartier général de la Première Direction principale du KGB. A présent, le SVR y avait remplacé le KGB. Même ainsi, la plupart de ceux qui y travaillaient l'appelaient encore par son ancien nom : le Centre moscovite.

Dans la plupart des bureaux du complexe, la vie suivit son cours habituel, ce jour-là. Mais tel n'était pas le cas dans le bureau du colonel Alexeï Rozanov, au deuxième étage. Il était arrivé à Iassenevo à 3 heures du matin, en pleine tempête de neige, et avait passé le reste de la matinée à échanger des messages tendus avec le *rezident* du SVR à Londres, son proche ami Dimitri Oulyanine. Ces messages étaient protégés par le plus récent logiciel de cryptage du SVR et transmis par le lien le plus sécurisé du service. Néanmoins, comme on n'est jamais trop prudent, Rozanov et Oulyanine évoquèrent le sujet comme s'il s'agissait d'un banal problème de demande de visa formulée par un homme d'affaires britannique. A

13 heures, Oulyanine et ses collègues de la pléthorique *rezidentura* de Londres en avaient appris assez pour être convaincus que l'information du *Telegraph* était exacte. Pourtant Rozanov, qui était d'un naturel cynique, demeura sceptique. Finalement, à 14 heures, il décrocha le combiné de son téléphone sécurisé et appela Oulyanine sur sa ligne directe. Oulyanine lui annonça d'encourageantes nouvelles.

— Il y a une heure, nous avons vu le vieux quitter le grand immeuble sur la Tamise.

Ce grand immeuble était le quartier général du MI6, et le « vieux » n'était autre que Ari Shamron. Des agents de terrain de la *rezidentura* de Londres suivaient Shamron par intermittence depuis son arrivé au Royaume-Uni.

— Pour aller où ? demanda Rozanov.

— Il s'est rendu à Heathrow et a pris un vol El Al pour Ben-Gourion. Et ce vol a été retardé de plusieurs minutes…

— Pourquoi ?

— Il semble que l'équipe au sol ait dû charger un colis supplémentaire dans la soute à bagages.

— Quel genre de colis ?

— Un cercueil.

Alexeï Rozanov resta silencieux pendant dix longues secondes, laissant grésiller la ligne sécurisée.

— Vous êtes sûr que c'était un cercueil ? finit-il par demander.

— Alexeï, je vous en prie…

— C'était peut-être un juif britannique qui souhaitait être enterré en Terre promise…

— Non, dit Oulyanine. Le vieux était au garde-à-vous sur le tarmac pendant qu'on chargeait le cercueil dans l'avion.

Rozanov coupa la communication et hésita un instant avant de composer le numéro le plus important de toutes les Russies. Une voix masculine lui répondit. Rozanov la reconnut aussitôt. Au Kremlin, cet homme n'était connu que sous son surnom : le « Portier ».

— Il faut que je voie le patron, dit Rozanov.

— Le patron est occupé tout l'après-midi.

— C'est important.

— Nos relations avec l'Allemagne le sont aussi.

Rozanov jura tout bas. Il avait oublié que la chancelière allemande était en visite officielle à Moscou.

— Je n'en ai que pour quelques minutes, assura-t-il.

— Il y aura une courte pause entre la dernière réunion et le dîner. Je vais peut-être pouvoir vous caser à ce moment-là.

— Dites-lui que j'ai de bonnes nouvelles.

— Il vaut mieux, dit le Portier, parce que la chancelière lui en a fait voir des vertes et des pas mûres au sujet de l'Ukraine.

— A quelle heure puis-je le voir ?

— 17 heures, dit le Portier avant de raccrocher.

Alexeï Rozanov regarda la neige tomber sur les jardins de Iassenevo. Puis il songea à ce cercueil, qu'on avait chargé sur un avion de ligne israélien à l'aéroport de Heathrow sous les yeux d'un vieillard au garde-à-vous. Et, pour la première fois depuis près d'un an, il sourit.

En fait, cela faisait dix mois, jour pour jour. Dix mois s'étaient écoulés depuis qu'Alexeï avait appris que son vieil ami et collègue Pavel Zhirov avait été retrouvé mort dans un bois de bouleaux dans l'oblast de Tver, le corps complètement gelé, avec deux balles dans la tête. Dix mois s'étaient écoulés depuis qu'il avait été convoqué au Kremlin pour un entretien avec le président de la Fédération de Russie lui-même. Le Patron avait confié à Rozanov la mission de venger son ami. Une série d'assassinats bâclés n'y suffiraient pas. Le Patron souhaitait châtier ses ennemis de manière à semer la discorde dans leurs rangs et à les faire réfléchir à deux fois, désormais, avant de se mêler des affaires de la Russie. Plus que tout, le Patron voulait être certain que Gabriel Allon ne vive pas assez vieux pour prendre les rênes du service de renseignements israélien. Le Patron avait de grands projets. Il voulait à tout prix restaurer la gloire perdue de l'Empire. Et Gabriel Allon, cet agent secret d'un pays minuscule, était l'un de ses adversaires les plus acharnés.

Rozanov avait longuement et mûrement réfléchi à son plan d'action. Il l'avait élaboré méticuleusement. Il avait patiemment assemblé les pièces du puzzle. Puis, avec la bénédiction du président de la Fédération de Russie, il avait ordonné l'assassinat qui avait mis en branle toute l'opération. Graham Seymour, le patron du MI6, avait réagi comme Rozanov l'avait prévu. Ainsi qu'Allon. A présent, le corps de celui-ci se trouvait dans la soute d'un avion de ligne qui se dirigeait vers l'aéroport Ben-Gourion. Rozanov imagina qu'il serait enterré au mont des Oliviers, à côté de la tombe de son fils. Il ne s'en souciait guère, en fait. Ce qui lui importait, c'était qu'Allon n'était plus au nombre des vivants.

Il ouvrit le tiroir inférieur de son bureau. Il contenait une bouteille, un verre et un paquet de Dunhill, des cigarettes auxquelles il avait pris goût quand il travaillait à Londres avant l'effondrement de l'Union soviétique — la Grande Catastrophe, comme l'appelait Rozanov. Il n'avait pas touché une goutte d'alcool, ni fumé la moindre cigarette, depuis dix mois. A présent, il se versa une généreuse dose de vodka et ouvrit le paquet de Dunhill, dans lequel il piocha une cigarette. Il hésita encore un instant avant de l'allumer. Il tendit la main vers le téléphone, se ravisa et inséra plutôt un DVD dans son ordinateur. Le disque ronronna un peu avant que Brompton Road n'apparaisse à l'écran. Il visionna la vidéo du début jusqu'à la fin. Il vit l'homme foncer tête baissée vers la petite voiture blanche. Lorsque l'image devint noire, Alexeï Rozanov sourit une deuxième fois.

— L'imbécile, dit-il tout bas.

Et il craqua une allumette.

***

A 16 heures, Rozanov monta dans la voiture qu'il avait commandée au garage du Centre moscovite. Comme il roulait en sens inverse des salariés qui sortaient du travail, il évita les encombrements cauchemardesques de Moscou et ne mit qu'une quarantaine de minutes à atteindre la tour Borovitskaïa du Kremlin. Il pénétra dans le grand palais présidentiel et fut accueilli par un conseiller qui l'accompagna à l'étage, jusqu'au bureau du président. Le Portier était assis à sa table de travail, dans le vestibule. Son expression sévère était identique à celle qu'arborait le plus souvent son maître.

— Vous êtes en avance, Alexeï, dit-il.

— Ça vaut mieux que d'arriver en retard.

— Prenez donc un siège.

Rozanov s'assit. L'heure du rendez-vous vint et passa. A 18 heures, toujours rien. Enfin, à 18 h 30, le Portier vint le chercher.

— Il vous accorde deux minutes.

— C'est tout ce dont j'ai besoin.

Le Portier conduisit Rozanov dans un couloir au sol de marbre jusqu'à une lourde porte à double battant, ornée de dorures. Un garde ouvrit l'un des battants et Rozanov entra seul dans le bureau. C'était une vaste pièce, plongée dans la pénombre. Seule la table de travail à laquelle était assis le Patron était éclairée. Il était en train de feuilleter des documents et continua de le faire longtemps après l'entrée de Rozanov dans le bureau. L'homme du SVR resta debout, sans prononcer un mot, les mains jointes sur ses parties génitales comme pour les protéger.

— Eh bien ? finit par demander le Patron. C'est vrai ou c'est faux ?

— Le *rezident* de Londres dit que c'est vrai.

— Ce n'est pas au *rezident* de Londres que je pose la question. C'est à vous.

— C'est vrai, monsieur.

Le Patron leva les yeux.

— Vous en êtes certain ? demanda-t-il.

Rozanov hocha la tête.

— Dites-le, Alexeï, lui intima le Patron.

— Il est mort, monsieur.

Le Patron se replongea dans ses documents.

— Rappelez-moi combien nous devons à l'Irlandais.

— En vertu de nos accords, dit Rozanov, il devait recevoir dix millions au terme de la première phase de l'opération, et dix autres après la seconde.

— Où se trouve-t-il à l'heure actuelle ?

— Dans une maison sécurisée du SVR.

— Dites-moi *où*, Alexeï.

— Budapest.

— Et la femme ?

— Elle est ici, à Moscou, répondit Rozanov. Elle attend l'ordre de son départ.

Il s'ensuivit un silence semblable au silence nocturne d'un cimetière. Rozanov se sentit soulagé lorsque le Patron parla enfin.

— J'aimerais apporter un léger changement, dit-il.

— Lequel ?

— Dites à l'Irlandais qu'il recevra les vingt millions d'un coup, après avoir achevé les *deux* phases de l'opération.

— Cela pourrait poser un problème.

— Non, il n'y aura pas de problème.

Le Patron fit glisser l'un des dossiers qui étaient posés sur son imposant bureau. Rozanov l'ouvrit et y jeta un coup d'œil. *La mort résout tous les problèmes,* se dit-il. *Pas d'homme, pas de problème*[1].

1. Cette phrase est généralement attribuée à Staline. (NdT)

39
Londres-Vienne

Mais Gabriel Allon n'était pas mort, bien sûr. En fait, à l'instant même où Alexeï Rozanov arrivait au Kremlin, Gabriel montait à bord d'un vol de la British Airways à Heathrow. Ses cheveux étaient teints en gris, ses yeux n'étaient plus verts. Dans la poche de sa veste se trouvaient un passeport et plusieurs cartes de crédit au même nom — un cadeau que Graham Seymour lui avait fait avec l'approbation du Premier ministre lui-même. Son siège était en première classe, troisième rangée, côté fenêtre. Quand il s'y assit, une hôtesse de l'air vint lui offrir un verre et lui présenter des journaux. Il choisit le *Telegraph* et y lut sa propre nécrologie tandis que les banlieues de brique rouge s'estompaient derrière lui.

Le vol de Londres à Vienne dura deux heures. Gabriel fit semblant de lire puis de dormir. Il mangea quelques bouchées des aliments sous cellophane qui composaient son plateau-repas. Il découragea les tentatives d'engager la conversation que hasarda son voisin de siège : les personnes décédées ne bavardent pas à bord d'un avion. Pas plus qu'elles ne s'embarrassent de téléphones portables. Lorsque l'avion atterrit sur une piste de l'aéroport de Schwechat, il fut l'unique passager de première classe à ne pas sortir automatiquement un téléphone portable de sa poche. *C'est vrai,* se dit-il en récupérant son sac de voyage dans le casier au-dessus de sa tête, *la mort a ses avantages.*

Une fois dans l'aéroport, il suivit les panneaux menant au contrôle des passeports, faisant de brèves pauses comme pour prendre ses marques, alors même qu'il aurait pu trouver son chemin les yeux fermés. Le regard du jeune agent de la police des frontières s'attarda sur le visage de Gabriel un peu trop longtemps.

— Monsieur Stewart ? fit-il en ouvrant le passeport.

— Oui, répondit Gabriel avec un accent neutre.

— C'est votre premier voyage en Autriche ?

— Non.

Le policier feuilleta les pages du passeport et y trouva les preuves des visites précédentes.

— Qu'est-ce qui vous amène en Autriche, cette fois ? demanda-t-il.

— La musique.

L'Autrichien tamponna le passeport et le lui rendit sans faire de commentaire. Gabriel traversa le hall des arrivées, où Christopher Keller faisait le pied de grue près d'un bureau de change. Il suivit Gabriel dans le parking de courte durée. Une voiture y avait été laissée à leur usage : une Audi A6 gris ardoise.

— C'est quand même mieux qu'une Skoda, commenta Keller.

Gabriel dénicha sans mal la clé, dissimulée au-dessus de la roue arrière gauche. Puis il vérifia qu'aucune bombe n'avait été placée sous le bas de caisse. Il déverrouilla les portières, jeta son sac sur la banquette arrière et s'installa au volant.

— Il vaudrait peut-être mieux que ce soit moi qui conduise, dit Keller.

— Non, dit Gabriel en démarrant le moteur.

Ils étaient sur son territoire, cette fois.

*
* *

Gabriel n'avait pas besoin de plan de la ville ni de GPS. Sa mémoire suffisait à le guider. Il suivit l'Ost Autobahn jusqu'au Danaukanal avant de se diriger vers l'ouest, traversant les grands ensembles de la Lanstraße, et d'atteindre les abords du Stadtpark. L'hôtel InterContinental se dressait dans la Johannestraße, sur le côté sud du parc. Il y avait un nombre inhabituel de policiers en uniforme dans les rues avoisinantes et d'autres étaient postés dans l'allée de l'hôtel.

— Les pourparlers sur le nucléaire iranien, expliqua le voiturier de l'établissement.

Gabriel sortit du véhicule et récupéra son sac de voyage sur la banquette arrière.

— Quelle est la délégation qui séjourne ici ? demanda-t-il au voiturier.

Mais celui-ci ne répondit pas, se contentant de dire avec un sourire forcé :

— Bon séjour, Herr Stewart.

Le hall de l'hôtel grouillait de policiers, en uniforme et en civil. Gabriel y repéra aussi quelques gros bras sans cravate, qui ressemblaient fort à des agents de sécurité iraniens. Gabriel et Keller passèrent devant eux en allant à la réception, où on leur remit les clés de leurs chambres, et prirent l'ascenseur pour monter au troisième étage. Keller s'était vu attribuer la 428 et Gabriel la 409. Il passa sa carte clé magnétique dans la serrure électronique et hésita brièvement avant de tourner la poignée. A l'intérieur, une radio, posée sur la table de nuit, diffusait du Mozart. Il l'éteignit et fouilla méthodiquement la chambre avant d'accrocher ses vêtements dans la penderie. Puis il décrocha le téléphone et composa le numéro de la réception.

— Je voudrais appeler la chambre de Feliks Adler, s'il vous plaît, dit-il.

— Tout de suite.

Deux sonneries retentirent avant qu'Eli Lavon ne décroche.

— Dans quelle chambre êtes-vous, Herr Adler ? demanda Gabriel.

— La 712.

Gabriel raccrocha, sortit de sa chambre et reprit l'ascenseur pour monter au sixième étage.

40
Hôtel InterContinental, Vienne

Eli Lavon lui ouvrit la porte de sa chambre et le pressa d'entrer. Lavon n'était pas seul dans la pièce. Yaakov Rossman était posté près de la fenêtre, épiant les alentours de l'hôtel. Mikhail Abramov était allongé sur le grand lit, les yeux rivés sur un match de football entre deux équipes anglaises de première division. Aucun des deux hommes ne parut particulièrement surpris de voir que Gabriel était encore vivant, surtout pas Mikhail — Mikhail avait déjà dû lui-même mourir deux ou trois fois.

— J'ai de bonnes nouvelles du pays, dit Lavon. Ta dépouille funèbre a atterri à Tel-Aviv. A l'heure qu'il est, elle est en route pour Jérusalem.

— On va jouer cette comédie jusqu'à quand ? demanda Gabriel.

— Jusqu'à ce que les Russes soient certains de ta mort.

— Et ma femme ?

— Elle éprouve un chagrin inconsolable, bien sûr, mais elle est entourée d'amis…

Gabriel prit la télécommande des mains de Mikhail et alla d'une chaîne d'informations à l'autre. Apparemment, son quart d'heure de célébrité était terminé, car même la BBC était passée à d'autres sujets. Il laissa un moment CNN, chaîne sur laquelle on voyait un journaliste faire le pied de grue devant le siège de l'Agence internationale de l'énergie atomique (AIEA), où se déroulaient les négociations entre les Etats-Unis, ses alliés européens et la République islamique d'Iran. Au grand dam d'Israël et des pays arabes sunnites du Proche-Orient, les parties semblaient tout près de parvenir à un accord qui, en légitimant le programme nucléaire civil de l'Iran, ferait à terme de ce pays une puissance nucléaire militaire potentielle.

— Ta mort ne pouvait pas survenir à un plus mauvais moment, dit Lavon.

— J'ai fait de mon mieux pour éviter d'en arriver là, dit Gabriel en désignant le téléviseur.

Son regard alla d'un occupant de la chambre à l'autre avant qu'il n'ajoute :

— Comme nous tous.

— C'est vrai, acquiesça Lavon. Mais les Iraniens aussi ont fait de leur mieux.

Gabriel se remit à regarder le téléviseur.

— Notre ami est là ? demanda-t-il.

Lavon hocha la tête.

— Il ne siège pas à la table des négociations, mais il fait partie de l'équipe des conseillers iraniens.

— Avons-nous été en contact avec lui depuis qu'il est arrivé à Vienne ?

— C'est à son officier traitant qu'il faut demander ça…

Gabriel se tourna vers Yaakov Rossman, qui faisait toujours le guet à la fenêtre. Son visage était grêlé et ses cheveux noirs étaient coupés court. Yaakov avait passé le gros de sa carrière à traiter des agents doubles dans certains des endroits les plus dangereux du monde : la Cisjordanie, la bande de Gaza, le Liban, la Syrie et, depuis peu, l'Iran. Il leur mentait systématiquement et savait qu'ils lui mentaient aussi, parfois. Certains mensonges pouvaient être considérés comme acceptables, mais pas celui que son précieux informateur iranien venait de lui transmettre. Ce mensonge faisait partie d'un complot dont le but était l'assassinat du futur patron du service auquel appartenait Yaakov. Et pour cela, l'Iranien méritait d'être puni. Pas tout de suite, cependant. On allait d'abord lui laisser une chance d'expier ses péchés.

— Je le rencontrais discrètement en ville, chaque fois que les deux parties étaient en train de négocier, expliqua Yaakov. Les Américains ne sont pas toujours très communicatifs, dans les rapports qu'ils nous adressent, sur ce qu'il se passe vraiment à la table des négociations. C'est Reza qui comble nos lacunes.

— Il ne sera donc pas surpris que tu l'appelles ?

— Pas du tout. En fait, il doit se demander pourquoi je ne l'ai pas encore contacté.

— Il doit penser que tu es en pleine *shiv'ah*, à Jérusalem, pour honorer ma mémoire.

— Espérons.

— Où est sa famille ?

— Elle a franchi la frontière il y a deux heures.

— Pas de problèmes ?

Yaakov secoua la tête.

— Et Reza n'est pas au courant ?

Yaakov sourit.

— Non, pas encore, répondit-il.

Il se remit à surveiller la rue. Gabriel se tourna vers Lavon et lui demanda :

— Dans quelle chambre est-il ?

Du menton, Lavon désigna le mur.

— Comment avez-vous fait pour trouver une chambre voisine de la sienne ? s'enquit Gabriel.

— Nous avons piraté le système informatique de l'hôtel pour obtenir son numéro de chambre.

— Vous y êtes entrés ?

— Chaque fois que ça nous a chanté.

Les petits génies du Département de la technologie avaient mis au point une carte clé magnétique permettant d'ouvrir toutes les serrures électroniques de chambres d'hôtel du monde. Le premier passage de la carte déchiffrait le code. Le deuxième déverrouillait la porte.

— Et nous avons laissé un petit gadget derrière nous, dit Eli.

Il tendit le bras et augmenta le volume du haut-parleur

de son ordinateur portable. La radio de la table de chevet de la chambre voisine diffusait un concerto de Bach.

— Quelle portée ? demanda Gabriel.

— Limitée à sa chambre. On n'a pas pris la peine de mettre le téléphone sur écoute. Il ne s'en sert jamais pour appeler à l'extérieur de l'hôtel.

— Rien d'inhabituel ?

— Il parle dans son sommeil, et il boit en cachette. A part ça, rien à signaler.

Lavon baissa le volume de l'ordinateur. Gabriel dirigea son regard vers l'écran du téléviseur. Cette fois, il y vit un journaliste qui se tenait sur un balcon surplombant la Vieille Ville de Jérusalem.

— Il paraît qu'il allait être père, dit Mikhail d'un ton funèbre.

— Ah bon ? fit Gabriel.

— Et sa femme attend des jumeaux, à ce qu'on dit.

— Sans blague !

Mikhail bâilla et remit son match de football. Gabriel retourna dans sa chambre et attendit que le téléphone sonne.

Le siège de l'Agence internationale de l'énergie atomique était situé sur l'autre rive du Danube, dans un quartier de Vienne qu'on désignait du nom de « Cité internationale ». Les pourparlers entre les Américains et les Iraniens s'y poursuivirent jusqu'à 20 heures, heure à laquelle les deux parties décidèrent d'un commun accord — chose rare — de suspendre les négociations pour la nuit. La chef de la délégation américaine fit une brève apparition devant les journalistes pour déclarer que des progrès avaient été accomplis. Son homologue iranien se montra moins optimiste. Il marmonna quelques mots pour déplorer l'intransigeance américaine et s'empressa de monter à bord de sa limousine officielle.

Il était 20 h 30 lorsque le convoi de voitures iraniennes arriva à l'hôtel InterContinental. La délégation traversa le hall, placé sous haute surveillance de la police, et ses membres s'engouffrèrent dans plusieurs ascenseurs qui avaient été réservés à leur seul usage, au grand mécontentement des autres clients de l'établissement. Reza Nazari, un agent chevronné du VEVAK qui se faisait passer pour un diplomate, était le seul membre de la délégation à séjourner au sixième étage. Il parcourut le couloir désert pour arriver à la chambre 710, inséra sa carte magnétique dans la fente, et entra dans la pièce. Le son de la porte se refermant derrière lui fut entendu dans la pièce voisine, où un seul homme était resté : Yaakov Rossman. Grâce à un micro caché sous le lit de l'Iranien, Yaakov entendit aussi d'autres bruits. Un manteau qu'on jette sur une chaise, des chaussures qui atterrissent sur le sol, un appel au garçon d'étage, une chasse d'eau qu'on tire… Yaakov baissa le volume de l'ordinateur portable, décrocha le téléphone de la chambre et composa un numéro. Au bout de deux sonneries, il entendit la voix de Reza Nazari. Yaakov lui expliqua en anglais ce qu'il voulait.

— Ce n'est pas possible, mon ami, dit Nazari. Pas ce soir.

— Tout est possible, Reza. Surtout ce soir…

L'Iranien hésita avant de demander :

— Quand ?

— Dans cinq minutes.

— Où ?

Yaakov donna ses instructions à Nazari, raccrocha et augmenta le volume de l'ordinateur. Il l'entendit annuler sa commande au service de chambre, remettre ses chaussures et son manteau. Il entendit ensuite une porte se fermer et des bruits de pas dans le couloir. Yaakov décrocha une nouvelle fois le téléphone et composa le numéro de la chambre 409. Au bout de deux sonneries, la voix d'un mort résonna dans le récepteur. Le mort parut content de ce que lui dit Yaakov. *Tout est possible,* songea Yaakov en raccrochant. *Surtout ce soir.*

*
* *

Trois étages au-dessous, Gabriel se leva de son lit et marcha tranquillement jusqu'à la fenêtre. Dans ses pensées, il calculait le temps qu'il faudrait à l'homme qui avait comploté sa mort pour apparaître sur le parvis abondamment éclairé de l'hôtel. Il ne lui fallut que quarante-cinq secondes pour passer la porte d'entrée. Vu d'en haut, il semblait inoffensif. Il n'était qu'une petite forme de vie se mouvant dans la nuit — un rien du tout. Il arriva au bord de la chaussée et attendit que passent quelques voitures avant de traverser la rue pour entrer dans le Stadtpark, un îlot d'obscurité au milieu d'une ville bien éclairée. Aucun membre de la délégation iranienne ne le suivait. Il n'y avait derrière lui qu'un petit homme coiffé d'un feutre impeccable, qui était descendu à l'InterContinental sous le nom de Feliks Adler.

Gabriel décrocha le téléphone et passa deux appels. L'un au client de la chambre 428, l'autre au voiturier pour demander qu'on lui amène sa voiture. Puis il glissa un Beretta entre sa taille et sa ceinture, enfila un blouson de cuir et se coiffa d'une casquette. Il l'enfonça le plus bas possible sur ce visage qui était apparu sur les écrans du monde entier tout au long de la journée. Il sortit de sa chambre et constata que le couloir était désert. Il descendit, seul dans l'ascenseur, au rez-de-chaussée. Il passa sans être remarqué des vigiles et des policiers qui gardaient le hall, et sortit dans la nuit glaciale. L'Audi l'attendait dans l'allée. Keller était déjà au volant. Gabriel le guida jusqu'à la lisière orientale du Stadtpark. Ils attendirent le long du trottoir, dans la voiture, le moteur tournant au ralenti. Reza Nazari sortit du parc, le visage éclairé par un réverbère. Une Mercedes l'attendait, tous feux éteints, avec deux hommes à son bord. Nazari monta à l'arrière, la Mercedes démarra immédiatement et se mit à rouler à vive allure. L'Iranien ne le savait pas encore, mais il venait de commettre la plus grosse erreur de sa vie.

Gabriel regarda les feux arrière de la Mercedes s'estomper dans cette élégante rue de Vienne. Puis il vit Herr Adler émerger à son tour du parc. Herr Adler ôta son chapeau, pour signaler que l'Iranien n'était pas suivi, et tourna aussitôt les talons pour retourner à l'hôtel. Herr Adler avait demandé et obtenu la permission de ne pas prendre part aux festivités prévues pour la soirée. La brutalité, ce n'était pas son truc, à Herr Adler.

41
Basse-Autriche

— Où allons-nous ?

— Quelque part où on sera tranquilles.

— Je ne peux pas m'éloigner de l'hôtel trop longtemps.

— Ne vous en faites pas, Reza, cette Mercedes ne va pas se transformer en citrouille, ce soir.

Yaakov regarda longuement par-dessus son épaule. Vienne n'était plus qu'une tache de lumière jaune à l'horizon. Devant eux s'étendait le paysage vallonné de la Basse-Autriche, avec ses champs et ses vignobles. Mikhail roulait à quelques kilomètres à l'heure de plus que la limitation de vitesse. Il tenait le volant d'une main et de l'autre il tapotait nerveusement sur le levier de changement de vitesse. Cela semblait agacer Reza Nazari.

— Comment se nomme votre ami ? demanda-t-il à Yaakov.

— Vous pouvez l'appeler Isaac.

— Le fils d'Abraham ? dit Nazari en se référant au récit biblique. Pauvre gosse. Heureusement que l'ange de Dieu est apparu. Sinon…

Sa voix se perdit dans un murmure. Il fixa les champs obscurs au travers de sa vitre.

— Pourquoi ne nous voyons-nous pas à l'endroit habituel ? demanda-t-il.

— Changement de décor.

— Pourquoi ?

— Vous avez appris la nouvelle ?

— Allon ?

Yaakov hocha la tête.

— Toutes mes condoléances, dit l'Iranien.

— Epargnez-moi vos larmes de crocodile, Reza.

— Il allait être nommé à la tête du Bureau, si je ne me trompe…

— C'était la rumeur, en effet.

— Je suppose qu'Uzi va conserver son poste, maintenant. C'est un homme compétent, mais ce n'est pas Gabriel Allon. Uzi s'est attribué tout le mérite du sabotage de nos usines d'enrichissement d'uranium, mais tout le monde sait que c'est Allon qui a introduit ces centrifugeuses défaillantes dans notre chaîne logistique.

— Quelles centrifugeuses ? demanda Yaakov.

Reza Nazari sourit. Son sourire était professionnel, prudent, discret. Les yeux très bruns de ce petit homme fluet étaient profondément enfoncés dans leurs orbites, sa courte barbe était soigneusement taillée. C'était un homme de bureau plutôt que de terrain. Il était d'un tempérament modéré — c'est du moins comme cela qu'il s'était présenté lors de son approche initiale du Bureau deux ans auparavant, à l'occasion d'une visite de travail à Istanbul. Il avait justifié sa démarche, à l'époque, en prétendant qu'il voulait éviter une autre guerre désastreuse à son pays et qu'il souhaitait servir de passerelle entre le Bureau et les pragmatiques comme lui au sein du VEVAK. Cette passerelle s'était révélée coûteuse : Nazari avait monnayé ses indiscrétions plus d'un million de dollars — une somme colossale à l'échelle du budget du Bureau. En échange, il avait fourni à celui-ci une série d'informations de première importance, qui avaient donné aux politiciens et militaires israéliens une vision inédite des intentions iraniennes à l'égard d'Israël. Nazari était un informateur si précieux que le Bureau avait préparé un refuge pour sa famille, au cas où sa trahison serait un jour découverte. A l'insu de Nazari, la procédure de fuite de sa famille avait été activée un peu plus tôt dans la journée.

— Nous étions plus près de réussir à fabriquer une bombe atomique que vous ne le pensiez, dit Nazari. Si Allon n'avait pas saboté ces usines d'enrichissement, nous l'aurions produite en moins d'un an. Mais nous les avons reconstruites, et nous en avons construit quelques autres… Et maintenant…

— Vous êtes tout près d'y parvenir à nouveau.

Nazari hocha la tête.

— Mais ça ne semble pas troubler outre mesure vos amis américains. Le président tient absolument à ce qu'un accord soit conclu avec nous. Comme on dit aux Etats-Unis, son second mandat est celui de la postérité.

— Le Bureau ne se soucie pas de la postérité du président américain, dit Yaakov.

— Mais vous partagez avec lui cette conclusion : un Iran doté de l'arme nucléaire est inévitable. Uzi n'est pas un va-t-en-guerre. Avec Allon, cela aurait été autre chose… Il aurait tout fait pour nous empêcher de menacer Israël. Il aurait encouragé l'aviation israélienne à nous bombarder…

L'Iranien secoua lentement la tête avant d'ajouter :

— On se demande bien pourquoi il suivait cette voiture piégée, à Londres.

— Oui, dit Yaakov. On se demande bien pourquoi…

La Mercedes passa devant un panneau indiquant que la frontière tchèque était distante de quarante-deux kilomètres. Nazari consulta sa montre.

— Pourquoi ne nous sommes-nous pas rencontrés à l'endroit habituel ?

— Nous avons une petite surprise pour vous, Reza.

— Quel genre ?

— Quelque chose qui témoigne de notre reconnaissance pour tout ce que vous avez fait pour nous.

— C'est encore loin ?

— Non.

— Il faut que je sois rentré à l'hôtel à minuit au plus tard.

— Ne vous en faites pas, Reza. Il n'y aura pas de carrosse qui se transforme en citrouille, ce soir.

Yaakov Rossman avait été d'une entière franchise sur deux points importants. Il réservait en effet une surprise à son précieux informateur et ils n'étaient pas loin de leur destination. C'était une villa située à cinq kilomètres à l'ouest de Eibesthal, un bourg pittoresque et coquet, entouré de vignobles et de champs labourés. La façade de la villa était d'un bel ocre à l'italienne. Les boiseries de ses fenêtres étaient blanches. Elle paraissait rassurante en tout, sauf pour son isolement : plus d'un kilomètre la séparait de la maison voisine la plus proche. Personne n'entendrait un appel au secours ou un hurlement de douleur. La détonation d'un pistolet, même dénué de silencieux, se perdrait dans les vallons environnants.

La villa était située à une cinquantaine de mètres de la route. On y accédait par une allée non goudronnée bordée de pins. Une Audi A6 était garée devant la maison. Son capot était encore chaud, son moteur émettait de petits bruits. Mikhail se gara juste à côté de l'Audi, coupa le moteur et éteignit ses feux. Yaakov se tourna vers Nazari, lui sourit comme pour lui souhaiter la bienvenue et lui dit :

— J'espère que vous n'avez rien apporté de dangereux, ce soir, Reza.

— Quoi, par exemple ?

— Un pistolet, par exemple…

— Non, je n'ai pas de pistolet, mais j'ai une ceinture d'explosifs, plaisanta Reza.

Le sourire s'effaça des lèvres de Yaakov.

— Ouvrez votre manteau, ordonna-t-il.

— Ça fait combien de temps que nous travaillons ensemble ?

— Deux ans, répondit Yaakov. Mais, ce soir, c'est différent.

— Pourquoi ?

— Vous le saurez dans une minute.

— Qui est là ? demanda Nazari d'une voix inquiète.

— Ouvrez votre manteau, Reza.

L'Iranien obtempéra. Yaakov le fouilla rapidement

mais méthodiquement. Il ne trouva qu'un portefeuille, un téléphone portable, un paquet de cigarettes françaises, un briquet et la clé magnétique de sa chambre à l'InterContinental. Il fourra le tout dans le vide-poches de sa portière et hocha la tête en fixant le rétroviseur. Mikhail sortit de la Mercedes et ouvrit la portière de Nazari. La lumière se fit dans l'habitacle et Yaakov discerna dans le regard de l'Iranien un peu plus que de l'appréhension.

— Il y a un problème, Reza ? demanda Yaakov.

— Vous êtes israélien, je suis iranien. De quoi pourrais-je avoir peur ? dit-il d'un ton ironique.

— Vous êtes notre informateur le plus précieux, Reza. Un jour, quelqu'un écrira un livre sur vous.

— J'espère seulement qu'il sera publié longtemps après ma mort.

Nazari sortit de la voiture et se mit à marcher avec Mikhail vers l'entrée de la villa. Il n'y avait que vingt pas à parcourir, mais cela suffit à Yaakov pour s'extraire à son tour de la Mercedes et sortir son pistolet de son holster de hanche. Il le fourra dans la poche de son manteau et arriva à la porte de la villa juste derrière son informateur. Elle s'ouvrit lorsque Mikhail la poussa doucement. Nazari hésita mais, pressé par Yaakov, il se résolut à suivre Mikhail à l'intérieur.

L'entrée était plongée dans la pénombre, mais une lumière brillait au-delà et une odeur de bois brûlé flottait dans l'air. Mikhail précéda Yaakov et Nazari dans le salon, où un beau feu se consumait dans l'âtre. Gabriel et Keller se tenaient debout devant la cheminée, tournant le dos aux nouveaux arrivants et comme perdus dans leurs pensées. En voyant les deux hommes, Nazari se figea sur place avant d'avoir un mouvement de recul. Yaakov lui saisit un bras et Mikhail saisit l'autre. Ensemble, ils soulevèrent Nazari légèrement, juste assez pour que ses pieds ne touchent plus le plancher nu.

Gabriel et Keller échangèrent un regard et sourirent en silence, comme s'ils partageaient une plaisanterie connue d'eux seuls. Puis Gabriel se retourna lentement, comme s'il n'avait pas perçu jusque-là ce qui se passait derrière lui. Nazari se tortillait comme un poisson hameçonné, les yeux écarquillés par la terreur. Gabriel l'observa calmement un instant, la tête légèrement penchée de côté, une main sur le menton.

— Il y a un problème, Reza ? finit-il par demander.

— Vous êtes…

— Mort ?

Gabriel sourit.

— Désolé, Reza, dit-il, mais, visiblement, vous avez raté votre coup.

Sur la table basse était posé un pistolet Glock 45 — une arme de destruction massive. Gabriel tendit la main vers le pistolet, le prit par la crosse, le soupesa un instant. Il offrit l'arme à Keller, qui la refusa d'un geste défensif, comme si on lui tendait un charbon ardent tiré du feu. Puis Gabriel s'approcha lentement de Nazari et s'arrêta à un mètre de lui. Le pistolet était dans la main droite de Gabriel. Il brandit la main gauche avec la rapidité d'un serpent et saisit Nazari à la gorge. Le visage de l'Iranien vira aussitôt au violet.

— Vous souhaitez me dire quelque chose ? demanda Gabriel.

— Je suis désolé, souffla l'Iranien.

— Pas autant que moi, Reza. Mais j'ai bien peur qu'il ne soit trop tard pour les regrets.

Gabriel resserra son étreinte jusqu'à ce qu'il sente que le cartilage commençait à craquer sous ses doigts. Puis il colla le canon du pistolet contre le front de Nazari et appuya sur la détente. Lorsque la détonation retentit dans la pièce, Keller se tourna et contempla le feu.

C'est personnel, songeait-il. *Et quand c'est personnel, on fait rarement dans la dentelle.*

42
Basse-Autriche

La douille de calibre 45 que Gabriel avait tirée ne contenait pas de projectile, mais sa charge de poudre suffit à produire une détonation assourdissante et une flamme qui laissa une petite brûlure ronde au centre du front de Nazari, comme la marque de prière d'un pieux musulman. Elle suffit également à faire chuter Nazari au sol. Pendant plusieurs secondes, il ne fit pas le moindre mouvement et parut avoir cessé de respirer. Puis Yaakov s'agenouilla à ses côtés et le gifla violemment du revers de la main, ce qui lui fit aussitôt reprendre connaissance.

— Salaud, haleta-t-il. Enculé…

— Faites attention à ce que vous dites, Reza. Sinon, la prochaine balle ne sera pas à blanc…

Il y a des hommes que la peur tétanise, et d'autres qui réagissent en simulant inutilement la bravoure. C'est ce que Reza Nazari choisit de faire. Peut-être parce qu'il avait été entraîné à réagir ainsi dans ce genre de situation, peut-être parce qu'il pensait n'avoir plus rien à perdre. Il décocha un coup de pied rageur mais imprécis, que Gabriel esquiva aisément, puis il saisit brusquement le mollet de Mikhail pour tenter de lui faire perdre l'équilibre. Un coup brutal sous les omoplates suffit à contenir cet assaut désespéré. Puis Mikhail s'écarta pour laisser Yaakov finir le boulot. Pendant deux ans, Yaakov avait choyé cet informateur, il l'avait flatté et lui avait versé d'exorbitantes sommes d'argent. Pendant deux affreuses minutes, il administra une raclée mémorable à Nazari pour le punir de ses péchés. Il évita cependant de frapper l'Iranien au visage. Il était essentiel que Nazari reste présentable.

Keller n'avait pas pris part à cette correction en règle. Pendant que les coups pleuvaient sur Nazari, il avait placé une chaise devant le feu. Nazari s'y laissa choir mollement et ne se débattit pas quand Yaakov et Mikhail lièrent son torse au dossier de la chaise avec de l'adhésif ultra-résistant. Puis ils attachèrent ses jambes aux pieds de la chaise pendant que Gabriel rechargeait tranquillement son Glock. Il montra chacune des balles à Nazari avant de les introduire dans le chargeur. Ce n'étaient pas des balles à blanc, cette fois. L'arme était chargée de balles mortelles.

— Le choix qui se présente à vous est très simple, dit Gabriel après avoir enfoncé le chargeur dans la crosse du Glock et l'avoir armé. Vous pouvez vivre… ou vous pouvez devenir un martyr.

Il plaqua l'extrémité du canon entre les deux yeux de Nazari avant de demander :

— Qu'est-ce que vous choisissez, Reza ?

L'Iranien fixa l'arme un instant avant de dire :

— Je préférerais vivre.

— Sage décision, dit Gabriel en abaissant l'arme. Mais, malheureusement, ce ne sera pas gratuit, Reza. Il faut payer le prix.

— C'est-à-dire ?

— D'abord, vous allez me dire comment vous et vos amis russes avez conspiré pour me tuer.

— Et ensuite ?

— Vous allez m'aider à les retrouver.

— Je ne vous le conseille pas, Allon.

— Pourquoi ?

— Parce que l'homme qui a ordonné votre assassinat est beaucoup trop important pour être tué.

— De qui s'agit-il, au juste ?

— A votre avis ?

— Le patron du SVR ?

— Ne dites pas de bêtises, dit Nazari d'un ton incrédule. Aucun chef du SVR n'aurait pu ordonner votre assassinat sans le feu vert du sommet. L'ordre est venu directement du Kremlin.

— Du président russe lui-même ?

— Bien sûr.

— Comment le savez-vous ?

— Faites-moi confiance, Allon, j'en suis certain.

— Au risque de vous surprendre, Reza, vous êtes la dernière personne au monde à mériter ma confiance, en ce moment.

— Je peux vous assurer, dit Nazari en fixant le pistolet, que c'est tout à fait réciproque.

Il demanda à être détaché et à être traité avec un minimum de dignité. Gabriel rejeta l'une et l'autre de ces demandes, mais, à sa prière, il consentit à ce que Yaakov lui apporte un peu d'eau. Celui-ci porta le verre aux lèvres de son informateur et le tint pendant qu'il buvait, puis il essuya les quelques gouttes qui étaient tombées sur sa veste. L'Iranien sembla trouver ce geste de bon augure.

— Puis-je avoir une cigarette ? demanda-t-il.

— Non, répondit Gabriel.

Nazari sourit.

— Ainsi, c'est donc vrai, dit-il. Le grand Gabriel Allon n'aime pas la fumée du tabac.

Sans cesser de sourire, Nazari se tourna vers Yaakov et ajouta :

— Mais ce n'est pas le cas de mon ami, ici présent. Je me souviens de notre première rencontre dans une chambre d'hôtel à Istanbul. J'ai cru que nous allions déclencher le détecteur de fumée… Quelle tabagie !

Cette remarque donna l'occasion à Gabriel de débuter son interrogatoire par ce premier contact entre Nazari et Yaakov. C'était un jour d'automne, deux ans plus tôt. Reza Nazari s'était rendu à Istanbul pour une série d'échanges de vue avec les services de renseignements turcs. Il avait profité d'une pause dans les discussions pour se rendre dans un hôtel, sur les rives du Bosphore. Et c'est dans une petite chambre à l'étage qu'avait eu lieu sa première rencontre avec l'homme qu'il ne connaissait que sous le nom de « M. Taylor ». Nazari avait annoncé à M. Taylor qu'il souhaitait trahir son pays. Et, pour preuve de sa bonne foi, il lui avait remis une clé USB bourrée de renseignements de premier ordre, notamment des documents concernant le programme nucléaire iranien.

— Ces documents étaient-ils authentiques ? demanda Gabriel.

— Bien sûr.

— Vous les aviez dérobés ?

— Je n'en ai pas eu besoin.

— Qui vous les a remis ?

— Mes supérieurs du ministère du Renseignement.

— Vous nous trompiez depuis le début ?

Nazari hocha la tête.

— Quel était votre officier traitant ?

— Je préférerais ne pas vous le dire.

— Et moi, je préférerais ne pas éclabousser le mur avec votre cervelle, mais je le ferai si vous m'y contraignez.

— C'était Esfahani.

Mohsen Esfahani était le directeur adjoint du VEVAK.

— Quel était le but de l'opération ? demanda Gabriel.

— Influencer les analyses du Bureau au sujet des capacités et des intentions de l'Iran.

— Une *taqiyya*…

— Appelez ça comme vous voulez, Allon. Nous autres Perses, nous sommes là depuis longtemps. Plus longtemps encore que les juifs !

— Si j'étais vous, Reza, je ne la ramènerais pas trop. Sinon, je vais demander à M. Taylor de s'occuper de vous, et je crois qu'il a une dent contre vous…

L'Iranien resta muet. Gabriel lui demanda ce qu'il en était du million de dollars que le Bureau avait fait virer sur un compte ouvert au nom de Nazari dans une banque privée luxembourgeoise.

— Nous sommes partis du principe que vous surveilleriez ce compte et l'usage que je ferais de cet argent, répondit l'Iranien. Esfahani m'a donc donné pour consigne d'en dépenser un peu. J'ai acheté des cadeaux pour mes enfants et un collier de perles pour mon épouse.

— Et rien pour Esfahani ?

— Une montre en or, mais il l'a refusée et m'a obligé à la rendre au bijoutier à qui je l'avais achetée. Mohsen est un pur. Il est comme vous, Allon : il est totalement incorruptible.

— Qu'est-ce qui vous fait dire que je suis incorruptible ?

— Notre dossier sur vous est très bien fourni, Allon… Presque aussi bien fourni que celui du Centre moscovite. Mais c'est normal, après tout, que les Russes soient mieux informés sur votre compte. Vous n'avez jamais posé le pied sur le sol iranien, du moins pas à notre connaissance. Alors qu'en Russie…

Il sourit avant d'ajouter :

— Disons que vous vous êtes fait pas mal d'ennemis là-bas, Allon…

Parmi les nombreuses choses que le Bureau ignorait au sujet de son précieux informateur, il y avait son rôle d'agent de liaison entre le VEVAK et le SVR. La raison en était simple, comme il l'expliqua lui-même à Gabriel. Nazari avait étudié l'histoire russe à l'université, parlait russe couramment et avait opéré en Afghanistan pendant l'invasion soviétique. A Kaboul, il avait rencontré de nombreux officiers du KGB, parmi lesquels un jeune homme qui semblait destiné à un brillant avenir. Ce qui était d'ailleurs advenu, car cet homme était devenu par la suite l'un des plus importants cadres du Centre moscovite. Nazari le rencontrait régulièrement pour aborder des sujets aussi divers que le programme nucléaire iranien ou la guerre civile en Syrie, où le SVR et le VEVAK travaillaient main dans la main au maintien au pouvoir d'un régime dont la survie dépendait entièrement de leur appui.

— Comment s'appelle-t-il ? demanda Gabriel.

— Il utilise, comme vous, plusieurs alias et pseudonymes. Mais je suis presque certain que son vrai nom est Rozanov.

— Son prénom ?

— Alexeï.

— Décrivez-le.

L'Iranien se livra à une description assez vague de l'espion russe. Il mesurait à peu près un mètre quatre-vingt-cinq et ses cheveux blonds et grisonnants étaient coiffés dans le style de ceux du président russe.

— Son âge ?

— Pas loin de cinquante ans, peut-être même un peu plus.

— Combien de langues parle-t-il ?

— Il peut apprendre n'importe quelle langue s'il le décide.

— Vous vous rencontrez souvent ?

— Une fois tous les deux ou trois mois… Davantage, au besoin.

— Où ça ?

— Je me rends parfois à Moscou. Mais en général nous nous rencontrons en terrain neutre, en Europe.

— Quel genre de terrain neutre ?

— Des maisons sécurisées ou des restaurants, répondit Nazari en haussant les épaules.

— A quand remonte votre dernière rencontre ?

— Elle a eu lieu il y a un mois.

— Où ça ?

— A Copenhague.

— Où ça, à Copenhague ?

— Nous avons dîné dans un petit restaurant sur les bords du Nyhavn.

— Vous avez parlé du programme nucléaire iranien et de la Syrie, ce soir-là ? demanda Gabriel.

— En fait, répondit Nazari, nous n'avons abordé qu'un seul sujet…

— Lequel ?

— Vous.

43
Basse-Autriche

Mais ce n'était pas à Copenhague que Reza Nazari et Alexeï Rozanov s'étaient longuement étendus sur ce sujet pour la première fois. Le cas Gabriel Allon avait figuré au menu de plusieurs de leurs rencontres précédentes, mais jamais ce ne fut avec autant de colère et d'urgence que lors d'un dîner, dix mois plus tôt, dans la vieille ville de Zurich. Le SVR traversait alors une crise grave. Le corps de Pavel Zhirov venait d'être retrouvé, complètement gelé, dans l'oblast de Tver. Madeline Hart venait de faire défection et de se réfugier en Grande-Bretagne. Et une compagnie pétrolière russe possédée par le Kremlin venait de se faire priver de droits de forage en mer du Nord qu'elle croyait acquis.

— Et vous étiez la cause de tout cela, assena Nazari.

— Ah bon ? Qui a dit ça ?

— La seule personne qui compte, en Russie : le Patron.

— Je suppose que le Patron voulait ma mort.

— Pas seulement, déclara Nazari. Il voulait que votre mort survienne sans qu'on puisse incriminer la Russie. Il voulait en outre punir les Britanniques et, plus particulièrement, Graham Seymour.

— C'est pourquoi les Russes ont choisi Eamon Quinn…

Nazari ne démentit pas.

— Je vois que ce nom vous dit quelque chose, observa Gabriel.

— Je le considérais comme un ami.

— C'est vous qui l'avez engagé pour fabriquer des armes antichars pour le Hezbollah.

Nazari hocha la tête.

— Une arme capable de propulser une boule de feu à trois cent cinquante mètres par seconde.

— Elles étaient en effet très efficaces, comme Tsahal a eu l'occasion de le constater…

Yaakov esquissa un geste de colère mais, d'un geste, Gabriel le dissuada de frapper Nazari et poursuivit son interrogatoire :

— Que voulait Rozanov ?

— A ce stade, uniquement que je lui présente Quinn…

— Et vous avez accepté ?

— En ce qui vous concernait, nos intérêts coïncidaient avec ceux des Russes.

A l'époque, poursuivit Nazari, Quinn vivait au Venezuela, sous la protection de Hugo Chavez, alors mourant. Son avenir était incertain. Il n'était pas sûr que le successeur de Chavez veuille lui permettre de rester dans le pays ou de continuer à utiliser un passeport vénézuélien. Cuba était un refuge possible, mais Quinn ne tenait pas à vivre sous la férule des frères Castro. Il avait besoin d'un nouveau port d'attache et d'un nouveau mécène.

— A cet égard, le timing n'aurait pas pu être plus favorable, ajouta Nazari.

— Où avez-vous rencontré Quinn ?

— Dans un hôtel du centre de Caracas.

— Il y avait quelqu'un d'autre à cette rencontre ?

— Rozanov est venu avec une femme.

Gabriel lui montra la photo de Katerina, debout sur le balcon de l'appartement de Quinn. Nazari hocha la tête.

— Quel devait être son rôle dans l'opération ?

— Je n'en ai pas été informé. A ce stade, je n'étais qu'un intermédiaire entre Rozanov et Quinn.

— Combien a-t-il été payé ?

— Dix millions.

— Payables d'avance ?

— Non, à la fin de la mission.

— C'est-à-dire après ma mort ?

Nazari jeta un coup d'œil vers Keller et dit :

— Après la vôtre et la sienne.

Ce qui les ramena à Copenhague. Alexeï Rozanov était à cran, ce soir-là, mais il était tout excité. La première cible avait été choisie. Tout ce dont Rozanov avait besoin, c'était qu'on chuchote le nom de Quinn à l'oreille des services de renseignements et israéliens et britanniques. Il avait demandé à Nazari d'être son messager, mais celui-ci avait d'abord refusé de jouer ce rôle.

— Pourquoi ?

— Parce que je ne voulais rien faire qui puisse compromettre mes relations avec M. Taylor.

— Qu'est-ce qui vous a fait changer d'avis ?

Nazari ne répondit pas.

— Combien vous a-t-il payé, Reza ? insista Gabriel.

— Deux millions.

— Où est cet argent ?

— Il voulait le déposer sur un compte d'une banque de Moscou, mais j'ai insisté pour que ce soit plutôt dans une banque suisse.

Gabriel demanda à Nazari le nom de cette banque, le numéro du compte et les mots de passe permettant d'y accéder. Nazari lui fournit toutes ces informations. La banque était à Genève. Récemment, le Bureau avait trouvé nécessaire d'examiner à la loupe le bilan financier de cet établissement. Accéder aux fonds mal acquis de Nazari ne serait donc pas trop difficile pour les hackers des services de renseignements israéliens.

— Je suppose que vous n'en avez pas parlé à Mohsen Esfahani.

— Non, je ne lui ai rien dit, répondit Nazari après un instant d'hésitation. Mohsen n'est au courant de rien.

— Et votre épouse ? demanda Gabriel. Vous lui en avez parlé ?

— Pourquoi me demandez-vous cela ? s'étonna Nazari.

— Parce que je suis d'un naturel curieux.

— Non, dit Nazari après une autre hésitation. Ma femme n'est au courant de rien.

— Vous devriez peut-être lui en toucher un mot.

Mikhail donna un téléphone portable à Gabriel, qui le tendit à Nazari. L'Iranien fixa l'appareil avec une perplexité mêlée de méfiance.

— Allez-y, Reza. Appelez-la, l'encouragea Gabriel.

— Qu'avez-vous fait ?

— Nous avons tiré le signal d'alarme.

— Qu'est-ce que ça veut dire ?

Ce fut Yaakov qui lui fournit l'explication.

— Vous vous souvenez du refuge que nous avons préparé pour vous et votre famille, en cas de pépin ? demanda-t-il. Le refuge qui, en réalité, ne risquait pas d'être nécessaire puisque vous nous avez trompés depuis le début…

La panique se lut sur le visage de l'Iranien.

— Mais vous n'en avez jamais parlé à votre femme, poursuivit Yaakov. En fait, ça vous arrangeait bien d'avoir ce refuge, pour le cas où votre situation au VEVAK deviendrait délicate et que vous auriez besoin d'un havre dans la tourmente. Tout ce que nous avons eu à faire, c'est de tirer le signal d'alarme…

— Où sont-ils ? l'interrompit Nazari.

— Je peux vous dire où ils ne sont plus, Reza, c'est-à-dire en République islamique d'Iran.

Le regard de Nazari, d'un calme menaçant, alla de Yaakov à Gabriel.

— Vous venez de commettre une erreur, mon ami, dit-il à ce dernier. Vous devriez connaître les dangers qu'on encourt, dans notre métier, quand on cible des familles innocentes.

— C'est l'un des grands avantages de la mort, répliqua Gabriel. Etant décédé, je ne suis plus tenu d'obéir à ma conscience… Je n'ai plus aucun remords… Mes idées n'en sont que plus claires.

Il rangea le téléphone portable et demanda :

— La question, en l'occurrence, est la suivante : vos idées sont-elles plus claires aussi ?

Le regard de l'Iranien passa de Gabriel au feu qui se consumait dans l'âtre. Le calme menaçant y avait été remplacé par le désespoir. Effaré, il se rendait compte qu'il n'avait plus d'autre choix que de se mettre à la merci d'un ennemi mortel.

— Qu'attendez-vous de moi ? finit-il par demander.

— Je veux que vous sauviez votre famille… Et vous-même.

— Et comment dois-je m'y prendre ?

— En m'aidant à trouver Eamon Quinn et Alexeï Rozanov.

— C'est impossible, Allon.

— Ah bon ? Qui a dit ça ?

— Le Patron.

— Désormais, c'est moi, le Patron, dit Gabriel. Et vous, Reza, vous travaillez pour moi.

Ils passèrent l'heure suivante à tout reprendre depuis le début. Gabriel accorda une attention particulière aux détails concernant le compte bancaire ouvert à Genève et aux circonstances de la dernière rencontre entre Nazari et Rozanov, à Copenhague. La date précise, le nom du restaurant, l'heure de leur arrivée dans cet établissement, les noms des hôtels où ils avaient passé la nuit.

— Et votre prochaine rencontre avec Rozanov ? demanda Gabriel.

— Nous n'avons encore rien prévu.

— Qui prend l'initiative du contact, habituellement ?

— Ça dépend de la situation. Si Alexeï a quelque chose à me demander, il me contacte et me propose un lieu de rendez-vous. Et, quand c'est moi qui ai besoin de le voir…

— Comment le joignez-vous ?

— Par des voies que ni vous ni la NSA ne pouvez surveiller.

— Vous envoyez un mail plein de bavardages sur un compte apparemment innocent ?

— Parfois, répondit Nazari, les moyens les plus simples sont les plus efficaces.

— Quelle est l'adresse de Rozanov ?

— Il en a plusieurs.

Nazari récita ensuite de mémoire quatre adresses électroniques. Toutes étaient composées d'une longue suite aléatoire de chiffres et de lettres. L'Iranien fit en l'espèce preuve d'admirables capacités mnémotechniques.

On approchait de 23 heures. Il restait tout juste le temps de ramener Nazari à l'InterContinental avant l'heure fatidique. Gabriel mit fermement en garde l'Iranien quant aux conséquences, pour lui comme pour sa famille, de la moindre indiscrétion au sujet de l'accord qu'ils venaient de conclure hâtivement. Puis il le détacha de la chaise. Nazari faisait étonnamment bonne figure, pour un homme qui venait de se faire tabasser et de subir un simulacre d'exécution. La seule trace visible de son épreuve était la petite brûlure circulaire au milieu de son front.

— Appliquez un peu de glace dessus quand vous serez de retour dans votre chambre, lui conseilla Yaakov en forçant Nazari à monter dans la Mercedes. Il faut que vous ayez l'air frais et pimpant, demain, pendant les négociations.

Ils le déposèrent dans la rue qui longeait le Stadtpark à l'est, et Mikhail le fila jusqu'à l'hôtel. Le hall était désert. Nazari pénétra seul dans l'ascenseur pour monter au sixième étage, où l'attendait sa chambre placée sous surveillance. Penché sur un ordinateur portable dans la chambre voisine, Eli Lavon écouta ce qui s'y passa ensuite. Il entendit son voisin vomir dans les toilettes puis sangloter sans pouvoir s'arrêter après avoir passé un appel, resté sans réponse, à Téhéran. Lavon baissa le volume pour laisser à sa proie un minimum d'intimité.

C'est un jeu de grands garçons, songea-t-il, *avec des règles de grands garçons.*

44
Monts des Moineaux, Moscou

Le rêve de Katerina Akoulova se déroulait comme à l'ordinaire. Elle marchait dans un bois de bouleaux, près de son ancien camp d'entraînement, et soudain les arbres s'écartaient devant elle comme des rideaux, laissant apparaître un lac d'un bleu cristallin. Elle n'avait pas besoin de se déshabiller : dans ses rêves, elle était toujours nue, quelle que soit la situation. Elle se glissait dans les eaux calmes du lac et nageait dans les rues de son village allemand artificiel. Puis l'eau se changeait en sang, et elle se rendait compte qu'elle s'y noyait. Privée d'oxygène, le cœur battant à tout rompre, elle cherchait rageusement à remonter vers un rai de lumière à la surface du lac, mais, chaque fois qu'elle l'atteignait, une main lui renfonçait la tête dans le sang. C'était une main de femme, douce et lisse. Katerina savait que c'était la main de sa mère, même si elle n'avait jamais senti celle-ci la toucher.

Elle se redressa dans son lit, haletant comme si elle n'avait pas pu respirer pendant plusieurs minutes. Ses cheveux étaient humides. Ses mains tremblaient d'effroi. Elle tendit la main vers son paquet de cigarettes, en alluma une tant bien que mal et inspira à pleins poumons la fumée. La nicotine la calma, comme toujours. Elle regarda la pendule et constata qu'il était presque midi. Elle avait dormi près de douze heures. Dehors, la neige avait cessé de tomber et un disque solaire blanchâtre luisait dans le ciel blafard. Apparemment, Moscou avait obtenu de l'hiver quelques heures de répit.

Elle posa les pieds par terre, se rendit à pas feutrés dans la cuisine et se servit de la cafetière électrique pour faire du café. Elle en but un bol dès qu'il eut filtré, sans s'éloigner de la machine, et en refit aussitôt la même quantité. Son téléphone portable, fourni par le SVR, était posé sur le comptoir de la cuisine. Elle le prit et fronça les sourcils en l'allumant. Alexeï ne lui avait toujours pas envoyé l'ordre de départ. Elle était sûre que ce n'était pas un oubli de sa part. Alexeï devait avoir ses raisons. Il avait toujours de bonnes raisons.

Elle consulta la météo. Il faisait quelques degrés au-dessous de zéro, ce qui était plutôt clément pour Moscou en cette saison, et on prévoyait que les nuages éviteraient Moscou jusqu'à la fin de l'après-midi. Cela faisait longtemps qu'elle n'avait pas pris un peu d'exercice, et elle décida qu'un peu de jogging lui ferait le plus grand bien. Elle retourna dans sa chambre avec son bol de café et s'habilla : un maillot bon marché, un survêtement bien chaud, une paire de chaussures de course toute neuve — de vraies chaussures américaines et non pas les fragiles ersatz que produisaient les usines russes. *Mieux vaut courir pieds nus qu'avec des chaussures russes,* se dit-elle. Puis elle enfila une paire de gants fourrés et se coiffa d'un bonnet en laine. Il ne lui manquait que son pistolet, un Makarov 9 mm qu'elle détestait emporter quand elle courait. D'ailleurs, si un pervers imbibé à la vodka commettait l'erreur de tenter quelque chose contre elle, elle était plus que capable de se défendre sans arme. Un jour, au parc Gorki, elle avait administré une telle raclée à un tripoteur mal avisé qu'elle l'avait laissé pour mort sur le sentier. Alexeï l'avait achevé — telle était du moins la rumeur qui courait au Centre moscovite. Katerina ne s'était jamais donné la peine de s'enquérir du sort de l'homme. A ses yeux, il avait bien mérité son sort, quel qu'ait été celui-ci.

Elle pratiqua des étirements pendant quelques minutes

tout en fumant sa deuxième cigarette et en buvant son troisième bol de café bien noir. Puis elle prit l'ascenseur pour descendre au rez-de-chaussée et, ignorant les salutations aux relents d'alcool du concierge mal rasé, sortit dans la rue glaciale. Les trottoirs avaient été déneigés. Elle se mit à courir à petites foulées vers l'ouest, en direction de l'avenue Michurinski, qui longeait l'université d'Etat de Moscou — où Katerina aurait pu faire ses études si elle avait été une enfant normale et non pas le rejeton d'un agent du KGB qui avait oublié de prendre la pilule avant de monter un traquenard sexuel.

Arrivée en bas de la colline, elle tourna à droite dans la rue Kosygina. Au centre du terre-plein s'étendait un sentier pavé, bordé d'arbres dénudés. Ses pieds commençaient à se réchauffer. Elle sentait les premières gouttes de sueur qui coulaient sous son maillot. Elle allongea et accéléra sa foulée. Elle passa devant une jolie église vert et blanc puis devant la plate-forme d'observation des monts des Moineaux, où deux jeunes mariés posaient pour la photo avec à l'arrière-plan une vue panoramique de la ville. Pour les couples moscovites, c'était une tradition, à laquelle Katerina n'aurait jamais l'occasion de se conformer. Si elle venait à se marier un jour, le choix de son conjoint devrait être approuvé par le SVR. Le mariage aurait lieu dans le plus grand secret, et il n'y aurait surtout pas de photographes présents lors de la cérémonie. Pas plus qu'il n'y aurait de membres des familles des deux époux. Pour Katerina, ce n'était pas un problème : elle n'avait pas de famille.

Elle avait l'intention de courir jusqu'à l'Académie des sciences puis de revenir chez elle en suivant les berges de la Moscova. Mais, en passant devant l'entrée colorée de l'hôtel Korston, elle s'aperçut qu'elle était suivie par une Range Rover aux vitres teintées. Elle l'avait déjà repérée sur l'avenue Michurinski puis une deuxième fois près de la plate-forme d'observation des monts des Moineaux, où l'un des passagers du véhicule, un homme vêtu d'un blouson de cuir, faisait semblant de contempler la vue. A présent, le véhicule était garé devant le Korston, et l'homme au blouson de cuir se dirigeait vers Katerina. Il mesurait près d'un mètre quatre-vingt-dix et pesait au moins cent kilos. Et il marchait de ce pas chaloupé qu'ont les hommes qui passent beaucoup de temps en salle de sport.

Katerina avait été entraînée à ne jamais fuir le danger. Elle continua donc de courir vers l'homme, sans ralentir son allure et regardant droit devant elle, comme si elle n'était que vaguement consciente de la présence de celui-ci. Les mains de l'homme étaient enfouies dans les poches de son manteau en cuir. Lorsqu'elle voulut le contourner, il sortit brusquement la main droite et l'agrippa par le bras. Elle eut l'impression d'avoir le biceps broyé par les mâchoires d'un étau. Elle tituba et serait tombée sur le trottoir si la poigne de fer de son agresseur ne l'avait maintenue debout.

— Lâchez-moi ! cria-t-elle.

— *Niet*, dit froidement l'homme.

Elle tenta de se dégager, plus pour mettre en garde son adversaire que pour vraiment se libérer de son étreinte, mais il la resserra plus encore. Ce fut l'instinct qui guida les gestes que Katerina enchaîna ensuite. Elle frappa du talon le pied droit de l'homme et l'aveugla simultanément en lui enfonçant ses doigts dans les yeux, tels deux stylets. Il la lâcha tandis qu'elle pivotait et lui décochait un coup de genou dans les parties génitales. Puis elle pivota de nouveau et lui administra un coup de coude à la tempe, avec une telle violence qu'il en tomba par terre. Elle s'apprêtait à infliger des dégâts irréversibles à la gorge de l'homme mais s'immobilisa lorsqu'elle entendit quelqu'un rire derrière elle. Elle posa les mains sur ses genoux et inspira profondément l'air glacial. Elle avait un goût de sang dans la bouche. Elle imagina que c'était le même sang que celui où elle se noyait, dans ses rêves.

*
* *

— Pourquoi avez-vous fait ça ?

— Je voulais m'assurer que vous étiez prête à retourner sur le terrain.

— Je suis toujours prête.

— Vous m'en avez convaincu, dit Alexeï Rozanov en secouant la tête lentement. Ce pauvre diable n'aura plus jamais besoin d'enfiler un préservatif. En un sens, on peut dire qu'il a de la chance…

Ils étaient assis à l'arrière de la voiture de fonction de Rozanov, laquelle était prise dans les embouteillages de la rue Kosygina. Apparemment, il y avait eu un accident un peu plus loin sur cette artère. Il y en avait régulièrement.

— C'était qui ? demanda Katerina.

— Qui ça ? Le jeune homme que vous avez failli tuer ?

Elle hocha la tête.

— Il vient de sortir de l'institut du Drapeau rouge… Jusqu'à aujourd'hui, je nourrissais les plus grands espoirs à son égard.

— A quel genre de tâches pensiez-vous l'employer ?

— J'envisageais de lui confier des missions de gros bras, répondit Rozanov sans la moindre trace d'ironie dans la voix.

La voiture avançait au pas. Rozanov sortit son paquet de Dunhill de la poche de son pardessus et y piocha une cigarette d'un air songeur.

— Quand vous retournerez dans votre appartement, dit-il au bout d'un moment, vous y trouverez une valise dans l'entrée, ainsi qu'un passeport et vos billets d'avion. Vous partez à la première heure demain matin.

— Pour quelle destination ?

— Vous passerez la première nuit à Varsovie, afin de vous y munir de faux papiers. Puis vous traverserez l'Europe pour vous rendre à Rotterdam. Nous avons réservé une chambre pour vous, dans un hôtel près de la gare maritime. Une voiture vous attendra sur l'autre rive.

— Quel genre de voiture ?

— Une Renault. La clé sera cachée à l'arrière. Nous vous avons trouvé un pistolet-mitrailleur Skorpion…

Rozanov sourit avant de demander :

— Vous avez toujours aimé les Skorpion, hein, Katerina ?

— Et Quinn ?

— Il vous retrouvera à l'hôtel de Rotterdam…

Il s'interrompit de nouveau avant d'ajouter :

— Ne vous attendez pas à le trouver de bonne humeur.

— Quel est le problème ?

— Le président a décidé de suspendre le paiement des honoraires de Quinn jusqu'à ce qu'il ait achevé la deuxième phase de l'opération.

— Pourquoi le président ne tient-il pas ses engagements ?

— Pour accroître la motivation de Quinn, répondit Rozanov. Notre ami irlandais est bien connu pour n'en faire qu'à sa tête. Le message qu'il a voulu à tout prix envoyer à Allon juste avant l'attentat a failli gâcher une opération parfaitement préparée.

— Vous n'auriez jamais dû lui donner le numéro de téléphone portable d'Allon.

— Je n'avais pas le choix. Quinn s'est montré très pointilleux dans ses exigences. Il voulait qu'Allon sache qu'il y avait une bombe dans cette voiture. Et il tenait à ce qu'Allon sache qui l'avait mise dedans.

Ils étaient parvenus près de la plate-forme d'observation des monts des Moineaux. Les jeunes mariés et leurs amis étaient partis. Un nouveau couple les avait remplacés. Une petite fille posait avec eux. Elle devait avoir six ou sept ans et était vêtue d'une robe blanche. Sa chevelure blonde était ornée de fleurs.

— Jolie fillette, dit Rozanov.

— Oui, dit Katerina d'une voix distante.

Rozanov l'observa attentivement pendant un instant avant de demander :

— Est-ce mon imagination, ou avez-vous des réticences à retourner sur le terrain ?

— C'est votre imagination, Alexeï.

— Si vous n'êtes pas capable d'accomplir votre mission, il faut me le dire…

— Demandez à votre nouveau castrat si j'en suis capable…

— Je sais que vous étiez avec…

— Ce n'est pas un problème, le coupa-t-elle.

— J'espérais que vous me répondriez ainsi, Katerina.

— Vous saviez très bien que je vous répondrais ainsi, répliqua-t-elle.

Ils étaient arrivés au lieu de l'accident qui causait l'embouteillage. C'était une vieille babouchka qui gisait dans la rue, morte. Son filet à provisions était à côté d'elle sur la chaussée. Des pommes étaient éparpillées sur le goudron. Quelques conducteurs, pressés d'avancer, activaient leurs avertisseurs. De l'ancienne Russie à la nouvelle, rien n'avait changé. La vie n'y avait toujours aucune valeur.

— Mon Dieu ! murmura Rozanov lorsque sa voiture de fonction passa devant le corps écrasé de la vieille femme.

— Ça ne vous ressemble pas d'être troublé par la vue du sang, remarqua Katerina.

— Je ne suis pas comme vous, Katerina. Je tue avec un stylo et un papier.

— Moi aussi, répliqua Katerina, quand je n'ai rien d'autre sous la main.

Rozanov sourit.

— Je suis heureux de constater que vous avez conservé votre sens de l'humour.

— Dans ce métier, il faut avoir le sens de l'humour.

— Je suis entièrement d'accord avec vous, dit Rozanov.

Il sortit un dossier de son attaché-case.

— Qu'est-ce que c'est ? demanda Katerina.

— Le président a un autre travail à vous confier. Vous l'accomplirez avant de revenir en Russie.

Katerina prit le dossier, l'ouvrit et fixa un instant la photo qui ornait la première page. *De l'ancienne Russie à la nouvelle,* songea-t-elle, *rien n'a changé. La vie n'y a toujours aucune valeur… Y compris la mienne.*

45
Copenhague, Danemark

— Excusez-moi, dit Lars Mortensen, mais je n'ai pas bien saisi votre nom.

— Merchant, dit Keller.

— Vous êtes israélien, c'est ça ?

— Hélas…

— Et votre accent ?

— Je suis né à Londres.

— Je vois.

Mortensen était le patron du PET, le modeste mais efficace service de renseignements danois. Officiellement, ce service était une branche de la police nationale du Danemark et opérait sous l'autorité du ministère de la Justice. Son siège était situé dans un immeuble de bureaux anonyme au nord des jardins de Tivoli. Le bureau de Mortensen était perché au dernier étage. Le mobilier y était robuste, pâle et très danois. Tout comme Mortensen.

— Comme vous pouvez l'imaginer, dit Mortensen, la mort d'Allon a été un choc terrible, pour moi. Je le considérais comme un ami. Nous avons travaillé ensemble sur une affaire, il y a quelques années. Les choses se sont gâtées, dans une maison du Nord. Je me suis chargé de régler le problème.

— Je m'en souviens.

— Vous avez travaillé sur cette affaire, vous aussi ?

— Non.

Mortensen tapota du bout de son stylo argenté sur un dossier ouvert.

— Allon m'a toujours fait l'effet d'un type difficile à tuer. J'ai du mal à croire qu'il soit vraiment mort…

— Nous ressentons la même chose.

— Et votre requête… Elle a un rapport avec la mort d'Allon ?

— Je préférerais ne pas répondre.

— Et moi, j'aurais préféré ne pas vous recevoir, répliqua Mortensen d'un ton glacial. Mais, quand un ami me demande un service, je m'efforce d'être coopératif.

— Notre service a subi une perte terrible, dit Keller au bout d'un moment. Comme vous pouvez l'imaginer, nous nous concentrons entièrement sur les conséquences de ce décès.

L'argument était un peu court, mais sembla suffire à l'espion danois.

— Qu'est-ce que vous cherchez, dans cette vidéo ?

— Deux hommes.

— Où se sont-ils rencontrés ?

— Dans un restaurant, le Ved Kajen.

— Au bord du Nyhavn ?

Keller hocha la tête. Mortensen demanda la date et l'heure. Keller les lui donna.

— Et les deux hommes ? s'enquit Mortensen.

Keller lui tendit une photo.

— Qui est-ce ?

— Reza Nazari.

— Un Iranien ?

Keller hocha la tête.

— Un agent du VEVAK ?

— Tout à fait.

— Et l'autre homme ?

— Il s'agit d'un agent du SVR, un certain Alexeï Rozanov…

— Vous avez une photo de lui ? demanda Mortensen.

— Je suis venu ici pour en trouver une…

Mortensen posa d'un air pensif le cliché de l'Iranien sur son bureau.

— Notre pays est un petit pays, dit-il au bout d'un moment. Un pays pacifique, si on excepte quelques milliers de musulmans fanatiques. Vous voyez ce que je veux dire ?

— Je crois.

— Je ne veux avoir aucun problème avec l'Empire perse… Ni avec l'Empire russe, d'ailleurs.

— Ne vous inquiétez pas, Lars.

Mortensen consulta sa montre.

— Ça risque de prendre quelques heures. Dans quel hôtel séjournez-vous ?

— L'hôtel d'Angleterre.

— Quel est le meilleur moyen de vous joindre ?

— Le téléphone de l'hôtel.

— A quel nom ?

— Leblanc.

— Vous venez de me dire que vous vous appeliez Merchant…

— C'est vrai.

Keller sortit des locaux du PET et marcha jusqu'aux jardins de Tivoli — cette courte promenade suffit à lui confirmer que Mortensen avait ordonné à deux équipes de surveillance de le prendre en filature. Le ciel de Copenhague était de la couleur du granit et quelques flocons de neige tourbillonnaient à la lumière des réverbères. Keller traversa la Rådhuspladsen et s'attarda un peu dans Strøget, la principale rue piétonne et commerçante de Copenhague, avant de revenir au majestueux hôtel d'Angleterre. Il monta dans sa chambre, où il passa une heure à regarder les émissions d'une chaîne d'informations en continu. Puis il appela le standard de l'hôtel et, parlant anglais mais avec un fort accent français, il informa la standardiste qu'il descendait au bar à champagne Balthazar, situé au rez-de-chaussée de l'établissement, pour y boire un verre. Il passa une autre heure assis tout seul à une table du fond de la salle, sirotant une coupe de brut. Il songea sans enthousiasme que c'était un aperçu de la vie qui l'attendait quand il aurait rejoint les rangs du MI6. Le grand Gabriel Allon — qu'il repose en paix — lui avait un jour dit qu'un espion professionnel passait son temps à voyager et à s'ennuyer ferme, menant une existence routinière et monotone, ponctuée d'intermèdes de pure terreur.

Enfin, quelques minutes après 19 heures, une serveuse vint à sa table et l'informa qu'on le demandait au téléphone. Il prit l'appel sur une ligne fixe dans le hall de l'hôtel. C'était Lars Mortensen.

— Je crois que nous avons trouvé la photo que vous cherchez, dit-il. Une voiture vous attend à l'extérieur de l'hôtel.

Keller n'eut aucun mal à repérer la berline dépêchée par le PET. Elle était occupée par deux des mêmes hommes qui l'avaient suivi deux heures plus tôt. Ils l'escortèrent jusqu'à une salle, au siège du PET, qui était équipée d'un grand écran vidéo. On y voyait une image fixe d'un homme de type persan qui traversait une étroite rue pavée. La date et l'heure correspondaient aux informations que l'Iranien avait fournies lors de son interrogatoire en Basse-Autriche.

— C'est Nazari ? demanda Lars Mortensen.

Keller hocha la tête. Mortensen pianota brièvement sur le clavier d'un ordinateur portable, et une nouvelle image apparut à l'écran. Un homme de grande taille, avec des pommettes proéminentes et des cheveux blonds qui commençaient à s'éclaircir au sommet du crâne. *Un agent du Centre moscovite, dans toute sa beauté,* songea Keller.

— C'est lui, l'homme que vous cherchez ?

— J'ai bien l'impression que oui…

— J'ai d'autres photos et un bout de vidéo où on le voit. Mais celle-là est sans aucun doute la plus nette…

Mortensen éjecta un DVD de l'ordinateur, le rangea dans un boîtier et le brandit sous les yeux de Keller.

— Avec les compliments du peuple danois, dit Mortensen. C'est gratuit.

— Vous avez découvert quelque chose sur leurs déplacements ?

— L'Iranien a quitté Copenhague le lendemain matin. Il a pris l'avion pour Francfort. Et de là, il est reparti à Téhéran.

— Et le Russe ?

— Nous sommes encore en train de nous renseigner…

Mortensen lui tendit le DVD avant d'ajouter :

— J'ai oublié de vous dire que l'addition du dîner s'élevait à quatre cents euros. Le Russe a payé en espèces.

— C'était une grande occasion.

— Que fêtaient-ils ?

Keller glissa le DVD dans sa poche sans rien répondre.

— Je vois, dit Mortensen.

Le lendemain matin, Christopher Keller prit l'avion pour Londres. Il fut accueilli à Heathrow par une équipe d'agents du MI6 et conduit à très vive allure dans une maison sécurisée de Bishop's Road, dans le quartier de Fulham. Graham Seymour était assis à la table en Formica de la cuisine. Son manteau en cachemire était posé négligemment sur le dossier d'une chaise. D'un regard, il invita Keller à s'asseoir en face de lui. Puis il poussa vers lui une feuille de papier imprimée et posa un stylo en argent dessus.

— Signez ça, dit-il.

— C'est quoi ?

— C'est pour votre nouveau téléphone portable. Si vous travaillez pour nous, vous ne pouvez plus vous servir de l'ancien.

Keller prit le document.

— C'est un contrat avec minutes prépayées et abonnement forfaitaire ? demanda-t-il d'un ton ironique.

— Signez.

— De quel nom ?

— De votre nom de baptême.

— Quand aurai-je ma nouvelle identité ?

— Nous sommes en train de nous en occuper.

— J'ai mon mot à dire dans le choix de ce nom ?

— Non.

— Ce n'est pas très juste.

— Nos parents ne nous laissent pas choisir nos noms de baptême. Il en va de même au MI6.

— Si vous me rebaptisez Francis, je retourne en Corse.

Keller griffonna quelque chose d'illisible au bas du document. Seymour lui tendit un BlackBerry flambant neuf et énonça les huit chiffres qui formaient le code du MI6.

— Récitez-le, ordonna-t-il.

Keller s'exécuta.

— Ne le notez surtout pas par écrit, dit Seymour.

— Pourquoi ferais-je une telle bêtise ?

Seymour posa une autre feuille de papier imprimée sous les yeux de Keller.

— Ça, dit-il, ça vous permettra d'avoir accès à certains documents du MI6. Bienvenue au club, Christopher. Vous êtes l'un des nôtres, désormais.

Keller hésita avant de signer.

— Il y a un problème ? s'enquit Seymour.

— Je me demande simplement si vous voulez vraiment que je signe ce papier.

— Pourquoi pas ?

— Parce que, si j'ai Eamon Quinn dans ma ligne de mire…

— J'espère bien que vous l'abattrez…

Seymour marqua une pause avant d'ajouter :

— Comme quand vous étiez en Irlande du Nord.

Keller signa. Puis Seymour lui remit une clé USB.

— Et ça, c'est quoi ? demanda Keller.

— Alexeï Rozanov.

— C'est marrant, plaisanta Keller, il avait l'air plus grand sur les photos…

Keller revint à Heathrow à temps pour attraper le vol de début d'après-midi à destination de Vienne. Il y atterrit peu après 16 heures et prit un taxi pour se rendre à un immeuble situé un peu au-delà du Ring, le boulevard qui encercle le centre-ville de la capitale autrichienne. C'était un vieil immeuble datant de la période Biedermeier, avec un café au rez-de-chaussée. Keller appuya sur la sonnette, fut admis dans le hall de l'immeuble et monta au deuxième étage. La porte de l'appartement était légèrement entrouverte. A l'intérieur, un défunt l'attendait avec impatience.

46
Vienne

Les photos prises à Copenhague confirmaient que Reza Nazari avait rencontré un homme de type slave à l'heure et à l'endroit qu'il avait indiqués lors de son interrogatoire. Et le fichier numérique du MI6 que Seymour avait remis à Keller attestait que cet homme de type slave était bien Alexeï Rozanov. Il avait travaillé à Londres, sous couverture diplomatique, dans les années 1990. Tant le MI6 que le MI5 le connaissaient bien.

— Son nom complet est Alexeï Antonovitch Rozanov, dit Keller en insérant la clé USB dans l'ordinateur portable de Gabriel.

Il composa le mot de passe et ouvrit le fichier.

— Il était l'agent traitant de plusieurs informateurs du SVR, tous diplomates de moyen niveau en poste dans plusieurs ambassades de la capitale… Il a même essayé de corrompre des agents du MI5… A l'époque, le MI5 ne le jugeait pas très dangereux ni très important. Le MI6 non plus, d'ailleurs. Mais, quand Alexeï est revenu à Moscou, son étoile a subitement commencé à briller…

— Pourquoi ? demanda Gabriel.

— Son ascension a sans doute un rapport avec l'amitié qui le lie au président russe. Alexeï fait partie du premier cercle du tsar. C'est vraiment un gros bonnet de l'espionnage russe.

Gabriel parcourut le fichier du MI6 jusqu'à ce qu'il voie une photo s'afficher sur l'écran. On y distinguait un homme qui marchait dans une rue humide de Londres — Kensington High Street, à en croire le rapport de surveillance qu'illustrait la photo. Le sujet venait de déjeuner avec un diplomate de l'ambassade du Canada. La photo et le rapport étaient datés de 1995. L'Union soviétique n'existait plus, la guerre froide était terminée mais, au Centre moscovite, rien n'avait vraiment changé. Le SVR considérait toujours les Etats-Unis, le Royaume-Uni et les autres membres de l'alliance occidentale comme des ennemis mortels de la Russie, et des agents tels qu'Alexeï Antonovitch Rozanov avaient reçu l'ordre de les espionner nuit et jour. Gabriel compara la photo avec celles de Copenhague. Sur celle-ci, la naissance des cheveux était plus haute, le visage un peu plus joufflu, les traits plus tirés, mais aucun doute n'était permis : c'était bien le même homme.

— Notre problème, observa Keller, va être de l'attirer hors de sa tanière.

— Nous n'avons pas besoin de le faire, dit Gabriel. Nazari va s'en charger à notre place.

— Une nouvelle rencontre ?

Gabriel hocha la tête. Keller ne parut pas convaincu.

— Tu vois un problème ? demanda Gabriel.

— Les négociations entre les Etats-Unis et l'Iran sont censées durer encore une semaine.

— C'est vrai, reconnut Gabriel en tapotant sur un exemplaire du *Times*. Je crois que j'ai lu ça dans le journal, ce matin.

— Et quand les pourparlers seront terminés, dit Keller d'un ton plein de sous-entendus, Reza va certainement rentrer à Téhéran…

— A moins qu'il n'ait ailleurs d'autres affaires pressantes…

— Comme une rencontre avec Alexeï Rozanov ? demanda Keller.

— Exactement, dit Gabriel.

A cet instant, un message vint s'afficher sur l'écran de l'ordinateur. Il signalait que la délégation iranienne venait de rentrer à l'InterContinental. Gabriel augmenta le volume de l'appareil et entendit Reza Nazari faire les cent pas dans sa chambre d'hôtel.

— Il n'a pas l'air très heureux, dit Keller.

Gabriel se tut.

— Il y a quand même une possibilité que tu n'as pas envisagée, reprit Keller au bout d'un moment. Il y a de fortes chances pour que Rozanov ne soit pas intéressé par une rencontre avec son complice dans ce complot.

— En réalité, je crois qu'Alexeï sera soulagé d'entendre la voix de Reza…

— Comment vas-tu t'y prendre pour que ce soit le cas ? Gabriel sourit et ne prononça qu'un mot en guise de réponse :

— *Taqiyya*…

A 19 h 30, le téléphone sonna dans la chambre de Reza. Il décrocha le combiné, écouta les instructions et raccrocha sans avoir articulé le moindre mot. Son pardessus gisait sur la moquette, où il l'avait jeté en revenant du siège de l'AIEA. Il le ramassa, l'enfila et prit, seul, l'ascenseur pour descendre au rez-de-chaussée. Dans le hall, un agent de sécurité iranien hocha la tête lorsque Nazari passa devant lui. Il se garda bien de demander à ce gradé du VEVAK pourquoi il sortait seul de l'hôtel ainsi.

Nazari traversa la rue et entra dans le Stadtpark. En longeant les berges de la Vienne, il se rendit compte qu'il était filé. C'était le petit homme au visage anodin et aux vêtements fripés. La voiture l'attendait au même endroit, sur le côté oriental du parc. L'Israélien que Nazari connaissait sous le nom de M. Taylor était assis à l'arrière. Comme à son habitude, il n'avait pas l'air content. Il fouilla Nazari méthodiquement avant d'adresser un hochement de tête au conducteur, le même que la veille — celui dont la peau était blême et au regard glacial. Il se coula dans la circulation vespérale et accéléra progressivement.

— Où allons-nous ? demanda Nazari en regardant les rues de Vienne défiler autour de lui.

— Le patron voudrait vous dire un mot en privé.

— A quel sujet ?

— Votre avenir.

— Je ne savais pas qu'il m'en restait un.

— Au contraire, votre avenir sera radieux si vous faites ce qu'on vous dit de faire.

— Il ne faut pas que je rentre trop tard à l'hôtel.

— Ne vous inquiétez pas, Reza. Il n'y aura pas de carrosse qui se transforme en citrouille.

47
Vienne

On disait de lui qu'il était un devin, un prophète, un visionnaire. Il ne se trompait presque jamais — sauf quand ses prévisions mettaient un peu plus de temps à se réaliser qu'il ne l'avait laissé entendre. Il avait le pouvoir de faire baisser ou monter les cours sur les marchés financiers, d'augmenter les niveaux d'alerte, d'influer sur les politiques des gouvernements. Il était incontestable. Il était infaillible. Il était comme le buisson ardent du récit biblique.

Son identité réelle était inconnue, et même sa nationalité avait un parfum de mystère. On le tenait généralement pour australien — son site web était hébergé en Australie —, même si d'aucuns croyaient qu'il était d'origine proche-orientale, car ses analyses de l'inextricable situation politique de la région étaient considérées comme beaucoup trop subtiles pour être produites par un esprit non oriental. D'autres encore étaient convaincus qu'il s'agissait d'une femme. Une analyse de son style d'écriture laissait en effet entrevoir que c'était une possibilité.

Quoique très influent, son blog n'était lu que par peu de personnes. La plupart de ses lecteurs étaient des hommes d'affaires et des financiers très haut placés, des cadres dirigeants de firmes de sécurité privées, des politiciens importants et autres décideurs — ainsi que des journalistes spécialisés dans le terrorisme international et la crise à laquelle étaient confrontés l'islam et le Proche-Orient. Ce fut l'un de ses plumitifs, un journaliste d'investigation réputé, qui travaillait pour une chaîne de télévision américaine, qui remarqua le bref article qui apparut sur ce blog en début de matinée. Le journaliste appela l'une de ses sources, un agent de la CIA à la retraite qui tenait lui aussi un blog, et qui lui confirma que l'article était plausible. Cela suffit au journaliste d'investigation réputé, qui reproduisit aussitôt en ligne quelques phrases de l'article à l'usage de ses « amis » sur un réseau social numérique bien connu. Et c'est ainsi que commença une crise internationale.

Les Américains se montrèrent tout d'abord sceptiques, les Britanniques un peu moins. Un expert en prolifération nucléaire du MI6 fit savoir à ses supérieurs que cette nouvelle, si elle était avérée, serait un scénario cauchemardesque devenu réalité : cinquante kilos de déchets nucléaires hautement radioactifs se promenaient dans la nature — une quantité suffisante pour produire une grosse bombe « sale » ou plusieurs petites, qui pourraient rendre plusieurs grandes villes inhabitables pendant de longues années. Les matériaux radioactifs — leur nature exacte n'était pas précisée — avaient été volés dans un laboratoire clandestin iranien, non loin de la ville sainte de Qom, et vendus sur le marché noir à des terroristes islamistes tchétchènes. Nul ne savait où se trouvaient ces Tchétchènes et les matériaux radioactifs, mais les Iraniens, selon l'article en question, les recherchaient désespérément. Pour des raisons qui restaient à éclaircir, ils avaient choisi de ne pas informer leurs amis russes de cette situation.

Les Iraniens démentirent sans tarder ces informations, qualifiées de « provocation occidentale » et de « mensonge sioniste ». Le laboratoire cité dans l'article n'existait pas, affirmèrent-ils. Tous les matériaux radioactifs du pays étaient en lieu sûr et les autorités pouvaient le prouver. Malgré ce démenti, on ne parlait plus que de cela à Vienne, en fin de journée. La chef de la délégation américaine déclara que l'article, quelle que soit sa véracité, démontrait l'importance qu'il y avait à parvenir rapidement à un accord entre les parties. Son homologue iranien parut peu convaincu de cette nécessité. Il quitta la salle où se tenaient les négociations sans répondre aux questions des journalistes et monta en hâte à l'arrière de sa voiture officielle. A son côté se trouvait Reza Nazari.

Ils se rendirent à l'ambassade d'Iran et y restèrent jusqu'à 22 heures avant de revenir à l'hôtel InterContinental. Reza Nazari passa dans sa chambre, le temps d'enlever son manteau et de poser son attaché-case, puis il en sortit et frappa à la porte de la chambre voisine. Mikhail Abramov lui ouvrit et le fit entrer sans perdre un instant. Yaakov Rossman lui servit un verre de scotch.

— C'est interdit, dit Nazari.

— Buvez, Reza. Vous en avez bien besoin.

L'Iranien finit par accepter le verre de whisky et le leva légèrement en guise de salut.

— Félicitations, dit-il. Vous et vos amis, vous avez réussi à créer pas mal de remous, aujourd'hui.

— C'est ainsi que Téhéran voit les choses ?

— Nos dirigeants sont sceptiques, et c'est un euphémisme. Ils estiment que l'article fait partie d'un complot du Bureau destiné à faire capoter les négociations sur le nucléaire et à empêcher un accord.

— Ils ont mentionné le nom d'Allon ?

— Pourquoi donc ? Il est mort…

Yaakov sourit.

— Et les Russes ? demanda-t-il.

— Ils sont profondément inquiets, répondit Nazari. Et, là encore, c'est un euphémisme.

— Vous vous êtes porté volontaire pour les rassurer ?

— Je n'en ai pas eu besoin. Mohsen Esfahani m'a ordonné de reprendre contact et de fixer un rendez-vous.

— Alexeï acceptera-t-il de vous rencontrer ?

— Ça, je ne peux pas le garantir.

— Alors peut-être faut-il lui promettre quelque chose d'un peu plus intéressant qu'un petit brin de causette entre amis…

Nazari ne répondit rien.

— Vous avez apporté votre BlackBerry du VEVAK ?

L'Iranien le sortit de sa poche et le montra à Yaakov.

— Envoyez un message à Alexeï, dit Yaakov. Dites-lui que vous voudriez lui parler de nouveaux développements, survenus ici à Vienne. Dites-lui que la Russie n'a pas à s'inquiéter.

Nazari saisit rapidement le texte du mail, le montra à Yaakov et appuya sur « envoi ».

— Très bien, lança Yaakov.

Il désigna son ordinateur portable, ouvert sur la table, et déclara :

— Maintenant, envoyez-lui cet autre message…

Nazari se pencha vers l'écran et y lut ceci :

Mon gouvernement vous ment au sujet de la gravité de la situation. Il est urgent que je vous vole.

Nazari saisit l'adresse de Rozanov et appuya de nouveau sur « envoi ».

— Voilà qui devrait capter son attention, dit Yaakov.

— Oui, acquiesça Nazari. C'est plus que probable.

48
Vienne

Ils n'eurent aucune nouvelle d'Alexeï Rozanov ce soir-là, et ils n'en reçurent pas davantage le lendemain matin. Reza Nazari quitta l'hôtel à 8 h 30 avec les autres membres de la délégation iranienne. Vingt minutes plus tard, ils avaient disparu dans le trou noir des négociations sur le nucléaire. A ce stade, Gabriel, reclus dans un appartement sécurisé de Vienne avec Christopher Keller, avait eu tout loisir de méditer aux raisons possibles de l'échec de cette opération, avant même qu'elle n'ait vraiment commencé. Il était envisageable, bien sûr, que Reza Nazari ait tout dit à ses supérieurs juste après son interrogatoire brutal. Il était envisageable, également, qu'il ait informé Alexeï Rozanov que l'homme dont il avait manigancé l'assassinat était en vie et cherchait à se venger. Il n'y avait peut-être jamais eu d'Alexeï Rozanov. Ce personnage était peut-être inventé de toutes pièces par Nazari — un astucieux trait de *taqiyya* destiné à se rendre utile aux yeux de Gabriel afin de sauver sa peau.

— Tu perds la tête, lui dit Keller.

— Cela arrive fréquemment aux personnes décédées.

Gabriel prit une photo de Rozanov en train de marcher dans une rue pavée de Copenhague.

— Il ne viendra peut-être pas. Ses supérieurs du SVR ont peut-être décidé de le mettre au frigo pendant quelque temps. Ou alors il peut très bien demander à son copain

Reza de venir faire un saut à Moscou pour qu'ils passent une nuit ensemble, avec de la vodka et des filles…

— Dans ce cas, nous irons, nous aussi, à Moscou. Et nous le tuerons là-bas.

— Non, dit Gabriel en secouant lentement la tête.

Il était hors de question qu'ils aillent à Moscou. Moscou était leur Cité interdite. Ils avaient eu de la chance de survivre à leur dernière visite dans la capitale russe. Ils n'allaient pas y revenir pour offrir une revanche à leurs adversaires.

A 13 heures, les négociateurs firent une pause pour déjeuner. La séance du matin avait été particulièrement improductive parce que les deux parties étaient toujours affolées par le vol de matériaux radioactifs inventé par Gabriel. Reza Nazari parvint à s'éclipser assez longtemps pour téléphoner à Yaakov Rossman à l'InterContinental. Yaakov appela ensuite Keller à l'appartement sécurisé et transmit le message.

— Silence radio de Moscou. Aucune nouvelle d'Alexeï.

On approchait alors de 14 heures. Le ciel était bas et gris. Gabriel regarda par la fenêtre et vit tourbillonner quelques flocons de neige dans les rues de Vienne. A l'exception de sa sortie pour l'interrogatoire de Nazari, Gabriel était resté entre quatre murs, caché à tous les regards, protégé contre ses tragiques souvenirs viennois. Ce fut Keller qui lui proposa d'aller se promener. Il l'aida à enfiler son manteau, lui mit une écharpe autour du cou et le coiffa d'un chapeau, qu'il enfonça le plus possible sur le front de Gabriel. Puis il lui donna un pistolet — un Glock 45, une arme de destruction massive.

— Que veux-tu que je fasse de ça ? s'enquit Gabriel.

— Tirer sur tous les Russes qui te demandent leur chemin.

— Et si je croise un Iranien ?

— Vas-y ! dit Keller, excédé.

Lorsque Gabriel sortit de l'immeuble, la neige s'était mise à tomber dru et les trottoirs commençaient à ressembler à des gâteaux viennois nappés de sucre glace. Il marcha à l'aveuglette pendant quelques instants, sans prendre la peine de vérifier qu'il n'était pas suivi. Vienne avait depuis longtemps tourné en dérision l'aptitude de Gabriel à exercer son métier. Il admirait la beauté de cette ville, mais il détestait son histoire. Il l'enviait. Mais il la plaignait, aussi, et la prenait en pitié.

L'appartement sécurisé était situé dans le 2e arrondissement de Vienne, nommé Leopoldstadt. Avant la guerre, ce faubourg de la capitale autrichienne abritait tant de juifs que les Viennois l'appelaient par dérision la Mazzesinsel — l'île du pain azyme. Gabriel traversa le Ring, passant du 2e au 1er arrondissement. Il marqua une pause devant le Café Central, où il avait autrefois rencontré un certain Erich Radek, ex-officier SS qui avait reçu d'Adolf Eichmann l'ordre de faire disparaître les preuves de l'Holocauste. Puis Gabriel parcourut la courte distance qui séparait le Café Central du majestueux hôtel particulier où Radek avait vécu. C'était là qu'une équipe d'agents du Bureau avait enlevé le criminel de guerre et, au terme d'un long périple, Radek s'était retrouvé dans une cellule de prison israélienne. Gabriel resta un instant debout devant la porte de l'hôtel particulier, tandis que la neige blanchissait ses épaules. La façade de la demeure était crasseuse et fissurée, et les rideaux qui pendaient derrière les vitres sales de ses fenêtres paraissaient ternes et flétris. Apparemment, personne ne voulait habiter dans la maison de cet assassin. Gabriel se prit à songer qu'après tout les Viennois n'étaient pas aussi incorrigibles qu'il avait pu le penser.

Laissant derrière lui la demeure délabrée de Radek, il traversa le quartier juif en direction du Stadttempel, la principale synagogue de Vienne. Deux ans auparavant, dans la rue étroite sur laquelle donnait l'entrée de la synagogue, Gabriel et Mikhail Abramov avaient supprimé des terroristes du Hezbollah qui préparaient un massacre pour le soir du sabbat. L'on avait fait croire au public que c'étaient deux membres de l'EKO Cobra, le groupe d'intervention d'élite de la police autrichienne, qui avaient tué les terroristes. On avait même apposé une plaque, sur l'un des murs de la synagogue, qui commémorait leur courage. En lisant ce qui y était inscrit, Gabriel ne put s'empêcher de sourire. *Il vaut mieux qu'il en aille ainsi,* songea-t-il. Dans son métier d'espion comme dans son travail de restaurateur, son but et ses méthodes étaient identiques. Il préférait intervenir sans être remarqué et ne laisser aucune trace de son action. Pour le meilleur comme pour le pire, les choses ne s'étaient pas toujours passées aussi discrètement. *Et maintenant, je suis mort.*

Après s'être éloigné de la synagogue, Gabriel se remit en route. Ses pas le portèrent au pied d'un immeuble voisin, qui avait abrité autrefois le siège d'une petite organisation non gouvernementale, nommée Réclamations et Enquêtes sur les dommages de guerre. L'homme qui la dirigeait, un certain Eli Lavon, avait dû quitter Vienne quelques années plus tôt, après la destruction de son bureau par un attentat à la bombe, qui avait coûté la vie à deux de ses assistantes. En poursuivant son chemin, Gabriel remarqua que Lavon était justement en train de le suivre. Il s'immobilisa sur le trottoir et, d'un geste presque imperceptible de la tête, invita Lavon à le rejoindre. Son ami avait l'air tout penaud : il n'aimait guère se faire repérer par ses cibles, même si en l'occurrence il connaissait cette cible depuis l'adolescence.

— Qu'est-ce que tu fais là ? demanda Gabriel à Lavon en allemand.

— J'ai entendu une rumeur idiote, répondit Lavon dans la même langue. Il paraît que le futur patron du Bureau se promène seul dans les rues de Vienne, sans garde du corps.

— Qui a bien pu te raconter ça ?

— C'est Keller qui me l'a dit. Je te suis depuis que tu es sorti de l'immeuble.

— Oui, je sais.

— Non, tu ne sais pas, répliqua Lavon en souriant.

Tu devrais vraiment faire plus attention. Il te reste encore quelques belles années à vivre.

Ils se promenèrent ensemble dans la rue tranquille. La neige étouffait le son de leurs pas. Ils arrivèrent à une petite place. Le cœur de Gabriel se mit à battre à tout rompre et ses jambes semblèrent peser une tonne, subitement. Il tenta d'avancer, mais le poids de ses souvenirs le figea sur place. Il se souvint de ce moment où il avait attaché son fils au rehausseur. Il se souvint du léger goût de vin sur les lèvres de son épouse. Et il se souvint de ce moteur qui n'avait pas démarré au quart de tour parce que le dispositif de mise à feu d'une bombe pompait une partie de l'électricité fournie par la batterie de la voiture. Il avait tenté de dire à sa femme de ne pas tourner la clé dans le contact une deuxième fois. Mais c'était trop tard : une terrible explosion avait ruiné sa vie. A présent, après tant d'années, il avait enfin surmonté ce traumatisme. Ou presque. Il songea à Chiara et se prit brièvement à espérer qu'Alexeï Rozanov ne mordrait pas à l'appât. Lavon sembla lire dans ses pensées, comme il savait si bien le faire.

— Mon offre tient toujours, dit Lavon.

— De quoi parles-tu ?

— Laisse-nous nous occuper d'Alexeï, répondit Lavon. Il est temps pour toi de rentrer à la maison.

Gabriel fit un ou deux pas vers l'avant et s'arrêta à l'endroit précis où l'incendie de la voiture n'avait laissé qu'une carcasse noircie. Malgré sa taille réduite, la bombe avait explosé avec une puissance de souffle et d'incendie inhabituelle.

— Tu as jeté un coup d'œil au dossier Quinn ? demanda-t-il.

— Intéressante lecture, dit Lavon.

— Quinn séjournait à Ras al-Helal au milieu des années 1980. Tu te souviens de Ras al-Helal, Eli ? C'était un camp, dans l'est de la Libye, près de la mer. Les Palestiniens s'y entraînaient, eux aussi.

Gabriel regarda par-dessus son épaule avant d'ajouter :

— Tariq y était, lui aussi.

Lavon se tut. Gabriel regardait la neige voltiger autour de lui.

— Il y est arrivé en 1985… Ou bien était-ce en 1986 ? Il avait des problèmes avec ses bombes. Des détonateurs défaillants… Des problèmes de mèches et de minuteurs… Mais quand il est revenu de Libye…

La voix de Gabriel se perdit dans un murmure.

— Un vrai carnage, dit Lavon tout bas.

Gabriel resta silencieux pendant un long moment avant de demander :

— Tu crois qu'ils se connaissaient ?

— Quinn et Tariq ?

— Oui, Eli.

— J'aurais du mal à croire qu'ils ne se connaissaient pas…

— C'est peut-être Quinn qui a aidé Tariq à résoudre ses problèmes d'artificier…

Il marqua une nouvelle pause avant d'ajouter :

— C'est peut-être Quinn qui a conçu la bombe qui a détruit ma famille.

— Ça fait longtemps que tu as réglé ce compte-là, Gabriel.

Gabriel se tourna vers Lavon, mais celui-ci ne l'écoutait plus. Il fixait l'écran de son BlackBerry.

— Qu'est-ce qui se passe ? s'enquit Gabriel.

— On dirait qu'Alexeï Rozanov aimerait bien s'entretenir avec Nazari, après tout.

— Quand ça ?

— Après-demain.

— Où ça ?

Lavon lui tendit son BlackBerry. Gabriel regarda l'écran un instant avant de redresser la tête face à la neige qui tombait sur Vienne.

Comme elle est belle, se dit-il. *La neige absout cette ville de tous ses péchés. La neige tombe sur Vienne pendant que des missiles tombent sur Tel-Aviv.*

49
Rotterdam, Pays-Bas

Il était un peu plus de 11 heures lorsque Katerina Akoulova sortit de la gare centrale de Rotterdam. Elle monta dans un taxi garé devant l'entrée et, parlant un néerlandais passable, elle demanda au chauffeur de l'emmener à l'hôtel Nordzee. La rue dans laquelle il était situé était plus résidentielle que commerçante. L'hôtel avait un faux air de maison balnéaire qui avait connu de meilleurs jours.

Katerina alla tout droit à la réception. L'employée, une jeune Hollandaise, parut surprise de la voir.

— Gertrude Berger, dit Katerina. Mon ami a pris une chambre hier… M. McGinnis…

La jeune femme fronça les sourcils en consultant son ordinateur.

— En fait, dit-elle, votre chambre est restée inoccupée.

— Vous en êtes sûre ?

La jeune femme la gratifia du sourire serein qu'elle réservait aux questions les plus délirantes.

— Mais un monsieur a laissé quelque chose pour vous, ce matin, dit-elle.

Et elle lui tendit une petite enveloppe estampillée du logo de l'hôtel.

— A quelle heure l'a-t-il laissée ?

— Vers 9 heures, si mes souvenirs sont exacts.

— A quoi ressemblait-il ? demanda Katerina.

La Hollandaise lui décrivit un homme d'un peu moins

d'un mètre quatre-vingts, avec des cheveux et des yeux très bruns.

— Il était irlandais ?

— Je ne pourrais pas vous le dire… Son accent était difficile à situer.

Katerina posa une carte de crédit sur le bureau de la réceptionniste.

— Je n'aurai besoin de la chambre que pour quelques heures, dit-elle.

La jeune femme inséra la carte dans le terminal de paiement électronique et lui tendit une clé.

— Vous voulez qu'on vous aide à porter votre sac ? proposa-t-elle.

— Non, merci. Je me débrouillerai.

Katerina monta au premier étage par l'escalier. Sa chambre se trouvait au bout d'un couloir tapissé de papier peint floral et orné d'estampes bucoliques représentant des canaux et des paysages hollandais. Comme il n'y avait aucune caméra de surveillance en vue, elle en profita pour passer la main le long de l'encadrement de la porte avant de l'ouvrir. Elle posa son sac au pied du lit et fouilla la pièce, en quête de caméras et de micros cachés. Il flottait dans la chambre des effluves de tabac froid et de citron vert. Une odeur typiquement masculine.

Elle ouvrit la fenêtre de la salle de bains pour aérer l'endroit, revint dans la chambre et sortit de sa poche l'enveloppe que lui avait remise la fille de la réception. Avant de l'ouvrir, elle vérifia qu'elle n'avait pas été décachetée par des mains indiscrètes. A l'intérieur, il y avait une seule feuille de papier, soigneusement pliée en trois. Une brève explication de l'absence de Quinn y était inscrite en lettres capitales.

— Espèce de salaud, murmura Katerina.

Puis elle brûla la lettre dans le lavabo de la salle de bains.

*
* *

Alexeï Rozanov avait ordonné à Katerina Akoulova de se rendre dans le pays ciblé sans communiquer avec le Centre moscovite pendant le trajet. Mais la lettre de Quinn changeait tout. Il y était écrit que Quinn ne voyagerait pas avec elle, comme initialement prévu. Au lieu de cela, il la retrouverait à la prochaine étape de leur itinéraire : un petit hôtel du bord de mer dans le Norfolk. Dans ces conditions, selon les très strictes règles opérationnelles du SVR, Katerina ne pouvait pas poursuivre son voyage sans l'approbation de son supérieur. Et la seule manière d'obtenir cette approbation, c'était de le contacter, quel qu'en soit le risque.

Elle sortit son téléphone portable de son sac à main et envoya un bref mail à une adresse avec un nom de domaine allemand. C'était une façade du SVR qui encodait automatiquement le message et le transmettait via un circuit complexe de nœuds et de serveurs distants au Centre moscovite. La réponse d'Alexeï arriva dix minutes plus tard. Elle était rédigée en termes anodins mais parfaitement clairs pour Katerina : pour l'heure, tout au moins, il lui était ordonné de se conformer aux desiderata de Quinn.

Midi venait de sonner. Katerina s'allongea sur le lit et somnola jusqu'à 15 h 30, heure à laquelle elle rendit les clés de sa chambre à la réception et prit un taxi pour le terminal de la compagnie de ferries P & O, à la gare maritime. Le *Pride of Rotterdam*, un ferry de deux cent vingt mètres de long, capable d'embarquer deux cent cinquante voitures et plus d'un millier de passagers, était en train de se remplir. Le SVR avait réservé une place en première classe pour Katerina, sous le nom de Gertrude Berger. Elle laissa son sac dans sa cabine, en sortit aussitôt, verrouilla la porte et se rendit à l'un des bars, sur le pont supérieur. Il était déjà bondé de passagers, dont certains étaient en quête de compagnie pour tromper l'ennui d'une traversée nocturne de dix heures. Katerina commanda un verre de vin et s'assit à une table à bâbord.

Les hommes qui hantaient le bar ne tardèrent pas à

s'apercevoir de la présence de cette séduisante jeune femme, assise seule, sans autre compagnie que son téléphone portable. L'un d'entre eux se décida bientôt et, deux verres en main, demanda s'il pouvait se joindre à elle. Katerina comprit à son accent qu'il était allemand. Il avait à peu près quarante-cinq ans, le cheveu clairsemé et un costume de bonne coupe. Il était possible que ce soit un agent de l'un des services de sécurité européens. Néanmoins, elle se dit qu'en tout cas il valait mieux se laisser aborder plutôt que de lui battre froid. Elle accepta donc le verre de vin et l'invita d'un regard à s'asseoir.

Il apparut qu'il exerçait les fonctions de responsable du budget d'une firme de Brême qui produisait des machines-outils de haute qualité. Son travail n'était pas très folichon, mais c'était un emploi stable et bien rémunéré. A l'en croire, sa firme faisait beaucoup d'affaires avec des entreprises du nord de l'Angleterre, ce qui expliquait sa présence sur ce ferry qui reliait Rotterdam à Hull. Il préférait le bateau à l'avion, car ce mode de transport lui donnait plus de temps loin du foyer conjugal. Et ces longs répits lui étaient nécessaires car son mariage battait furieusement de l'aile — ce qui n'avait rien d'étonnant. Pendant deux heures, Katerina flirta gentiment avec lui, dans son allemand impeccable, s'autorisant de temps à autre une digression sur des sujets aussi ardus que la déflation dans la zone euro ou la crise de la dette en Grèce. L'homme d'affaires était visiblement sous le charme. Aussi ne cacha-t-il pas sa déception quand, en fin de soirée, Katerina déclina gentiment son offre de le suivre dans sa cabine.

— Je ferais attention, si j'étais vous, dit-il en se levant lentement. On dirait que vous avez un admirateur.

— Qui donc ?

Il désigna du menton l'autre bout de la salle, où un homme était assis tout seul à une table.

— Ce type n'a pas arrêté de vous reluquer depuis que je me suis assis à votre table.

— C'est vrai ?

— Vous le connaissez ?

— Non, dit-elle. Je ne l'ai jamais vu.

L'Allemand, qui avait admis sa défaite, s'était déjà mis en quête d'une autre âme esseulée. Katerina se leva à son tour et sortit griller une cigarette sur la terrasse panoramique déserte. Quinn l'y rejoignit un instant plus tard.

— C'était qui, ton copain, là ? demanda-t-il.

— Un cadre supérieur qui aspire à la gloire.

— Tu en es sûre ?

— Certaine.

Elle se tourna pour le regarder. Il était vêtu d'un costume gris d'homme d'affaires et d'un imperméable beige. De grosses lunettes à monture noire changeaient complètement la forme de son visage. La transformation était remarquable. Katerina elle-même eut du mal à le reconnaître. *Pas étonnant qu'il ait réussi à survivre pendant si longtemps...*

— Pourquoi n'es-tu pas venu à l'hôtel ? demanda-t-elle.

— Toi qui es si maligne, dis-le-moi.

Elle se tourna vers la mer.

— Tu n'es pas venu, dit-elle au bout d'un moment de réflexion, parce que tu as eu peur qu'Alexeï te tue.

— Pourquoi aurais-je peur de ça ?

— Parce qu'il a refusé de te verser l'argent qu'il te doit. Et que tu es convaincu que la deuxième phase de l'opération est en fait un complot pour t'éliminer, pour faire disparaître toute trace de tes liens avec le SVR.

— Et je me trompe ?

— Ressaisis-toi, Quinn.

L'Irlandais la regarda attentivement pendant un moment, ses yeux allant de haut en bas et de long en large.

— Tu es armée ? demanda-t-il enfin.

— Non.

— Tu permets que je vérifie ?

Sans attendre de réponse, il l'attira contre lui dans une feinte étreinte amoureuse et entreprit de la palper. Il ne lui fallut qu'une poignée de secondes pour trouver le Makarov qu'elle dissimulait sous son pull. Il le fourra dans la poche de son imperméable. Puis il ouvrit le sac à main de Katerina pour en extraire son téléphone portable. Il l'alluma et consulta la liste des messages reçus.

— Tu perds ton temps, dit-elle.

— Quand as-tu été en contact avec Alexeï pour la dernière fois ?

— A midi.

— Quelles instructions t'a-t-il données ?

— Continuer comme prévu…

— Qui est le type qui vient de t'offrir un verre ?

— Je t'ai déjà dit…

— Un mec du SVR ?

— Tu es complètement parano.

— C'est exact, dit Quinn. C'est d'ailleurs pour ça que je suis toujours vivant.

Il éteignit le téléphone et le lui tendit en souriant. Avant qu'elle ne puisse s'en saisir, il le jeta dans la mer d'un prompt mouvement du poignet.

— Espèce de salaud, dit Katerina.

— Les Irlandais sont réputés pour être veinards, dit Quinn.

La cabine de Quinn se trouvait au même niveau que celle de Katerina, mais un peu plus près de la proue. Il la força à entrer et vida immédiatement son sac à main sur le lit. Il n'y trouva rien qui ressemble de près ou de loin à un gadget électronique, mais il y avait un portefeuille contenant sa carte de crédit et son passeport allemand, ainsi qu'une petite trousse de maquillage. Et un silencieux pour le Makarov… Quinn le fourra dans sa poche et ordonna à Katerina de se déshabiller.

— Dans tes rêves, dit-elle.

— Comme si je ne t'avais jamais vue à poil…

— L'unique raison pour laquelle j'ai couché avec toi, c'est qu'Alexeï me l'avait ordonné.

— Il m'avait donné le même ordre… Maintenant, enlève tes vêtements.

Comme elle ne bougeait pas, Quinn vissa le silencieux dans le canon du Makarov et le pointa vers le visage de Katerina.

— Commençons par le manteau, si tu veux bien…

Elle hésita avant d'enlever son manteau et de le tendre à Quinn. Il fouilla les poches et la doublure, mais ne trouva qu'un paquet de cigarettes et un briquet. Le briquet était assez volumineux pour receler une balise électronique de pistage. Il l'empocha dans l'intention de s'en débarrasser plus tard.

— Maintenant le pull et le jean…

Katerina hésita de nouveau. Puis elle ôta son pull et son jean. Quinn les fouilla tous deux méthodiquement. Puis, d'un hochement de tête, il lui signifia de continuer à se déshabiller.

— Tu joues un jeu dangereux, Quinn.

— Très dangereux, acquiesça-t-il.

— Qu'est-ce que tu cherches à faire, au juste ?

— C'est très simple, en fait. Je veux mon fric. Et je compte sur toi pour m'aider à le récupérer.

Quinn passa un doigt le long des courbes de la poitrine de Katerina tout en la fixant des yeux. Son tétin se durcit aussitôt sous la caresse. Mais son visage restait plein de méfiance.

— A quoi t'attendais-tu en acceptant de travailler pour le SVR ? demanda-t-elle.

— Je m'attendais à ce qu'Alexeï tienne parole.

— Tu es bien naïf.

— Nous avons conclu un accord. Il doit honorer ses promesses.

— Quand on traite avec les Russes, dit-elle, les promesses n'engagent que ceux qui y croient.

— Je m'en rends bien compte, dit Quinn en jetant un coup d'œil au Makarov.

— Et quand tu auras touché tes honoraires, où iras-tu ?

— Je trouverai bien un point de chute. Je finis toujours par en trouver un…

— Même les Iraniens refuseront de te donner du boulot, désormais.

— Alors j'irai au Liban… Ou en Syrie…

Il s'interrompit avant d'ajouter :

— Ou peut-être bien que je rentrerai chez moi…

— En Irlande ? s'étonna-t-elle. Ta guerre est finie, Quinn. Tu n'as plus au monde que le SVR.

— Oui, dit-il en faisant lentement glisser les bretelles du soutien-gorge de Katerina le long de ses épaules. C'est pour ça que le SVR t'a ordonné de me tuer.

Katerina ne fit aucun commentaire.

— Tu ne démens pas ? insista Quinn.

Elle croisa les bras pour couvrir ses seins nus et demanda :

— Que vas-tu faire, maintenant ?

— Je vais leur proposer un marché très simple. Vingt millions de dollars en échange de l'un des agents les plus efficaces du SVR. Je suis certain qu'Alexeï paiera.

— Et où comptes-tu me séquestrer pendant que tu négocies avec lui ? s'enquit Katerina.

— Dans un endroit où Alexeï et ses hommes de main ne te retrouveront jamais… D'ailleurs, si tu veux tout savoir, j'ai déjà pris des dispositions pour ton voyage et ta réclusion à durée indéfinie…

Il sourit.

— Alexeï, reprit-il, semble avoir oublié que j'ai une certaine expérience en la matière.

Quinn rendit à Katerina son pull, mais elle refusa de le mettre. Elle se passa un bras dans le dos et dégrafa son soutien-gorge, le laissant glisser le long de son corps. *Elle est d'une beauté parfaite,* songea Quinn. *Sauf pour cette cicatrice qu'elle a à l'avant-bras…* Il retira le chargeur de la crosse du Makarov et éteignit la lumière.

50
Vienne - Hambourg

Le message envoyé par Alexeï Rozanov n'aurait pas pu être plus concis. Un restaurant, une ville, une date et une heure. Le restaurant se nommait Die Bank et c'était une brasserie spécialisée dans les fruits de mer, située dans le quartier de Neustadt à Hambourg. L'heure du rendez-vous était 21 heures, le jeudi suivant. Cela signifiait que Gabriel n'avait que quarante-huit heures pour planifier l'opération et mettre en place les moyens matériels et humains dont il avait besoin pour la mener à bien. Il se mit au travail dès son retour, avec Eli Lavon, à l'appartement sécurisé de Vienne. A minuit, ils avaient déjà obtenu le logement, les voitures, les armes et le matériel de communication nécessaires pour ce genre de mission. Ils avaient également recruté des agents de Barak, la légendaire équipe d'agents de terrain qu'avait mise sur pied Gabriel. La seule chose qui leur manquait était une table réservée dans le restaurant hambourgeois où Nazari devait rencontrer Rozanov. Apparemment, le Russe avait réservé la dernière table disponible ce soir-là. Keller proposa de pirater l'ordinateur de l'établissement pour « libérer » quelques tables, mais Gabriel s'y opposa. Il connaissait bien Die Bank. Le restaurant abritait un grand bar bruyant où deux agents pouvaient boire un verre en passant inaperçus pendant une ou deux heures.

Le Bureau n'était pas seul à faire des préparatifs. Le VEVAK, défenseur de la révolution islamique et ennemi juré d'Israël et de l'Occident, se préparait lui aussi. Le Département des voyages des services secrets iraniens réserva pour Nazari un siège sur le vol 171 de l'Austrian Airlines, lequel décollait de Vienne à 17 h 30 et atterrissait à Hambourg à 19 heures. Gabriel aurait préféré que Nazari prenne l'avion plus tôt dans la journée, mais le bon côté des choses, c'était que cette arrivée tardive donnerait moins de temps à l'Iranien comme au Russe de manigancer quelque coup tordu. L'emplacement de l'hôtel que le VEVAK avait choisi — un établissement bon marché proche de l'aéroport — était plus problématique. Gabriel demanda à Nazari de réserver plutôt une chambre au Marriott de Neustadt. Il était situé à faible distance du restaurant et plusieurs membres de l'équipe opérationnelle israélienne avaient déjà réservé dans cet hôtel. Nazari demanda à Téhéran un changement de dernière minute et l'obtint sans difficulté — ce qui en faisait, remarqua ironiquement Gabriel, la première opération conjointe entre le Bureau et le VEVAK. Reza Nazari ne goûta guère l'humour de cette remarque. Ce soir-là, quand il se rendit dans la chambre de Yaakov, à l'InterContinental, pour un ultime briefing, sa nervosité était palpable. Gabriel commença la réunion en présentant à l'Iranien un stylo en or.

— En témoignage de votre estime ? demanda Nazari d'un ton sarcastique.

— J'avais pensé vous trouver une épingle à cravate, mais vous autres Iraniens ne portez pas de cravate.

— Vous autres Israéliens n'en portez pas beaucoup, non plus, répliqua Nazari.

Il examina attentivement le stylo.

— Quelle portée ? s'enquit-il.

— Ça ne vous regarde pas.

— Durée de la batterie ?

— Vingt-quatre heures, mais ne soyez pas trop gourmand. Tournez le capuchon vers la droite pour l'allumer. Si nous perdons le contact à un moment ou à un autre du dîner, je serai amené à penser que vous l'avez éteint délibérément. Et ce serait très mauvais pour votre santé…

Nazari se tut.

— Mettez-le dans la poche intérieure de votre veste, poursuivit Gabriel. Le micro est très sensible… Vous pourrez donc vous asseoir assez loin de Rozanov. Pas la peine de vous blottir contre lui : il pourrait se faire des idées…

Nazari rangea le stylo dans sa poche.

— Quoi d'autre ? demanda-t-il.

— Il faut que nous récapitulions le scénario de la soirée.

— Le scénario ?

— Je ne souhaite pas interroger Alexeï Rozanov. Il faudra donc que vous le fassiez à ma place. Poliment, bien sûr.

— Que cherchez-vous à savoir ?

— Où trouver Quinn, répondit Gabriel.

Nazari resta silencieux. Gabriel brandit une feuille de papier et dit :

— Mémoriser les questions qui sont écrites sur cette liste, arrangez-vous pour qu'elles aient l'air spontanées. Si vous parlez comme un procureur, Alexeï sera suspicieux.

Il lui tendit la liste.

— Brûlez-la quand vous l'aurez apprise par cœur, ce soir. Nous vous donnerons un aide-mémoire pendant le vol vers Hambourg, si nécessaire.

— Ce ne sera pas nécessaire, répliqua Nazari. Je suis un professionnel, Allon… Comme vous.

Et il empocha la liste.

— Quelle langue parlerez-vous avec lui ? demanda Gabriel.

— Il a réservé la table au nom d'Alexeï Romanov. J'en déduis que la conversation se fera en russe.

— Pas de clins d'œil ni de petits signes discrets de la main, dit Gabriel. Et n'essayez pas de lui glisser un mot sous la table. Nous aurons les yeux rivés sur vous tout au long du dîner. Ne me donnez pas une raison de vous tuer. Il ne m'en faudrait pas beaucoup…

— Et que se passera-t-il, après le dîner ?

— Ça, ça dépendra de votre habileté.

— Vous allez le tuer, hein ?

— Je m'inquiéterais pour votre peau plutôt que pour la sienne, si j'étais à votre place.

— Je m'inquiète beaucoup, avoua Nazari.

Il resta silencieux un moment avant de dire d'un air songeur :

— Si vous tuez Alexeï demain soir, à Hambourg, les Russes vont me soupçonner de complicité. Et alors, c'est *moi* qu'ils vont tuer…

— C'est pourquoi je vous conseille de vous enfermer dans une maison sécurisée de Téhéran et de ne plus jamais en sortir…

Gabriel sourit et ajouta :

— Il faut voir le bon côté des choses, Reza. Si tout se passe bien, vous allez vous tirer de ce mauvais pas en sauvant votre peau, mais aussi celle de votre femme et de vos enfants… Sans parler des deux millions de dollars d'argent sale que le SVR a versés sur un compte genevois ouvert à votre nom. Tout bien compté, je dirais que vous vous en sortez très bien.

Gabriel se leva. Reza l'imita et lui tendit la main. Gabriel ne la lui serra pas, mais la fixa d'un œil peu amène.

— Soyez un gentil garçon, Reza, et apprenez bien votre leçon. Parce que, je vous préviens, si vous vous emmêlez les pinceaux, demain soir à Hambourg, je me chargerai personnellement de vous faire sauter la cervelle.

Puis Gabriel lui empoigna la main et la serra si fort qu'il sentit que les os commençaient à craquer.

— Bienvenu dans le nouvel ordre mondial, Reza, dit-il.

Reza Nazari ne dormit pas bien, lors de la dernière nuit qu'il passa à Vienne. Gabriel non plus, d'ailleurs. Il resta toute la nuit dans l'appartement sécurisé du 2e arrondissement, en compagnie de Christopher Keller et d'Eli Lavon. Il repensa à Lisbonne — au petit appartement miteux du Bairro Alto où ils avaient planqué ensemble, aux plantes rampantes qui ornaient le balcon de celui de Quinn et à la jolie jeune femme d'une trentaine d'années qu'il avait suivie jusqu'à Brompton Road. Lisbonne avait fait partie d'une mise en scène menée de main de maître et destinée à éliminer Gabriel. Et Gabriel avait réagi en inventant à son tour de toutes pièces une fiction — une histoire de matériau radioactif se promenant dans la nature et d'espion légendaire mort prématurément au champ d'honneur. Le dernier acte allait se jouer le lendemain à Hambourg, et la vedette de la soirée serait Reza Nazari. C'était une bien lourde responsabilité à placer sur les épaules d'un adversaire. Mais Gabriel n'avait pas le choix. Nazari était le chemin qui menait à Rozanov, séide du président russe et client d'Eamon Quinn — l'homme qui était capable de propulser une boule de feu à plus de trois cent cinquante mètres par seconde. L'homme, aussi, qui avait séjourné en Libye avec Tariq al-Hourani, dans un camp d'entraînement pour terroristes. *Non*, songea Gabriel en regardant la neige tomber doucement sur Vienne, *je ne vais pas pouvoir dormir, cette nuit.*

L'ordinateur était son seul compagnon. Il relut le dossier que les Britanniques avaient établi sur Alexeï Rozanov et réexamina les photos prises à Copenhague. Le Russe était arrivé avec quelques minutes de retard ce soir-là — ce qui, selon Nazari, était sa coutume. Deux gardes du corps du SVR l'avaient subrepticement suivi dans le restaurant tandis qu'un troisième gorille était resté dans la voiture. C'était une grosse berline Mercedes immatriculée au Danemark. Le conducteur avait attendu dans une petite rue adjacente que Rozanov lui demande au téléphone de venir le chercher, à la fin du repas. Le Russe était sorti seul du restaurant, afin de laisser croire qu'il n'était pas protégé en permanence.

L'aube arriva tard, et le ciel de Vienne resta assombri toute la matinée. Gabriel et Keller quittèrent l'appartement sécurisé quelques minutes après 8 heures et prirent un taxi pour l'aéroport. Ils se présentèrent séparément à l'enregistrement pour le vol du matin à destination de Hambourg. Après avoir atterri, ils prirent chacun un taxi et se firent déposer tous deux au même endroit de la Mönckebergstraße, la principale artère commerçante de Hambourg. De là, ils marchèrent ensemble de la vieille ville à la nouvelle — et Gabriel se souvint alors que Hambourg comptait plus de canaux et de ponts qu'Amsterdam et Venise réunies.

— Et Saint-Pétersbourg ? demanda Keller.

— Ça, je n'en sais rien, dit Gabriel avec un sourire tendu.

Une rue nommée Hohe Bleichen s'étirait de l'hôtel Marriott jusqu'aux abords de l'Axel-Springer Platz. C'était un mélange de Bond Street et de Rodeo Drive — des beaux quartiers de Londres et des rues commerçantes les plus chic de Beverly Hills. C'était l'Allemagne moderne dans sa version la plus prospère et la plus clinquante. A l'extrémité nord de Hohe Bleichen, Ralph Lauren occupait un immeuble blanc aux allures de gâteau de mariage. Prada et le magasin de porcelaine de Dibbern se dressaient côte à côte un peu plus au sud. Et, à côté du marchand de chaussures de luxe Ludwig Reiter, se trouvait Die Bank, temple de marbre des gourmets, fort prisé par l'élite financière et industrielle de la grande cité hanséatique. Des bannières rouges ornées du logo illisible du restaurant pendaient sur la façade. Des piliers sculptés se dressaient à l'entrée de l'établissement.

Il était un peu plus de 13 heures et la cohue du déjeuner était à son comble dans le restaurant. Gabriel y entra seul et trouva une place au comptoir doré. Il se força à boire un verre de rosé tandis qu'il se familiarisait avec le décor intérieur de l'endroit. Puis il régla sa consommation et sortit dans la rue. Elle était étroite et les places de stationnement y étaient rares. Le trafic en sens unique s'y écoulait du nord vers le sud. Juste en face de Die Bank se trouvait une minuscule esplanade triangulaire où Keller était assis sur le rebord d'une jardinière en béton. Gabriel vint s'installer à ses côtés.

— Alors ? demanda-t-il.

— Bel endroit, répondit Keller.

— Pour y faire quoi ?

— Tout ce que tu veux que je fasse.

Keller scruta la rue avant d'ajouter :

— Les magasins de luxe ferment tôt. A 21 heures, cette rue sera tranquille. A 23 heures, elle sera aussi silencieuse qu'un cimetière…

Il jeta un coup d'œil en coin à Gabriel et crut utile de préciser :

— Sans mauvais jeu de mots…

Gabriel resta silencieux.

— Il y a cinq pas, de l'entrée du restaurant au bord du trottoir, poursuivit Keller. Je pourrais le descendre d'où nous nous trouvons… et je serais loin avant que son corps ne touche le sol.

— Moi aussi, dit Gabriel. Mais il est possible que j'aie besoin de lui dire deux mots avant.

— Au sujet de Quinn ?

Gabriel se leva sans répondre et conduisit Keller vers le sud, traversant le Neustadt pour arriver à l'église Saint-Michel. A l'ombre de son haut clocher s'étendait un parc verdoyant, entouré de petits immeubles. Ils entrèrent dans l'un d'entre eux, une construction moderne pourvue d'un atrium en verre fumé, et prirent l'ascenseur pour monter au troisième étage. Gabriel frappa à la porte de l'appartement 4D. Un homme de haute taille, qui avait l'allure d'un intellectuel et qui se nommait Yossi Gavish, lui ouvrit la porte. Rimona Stern et Dina Sarid avaient les yeux rivés sur les écrans de leurs ordinateurs portables, posés sur la table de la salle à manger. Dans le salon, Mordecai et Oded, une paire d'agents de terrain polyvalents, étaient penchés sur un plan à grande échelle de Hambourg. Dina leva les yeux et sourit, mais les autres ne semblèrent pas remarquer l'arrivée de Gabriel.

Il se débarrassa de son manteau et alla tout droit à la fenêtre. Le clocher de Saint-Michel lui apprit qu'il était 14 h 10. *Ça fait du bien de rentrer à la maison,* songea-t-il. *Ça fait du bien d'être vivant.*

51
Piccadilly, Londres

Il était 13 h 10 à Londres, et Youri Volkov avait quelques minutes de retard sur son emploi du temps. Officiellement, Volkov occupait un poste subalterne à la section consulaire de l'ambassade de Russie. En réalité, c'était un officier supérieur de la *rezidentura* londonienne du SVR et le bras droit du *rezident*, Dimitri Oulyanine. Les services de renseignements britanniques connaissaient la nature réelle de ses fonctions, et il était soumis à une surveillance régulière du MI5. Pendant près d'une heure, Volkov avait usé de diverses ruses pour semer le binôme de l'A4 qui le filait — un homme et une femme qui faisaient semblant d'être un couple marié. A présent, tandis qu'il se fondait dans la foule qui grouillait sur les trottoirs de Piccadilly, il était certain d'y être enfin parvenu.

Le Russe traversa Regent's Street et s'engouffra dans une des bouches de métro de la station Piccadilly Circus. Cette station était desservie par deux lignes, celle de Bakerloo et celle de Piccadilly. Volkov passa le portillon et descendit sur le quai de la ligne de Bakerloo. Il y repéra son informateur, un homme au front dégarni et au menton fuyant qui approchait de la cinquantaine et portait un costume bon marché et un imperméable. C'était le genre de personne que les jeunes femmes évitent instinctivement dans le métro. *A juste titre,* songea Volkov, *car les très jeunes filles sont son vice.* Le SVR lui en avait trouvé une, une enfant de treize ans, dégottée dans un bled perdu de

Sibérie, et il la lui avait servie sur un plateau. Et maintenant le SVR le tenait et en avait fait sa créature. Cet homme n'était qu'un rouage du grand mécanisme du renseignement parmi tant d'autres, mais des dossiers cruciaux transitaient couramment par son bureau. Il avait demandé un rendez-vous urgent, ce qui signifiait très probablement qu'il souhaitait transmettre un renseignement de la plus haute importance à ses maîtres russes.

Un panneau lumineux annonça l'approche d'un train en direction du nord. L'homme à l'imperméable avança vers le bord du quai, et Volkov, qui se tenait à une dizaine de mètres de lui sur la gauche, fit de même. Ils regardaient tous deux droit devant eux, sans que leur regard se croise même furtivement, tandis qu'une rame entrait en gare puis déversait sa cargaison de passagers sur le quai. Les deux hommes montèrent dans la même voiture par des portes différentes. L'homme à l'imperméable s'assit, mais Volkov resta debout. Il se déplaça afin de se poster à moins de deux mètres de son informateur et agrippa une barre de préhension. Lorsque le train s'élança, l'homme à l'imperméable sortit un téléphone portable, effleura du pouce l'écran à plusieurs reprises et rangea l'appareil dans sa poche. Dix secondes plus tard, celui que Volkov avait dans son manteau vibra trois fois, ce qui signalait que l'information avait été transmise avec succès. Et c'était fini. Ni rencontre face à face ni dépôt discret de documents dans une cachette connue d'eux seuls. Et la transmission était entièrement sécurisée. Même si des agents du MI5 mettaient la main sur le téléphone portable de l'informateur, ils n'en trouveraient aucune trace.

La rame arriva à la station Regent's Park, déversa une nouvelle foule de passagers sur le quai et se remit en marche. Deux minutes plus tard, elle arrivait à Baker Street, où l'homme à l'imperméable sortit de la voiture. Youri Volkov y resta jusqu'à la station Paddington. De là, il n'y avait plus que quelques pas à faire pour revenir à l'ambassade de Russie.

Elle se dressait face au côté nord des jardins du palais de Kensington, protégée par un cordon de policiers britanniques. Volkov pénétra dans le bâtiment et se rendit directement dans les locaux de la *rezidentura*, où il se glissa dans la chambre forte sécurisée. Il sortit l'appareil de la poche de son manteau. Il mesurait à peu près huit centimètres sur douze, la taille d'un disque dur externe ordinaire. Il le raccorda à un ordinateur et saisit le mot de passe idoine. Instantanément, le petit appareil se mit à ronronner et le fichier qu'il contenait fut copié sur le disque dur de l'ordinateur. Quinze secondes s'écoulèrent, pendant lesquelles le fichier fut décrypté. Puis il s'afficha en clair sur l'écran.

— Mon Dieu, murmura Volkov.

Puis il imprima une copie du message et se mit en quête de Dimitri Oulyanine.

Oulyanine était dans son bureau, un téléphone plaqué sur l'oreille droite, lorsque Volkov y entra sans frapper. Il posa le message sur la table de travail de son supérieur. Le *rezident*, incrédule, le fixa un moment avant de raccrocher machinalement.

— Je croyais que tu avais vu Shamron à Vauxhall Cross, dit-il.

— C'est exact.

— Et le cercueil qu'ils ont chargé sur cet avion d'El Al ?

— Il devait être vide.

Oulyanine frappa du poing sur sa table, renversant sa tasse de thé. Il brandit le message imprimé et demanda :

— Tu sais ce qui va se passer quand Moscou sera informé ?

— Alexeï Rozanov va être furieux.

— Oh ! ce n'est pas Alexeï qui m'inquiète…

Oulyanine écarta la feuille de papier et ajouta :

— Envoie immédiatement un câble à Iassenevo. C'est

l'opération d'Alexeï, pas la mienne. Qu'il se débrouille pour réparer ses erreurs.

Volkov revint dans la chambre forte et rédigea le message. Il le montra à Oulyanine pour approbation et, après une brève discussion, celui-ci consentit à l'envoyer au Centre moscovite. Il retourna dans son bureau pendant que Volkov attendait que Moscou accuse réception du message. La réponse du Centre moscovite mit un quart d'heure à arriver.

— Qu'est-ce qu'il a dit ? s'enquit Oulyanine.

— Rien.

— Qu'est-ce que tu racontes ?

— Alexeï n'est pas à Moscou.

— Où est-il ?

— Dans un avion à destination de Hambourg.

— Hambourg ? Pourquoi Hambourg ?

— Il a rendez-vous là-bas. Une grosse affaire, selon toutes les apparences.

— Espérons qu'il consulte ses messages rapidement, parce que Gabriel Allon n'a pas simulé sa mort sans raison…

Oulyanine baissa les yeux vers les documents qui encombraient sa table de travail, avant de secouer lentement la tête en marmonnant :

— Voilà ce qui arrive quand on emploie un Irlandais pour faire le boulot d'un Russe.

52
Fleetwood, Angleterre

Quinn ouvrit lentement un œil puis l'autre. Il vit son bras nu posé sur les seins d'une femme et sa main enserrant la crosse d'un pistolet Makarov, l'index sur la détente. La pièce était plongée dans la pénombre. Une fenêtre ouverte laissait entrer un air marin revigorant. Dans ce moment brumeux entre sommeil et éveil, Quinn s'efforça de situer l'endroit où il avait dormi. Etait-il dans sa villa de l'île de Margarita ? Etait-il de retour à Ras al-Helal, le camp d'entraînement sur le littoral libyen ? Il se souvenait avec une certaine tendresse de son séjour dans ce camp. Il s'y était fait un ami, un artificier palestinien. Quinn l'avait aidé à résoudre un problème technique très simple. En témoignage de sa gratitude, le Palestinien avait offert à Quinn une luxueuse montre suisse, payée par Yasser Arafat lui-même. Au revers du cadran clinquant étaient gravés ces mots : « Il n'y aura plus de défaillance de minuteur… »

Quinn la consulta et constata qu'il était 16 h 30. Par la fenêtre ouverte, on entendait deux hommes converser avec l'accent du Lancashire. Il n'était donc pas à Margarita ni dans un camp du littoral libyen. Il était à Fleetwood, en Angleterre, dans un hôtel donnant sur l'Esplanade. Et la femme qui dormait à ses côtés n'était autre que Katerina. Ce n'était pas par affection que Quinn la tenait dans ses bras. Il s'était endormi dans cette position car il avait besoin de prendre un peu de repos. Il avait dormi un peu plus de six heures, qui suffisaient à le remettre en forme pour la suite de l'opération.

Quinn ôta son bras des seins de Katerina et glissa hors du lit doucement, pour ne pas la réveiller. Il y avait sur une table, près de la fenêtre, un plateau avec du thé et du café, offerts par la direction de l'hôtel. Quinn remplit d'eau la bouilloire électrique, mit un sachet de Twinings dans une théière en aluminium et jeta un coup d'œil par la fenêtre. La Renault était toujours garée dans la rue. Le sac de toile contenant les armes se trouvait toujours dans le coffre. Quinn avait préféré laisser le sac dans la voiture, plutôt que de l'emporter avec lui dans la chambre. Il ne tenait pas à ce qu'il y ait trop d'armes dans la même pièce que la plus redoutable tueuse du SVR.

Quinn alla dans la salle de bains avec le Makarov et se doucha en vitesse, laissant le rideau de la cabine ouvert afin de pouvoir surveiller Katerina dans la pièce voisine. Elle dormait encore quand il sortit de la salle de bains. Il versa le thé dans deux tasses, ajouta du lait dans l'une et du sucre dans l'autre. Puis il réveilla Katerina et lui tendit la tasse de thé sucré.

— Habille-toi, dit-il d'un ton glacial. Il est temps de faire savoir au Centre moscovite que tu es encore vivante.

Katerina prit une longue douche et soigna de manière inhabituelle son apparence en se préparant. Sa toilette achevée, elle enfila son manteau et suivit Quinn au rez-de-chaussée, où une sexagénaire grisonnante était assise derrière un guichet, faisant de la tapisserie à l'aiguille pour tuer le temps. Quinn lui demanda où se trouvait le cybercafé le plus proche.

— Dans Lord Street, mon chou, répondit la réceptionniste. En face de la friterie.

L'endroit était à cinq minutes de marche, pendant lesquelles ils n'échangèrent pas un mot. Lord Street était une longue rue toute droite, bordée de magasins des deux côtés. Le cybercafé était en effet situé en face d'une gargote où l'on servait des frites et du poisson. Quinn acheta trente minutes d'utilisation et conduisit Katerina à un ordinateur, posé sur une table dans le fond de la boutique. Elle activa le logiciel de courrier électronique et y entra la même adresse sécurisée du SVR que la veille, avant de lever les yeux vers Quinn pour qu'il lui indique la marche à suivre.

— Dis à Alexeï que ton téléphone est au fond de la mer du Nord et que tu es sous mon contrôle. Ddemande-lui de verser vingt millions de dollars sur mon compte à Zurich. Sinon, j'annule la deuxième phase de l'opération et je te garde comme monnaie d'échange jusqu'à ce que je sois intégralement payé.

Katerina se mit à pianoter sur le clavier.

— En anglais, intervint Quinn.

— Ce serait une entorse à mes habitudes.

— Je m'en fiche.

Katerina effaça le texte allemand qu'elle venait de saisir et recommença en anglais. Elle parvint à donner aux exigences de Quinn l'apparence d'un banal litige entre deux entreprises travaillant sur le même projet.

— Parfait, dit Quinn. Maintenant, envoie-le.

Elle appuya sur « envoi » et effaça aussitôt le message de la boîte des courriers envoyés.

— Combien de temps va-t-il mettre à répondre ?

— Pas longtemps, répondit-elle. Va donc nous chercher quelque chose à boire au bar, histoire qu'on n'ait pas l'air d'une paire d'assassins attendant les consignes du quartier général.

Quinn lui tendit un billet de dix livres.

— Avec du lait et sans sucre, dit-il.

Katerina se leva et alla au bar. Quinn resta assis, la tête dans les mains, l'œil rivé sur l'écran.

*
* *

Leurs trente minutes expirèrent sans qu'ils aient reçu la moindre réponse de Moscou. Quinn envoya Katerina au comptoir, pour qu'elle achète du temps additionnel, et un autre quart d'heure s'écoula avant qu'un mail ne finisse par s'afficher dans la boîte de réception. Le texte était écrit en allemand. L'expression de Katerina s'assombrit à mesure qu'elle le lisait.

— Qu'est-ce que ça dit ? demanda Quinn.

— Ça dit qu'on a un problème.

— Quel problème ?

— Ils sont encore vivants.

— Qui ?

— Allon et l'Anglais…

Elle détourna les yeux de l'écran et regarda Quinn d'un air grave.

— Apparemment, poursuivit-elle, la nouvelle de la mort d'Allon était un mensonge. Le Centre moscovite estime qu'ils sont à notre recherche.

Quinn sentit ses joues rougir de colère.

— Alexeï a-t-il accepté de me verser mon argent ? demanda-t-il.

— Tu n'as pas écouté ce que je viens de dire ? Tu as échoué à remplir les termes de ton contrat, ce qui veut dire qu'il n'y a plus d'argent pour toi, Quinn. Alexeï te conseille fortement de me relâcher immédiatement. Sinon, tu vas passer le reste de ta vie à te cacher pour éviter des gens comme moi…

— Et la deuxième phase de l'opération ?

— Il n'y a plus d'opération, Quinn. C'est fini. Alexeï nous ordonne de l'interrompre immédiatement.

Quinn fixa l'écran pendant un moment avant de déclarer :

— Dis à Alexeï que je n'ai pas fait tout ça pour rien. Dis-lui que nous allons mettre en œuvre la deuxième phase. Dis-lui de confirmer l'endroit où se trouve la cible.

— Il ne sera pas d'accord.

— Dis-lui quand même ! grinça Quinn.

Katerina envoya un deuxième mail, en anglais. Cette

fois, ils n'attendirent la réponse qu'une dizaine de minutes. Elle vint sous forme d'une adresse. Katerina l'entra dans un moteur de recherche et attendit le résultat. Lorsqu'il arriva, Quinn esquissa un sourire.

53
Thames House, Londres

Miles Kent était la seule personne, à Thames House, à pouvoir pénétrer sans rendez-vous dans le sanctuaire d'Amanda Wallace. Il y entra à 18 h 30, alors qu'elle se préparait à partir pour un long week-end dans le Somerset avec son mari, Charles — un ancien élève du prestigieux collège d'Eton et financier qui avait fait fortune à la City. Amanda, qui adorait Charles, ne semblait pas savoir que son cher époux avait une liaison torride avec sa jeune secrétaire. Kent avait souvent songé à en parler à Amanda — cette liaison faisait courir, après tout, un risque potentiel, au service secret qu'elle dirigeait —, mais il s'en était abstenu, estimant qu'une telle initiative pourrait avoir des conséquences désastreuses pour sa propre carrière. Amanda était capable de réactions brutalement vindicatives, surtout à l'encontre de ceux qu'elle considérait comme des rivaux au sein du service. Aussi était-il probable que Charles ne serait pas sanctionné pour son infidélité, alors que Kent pouvait très bien se faire virer du service à un moment où il atteignait le sommet de sa carrière. Et que ferait-il, alors ? Il serait obligé de trouver un emploi dans une entreprise de sécurité, ultime point de chute des espions grillés et des policiers en fin de parcours.

— J'espère que vous n'en avez pas pour longtemps, Miles, dit Amanda. Charles va bientôt arriver.

— Juste un instant, dit Kent en s'asseyant dans l'un des fauteuils qui faisaient face au bureau de sa supérieure.

— C'est à quel sujet ?

— Youri Volkov.

— Qu'est-ce qu'il manigance, encore, celui-là ?

— Il a été très occupé, aujourd'hui.

— Mais encore ?

— Il est sorti de l'ambassade à midi. Une équipe de l'A4 l'a suivi pendant près d'une heure. Et puis, ils l'ont perdu…

— Perdu ? s'indigna Amanda.

— Ça arrive, Amanda.

— Ça arrive un peu trop souvent, ces derniers temps…

Elle rangea dans sa serviette des documents à lire pendant le week-end.

— A quel endroit cette équipe l'a-t-elle vu pour la dernière fois ? demanda-t-elle.

— Oxford Street. Ils sont rentrés à Thames House et ont passé le reste de l'après-midi à retracer les déplacements de Volkov en se servant du réseau de caméras de surveillance de l'espace public.

— Et alors ?

— Il a fait quelques pas dans Piccadilly pour s'assurer qu'il les avait semés. Puis il est entré brusquement dans le métro à Piccadilly Circus et il est monté dans une rame.

— De la ligne de Bakerloo ou de Piccadilly ?

— Bakerloo. Il a pris le métro jusqu'à Paddington et il est rentré à l'ambassade à pied.

— Il a rencontré quelqu'un ?

— Non.

— Il a tué quelqu'un ?

— Pas que nous sachions, dit Kent en souriant.

— Et quand il était à bord de la rame ?

— Il est resté debout et immobile pendant tout le trajet.

Amanda fourra un autre dossier dans sa serviette.

— A vous entendre, j'ai l'impression, dit-elle, que Youri Volkov a tout simplement fait une petite promenade.

— Les espions russes ne font pas de promenade sans

raison. Ils font des promenades parce qu'ils sont en train de faire leur métier d'espion.

— Où est-il, en ce moment ?

— Dans l'ambassade.

— Rien d'inhabituel ?

— Le GCHQ a détecté un flux supplémentaire de messages à haute priorité, en provenance et à destination de l'ambassade, peu après son retour. Tous ces messages étaient codés au plus haut degré. Les gens du GCHQ n'ont pas été capables de les décoder.

— Vous trouvez que la coïncidence est suspecte ?

— C'est le moins qu'on puisse dire…

Miles Kent s'interrompit un instant avant d'ajouter :

— J'ai un mauvais pressentiment, Amanda.

— Les pressentiments ne me sont d'aucune utilité, Miles. Il me faut des renseignements fiables et utilisables.

— C'est le même pressentiment que j'ai eu juste avant l'attentat de Brompton Road.

Amanda ferma sa serviette et se rassit.

— Qu'est-ce que vous proposez ? demanda-t-elle.

— Ce qui m'inquiète, c'est ce trajet dans le métro.

— Vous venez de me dire qu'il n'avait établi aucun contact avec qui que ce soit.

— Il n'y a pas eu de contact physique ni d'échanges de mots, mais ça ne veut rien dire. Je demande l'autorisation de me renseigner sur toutes les personnes qui se trouvaient dans cette voiture de métro avec lui.

— Nous n'en avons pas les moyens, Miles. Pas en ce moment.

— Et si nous n'avions pas le choix ?

Amanda fit mine de réfléchir un instant avant de dire :

— Bon, d'accord. Mais le D4 devra s'en occuper tout seul. Je ne veux pas que vous mobilisiez les ressources humaines ou matérielles des autres branches du service.

— Entendu.

— Quoi d'autre ?

— Vous devriez en parler à nos amis de l'autre rive de

la Tamise, dit-il en désignant la façade blanche de Vauxhall Cross. Cette fois, il ne faut pas qu'ils nous laissent dans le noir…

Kent se leva et se retira. Amanda décrocha son téléphone et composa le numéro de téléphone portable de son mari, mais celui-ci ne répondit pas. Elle lui laissa un bref message pour indiquer qu'elle aurait du retard. Puis elle décrocha le combiné de la ligne directe avec Vauxhall Cross.

— Je sais que c'est aujourd'hui jeudi et non pas vendredi, mais je me demandais si cela te tenterait de boire un verre, suggéra-t-elle.

— Un verre de ciguë ? demanda Graham Seymour d'un ton pince-sans-rire.

— De gin, plutôt.

— Dans ton bureau ou dans le mien ?

54
Lord Street, Fleetwood

Quinn et Katerina sortirent du cybercafé de Lord Street et se mirent à marcher en direction de leur hôtel. Quinn longeait tranquillement les devantures des magasins, mais Katerina était nerveuse, à cran. Ses yeux balayaient sans cesse la rue et, quand deux adolescents les dépassèrent sur le trottoir, elle enfonça douloureusement ses ongles dans le biceps de Quinn.

— Tu as un problème ? demanda Quinn.

— Non, j'en ai deux : Gabriel Allon et Christopher Keller…

Elle lui jeta un regard de côté et ajouta :

— Le message que tu as envoyé à Allon va te coûter cher. Alexeï ne te paiera jamais.

— Sauf si je remplis les termes du contrat…

— Et comment comptes-tu t'y prendre ?

— En tuant Allon et Keller, bien sûr.

Katerina s'alluma une cigarette.

— C'est le genre de gibier qu'on n'a qu'une seule fois dans son viseur, dit-elle en recrachant un nuage de fumée dans l'air froid. Tu ne les retrouveras jamais.

— Je n'ai pas besoin de me lancer à leur recherche.

— Alors, comment comptes-tu les tuer ?

— En les faisant venir à moi. En les attirant…

— Comment ?

— La dernière cible me servira d'appât, dit Quinn.

Katerina le regarda d'un air incrédule.

— Tu es fou, dit-elle. Tu ne seras jamais capable de faire ça tout seul.

— Je ne serai pas seul. Tu vas m'aider.

— Je n'ai aucune envie de t'aider.

— Je crains que tu n'aies pas le choix.

Ils arrivèrent à la porte de l'hôtel. Katerina jeta son mégot sur le trottoir et suivit Quinn à l'intérieur. La dame aux cheveux gris était toujours assise à son bureau, en train de broder. Quinn l'informa qu'ils partaient dans quelques minutes.

— Déjà ? s'étonna-t-elle.

— Désolé, dit Quinn, mais il nous arrive quelque chose d'imprévu.

55
Hambourg

Au même moment, le vol 171 de l'Austrian Airlines venait de se poser à Hambourg et roulait sur le tarmac vers la zone de débarquement des passagers. A l'insu de la compagnie aérienne autrichienne, il transportait un agent secret iranien retourné et son officier traitant israélien. Les deux hommes étaient assis à plusieurs rangées de distance et n'avaient pas échangé le moindre mot pendant le vol. Ils continuèrent à s'ignorer en se dirigeant, l'un derrière l'autre, vers le contrôle des passeports. Ils se placèrent dans la même file d'attente et furent tous deux admis à séjourner en Allemagne, après une inspection superficielle de leurs passeports. Gabriel fêta cette première petite victoire dans l'appartement sécurisé de Hambourg. Franchir une frontière est toujours délicat pour un Iranien, même quand il est porteur d'un passeport diplomatique.

Le Département du voyage du VEVAK avait obtenu du consulat iranien qu'il mette une voiture à disposition de Reza Nazari. Elle vint le chercher au niveau des arrivées du terminal et l'emmena directement à l'hôtel Marriott, à Neustadt. Il y arriva à 19 h 45, se fit remettre la clé de sa chambre à la réception et monta dans sa chambre, laissant le panneau « Ne pas déranger » sur la poignée de la porte après y être entré. Deux minutes plus tard, il entendit frapper à la porte. Il l'ouvrit et Yaakov Rossman entra à son tour dans la pièce.

— Une dernière question ? s'enquit Yaakov.

— Non, dit Nazari. Mais j'ai une exigence.

— Vous n'êtes guère en position de formuler des exigences, Reza.

Nazari se força à afficher un pâle sourire.

— Alexeï m'appelle toujours juste avant nos rendez-vous, indiqua-t-il. Si je ne décroche pas, il ne viendra pas. C'est aussi simple que ça.

— Pourquoi ne nous l'avez-vous pas dit avant ?

— Cela m'était complètement sorti de la tête.

— Vous mentez.

— Peu importe.

L'Iranien souriait toujours. Yaakov fixait le plafond d'un œil furieux.

— Bon, dit-il. Qu'exigez-vous donc pour décrocher ce fichu téléphone ?

— Je veux entendre le son de la voix de ma femme.

— C'est impossible. Pas ce soir.

— Tout est possible, monsieur Taylor. Surtout ce soir.

Jusqu'à cet instant, Reza s'était comporté comme un prisonnier modèle. Cela n'avait pas empêché Gabriel de s'attendre à un ultime acte d'insoumission et de l'anticiper. Il n'y a que dans les films, avait coutume de dire Shamron, que le condamné à mort accepte de se faire mettre la corde au cou sans résistance. Et il n'y a que dans les plans échafaudés dans les salles des opérations que l'informateur contraint affronte l'épreuve de la trahison sans poser d'ultimes conditions. Nazari aurait pu formuler plusieurs exigences. Qu'il insiste uniquement pour parler à son épouse le fit grandement remonter dans l'estime de ceux qui tenaient son destin entre leurs mains. En fait, cela lui sauva sans doute la vie.

Peu après son premier interrogatoire en Autriche, des dispositions avaient donc été prises pour que soit établi en urgence un contact entre Nazari et son épouse. Il suffisait à Yaakov de composer un numéro à Tel-Aviv pour que l'appel soit redirigé par des voies sécurisées vers la villa, située dans l'est de la Turquie, où une équipe du Bureau veillait de près sur la femme et les enfants de Nazari. La conversation serait enregistrée par le boulevard du Roi-Saül, et un agent parlant parfaitement le persan serait à l'écoute pour guetter les propos suspects. Le seul danger était que les Russes et les Iraniens seraient peut-être en train d'écouter, eux aussi, ces quelques mots que Nazari tenait absolument à échanger avec son épouse.

Avec l'accord de Gabriel, Yaakov composa le numéro en question à 20 h 5. A 20 h 10, l'épouse de Nazari était en ligne, et l'agent chargé d'épier leurs propos en place au boulevard du Roi-Saül. Yaakov tendit le téléphone à Nazari.

— Pas de larmes, pas d'adieux déchirants, le prévint-il. Demandez-lui seulement ce qu'elle a fait aujourd'hui et faites de votre mieux pour que votre voix paraisse normale.

Nazari prit le téléphone et le colla contre son oreille.

— Tala, ma chérie ! dit-il en fermant les yeux de soulagement. Ça fait du bien de t'entendre…

La conversation dura un peu plus de cinq minutes, plus longtemps que ne l'aurait souhaité Gabriel. Il n'avait pas voulu prendre le risque de surveiller lui-même cet appel et dut attendre plusieurs minutes avant d'apprendre qu'il s'était passé sans problème. Il regarda par la fenêtre et vit au clocher de l'église Saint-Michel qu'il était 20 h 20. Il appuya sur quelques touches du clavier de son ordinateur pour donner le feu vert au reste de l'équipe. La première crise de la soirée avait été évitée. Il ne lui manquait plus qu'Alexeï Rozanov.

56
Neustadt, Hambourg

Moins de cent cinquante mètres séparaient le Marriott du restaurant Die Bank — trois minutes de marche tout au plus, deux si on était en retard pour une réservation. Les clients qui sortirent de l'hôtel à 20 h 37 n'étaient, quant à eux, pas particulièrement pressés puisque, comme tant d'autres Hambourgeois, ils n'étaient pas parvenus à réserver une table dans le prestigieux repaire de gourmets. Ils se nommaient Yossi Gavish et Rimona Stern, même s'ils avaient pris leur chambre sous des pseudonymes opérationnels. Yossi était un analyste chevronné, qui travaillait habituellement pour le centre de recherche du Bureau et avait le sens du théâtre tout en étant physiquement apte au travail de terrain. Rimona dirigeait l'unité qui, au sein du Bureau, était chargée d'espionner le programme nucléaire iranien. A ce titre, elle avait été la principale destinataire des faux renseignements fournis par Nazari à Yaakov. Elle n'avait jamais rencontré l'espion iranien et n'avait guère envie de passer cette nuit-là dans la même chambre que lui. En fait, un peu plus tôt dans la soirée, elle avait déclaré sans ambages qu'elle aurait préféré renvoyer Nazari à Téhéran dans un cercueil en sapin. Sa colère n'avait pas surpris Gabriel. Rimona était la nièce d'Ari Shamron et, tout comme son célèbre oncle, elle ne pardonnait pas facilement la trahison, surtout venant des Iraniens.

Elle était analyste de formation, et elle avait aussi une grande expérience de son métier, mais elle partageait l'inclination naturelle de Yossi pour le travail de terrain. En marchant dans la rue, elle parut intéressée par un sac à main, exposé dans la vitrine de Prada. Elle s'arrêta devant un moment, tandis qu'une voiture passait devant eux et que Yossi, jouant le rôle de l'époux agacé, fixait ostensiblement son bracelet-montre. Il était 20 h 41 lorsqu'ils franchirent l'imposante porte d'entrée de Die Bank. Le maître d'hôtel les informa qu'aucune table n'était disponible, et ils allèrent donc au bar attendre une éventuelle annulation. De la poche intérieure de sa veste, Yossi sortit un stylo en or identique à celui que Gabriel avait confié à Nazari. Yossi tourna le capuchon vers la droite et rangea le stylo dans sa poche. Deux minutes plus tard, un message écrit apparut sur l'écran de son téléphone portable sécurisé. Le micro fonctionnait, le signal était net et distinct. Yossi parvint à attirer l'attention d'une serveuse et commanda deux verres. Il était 20 h 44.

Dans les rues autour de Die Bank, le reste de l'équipe de Gabriel se mettait discrètement en place. Sur la Poststraße, Dina Sarid manœuvrait pour garer une berline Volkswagen le long du trottoir, face à la devanture d'une boutique Vodafone. Mordecai était assis à côté d'elle tandis qu'à l'arrière Oded était en train de pratiquer des exercices respiratoires, afin de ralentir son rythme cardiaque. A cinquante mètres de là, Mikhail était assis à califourchon sur une moto à l'arrêt, regardant défiler les passants. Son visage exprimait le plus profond ennui. Keller était à son côté, chevauchant lui aussi une moto à l'arrêt. Il avait l'œil rivé sur l'écran de son téléphone portable. Un message lui apprit que l'homme du jour n'avait pas encore fait son apparition. Il était 20 h 48.

A 20 h 50, Alexeï Rozanov n'avait toujours pas contacté Reza Nazari. Gabriel attendait près de la fenêtre de l'appartement sécurisé, fixant le clocher de l'église Saint-Michel. Deux autres minutes s'écoulèrent sans que Rozanov appelle Nazari. Eli Lavon se tenait au côté de Gabriel, lui offrant une présence réconfortante — comme un compagnon de deuil se recueillant avec lui sur la tombe d'un vieil ami.

— Il faut lui dire d'y aller, Gabriel, murmura Lavon. Sinon, il va être trop tard.

— Et s'il est vrai qu'il n'est pas censé se présenter au rendez-vous sans le feu vert d'Alexeï ?

— Nous lui trouverons une excuse.

— Mais Alexeï n'y croira peut-être pas…

Gabriel s'interrompit un instant avant d'ajouter :

— Ou peut-être ne va-t-il pas venir du tout.

— Tu t'inquiètes pour rien.

— Il y a de quoi : une bombe de deux cent cinquante kilos m'a explosé au nez il y a quinze jours…

Une autre minute s'écoula lentement. Gabriel saisit un message sur le clavier de l'ordinateur et l'envoya. Puis il revint à la fenêtre se poster au côté de son plus vieil ami.

— Tu as pris une décision ? demanda Lavon.

— A quel sujet ?

— Alexeï.

— Je vais lui donner une chance de signer mon certificat de décès.

— Et s'il vient ?

Gabriel détourna ses yeux de l'horloge du clocher et regarda Lavon droit dans les yeux.

— Je veux que mon visage soit le dernier qu'il voie…

— Les directeurs du Bureau ne tuent pas des agents du KGB, objecta Lavon.

— De nos jours, ça s'appelle le SVR, Eli. Et je ne suis pas encore directeur…

— Donnez-moi votre téléphone, dit Yaakov.

— Pourquoi ?

— Donnez-le-moi, c'est tout. On n'a pas beaucoup de temps.

Reza Nazari lui tendit son téléphone portable. Yaakov

en retira la carte SIM et inséra à sa place une autre carte, identique. Nazari hésita avant de le récupérer.

— Une bombe ? demanda-t-il.

— Ce sera votre téléphone pour la soirée.

— Dois-je en déduire qu'il est surveillé ?

— De toutes les manières possibles et imaginables.

Nazari rangea le téléphone dans la poche intérieure de sa veste, avec le stylo.

— Que se passera-t-il à la fin du dîner ?

— Quoi que vous fassiez, dit Yaakov, ne sortez pas du restaurant en même temps que lui. Je viendrai vous chercher à la porte quand Alexeï sera parti…

— Parti ?

Yaakov ne précisa pas quel sens donner au mot. Reza Nazari enfila son pardessus et sortit de la chambre.

Il était 20 h 57.

Le Marriott étant un hôtel américain, son avant-cour était équipée de potelets en inox et d'affreuses jardinières en béton, destinés à protéger le bâtiment contre une attaque terroriste. Reza Nazari, serviteur d'un Etat finançant le terrorisme international, se faufila entre ces obstacles sous l'œil attentif de Yaakov et se mit à marcher en direction de Die Bank. Il n'y avait plus de circulation sur la chaussée et les trottoirs étaient, eux aussi, déserts. Rien, dans les vitrines des magasins, ne retint l'attention de Nazari, mais il parut remarquer la présence des deux motards sur la petite esplanade qui faisait face au restaurant. Il y entra à 21 heures précises et se présenta au maître d'hôtel.

— Romanov, dit l'Iranien.

Le maître d'hôtel passa un index manucuré le long de la liste des réservations.

— Ah, oui, dit-il. Voilà… Romanov…

Nazari ôta son pardessus avant d'être conduit dans la salle au plafond élevé. En passant devant le bar, il remarqua qu'une femme aux cheveux châtain clair le regardait.

L'homme qui était assis à côté d'elle était en train de rédiger un message sur son téléphone portable — *ce doit être pour confirmer mon arrivée,* se dit Nazari. La table se trouvait au fond de la salle, sous une grande photo d'art en noir et blanc représentant un homme chauve au sourire de maniaque. Nazari s'assit sur le siège qui faisait face au reste de la salle. Alexeï aurait désapprouvé ce choix, mais ce que pensait Alexeï était le cadet des soucis de Nazari. Il ne songeait qu'à son épouse et à ses enfants — et à la liste de questions qu'Allon lui avait demandé de poser à l'espion russe. Un serveur remplit son verre d'eau fraîche. Un sommelier lui présenta la carte des vins. Puis, à 21 h 7, il sentit son téléphone portable vibrer contre son cœur de manière inhabituelle. Il ne reconnut pas le numéro de son correspondant, mais décrocha quand même.

— Où êtes-vous ? lui demanda une voix en russe.

— Dans le restaurant, répondit Nazari dans la même langue. Et vous ?

— J'ai quelques minutes de retard, mais je ne suis pas loin.

— Je vous commande quelque chose à boire ?

— En fait, il y a un léger changement de programme.

— Quel genre ?

Rozanov expliqua à Nazari ce qu'il attendait de lui. Puis il ajouta :

— Deux minutes. C'est bien compris ?

Avant que Nazari ne puisse répondre, la communication fut coupée. Nazari s'empressa d'appeler l'homme qu'il ne connaissait que sous le nom de M. Taylor.

— Vous avez entendu ? lui demanda-t-il.

— J'ai tout entendu.

— Que voulez-vous que je fasse ?

— Si j'étais vous, Reza, je serais devant la porte du restaurant dans deux minutes.

— Mais…

— Deux minutes, Reza. Ou notre accord ne tient plus.

La voiture était une Mercedes classe C, immatriculée à Hambourg, aussi noire qu'un corbillard. Elle apparut au coin de la rue tandis que Reza Nazari se dirigeait sans se presser vers la sortie du restaurant. Un voiturier s'approcha de la grosse berline, mais l'homme qui était assis sur le siège du passager lui signala d'un geste qu'on n'avait pas besoin de ses services. Le conducteur avait les deux mains crispées sur le volant. Sur la banquette arrière, un homme tenait un téléphone portable plaqué contre son oreille. De l'esplanade, Keller put voir son visage très distinctement. Il avait des pommettes proéminentes et des cheveux blonds qui commençaient à s'éclaircir au sommet du crâne. *Un agent du Centre moscovite, dans toute sa beauté…*

— C'est bien lui, déclara Keller dans le micro de sa radio sécurisée. Dis à Reza de rester dans le restaurant. On n'a qu'à le descendre tout de suite, et qu'on n'en parle plus…

— Non, coupa Gabriel d'une voix cinglante.

— Pourquoi ?

— Parce que je veux savoir pourquoi il a changé le programme. Et je veux qu'il me dise où trouver Quinn…

La radio grésilla, indiquant que Gabriel avait coupé la communication. Puis la porte du restaurant s'ouvrit en grand, laissant le passage à Reza Nazari. Keller fronça les sourcils. *Les plans les mieux conçus,* songea-t-il en se souvenant d'un poème de Robert Burns, *souvent ne se réalisent pas.*

Alexeï Rozanov était toujours au téléphone lorsque Nazari s'assit à côté de lui sur la banquette arrière. Tandis que la voiture s'élançait, il jeta un coup d'œil à la petite esplanade où se trouvaient deux motards casqués. Ceux-ci restèrent à l'arrêt. Il ne les vit pas démarrer leurs engins pour suivre la Mercedes — du moins, Nazari ne les vit pas se mettre en route. Il agrippa l'accoudoir tandis que le véhicule prenait un virage sur les chapeaux de roues. Puis il se tourna vers Rozanov. Celui-ci venait de raccrocher.

— Mais qu'est-ce qui se passe ? demanda Nazari.

— J'ai pensé que ce ne serait pas une bonne idée de se voir dans un restaurant hambourgeois, en définitive.

— Pourquoi ?

— Parce que nous avons un problème, Reza. Un très grave problème.

57
Hambourg

— Comment ça, il est encore vivant ? Qu'est-ce que ça veut dire ?

— Ça veut dire, répondit Rozanov d'un ton sec, que Gabriel Allon court toujours.

— Sa mort a été annoncée par la presse. Le Bureau l'a confirmée.

— Les journaux ne savent rien. Et il est évident que le Bureau a menti.

— Un agent de votre service l'a vu ?

— Non.

— Ou a entendu sa voix ?

Rozanov secoua la tête.

— Alors, comment le savez-vous ?

— Notre renseignement provient d'une source humaine. On nous a dit qu'Allon avait survécu à l'explosion et s'en était tiré avec des blessures sans gravité, avant d'être emmené dans une maison sécurisée du MI6.

— Où se trouve-t-il en ce moment ?

— Notre source l'ignore.

— Quand avez-vous appris la nouvelle ?

— Quelques minutes après que mon avion a atterri à Hambourg. Le Centre moscovite m'a conseillé d'annuler notre rendez-vous.

— Pourquoi ?

— Parce qu'il n'y a qu'une seule raison pour laquelle Gabriel Allon simulerait sa propre mort…

— Pour nous tuer ?

Le Russe ne répondit pas.

— Vous n'avez quand même pas peur, Alexeï ? demanda Nazari.

— Demandez donc à Ivan Kharkov s'il y a lieu de redouter le penchant d'Allon pour la vengeance…

Rozanov jeta un coup d'œil derrière lui avant de préciser :

— Si je suis venu ici, ce soir, c'est uniquement parce que le Kremlin est inquiet et voudrait savoir s'il est vrai que des terroristes tchétchènes ont fait main basse sur des matériaux hautement radioactifs.

— Le Kremlin a de bonnes raisons de s'inquiéter.

— C'est donc vrai ?

— Tout à fait.

— Je suis soulagé, Reza.

— Ah bon ? Pourquoi seriez-vous soulagé d'apprendre que les Tchétchènes sont en mesure de fabriquer une bombe nucléaire artisanale ?

— Parce que les coïncidences, dans cette affaire, sont plutôt intéressantes, vous ne trouvez pas ?

Rozanov se tourna vers sa vitre avant de poursuivre :

— D'abord, Allon simule sa propre mort… Puis une cinquantaine de kilos de déchets hautement radioactifs sont volés dans un laboratoire iranien…

Il s'interrompit avant d'ajouter :

— Et aujourd'hui, nous voilà tous les deux réunis à Hambourg…

— Qu'est-ce que vous insinuez, Alexeï ?

— Ni le SVR ni le FSB n'ont recueilli de renseignements indiquant que les Tchétchènes ont acquis des déchets radioactifs iraniens. Si vous ne m'aviez pas envoyé ce mail, je ne serais pas venu.

— Je vous ai envoyé ce mail parce que l'article disait vrai.

— Ou peut-être parce qu'Allon vous a demandé de le faire…

Cette fois, ce fut au tour de Nazari de se tourner vers sa vitre.

— Vous commencez à m'inquiéter, Alexeï, dit-il.

— Telle est bien mon intention…

Le Russe resta silencieux un moment avant d'ajouter :

— Vous êtes le seul qui ait pu donner mon nom à Allon.

— Vous oubliez Quinn…

Rozanov alluma une Dunhill d'un air pensif, comme s'il était en train de jouer mentalement aux échecs.

— Où est-il ? demanda Nazari.

— Quinn ?

Nazari hocha la tête.

— Pourquoi me posez-vous cette question ?

— Il a été notre sous-traitant.

— C'est exact, Reza. Mais, maintenant, il nous appartient corps et âme. Et l'endroit où il se trouve ne vous regarde en rien.

Nazari mit la main dans son manteau pour prendre ses cigarettes, mais Rozanov lui saisit le poignet avec une vigueur surprenante.

— Qu'est-ce que vous faites ? demanda le Russe.

— Je voulais simplement allumer une cigarette.

— Vous n'êtes pas venu armé, ce soir, hein, Reza ?

— Bien sûr que non.

— Vous auriez dû…

Rozanov eut un sourire glacial avant d'ajouter :

— Encore une erreur de votre part.

La Mercedes se dirigeait vers l'ouest dans la Feldstraße, une rue animée du quartier de Sankt Pauli. Deux motos la suivaient, ainsi que deux voitures, chacune contenant trois agents chevronnés des services secrets israéliens. Aucun d'entre eux ne savait ce qu'Alexeï Rozanov et Reza Nazari s'étaient dit. Seuls Gabriel Allon et Eli Lavon, penchés sur un ordinateur portable dans l'appartement sécurisé, avaient entendu cette conversation tendue. Le micro, dans le stylo que Nazari avait dans la poche intérieure de sa veste, ne leur était plus d'aucune utilité — il était largement au-delà de la portée du récepteur —, mais son téléphone portable leur fournissait une écoute parfaitement audible.

Or, depuis quelques minutes, il était muet — ce qui n'était jamais bon signe dans ce genre de situation. Dans la voiture, plus personne ne parlait. Il semblait même que plus personne ne respirait. Gabriel essaya d'imaginer la scène. Deux hommes à l'avant, deux à l'arrière, dont l'un était un otage. Alexeï avait peut-être dégainé un pistolet. *Ou peut-être n'a-t-il pas eu besoin de sortir l'artillerie,* songea Gabriel. Nazari, poussé à bout par la peur dans laquelle il vivait depuis quelques jours, avait peut-être avoué, par un geste silencieux, sa culpabilité.

Gabriel, l'œil rivé sur le signal lumineux qui clignotait sur l'écran, demanda à Lavon :

— Qu'est-ce qu'il fait, Alexeï, à ton avis ?

— Il y a plusieurs possibilités, répondit Lavon. Aucune n'est bonne, malheureusement…

— Pourquoi ne réagit-il pas ? Pourquoi ne prend-il pas de mesures de contre-surveillance ?

— Alexeï a peut-être du mal à y croire…

— Croire à quoi ?

— Que tu aies réussi à le retrouver aussi rapidement.

— Tu crois qu'il me sous-estime ? C'est ça que tu penses, Eli ?

— Je sais, c'est dur à croire, mais…

Lavon ne termina pas sa phrase car la voix de Rozanov se fit entendre dans le haut-parleur de l'ordinateur. Il parlait russe.

— Qu'est-ce qu'il dit ? demanda Gabriel.

— Il donne des indications au conducteur.

— Vers où se dirigent-ils ?

— Ce n'est pas clair. Mais j'ai l'impression qu'ils vont dans un endroit où ils pourront l'interroger à leur aise…

— J'aimerais bien écouter les questions qu'ils vont lui poser.

— Ça pourrait dégénérer. Salement…

Gabriel regarda le signal lumineux se déplacer sur l'écran. La Mercedes tournait dans la Stresemannstraße, une avenue plus large où la circulation était plus rapide.

— L'endroit est propice, observa Gabriel.

— On n'aura pas de meilleure occasion, dit Lavon.

Gabriel porta le micro de sa radio à ses lèvres et donna l'ordre. En quelques secondes, deux signaux lumineux clignotants apparurent sur l'écran. L'un était Mikhail, l'autre était Keller. La Mercedes roulait toujours à la même allure.

— Espérons qu'il n'y aura pas de dommages collatéraux, dit Lavon.

Oui, pensa Gabriel en entendant des coups de feu. *Espérons.*

Il y a des rues, à Hambourg, où les Allemands se cachent derrière des façades à l'anglaise dénuées de tout charme. L'endroit où la Mercedes noire vint s'échouer en était un exemple : une petite pelouse triangulaire bordée par la chaussée d'un côté et, de l'autre, par une rangée de maisons en brique dont on imaginait très bien les habitants en train de boire du thé et de regarder la BBC. Pour y parvenir, la Mercedes à la dérive avait traversé en dérapant les deux voies opposées de l'avenue. Au passage, elle avait percuté un réverbère et fracassé un petit panneau d'affichage avant de s'écraser contre un ormeau encore fragile. Le lendemain, les gens du voisinage s'efforcèrent en vain de ramener le jeune arbre à la vie.

Les deux hommes assis à l'avant du véhicule étaient morts bien avant qu'il ne s'immobilise. Ce n'était pas le choc qui les avait tués, mais les balles qu'on leur avait tirées à bout portant dans la tête pendant que la Mercedes roulait encore. Des témoins racontèrent plus tard qu'ils avaient vu deux motards, l'un grand et élancé, l'autre plus costaud. Chacun avait fait feu à deux reprises seulement.

Et les tirs avaient été si bien synchronisés que les détonations avaient été à peine distinctes les unes des autres. Les caméras de surveillance vidéo vinrent confirmer ces témoignages. Un inspecteur de la police de Hambourg qualifia ce double meurtre de « plus bel assassinat » qu'il ait jamais vu — une remarque de mauvais goût qui lui valut une sévère remontrance de ses supérieurs. Les cadavres, sur le sol allemand, ne sont jamais beaux, dut lui rappeler son chef. Surtout les cadavres de Russes. Peu importait qu'il s'agisse en l'occurrence de deux hommes de main du Centre moscovite : la remarque du policier était quand même déplacée.

Les deux motards avaient tout de suite disparu et jamais nul ne les revit. Les autorités ne parvinrent pas non plus à identifier la berline Volkswagen qui était arrivée sur les lieux quelques instants après le choc. Un homme robuste et trapu aux allures de troll en était sorti et avait ouvert l'une des portières arrière de la Mercedes comme si elle était en carton. Un témoin parla d'une brève mais sévère raclée, d'autres se montrèrent moins catégoriques à cet égard. Quoi qu'il en soit, le passager de type slave qui avait été extirpé de la Mercedes était en sang et hébété. Les témoignages divergèrent également sur la suite des événements. Comment s'était-il retrouvé dans la Volkswagen quelques secondes plus tard ? Certains dirent qu'il y était monté de son plein gré. D'autres qu'il y avait été contraint par le troll, qui était en train de lui briser le bras par une clé dans le dos. La manœuvre n'avait pas duré plus de dix secondes. Puis la Volkswagen et le malheureux de type slave avaient disparu à leur tour. L'inspecteur hambourgeois qui considérait l'assassinat comme un des beaux-arts ne décela aucune beauté dans l'œuvre du troll — mais il ne cacha pas qu'il était néanmoins impressionné par sa redoutable efficacité. N'importe qui peut appuyer sur la détente d'un pistolet, se plut-il à dire à ses collègues, mais seul un vrai professionnel peut enlever un agent du

Centre moscovite en pleine rue, comme on cueille une pomme dans un arbre.

Qu'en était-il du passager qui était assis derrière le conducteur trépassé ? Tous les témoins déclarèrent qu'il était sorti de la voiture de son propre gré et tous estimèrent qu'il n'était pas russe — un Arabe, peut-être… Ou un Turc, mais certainement pas un Russe. Pendant quelques instants, il avait paru sonné et hagard, ne sachant pas où il était ni où il devait aller. Puis il avait remarqué qu'un homme aux joues grêlées, assis dans une autre voiture, lui faisait signe par sa vitre ouverte. Il avait marché d'un pas chancelant vers le véhicule, répétant sans arrêt le même mot.

Ce mot était « Tala ». A cet égard, les témoignages étaient unanimes.

58
Hambourg

Quand on évacue un appartement sécurisé, il convient d'obéir à des règles et de suivre un rituel bien rodé. Ces règles et ce rituel sont prescrits par Dieu lui-même et gravés dans le marbre. Ces commandements sont inviolables, mêmes quand les cadavres de deux espions russes gisent sur une pelouse publique. Et même quand la cible de l'opération se trouve, bâillonnée et ligotée, dans le coffre d'une voiture en fuite. Gabriel et Eli Lavon entreprirent donc la purification cérémonielle de l'appartement, en silence et machinalement, mais avec zèle et dévotion.

A 21 h 30, ils en sortirent, verrouillèrent la porte derrière eux et descendirent dans la rue. Un autre rituel s'ensuivit : l'inspection méticuleuse de la voiture, en quête de bombe ou de traceur électronique. N'ayant rien trouvé de suspect, ils montèrent à bord. Gabriel autorisa Lavon à prendre le volant. Cet artiste de la filature à pied n'avait rien d'un champion de rallye, mais c'était sa prudence naturelle de conducteur qui constituait, en l'occurrence, un avantage opérationnel.

De Hambourg, ils se dirigèrent vers le sud et arrivèrent dans une petite ville nommée Döhle. Derrière cette bourgade s'étendait une forêt, accessible uniquement par une piste à peine carrossable, à l'entrée de laquelle était apposé un panneau « Voie privée ». Mikhail avait dégotté l'endroit la veille, ainsi que trois sites de rechange, en cas de besoin. Ceux-ci ne furent pas nécessaires. La forêt était déserte. Lavon éteignit ses phares en y entrant, navigant à la seule lueur de ses feux de position. Les arbres à feuilles caduques se mêlaient aux conifères des deux côtés de la piste. Gabriel aurait préféré des bouleaux, mais les forêts de bouleaux n'étaient pas chose courante dans l'ouest de l'Allemagne — on en trouvait surtout dans l'est…

Les feux de stationnement finirent par éclairer une Volkswagen, à l'arrêt dans une petite clairière. Mikhail était adossé à la carrosserie, les bras croisés. Keller était à son côté, fumant une cigarette. A leurs pieds gisait Alexeï Rozanov. Sa bouche était obstruée et ses mains liées avec de l'adhésif ultra-résistant. Ces précautions n'étaient pas nécessaires : l'agent secret russe flottait quelque part entre le coma et la conscience.

— Il a dit quelque chose ? s'enquit Gabriel.

— Il n'en a pas vraiment eu l'occasion, répondit Keller.

— Il a vu ton visage ?

— C'est probable mais ça m'étonnerait qu'il s'en souvienne.

— Fais-le revenir à lui. J'ai deux mots à lui dire.

Keller alla chercher une petite bouteille d'eau minérale dans la voiture et aspergea le visage de Rozanov jusqu'à ce qu'il remue.

— Remettez-le debout, dit Gabriel.

— Ça m'étonnerait qu'il tienne sur ses pattes.

— Faites-le quand même.

Keller et Mikhail prirent chacun un bras de Rozanov et le soulevèrent. Comme prévu, le Russe ne resta pas longtemps en position verticale. Ils le hissèrent de nouveau sur ses pieds mais, cette fois, ils le maintinrent debout. Sa tête bascula vers l'avant, le menton touchant sa poitrine. Il était plus grand qu'il n'en avait l'air sur les photos prises au Danemark. Et il était plus lourd : plus de cent kilos de muscles qui se transformaient lentement en gras. Il avait monté une belle opération, mais Gabriel en avait monté une plus belle encore. Il sortit le Glock de sa ceinture et se servit du canon pour soulever le menton de Rozanov.

Les yeux du Russe mirent un moment à prendre la mesure de ce qui l'entourait. Quand il fut bien éveillé, Gabriel n'y lut ni peur ni aucune autre émotion. *C'est un pro,* se dit Gabriel. Il arracha la bande adhésive de la bouche de Rozanov.

— Vous n'avez pas l'air très surpris de me voir, Alexeï, dit Gabriel.

— Nous nous connaissons ? murmura le Russe.

Gabriel esquissa un sourire sans joie.

— Non, dit-il au bout d'un moment. Je n'ai pas eu ce déplaisir jusqu'à aujourd'hui. Mais je connais bien votre œuvre. Très bien, en fait. De la préface à l'épilogue. Il y a juste quelques détails que j'aimerais éclaircir.

— Que me proposez-vous, Allon ?

— Rien.

Gabriel dirigea son arme vers le pied droit de Rozanov et pressa la détente. La détonation retentit dans la clairière. Ainsi que les hurlements du Russe.

— Vous commencez à vous rendre compte de la gravité de la situation, Alexeï ? demanda Gabriel.

Rozanov était incapable de répondre. Ce fut donc Gabriel qui parla à sa place.

— Vous et votre service avez posé une bombe dans Brompton Road à Londres. Elle était destinée à nous tuer, moi et un de mes amis. Nous en avons réchappé mais cinquante-deux innocents sont morts. Vous avez tué Charlotte Harris, de Shepherd's Bush. Vous avez tué son fils, qui se prénommait Peter comme son grand-père. C'est à cause d'eux que vous êtes ici, ce soir…

Gabriel pointa le Glock vers le visage de Rozanov.

— Qu'avez-vous à dire pour votre défense, Alexeï ?

— C'est Eamon Quinn qui a posé cette bombe, haleta Rozanov. Pas nous.

— Vous l'avez payé pour commettre cet attentat, Alexeï. Et vous lui avez procuré une assistante, une certaine Katerina…

Rozanov leva les yeux brusquement vers Gabriel.

— Où est Quinn ? demanda Gabriel.

— Je n'en sais rien.

— Où ? insista Gabriel.

— Je vous l'ai dit : je ne sais pas où il est.

Gabriel visa le pied gauche de Rozanov et fit feu.

— Mon Dieu ! Arrêtez, je vous en prie ! cria celui-ci.

Le Russe ne hurlait plus de douleur, il geignait comme un enfant. *Il gémit,* songea Gabriel, *comme ont gémi les survivants mutilés de l'un des attentats perpétrés par Quinn…* Quinn, qui pouvait propulser une boule de feu à trois cent cinquante mètres par seconde. Quinn, qui avait séjourné dans un camp libyen avec un Palestinien nommé Tariq al-Hourani.

« Tu crois qu'ils se connaissaient ?

— *J'aurais du mal à croire qu'ils ne se connaissaient pas… »*

— Commençons par quelque chose de simple, dit tranquillement Gabriel. Comment vous êtes-vous procuré mon numéro de portable ?

— Quand vous étiez à Omagh, dit le Russe. Au mémorial… Une femme vous suivait. Elle a fait semblant de prendre votre photo.

— Je me souviens d'elle.

— En fait, elle a piraté votre BlackBerry. Nous n'avons pas pu décoder vos messages, mais c'est comme ça que nous avons appris le numéro de cette ligne…

— Que vous avez transmis à Quinn.

— Oui.

— C'est donc bien Quinn qui m'a envoyé un message juste avant l'attentat…

— Oui… « Les briques sont dans le mur… »

— Où était-il quand il me l'a envoyé ?

— Il était dans Brompton Road, répondit le Russe. Mais hors de la zone d'impact de l'explosion.

— Pourquoi l'avez-vous laissé envoyer ce message ?

— Il tenait à ce que vous sachiez que c'était lui.

— Par fierté professionnelle ?

— Apparemment, il y a un rapport avec un certain Tariq, répondit Rozanov.

Gabriel sentit son cœur bondir dans sa poitrine.

— Tariq al-Hourani ?

— Oui… Un Palestinien… qui est mort.

— Et alors ?

— Quinn a dit qu'il voulait régler une vieille dette, expliqua Rozanov.

— En me tuant ?

Rozanov hocha la tête.

— A l'évidence, ils avaient été très proches.

C'est plus que vraisemblable, pensa Gabriel. Rozanov n'avait pu entendre parler de Tariq que par Quinn.

— Quinn sait-il que je suis toujours vivant ? demanda-t-il.

— Nous le lui avons appris ce matin.

— Donc vous savez où il se trouve !

Rozanov resta muet. Gabriel pressa le canon du Glock sous le genou du Russe.

— Où est-il, Alexeï ?

— Il est retourné en Angleterre.

— Où ça, en Angleterre ?

— Je n'en sais rien.

Gabriel enfonça brutalement le canon de son arme dans le creux du genou du Russe.

— Je vous jure, Allon, gémit celui-ci, que je ne sais pas où il est.

— Pourquoi est-il retourné en Angleterre ?

— Pour accomplir la deuxième phase de l'opération.

— Où doit-elle avoir lieu ?

— Au Guy's Hospital, à Londres.

— Quand ça ?

— A 15 heures, demain.

— Et quelle est la cible ?

— Le Premier ministre. Quinn et Katerina vont tuer Jonathan Lancaster demain après-midi, à Londres.

59
Allemagne du Nord

Le Russe s'affaiblissait : il perdait son sang mais aussi sa volonté de vivre. Gabriel lui fit cracher la vérité, étape par étape, contrat par contrat, trahison par trahison — des débuts tragiques de l'opération au mail qui était arrivé au Centre moscovite plus tôt dans la soirée. Ce mail avait été envoyé d'un téléphone non sécurisé, parce que celui de Katerina Akoulova avait émis son dernier signal du fond de la mer du Nord. Quinn, révéla Rozanov, avait pris les choses en main et n'en faisait plus qu'à sa tête. Dès lors, Quinn avait échappé au contrôle du Centre moscovite. Quinn était devenu un électron libre.

— Où étaient-ils quand ils ont envoyé ce mail ?

— Nous n'avons pas pu le déterminer.

Gabriel marcha brutalement sur le pied droit brisé de Rozanov. Lorsqu'il retrouva l'usage de la parole, le Russe avoua que le mail avait été envoyé d'un cybercafé situé dans la ville de Fleetwood.

— Ils ont une voiture ? demanda Gabriel.

— Une Renault.

— Quel modèle ?

— Je crois que c'est un Scénic.

— Comment va se dérouler l'attentat ? Quel moyen va-t-il utiliser ?

— Il s'agit d'Eamon Quinn…

— Par véhicule piégé ?

— C'est sa spécialité.

— Une voiture ou un camion ?
— Une camionnette.
— Où se trouve-t-elle, en ce moment ?
— Dans un garage de l'Est londonien.
— Où ça, dans l'Est londonien ?

Rozanov donna une adresse dans Thames Road à Barking, dans la banlieue est de Londres, avant que son menton ne s'affaisse à nouveau contre sa poitrine. Il était exténué. D'un regard, Gabriel ordonna à Keller et à Mikhail de le lâcher. Le Russe bascula vers l'avant, comme un arbre qu'on abat, et s'effondra face contre terre sur le sol humide de la forêt. Gabriel le retourna sans ménagement et pointa son arme vers le visage de Rozanov.

— Qu'attendez-vous pour tirer ? demanda Rozanov.

Gabriel le regarda droit dans les yeux mais ne répondit pas.

— C'est peut-être vrai, ce qu'on dit de vous, souffla le Russe.

— C'est-à-dire ?

— Que vous êtes trop vieux… Que vous n'avez plus les tripes pour faire ce métier…

Gabriel sourit.

— J'ai une dernière question à vous poser, Alexeï.

— Je vous ai dit tout ce que je sais.

— Vous ne m'avez pas dit comment vous avez découvert que j'étais toujours vivant…

— Nous l'avons appris en interceptant une communication…

— Mais encore ?

— Votre voix, dit Rozanov. Nous avons entendu votre voix…

Cette explication ne convainquit pas Gabriel. Il plaqua le canon du Glock sur le genou de Rozanov et fit feu. Le Russe tressaillit de douleur.

— Nous avions… une… source, murmura-t-il.

— Où ?

— Au sein… du Bureau…

Gabriel tira une deuxième fois dans le même genou.

— Vous feriez mieux de me dire la vérité, Alexeï, dit-il. Sinon, je vais réduire votre genou en bouillie.

— Une source, murmura Rozanov.

— Oui, je sais, vous aviez une source… Mais de qui s'agit-il ?

— Il travaille…

— Où travaille-t-il, Alexeï ?

— Au MI6.

— Quelle branche ?

— Au service du personnel et de…

— Au service du personnel et de la sécurité ?

— Oui.

— Son nom, Alexeï. Dites-moi son nom !

— Je ne peux…

— Dites-moi son nom, Alexeï… Et je mettrai un terme à vos souffrances…

TROISIÈME PARTIE

Au pays des bandits

60
Vauxhall Cross, Londres

A peu près une heure après la mort d'Alexeï Rozanov, Graham Seymour reçut le premier rapport de sa toute nouvelle recrue. Il y était indiqué que le Premier ministre Jonathan Lancaster était en danger de mort et révélait qu'il y avait une taupe du SVR au sein du MI6. Plus tard, Seymour reconnut que c'était une manière plutôt prometteuse de commencer une carrière dans l'action clandestine.

Etant donné les circonstances, Seymour jugea préférable d'envoyer un avion privé chercher Gabriel et Keller. Ils embarquèrent au Bourget, près de Paris, et atterrirent au London City Airport, dans les Docklands. Une voiture du MI6 les transporta à vive allure à Vauxhall Cross, où Seymour les attendait dans une pièce sans fenêtre du dernier étage, un téléphone plaqué contre l'oreille. Il raccrocha lorsqu'ils entrèrent et les étudia attentivement pendant un moment de son œil gris inexpressif.

— Il y a un enregistrement audio ? finit-il par demander.

Gabriel sortit son BlackBerry, fit défiler la bande jusqu'au passage crucial et appuya sur « marche ».

— Où doit-elle avoir lieu ?

— Au Guy's Hospital, à Londres.

— Quand ça ?

— A 15 heures, demain.

— Et quelle est la cible ?

— *Le Premier ministre. Quinn et Katerina vont tuer Jonathan Lancaster demain après-midi, à Londres.*

Gabriel cliqua sur « pause ». Seymour fixait le téléphone, impassible.

— C'était Alexeï Rozanov ? demanda-t-il.

Gabriel hocha la tête.

— Vous devriez me faire écouter cet enregistrement depuis le début, suggéra Seymour.

— En fait, je crois qu'il faudrait commencer par la fin…

Gabriel refit défiler l'enregistrement avant d'appuyer de nouveau sur « marche ».

— *Son nom, Alexeï. Dites-moi son nom !*

— *Je ne peux…*

— *Dites-moi son nom, Alexeï… Et je mettrai un terme à vos souffrances…*

— *Grrr…*

— *Excusez-moi, Alexeï, mais je n'ai pas bien entendu…*

— *Grimes…*

— *C'est son nom de famille ?*

— *Oui.*

— *Et son prénom, Alexeï ? Dites-moi son prénom.*

— *Arthur.*

— *Arthur Grimes… C'est bien ça, son nom ?*

— *Oui.*

— *Arthur Grimes, du service du personnel et de la sécurité du MI6, est une taupe à la solde des services de renseignements russes ?*

— *Oui.*

Il y eut ensuite un bruit qui ressemblait fort à une détonation. Gabriel appuya sur « Pause ». Seymour ferma les yeux.

*
* *

A 9 heures, ce matin-là, une équipe de la branche A1A du MI5 fit irruption dans un entrepôt situé au 22, Thames Road, dans la ville de Barking, dans l'est du Grand Londres. Ils n'y trouvèrent aucun véhicule ni aucun indice visible permettant de penser qu'une bombe avait été fabriquée dans ce local. Simultanément, une deuxième équipe du MI5 entrait dans le cybercafé de Lord Street, à Fleetwood. Par un petit coup de chance, l'un des employés en service ce matin-là avait travaillé la veille au soir. Il se souvenait d'un homme et d'une femme qui correspondaient aux descriptions de Quinn et de Katerina. Il se souvenait en outre de l'ordinateur dont ils s'étaient servis. L'équipe du MI5 saisit l'appareil et le chargea dans un hélicoptère de la Royal Navy. Il devait arriver à Londres peu avant midi. Amanda Wallace avait insisté pour que ce soit le laboratoire du MI5 qui soit chargé de l'examen technique de l'ordinateur. Graham Seymour avait jugé de bonne politique d'accéder à sa demande.

— Où est Grimes ? demanda Gabriel.

— Il est entré dans l'immeuble il y a quelques minutes. Une équipe est en train de fouiller son appartement de fond en comble à l'instant même où nous parlons. C'est assez délicat, pour les membres de cette équipe : Grimes est leur supérieur immédiat…

— De quoi est-il au courant ?

— Il s'occupe de vérifier les antécédents des agents du MI6 et des personnes que nous envisageons de recruter…

Seymour jeta un regard en coin à Keller avant de reprendre :

— En fait, j'ai été amené à lui révéler, il y a quelques jours, un projet spécial que nous devions mettre en œuvre à court terme…

— Vous voulez parler de moi ? demanda Keller.

Seymour hocha la tête.

— Grimes, poursuivit-il, enquête également sur les soupçons de manquements aux règles de sécurité, ce qui veut dire qu'il est dans une position idéale pour couvrir d'autres taupes et espions russes. S'il émarge vraiment à la caisse du SVR, ce sera, pour les services de renseignements occidentaux, le plus grand scandale depuis l'affaire Aldrich Ames[1].

— C'est la raison pour laquelle vous n'en avez pas parlé à Amanda Wallace…

Seymour resta muet.

— Grimes savait-il que Keller et moi séjournions à Wormwood Cottage ?

— En général, il ne s'occupe pas des maisons sécurisées, mais il est certainement au courant quand un « invité » important y est hébergé. Dans quelques minutes, nous saurons avec certitude si c'est bien lui qui est la source de la fuite.

— Comment ça ?

— Youri Volkov va nous le confirmer.

— Qui est ce Volkov ?

— C'est l'adjoint du *rezident* du SVR à l'ambassade de Russie. Le MI5 est convaincu qu'il a rencontré un informateur hier après-midi, dans le métro. Un de mes hommes se trouve en ce moment à Thames House et est en train de visionner les enregistrements des caméras de surveillance du métro. En fait…

Le téléphone interrompit Seymour. Il décrocha et écouta sans rien dire pendant quelques instants. Puis il coupa la communication et passa un appel.

— Ne le perdez pas de vue, même pendant une minute… S'il va aux toilettes, vous l'y suivez…

1. Officier de la CIA et agent double qui, par appât du gain, a trahi son pays de 1985 à 1994 pour le compte du KGB, lequel lui versait de très fortes sommes en échange de renseignements cruciaux sur l'espionnage américain en URSS, permettant aux services secrets russes de démasquer des dizaines de taupes à la solde des Occidentaux. Son arrestation par le FBI, en 1994, a provoqué un immense scandale aux Etats-Unis, contraignant le directeur de la CIA, James Woolsey, à démissionner. (NdT)

Seymour raccrocha et se tourna vers Gabriel et Keller.

— J'aurais dû prendre ma retraite quand il en était encore temps, murmura-t-il.

— Ç'aurait été une grave erreur, dit Keller.

— Pourquoi ?

— Parce que vous auriez laissé passer l'occasion de mettre Quinn hors d'état de nuire.

— Je ne suis pas certain de vouloir avoir une autre occasion. Après tout, je me suis vraiment mal débrouillé face à lui… En fait, le score est de deux à zéro en sa faveur.

Un lourd silence se fit dans la pièce sans fenêtre. Seymour et Keller fixaient tous deux le téléphone. Gabriel avait les yeux rivés sur la pendule.

— Combien de temps comptez-vous attendre, Graham ? finit-il par demander.

— Avant quoi ?

— Avant que vous me laissiez dire deux mots discrètement à Arthur Grimes.

— Vous ne vous en approcherez pas, Gabriel. Personne ne va lui parler, répliqua Seymour. Pas avant longtemps, en tout cas. Il faudra peut-être attendre plusieurs mois avant de l'interroger.

— Nous n'avons pas plusieurs mois devant nous, Graham. Nous avons jusqu'à 15 heures.

— Il n'y avait pas de bombe dans cet entrepôt de Barking, objecta Seymour.

— Justement. Cette nouvelle est plutôt inquiétante.

Seymour se tourna vers la pendule.

— Nous allons donner au labo du MI5 jusqu'à 14 heures pour localiser les échanges de mails sur l'ordinateur saisi à Fleetwood. S'ils n'ont rien trouvé à ce moment-là, nous interrogerons Grimes.

— Que comptez-vous lui demander ?

— Je vais commencer par son trajet en métro avec Youri Volkov.

— Et vous savez ce qu'il vous dira ?

— Non…
— « Youri, quel Youri ? » Voilà ce qu'il vous dira…
— Vous êtes un indécrottable fataliste, Gabriel.
— Je sais. Ça m'évite d'être déçu après coup.

61
Bristol, Angleterre

A 9 heures, ce matin-là, la station de radio BBC 4 diffusa un premier communiqué, bref et fragmentaire, sur l'incident de Hambourg. Deux hommes avaient été abattus, deux autres avaient disparu. Les deux morts étaient russes. Des personnes disparues, on ne savait pas grand-chose. La chancelière allemande fit part de sa profonde préoccupation. Le Kremlin exprima son indignation — comme souvent, ces derniers temps.

Quinn et Katerina apprirent la nouvelle en roulant sur l'autoroute M5 vers Birmingham. Une heure plus tard, ils entendirent le même fait divers actualisé, toujours dans leur voiture. Cette fois, elle était à l'arrêt, garée devant Marks & Spencer, dans le parking du vaste centre commercial du Cribbs Causeway, à Bristol. La version de 22 heures ne comportait qu'une nouvelle information : selon la police allemande, les victimes étaient toutes deux porteuses de passeports diplomatiques. Katerina éteignit la radio lorsque l'expert en politique étrangère de la BBC entreprit d'expliquer aux auditeurs que cet incident menaçait de partir en vrille et de déboucher sur une crise à part entière.

— Nous savons maintenant avec certitude pourquoi Allon a simulé sa propre mort, dit-elle.

— Pourquoi Alexeï serait-il allé à Hambourg hier soir ?

— Il y a peut-être été attiré par traîtrise…

— Par qui ?

— Par Allon, bien évidemment. Il doit être en train d'interroger Alexeï à l'heure qu'il est. Ou Alexeï est peut-être déjà mort… De toute façon, il faut partir du principe qu'Allon sait où nous sommes. Ce qui veut dire qu'il faut que nous quittions l'Angleterre sans plus tarder…

Quinn ne parut pas convaincu.

— Et si je te prouve qu'Alexeï était dans cette voiture ? demanda Katerina.

— Un autre mail au Centre moscovite ?

Elle hocha la tête.

— Hors de question, dit Quinn.

Elle jeta un coup d'œil autour d'elle aux autres véhicules garés dans le parking.

— Ils sont peut-être en train de nous surveiller en ce moment, dit-elle.

— Impossible.

— Comment peux-tu en être sûr ?

— Ça fait longtemps que je les combats, Katerina. J'en suis certain, point barre.

Cette réponse ne la satisfaisait pas.

— Je ne suis pas une djihadiste, Eamon, dit-elle. Je ne suis pas venue ici pour mourir. Emmène-moi hors d'Angleterre. Puis on contactera le Centre, qui te paiera en échange de mon retour indemne à Moscou.

— C'est précisément ce que nous allons faire, dit Quinn. Mais il faut d'abord régler un petit problème en suspens…

Katerina vit deux femmes entrer chez Marks & Spencer.

— Pourquoi est-on venus ici ? demanda-t-elle.

— On va faire quelques emplettes.

— Et ensuite ?

— On va faire une petite balade.

62
10, Downing Street

Graham Seymour sortit de Vauxhall Cross peu après midi et se rendit au 10, Downing Street pour informer le Premier ministre Jonathan Lancaster de la situation. Il lui dit qu'Eamon Quinn était presque certainement de retour en Grande-Bretagne et qu'il préparait un nouvel attentat — peut-être au Guy's Hospital, pendant la visite du Premier ministre dans ce centre hospitalier de la capitale, ou peut-être visant une autre cible. On en saurait davantage, expliqua Seymour, quand le labo du MI5 aurait achevé de disséquer l'ordinateur saisi à Fleetwood. Il ne mentionna pas Arthur Grimes ni sa brève rencontre avec Youri Volkov, de l'ambassade de Russie.

— Amanda vient de partir, dit le Premier ministre. Elle m'a conseillé d'annuler ma visite au Guy's Hospital. Elle pense aussi que ce serait une bonne idée si je m'enfermais ici jusqu'à ce que Quinn soit capturé…

— Amanda est pleine de sagesse.

— Quand elle est d'accord avec vous, ironisa le Premier ministre en souriant. Je suis content de voir que vous vous entendez bien de nouveau… C'est bien le cas, n'est-ce pas, Graham ?

— Oui, monsieur le Premier ministre.

— Alors, je vais vous redire ce que je lui ai dit : je ne vais pas bouleverser mon emploi du temps à cause d'un terroriste de l'IRA.

— Cette affaire n'a rien à voir avec l'IRA. Quinn n'agit que pour l'argent.

— Raison de plus !

Le Premier ministre se leva et raccompagna Seymour jusqu'à la porte de son bureau.

— Autre chose, Graham, dit-il.

— Oui, monsieur le Premier ministre ?

— Pas d'arrestations, cette fois.

— Je vous demande pardon, monsieur ?

— Vous m'avez très bien entendu… Pas d'arrestations.

Il posa la main sur l'épaule de Seymour et ajouta :

— Vous savez, Graham, la vengeance a parfois du bon… Elle réchauffe le cœur…

— Je ne cherche pas à me venger, monsieur le Premier ministre.

— Alors, je vous suggère de trouver quelqu'un qui a soif de vengeance et de le lancer aux trousses de Quinn.

— Il se trouve justement que je viens de m'assurer les services d'un homme qui a ce profil… De deux, en fait.

La voiture de Seymour l'attendait devant la célèbre porte noire du 10, Downing Street. Il revint à Vauxhall Cross, où il retrouva Gabriel et Keller dans la pièce sans fenêtre du dernier étage. On aurait dit qu'ils n'avaient pas bougé d'un iota depuis son départ.

— Comment était-il ? s'enquit Gabriel.

— Résolu jusqu'à l'obstination.

— A quelle heure son cortège quitte-t-il Downing Street ?

— 14 h 45.

Gabriel se tourna vers la pendule. Il était 13 h 55.

— Je sais que nous avons dit 14 heures, Graham, mais…

— On attend jusqu'à 14 heures.

Les trois hommes restèrent assis, immobiles et silencieux pendant que s'égrenaient les cinq dernières minutes. A 14 heures pile, Seymour appela Amanda Wallace à Thames House et lui demanda où en était l'analyse informatique.

— Ils ont bientôt fini, dit-elle.
— Il leur faut encore combien de temps ?
— Moins d'une heure.
— Ça ne suffira pas.
— Que veux-tu que je fasse ?
— Appelle-moi dès que tu en sauras plus.
Seymour raccrocha et se tourna vers Gabriel.
— Il vaudrait peut-être mieux que vous ne restiez pas ici pour la suite des événements, dit-il.
— Peut-être, rétorqua Gabriel, mais pour rien au monde je ne raterais ça.
Seymour décrocha le téléphone à nouveau et composa un numéro.
— Arthur, lança-t-il d'un ton cordial. C'est Graham. Je suis vraiment content de vous mettre la main dessus…

Sept étages au-dessous de la pièce où se trouvait Seymour, un homme, dans un petit bureau gris, raccrocha. Sa porte était signalée par un numéro et non par une plaque nominative. Il en allait ainsi de tous les bureaux de ce type à Vauxhall Cross. Il était étrange que Seymour l'ait appelé par son prénom, car la plupart des employés de Vauxhall Cross le désignaient par son titre, abrégé en « Personnel ». « Allez chercher Personnel. » « Planquez-vous, voilà Personnel… » Ce nom était péjoratif, insultant. On le détestait, on le méprisait. Et surtout on le craignait. Il était celui qui exposait les secrets de ses collègues et qui tenait la chronique de leurs peccadilles et de leurs mensonges. Il savait tout de leurs liaisons amoureuses, de leurs problèmes financiers, de leurs penchants pour la bouteille. Il avait le pouvoir de ruiner les carrières ou, selon son bon vouloir, de les sauver. Il était à la fois procureur, juge et bourreau. Il était un dieu trônant dans une petite boîte grise. Et pourtant, lui aussi, il s'adonnait à de menues turpitudes, lui aussi avait ses petits secrets — que les Russes avaient réussi à percer. Ils lui avaient offert une très jeune mineure, une Lolita, en échange de laquelle il avait abdiqué le peu de dignité qui lui restait.

« *C'est Graham. Je suis vraiment content de vous mettre la main dessus…* »

Voilà un choix de mots intéressants, songea Grimes. C'était peut-être un lapsus révélateur, mais Grimes y voyait plutôt de l'humour noir. Cette convocation dans le bureau du directeur le lendemain du jour où il avait transmis des informations cryptées dans le métro londonien. Une telle coïncidence était en soi de mauvais augure. Cette brève et muette rencontre avec Volkov, rendue nécessaire par l'urgence, avait été risquée, imprudente même. Malgré toutes les précautions, il semblait avoir été démasqué.

« *Je suis vraiment content de vous mettre la main dessus…* »

Sa veste était accrochée à une patère, à côté d'une photo de sa famille — la dernière, prise juste avant le divorce. Dans le couloir, Nick Rowe était en train de draguer une jolie secrétaire — Rowe, qui tout au long de la matinée n'avait pas lâché Grimes d'une semelle… Il passa devant eux sans dire un mot et marcha jusqu'aux ascenseurs. Une cabine s'ouvrit à l'instant même où il appuya sur le bouton d'appel. Et il se dit que, cela aussi, ce n'était pas une coïncidence.

La cabine s'éleva sans le moindre à-coup avec une telle douceur que Grimes ne la sentit pas bouger. Lorsque les portes coulissèrent, il vit Ed Marlowe, un collègue qui travaillait dans le même département que lui, qui se tenait dans le vestibule.

— Arthur ! cria-t-il, comme si Grimes était dur d'oreille. Je t'offre un verre, un peu plus tard ? Il y a un ou deux petits problèmes à régler…

Sans attendre de réponse, Marlowe se faufila de justesse entre les portes de l'ascenseur qui se refermaient. Grimes passa de la pénombre du vestibule à la lumière éclatante de l'atrium. Il était dans le Walhalla de l'espionnage, le Saint des Saints. La pièce dans laquelle l'attendait Graham

Seymour se trouvait à sa droite. A sa gauche s'étendait un couloir qui menait à la terrasse. Grimes alla vers la gauche et sortit sur la terrasse. Un vent glacial lui cingla le visage. A ses pieds coulait la Tamise, sombre et grise — et cependant rassurante. Grimes inspira profondément et rassembla calmement ses pensées. Il avait l'avantage de connaître leurs techniques. Son bureau était en ordre, exempt de toute preuve. Ainsi que son appartement, ses comptes en banque, ses ordinateurs et ses téléphones. Ils n'avaient rien contre lui. Tout ce qu'ils pouvaient lui reprocher, c'était ce bref trajet, dans le métro, à quelques mètres de Youri Volkov. Il pouvait nier, tenir bon. Il était au-dessus de tout reproche. Il était Personnel.

A cet instant, il entendit une porte s'ouvrir et se refermer derrière lui. Il se retourna lentement et vit Graham Seymour, debout sur la terrasse. Ses cheveux gris flottaient au vent et il avait un sourire aux lèvres — ce même sourire charmeur, songea Grimes, qui avait facilité son ascension vers les sommets pendant que d'autres, qui valaient mieux que lui, avaient continué de besogner dans les étages inférieurs. Seymour n'était pas seul. Derrière lui se tenait un homme plus petit, aux yeux d'émeraude et aux tempes de cendre. Grimes le reconnut et sentit ses intestins se liquéfier.

— Arthur, dit Seymour avec la même fausse cordialité dont il avait usé au téléphone. Qu'est-ce que vous faites ? Nous vous attendons pour commencer…

— Désolé, Graham, mais je n'ai pas souvent l'occasion de monter ici.

Grimes rendit son sourire à Seymour, mais le sien était tout différent. *Un sourire forcé, crispé, suant la culpabilité,* se dit-il. Il se retourna et contempla de nouveau le fleuve. Une main se tendit en vain vers lui pour le retenir lorsqu'il enjamba la balustrade et, en plongeant dans le vide, il s'imagina qu'il volait. Puis il heurta le sol d'une terrasse inférieure avec un bruit sourd, comme celui d'un fruit qui éclate en s'écrasant.

Il avait fait une chute de plusieurs étages, suffisante

pour tuer un homme — mais pas sur le coup. Pendant un bref instant, il eut conscience de visages familiers qui se penchaient sur lui. Ces visages, il les avait déjà tous vus dans des fichiers : c'étaient ceux d'agents du MI6 dont il avait fouillé la vie à sa guise. Et pourtant, alors même qu'il agonisait dans les plus terribles souffrances, personne ne l'appelait par son vrai nom. « Personnel est tombé de la terrasse du toit », disaient-ils. « Personnel est mort. »

63
Cornouailles, Angleterre

Au Marks & Spencer de Bristol, Quinn et Katerina achetèrent deux paires de chaussures de randonnée, deux sacs à dos, des jumelles, des cannes et un guide touristique du Devon et de la Cornouailles. Ils rangèrent les sacs à l'arrière de la Renault et roulèrent vers l'ouest, jusqu'à la localité cornique de Helston, voisine de la base aérienne Culdrose de la Royal Navy, le plus grand héliport militaire d'Europe. Quinn sentit son cœur se serrer lorsqu'il passa le long des hautes clôtures de la base, surmontées de barbelés hérissés de lames de rasoir. Il vit un Sea King voler au-dessus de la route et se crut subitement revenu au pays des bandits, dans le Sud-Armagh.

Ma guerre est finie, se reprit-il. *Aujourd'hui, la guerre, je la fais ici.*

Le village de Mullion se trouvait à cinq kilomètres de la base aérienne. Quinn suivit les panneaux qui menaient à l'Old Inn et trouva un parking de l'autre côté de la rue, à côté du magasin d'articles de plage Atlantic Forge. Ils chaussèrent leurs chaussures de randonnée et enfilèrent leurs cirés. Puis Quinn fourra la carte, le guide et la paire de jumelles dans son sac à dos. Il laissa le sac rempli d'armes à feu dans la voiture, n'emportant que le Makarov. Katerina n'avait pas d'armes.

— Quelle est notre couverture ? demanda-t-elle en achevant de mettre son manteau.

— On est des vacanciers.

— En plein hiver ?

— J'ai toujours aimé les stations balnéaires en hiver, dit Quinn.

— Dans quel hôtel allons-nous loger ?

— Je te laisse choisir.

— Qu'est-ce que tu dirais du Godolphin Arms, à Marazion ?

Quinn sourit.

— Tu m'épates, dit-il.

— Je suis meilleure que toi.

— Tu peux imiter l'accent anglais ?

Elle hésita avant de répondre :

— Oui… Je crois que je peux.

— Tu viens de Londres et tu travailles dans une banque. Et moi, je suis ton petit copain panaméen.

— J'en ai de la chance…

Ils sortirent du village et suivirent la route de Poldhu. Quinn marchait au bord de la chaussée tandis que Katerina, plus prudemment, le suivait sur le bas-côté. Au bout d'un peu moins d'un kilomètre, ils arrivèrent à une ouverture dans la haie qui bordait la petite route, où un petit panneau indiquait un sentier public. Ils franchirent une grille antibétail et traversèrent un pré pour rejoindre le chemin de grande randonnée du Sud-Ouest. Ils le suivirent sur les falaises qui surplombaient la plage de Poldhu puis le long du terrain de golf de Mullion jusqu'à l'église de St. Winwaloe. Après s'être abrités quelques moments dans l'antique édifice, ils reprirent leur marche vers le nord jusqu'à la crique de Gunwalloe. Le cottage se dressait, solitaire, sur l'une des falaises de l'extrémité sud de la crique, nichée dans un jardin naturel parsemé d'arméries et de fétuques. Deux voitures étaient garées dans l'allée.

— On y est, dit Quinn.

Il sortit les jumelles du sac à dos et se mit à observer les falaises environnantes les unes après les autres, comme s'il admirait le paysage. Puis il concentra sa vision uniquement sur le cottage. L'une des voitures était inoccupée, mais deux hommes étaient assis dans l'autre. Quinn scruta ensuite une à une les fenêtres du cottage. Les stores étaient tous bien fermés.

— Nous ne sommes pas seuls, murmura Katerina.

— Je le vois, dit Quinn en abaissant les jumelles.

— Qu'est-ce qu'on fait ?

— On se promène.

Quinn rangea les jumelles dans le sac à dos et le remit à son épaule. Puis ils poursuivirent leur marche dans la même direction. A cent mètres de là, un homme venait vers eux le long du bord des falaises. *Ce n'est pas un banal randonneur,* se dit Quinn. Ses mouvements étaient bien coordonnés, sa démarche légère, il avait un pistolet sous son coupe-vent bleu marine. C'était un ancien militaire, peut-être même un vétéran du SAS. Le Makarov était glissé à la ceinture de Quinn, dans le creux des reins. Il regrettait à présent qu'il ne soit pas plus facile à atteindre — mais il était trop tard pour le changer de place.

— Mets-toi à causer, murmura Quinn.

— De quoi ?

— Du bon temps que tu as pris avec Bill et Mary le week-end dernier, de la maison de campagne de tes rêves… Un petit cottage dans les Cotswolds, peut-être…

— Je déteste les Cotswolds.

Cela n'empêcha pas Katerina de se mettre à parler avec un enthousiasme passionné de Bill et de Mary, ainsi que de leur merveilleuse petite maison rustique près de Chipping Campden. Elle poursuivit en racontant comment Bill devenait un peu dragueur quand il buvait et comment Mary s'était entichée secrètement du beau Thomas, un collègue très mignon, que Katerina avait toujours pris pour un gay… Ce fut à cet instant que l'ex-soldat arriva à leur hauteur. Quinn se déporta derrière Katerina pour laisser le passage au promeneur. Elle ralentit le pas, le temps de lui souhaiter une bonne matinée, mais Quinn garda les yeux rivés au sol et ne prononça pas le moindre mot.

— Tu as vu comment il nous a regardés ? demanda Katerina lorsque l'homme eut passé son chemin.

— Continue à marcher, dit Quinn. Et, surtout, ne te retourne pas.

Le cottage se trouvait maintenant à quelques dizaines de mètres d'eux. Le sentier côtier le contournait, longeant les limites d'un champ verdoyant. Un léger dénivelé permit à Quinn de jeter au passage un coup d'œil innocent sur ce qu'il y avait de l'autre côté de la haie. Il entraperçut les visages des deux hommes qui étaient assis dans la voiture garée. Katerina était en train de porter quelques jugements catégoriques sur Mary, et Quinn hochait lentement la tête, comme s'il trouvait aux remarques de sa compagne une profondeur édifiante. Puis, à un peu plus de cinquante mètres du cottage, il s'arrêta au bord de la falaise et contempla la crique qui s'étendait à ses pieds. Un pêcheur était en train de jeter sa ligne dans les vagues. Derrière lui, une femme marchait sur une grève de sable doré, suivie par un autre homme, dont le coupe-vent était de la même couleur que celui de l'ex-soldat que Quinn et Katerina venaient de croiser. La femme marchait, en leur tournant le dos, d'un pas lent, sans but — comme une détenue accomplissant sa promenade rituelle dans une cour de prison. Quinn attendit qu'elle se retourne pour plaquer les jumelles contre ses yeux. Puis il les tendit à Katerina.

— Je n'en ai pas besoin, dit-elle.

— C'est bien elle ?

Katerina fixa un moment la femme qui marchait vers elle au bord de l'eau.

— Oui, finit-elle par répondre. C'est bien elle.

64
Guy's Hospital, Londres

Dans les minutes qui suivirent le suicide d'Arthur Grimes, Graham Seymour pressa une nouvelle fois Jonathan Lancaster de reporter sa visite au Guy's Hospital. Le Premier ministre tint bon, même s'il consentit à ajouter deux hommes à son escorte d'anges gardiens. Deux hommes qui partageaient son opinion au sujet de la vengeance qui réchauffe le cœur. Deux hommes qui voulaient la peau d'Eamon Quinn. Comme on pouvait s'y attendre, le chef du SO1 — le service de la Metropolitan Police en charge de la protection du Premier ministre et de sa famille — fut consterné par cette entorse au règlement… Le moins qu'on puisse dire est qu'il n'était pas très enthousiaste à l'idée d'intégrer deux personnes extérieures à son service, dont l'une était un agent secret étranger et l'autre un individu violent au passé pour le moins douteux. Et c'est à contrecœur qu'il dut leur fournir des radios et des documents permettant d'ouvrir toutes les portes de l'hôpital. Il remit en outre un Glock 17 à chacun de ces supplétifs imprévus. Tout cela en violation flagrante du protocole de protection — mais il en avait reçu l'ordre du Premier ministre lui-même.

Comme Gabriel et Keller n'avaient pas le temps de se rendre à Downing Street, une BMW de la Metropolitan Police vint les chercher à Vauxhall Cross et les emmena à toute allure à Southwark. Le Guy's Hospital était l'un des plus vastes centres hospitaliers de Londres. Il surplombait un dédale de rues qui bordaient la Tamise, non loin du pont de Londres. Les policiers les déposèrent au pied du gratte-ciel futuriste que l'on appelle le « Tesson ». Il était interdit de se garer dans cette rue en temps normal et, en raison de l'arrivée imminente du Premier ministre, elle avait été en outre fermée à la circulation. Il y avait cependant plusieurs véhicules garés dans Weston Street, parmi lesquels une camionnette blanche lourdement chargée, à en juger par la position des bas de caisse, qui frôlaient la chaussée. Sur l'ordre de Gabriel, la Metropolitan Police effectua aussitôt une recherche pour savoir à qui elle appartenait. C'était un artisan carreleur, vétéran de la Royal Navy, qui faisait des travaux de rénovation dans un immeuble voisin. Et sa camionnette était chargée de carreaux en grès.

Snowfields était l'autre rue que bordait le centre hospitalier. C'était une ruelle étroite, dans laquelle il était interdit de se garer. Seules quelques voitures de police y étaient stationnées, ce jour-là. Gabriel et Keller la parcoururent jusqu'à la porte 3, la principale entrée de l'hôpital, et franchirent un cordon de sécurité. Le secrétaire d'Etat à la Santé attendait le Premier ministre dans l'avant-cour, en compagnie d'une équipe de dirigeants du NHS et d'une pléthorique délégation d'employés de l'hôpital, la plupart en tenue de travail. Gabriel traversa cette petite foule en silence, cherchant du regard le visage qu'il avait dessiné à Clifden, ou celui de la femme qu'il avait vue dans une rue tranquille de Lisbonne. Puis il appela Graham Seymour, qui se trouvait dans la salle des opérations à Vauxhall Cross.

— Le Premier ministre va bientôt arriver ? lui demanda-t-il.

— Dans deux minutes.

— Aucune nouvelle de l'ordinateur de Fleetwood ?

— Ils ont presque fini de l'analyser.

— C'est ce qu'ils ont dit il y a une heure…

— Je vous appelle dès qu'ils auront fini.

Et Seymour raccrocha. Gabriel fourra son téléphone dans sa poche et fixa la porte 3. Un instant plus tard, deux motards du cortège du chef du gouvernement apparurent, suivis d'une limousine Jaguar, construite spécialement à son usage. Jonathan Lancaster bondit hors de l'arrière du véhicule et entreprit de serrer des mains.

— Il faut vraiment qu'il fasse ça ? demanda Keller.

— C'est congénital chez lui…

— Espérons que Quinn ne soit pas dans le secteur. Sinon, ça pourrait être fatal…

Le Premier ministre serra la dernière main qu'on lui tendait. Puis il se tourna brièvement vers Gabriel et Keller, hocha la tête et entra dans l'hôpital. Il était 15 heures précises.

65
Crique de Gunwalloe

A l'instant même où Jonathan Lancaster disparut derrière les portes du Guy's Hospital, la pluie se mit à tomber sur Londres, mais aux confins du Royaume, en Cornouailles, un soleil déjà bas luisait entre deux nuages. Ce temps sec et plutôt ensoleillé constituait un avantage opérationnel, car il justifiait la présence de Katerina sur la plage de la crique de Gunwalloe. Elle y était arrivée à 14 h 50, cinq minutes après avoir déposé Quinn près de la vieille église. La Renault était garée dans le petit parking au-dessus de la crique. Le sac à dos de Katerina contenait un téléphone jetable Samsung et un pistolet-mitrailleur Skorpion équipé d'un silencieux ACC Evolution.

Vous avez toujours aimé les Skorpion, n'est-ce pas, Katerina ?

Pendant le court trajet entre l'église et la crique, elle avait brièvement envisagé de fuir l'Angleterre et d'abandonner Quinn à son sort. Au lieu de cela, elle avait choisi de rester et de mener sa mission jusqu'à son terme. Elle était tout à fait certaine qu'Alexeï était mort, mais elle estimait qu'il serait imprudent de retourner en Russie sans avoir rempli son contrat. C'était le tsar en personne qui l'avait renvoyée en Angleterre, pas Alexeï. Et, comme tout bon Russe, Katerina n'aurait jamais osé décevoir le tsar.

Elle consulta sa montre. Il était 15 h 5. Quinn devait être en train d'approcher du cottage. L'un des gardes du corps irait sans doute à sa rencontre, comme l'ex-soldat l'avait fait la veille. Si cela devait arriver, Quinn le tuerait, et il ne resterait plus que trois gardes pour protéger la cible : les deux qui étaient en faction devant le cottage et celui qui pêchait dans la crique. Katerina était certaine que c'était un garde : elle distinguait nettement la bosse que formait son arme sous son blouson et elle venait de le voir alerter ses collègues de la présence d'une visiteuse dans la crique, au moyen d'une radio miniature. Bientôt cette même radio allait immanquablement crépiter après réception d'un signal d'urgence. Ou peut-être les gardes du cottage n'auraient-ils pas même le temps d'envoyer un message d'alerte. Dans les deux cas, le sort du pêcheur était scellé : il voyait son dernier coucher de soleil.

Il hissa un poisson hors de l'eau, le jeta dans un seau jaune posé sur la ligne de marée haute et remit un appât sur son hameçon. Puis, après avoir adressé à Katerina un hochement de tête, il se remit à barboter dans les vagues et lança sa ligne. Katerina sourit tout en ouvrant son sac à dos, découvrant la crosse du Skorpion. L'arme était réglée en mode automatique, ce qui lui permettait de tirer vingt balles en moins d'une seconde avec un relèvement de l'arme minimal. Quinn était armé du même pistolet-mitrailleur.

Tout à coup, le téléphone jetable de Katerina se mit à vibrer et un message s'afficha sur l'écran : « Les briques sont dans le mur… »

Il n'a pas pu s'en empêcher, pensa Katerina. Il fallait qu'il fasse savoir aux Britanniques que c'était lui. Elle fourra le téléphone dans le sac à dos, empoigna la crosse du Skorpion et observa le pêcheur. Subitement, il leva la tête vers la falaise où était perché le cottage. Il se tourna vers Katerina mais il était trop tard : elle avançait vers lui en braquant le Skorpion.

Vingt balles en moins d'une seconde, avec un relèvement de l'arme minimal…

Les vagues qui venaient s'échouer sur le sable changèrent de teinte, rougies par le sang du garde du MI6.

Katerina rechargea tranquillement le Skorpion et gravit promptement le sentier escarpé qui remontait au parking. Il était désert : seule la Renault y était garée. Elle se mit au volant, démarra le moteur et se dirigea vers le cottage.

66

Thames House, Londres

En apparence, rien, dans les mots de cet échange de mails, n'était suspect mais, aux yeux d'un technicien chevronné du MI5, il puait l'inauthenticité. De même que les adresses électroniques des deux correspondants. Il montra une sortie papier de l'échange à son supérieur, lequel la montra à son tour à Miles Kent. L'adresse qui apparaissait dans le dernier mail fut ce qui intrigua le plus Kent. Comme elle lui semblait familière, il l'entra dans le moteur de recherche de la base de données du MI5, où il découvrit avec inquiétude qu'elle correspondait à une adresse connue des services. Il se rendit aussitôt dans la salle des opérations, d'où Amanda Wallace surveillait sur écran la visite à risque du Premier ministre au Guy's Hospital. Il posa la sortie papier devant ses yeux. Amanda la lut et fronça les sourcils d'un air perplexe.

— Et alors ? fit-elle.

— Relisez l'adresse.

— Ce n'est pas le cottage où Allon vivait, dans le temps ? demanda-t-elle.

Kent hocha la tête.

— Qui habite là-bas en ce moment ?

— C'est à Graham Seymour qu'il faudrait poser cette question.

Amanda décrocha son téléphone.

Cinq secondes plus tard, sur l'autre rive de la Tamise, dans une autre salle des opérations, Graham décrocha son téléphone.

— Quoi de neuf ? demanda-t-il.

— Un problème.

— Lequel ?

— Quelqu'un séjourne-t-il dans le cottage d'Allon en Cornouailles ?

Seymour hésita un instant avant de déclarer :

— Je suis désolé, Amanda, mais je ne peux pas te répondre…

— Mon Dieu, murmura-t-elle d'un ton grave. Je craignais justement que tu me dises ça.

Comme le cottage avait le statut officiel de local sécurisé du MI6, il n'était pas équipé d'une ligne de téléphone fixe. Son actuelle occupante n'avait pas non plus été autorisée à posséder un téléphone portable — afin d'éviter qu'elle ne révèle involontairement, dans un moment d'inattention, des éléments permettant à ses ennemis de la localiser. Toutes les tentatives pour joindre ses gardes du corps furent vaines. Leurs téléphones ne répondaient pas, leurs radios grésillaient sans réponse.

Le téléphone de Gabriel répondit, quant à lui, immédiatement lorsque Graham Seymour l'appela à 15 h 17. Gabriel se trouvait dans l'auditorium du Guy's Hospital, où le Premier ministre était sur le point de proposer un remède aux maux dont souffrait le système de santé public du Royaume-Uni. Avant d'appeler Gabriel, Seymour s'apprêtait à regarder cette prestation en direct sur les écrans vidéo de la salle des opérations du MI6. Il parla avec plus de calme qu'il ne l'aurait cru, étant donné les circonstances.

— Malheureusement, dit-il, la cible n'était pas le Premier ministre… Un hélicoptère vous attend, vous et

Keller, à l'héliport de Battersea. La Metropolitan Police va vous emmener sur les lieux.

La communication fut coupée. Seymour raccrocha et se mit à fixer l'un des écrans, sur lequel il vit deux hommes sortir précipitamment de l'auditorium.

67
Cornouailles

Madeline Hart n'entendit pas les détonations, étouffées par le silencieux, mais elle entendit le bruit du bois qui vole en éclats. Puis elle vit l'homme franchir d'un bond la porte brisée du cottage. Il tenait une mitraillette à la main et n'avait pas l'air de plaisanter. Il lui décocha d'emblée un coup de poing dans le ventre — un coup si violent qu'il lui coupa le souffle et qu'elle ne put articuler le moindre cri. Pendant qu'elle se tordait de douleur en silence sur le sol, il lui lia les poignets et la bâillonna avec de la bande adhésive. Puis il lui couvrit la tête d'une cagoule en toile noire. Elle discerna néanmoins la présence d'un second intrus, plus petit que le premier et dont le pas était plus léger. Ensemble, ils la remirent brutalement sur ses pieds et la traînèrent, haletante et sonnée, hors de sa chambre avec vue. Dehors, un téléphone carillonnait sans que personne décroche. *Sans doute celui d'un des gardes,* se dit Madeline. Ses ravisseurs la jetèrent dans le coffre d'une voiture et claquèrent sèchement le hayon, comme on ferme un cercueil. Elle entendit des pneus crisser sur le gravier et, en arrière-fond, les vagues qui se brisaient dans la crique. Puis le chant de la mer s'estompa et disparut, et il n'y eut plus que le frottement du caoutchouc sur le goudron. Et des voix qui parlaient anglais. Deux voix : celle d'un homme et celle d'une femme. L'homme était presque certainement irlandais, mais l'accent de la femme était indéfinissable et ne révélait pas ses origines. Mais

Madeline n'en était pas moins certaine d'avoir déjà entendu cette voix quelque part.

Elle ne pouvait pas déterminer la direction que prenait la voiture. Elle savait seulement que la surface de la route était de médiocre qualité. Probablement une route secondaire, songea-t-elle. Cela ne changeait pas grand-chose : ses connaissances de la géographie cornique étaient fort limitées, car elle menait une vie de recluse dans le cottage de Gabriel et n'explorait que rarement les environs. Bien sûr, elle allait de temps à autre boire une tasse de thé à Lizard Point, dans un café juché tout en haut de la falaise. Mais, la plupart du temps, elle ne s'aventurait pas plus loin que la plage de la crique de Gunwalloe. Un type du MI6 venait régulièrement de Londres pour faire le point sur sa situation sécuritaire ou plutôt, trouvait-elle, pour la sermonner. Il commençait toujours son laïus de la même manière : la défection de Madeline avait constitué un grave problème pour le Kremlin, et ce n'était qu'une question de temps avant que les Russes ne cherchent à le régler…

Apparemment, ce moment était venu. Madeline supposait que son enlèvement était lié à la tentative d'assassinat qui avait visé Gabriel. L'homme à l'accent irlandais était sans le moindre doute Eamon Quinn. *Et la femme ?* Madeline tendit l'oreille pour mieux l'entendre parler à voix basse, avec cet accent singulier où se mêlaient des intonations russes, allemandes et anglaises. Puis elle ferma les yeux et revit deux toutes jeunes filles, assises dans un parc au cœur d'un village anglais reconstitué comme un décor de cinéma. Deux filles qui avaient été arrachées à leurs mères pour être élevées par des loups. Deux filles qui étaient destinées à être envoyées de par le monde afin d'espionner pour le compte d'une patrie qu'elles n'avaient jamais vraiment connue.

Selon toutes les apparences, le Centre moscovite avait ordonné à l'une de ces filles de tuer l'autre. Il fallait être russe pour être aussi cruel.

Madeline n'avait qu'une notion confuse du temps, mais

elle estima qu'une vingtaine de minutes s'étaient écoulées lorsque la voiture s'arrêta. Le moteur s'éteignit, le hayon s'ouvrit et deux paires de mains la soulevèrent — l'une masculine et l'autre incontestablement féminine. L'air était vif et iodé. Le sol, sous ses pieds, était rocailleux et friable. Elle perçut le bruit de la houle et les cris des mouettes qui tournoyaient au-dessus d'elle. En se rapprochant du bord de l'eau, elle entendit un moteur démarrer et elle sentit l'odeur de la fumée du gazole. Ils la forcèrent à pénétrer dans l'eau jusqu'aux genoux et la hissèrent à bord d'une petite embarcation. Le bateau se mit aussitôt en mouvement, fendant les vagues en direction du large. Cagoulée et ligotée, Madeline entendit l'hélice du moteur tourner sous la surface de l'eau. « Tu vas mourir, semblait-elle dire à Madeline. Tu es déjà morte. »

68
Crique de Gunwalloe, Cornouailles

L'hélicoptère qui les attendait à l'héliport de Battersea était un Westland Sea King équipé de moteurs turbo Rolls Royce Gnome. Il leur fit traverser le sud de l'Angleterre à une vitesse moyenne de deux cents kilomètres à l'heure, juste au-dessous de sa vitesse maximale. Ils survolèrent Plymouth à 18 heures, et, quelques minutes plus tard, Gabriel aperçut le phare de Lizard Point. Le pilote voulut atterrir à Culdrose, mais Gabriel lui demanda de poursuivre son vol jusqu'à Gunwalloe. En passant au-dessus du cottage, ils virent les gyrophares des voitures de police garées dans l'allée et sur la route qui menait au Lamb and Flag. Il y avait aussi de la lumière dans la crique — la lumière blanche des projecteurs de scène de crime. Gabriel éprouva subitement un malaise. Son sanctuaire adoré en Cornouailles, l'endroit où il avait trouvé la paix de l'âme et où il s'était reconstruit après certaines de ses plus dangereuses opérations, était devenu un lieu de mort.

Le pilote déposa Keller et Gabriel à l'extrémité nord de la crique. Ils longèrent la ligne de marée haute d'un pas vif et arrivèrent à la scène de crime. La lumière crue des projecteurs éclairait le corps d'un homme. Il avait été criblé de balles au niveau de la poitrine. La dispersion rapprochée des impacts laissait penser que le meurtrier avait été bien entraîné — *à moins que ce ne soit une meurtrière,* songea Gabriel. Il leva les yeux vers les quatre hommes qui entouraient le cadavre. Deux d'entre eux portaient l'uniforme de la police du Devon et de Cornouailles. Les deux autres étaient des inspecteurs en civil, appartenant à la brigade criminelle de cette même police. Gabriel se demanda s'ils étaient là depuis longtemps. Assez longtemps, en tout cas, pour illuminer la crique comme un stade de football un soir de match.

— Vous avez vraiment besoin de ces lampes ? demanda-t-il aux policiers. Il ne risque pas de s'enfuir…

— A qui ai-je l'honneur ? s'enquit l'un des inspecteurs.

— Au MI6, répondit Keller posément.

C'était la première fois qu'il se présentait en tant qu'employé des services secrets de Sa Majesté — et cette entrée en matière fit son effet sur les policiers.

— Je peux voir vos papiers ? demanda l'inspecteur.

Keller désigna le Sea King, toujours posé à l'autre bout de la crique, et dit :

— Les voilà, mes papiers. Maintenant, faites ce que mon collègue vous demande de faire et éteignez ces projecteurs.

L'un des policiers en uniforme les éteignit.

— Maintenant, reprit Keller, dites à vos collègues d'éteindre leurs gyrophares.

L'inspecteur transmit cet ordre par radio. Gabriel leva les yeux vers le cottage et vit les lumières bleues s'éteindre une à une. Puis il se remit à examiner le cadavre qui gisait à ses pieds.

— Où l'avez-vous trouvé ?

— Vous aussi, vous êtes du MI6 ? interrogea l'inspecteur d'un ton suspicieux.

— Répondez à la question, lui ordonna sèchement Keller.

— Il était au bord de l'eau.

— Il était en train de pêcher ? demanda Gabriel.

— Comment le savez-vous ?

— Je l'ai deviné.

L'inspecteur se retourna et montra les falaises du doigt.

— Le tireur était posté par là-bas. On a retrouvé vingt douilles…

Il jeta un coup d'œil au cadavre avant de préciser :

— Visiblement, la plupart des balles ont atteint leur cible… Il était sans doute déjà mort quand il s'est effondré dans les vagues.

— Il y a des témoins ? s'enquit Gabriel.

— Aucun témoin ne s'est encore manifesté.

— Et vous avez vu des traces de pas, près des douilles ?

L'inspecteur hocha la tête.

— L'assassin portait des chaussures de randonnée, dit-il.

— Quelle pointure ?

— Petite.

— C'était une femme ?

— C'est très possible.

Sans un mot de plus, Gabriel et Keller se mirent à gravir le sentier escarpé qui menait au cottage. Ils y entrèrent par la porte vitrée de la terrasse. Le salon de Gabriel avait été converti en un poste de commandement improvisé. La porte d'entrée brisée, qui ne tenait plus que sur un gond, était entrouverte, et Gabriel aperçut par l'entrebâillement deux autres corps gisant dans l'allée. Un policier grand et efflanqué vint à sa rencontre, se présentant comme l'inspecteur principal Frazier. Gabriel lui serra la main, mais ne se présenta pas. Pas plus que Keller.

— Lequel d'entre vous est du MI6 ? demanda l'inspecteur principal.

Gabriel tourna la tête vers Keller.

— Et vous ? Vous êtes qui ? demanda Frazier à Gabriel.

— C'est un ami du service, répondit Keller.

L'inspecteur principal fit la moue. Son mépris pour les irréguliers était inscrit sur son visage.

— Nous avons retrouvé quatre corps d'homme, dit-il. Un dans la crique, deux à l'extérieur du cottage et un quatrième sur le sentier côtier. Il a pris une balle dans la poitrine et une autre dans la tête. Il n'a pas eu le temps de dégainer son arme de poing. Ceux de l'allée ont été criblés de balles, comme le gars de la crique.

— Et la femme qui résidait ici ? demanda Gabriel.

— Elle demeure introuvable…

L'inspecteur principal désigna le chevalet de Gabriel, sur lequel les policiers avaient déplié une carte de l'ouest de la Cornouailles.

— Nous avons, poursuivit Frazier, recueilli le témoignage de deux habitants du village, qui ont remarqué une Renault roulant à toute vitesse peu après 15 heures, cet après-midi. La voiture se dirigeait vers le nord. Nous avons mis en place des barrages routiers là, là et là, ajouta-t-il en posant successivement le doigt sur trois points de la carte. Aucun des témoins n'a réussi à voir le conducteur, mais ils sont tous les deux d'accord pour dire que le passager était une femme.

— Vos témoins ne se trompent pas, dit Gabriel.

Frazier tourna le dos à la carte et demanda :

— Qui est-ce ?

— Une tueuse des services de renseignements russes.

— Et l'homme qui était au volant de la Renault ?

— Il a été le meilleur artificier de l'IRA véritable, ce qui signifie que vous perdez votre temps avec vos barrages routiers. Il faut que vous concentriez vos efforts sur la côte ouest. Vous devriez aussi fouiller le coffre de chaque voiture embarquant sur un ferry à destination de l'Irlande, ce soir.

— Il a un nom, cet artificier de l'IRA véritable ? s'enquit Frazier.

— Eamon Quinn.

— Et la Russe ?

— Elle s'appelle Katerina Akoulova. Mais il est plus que probable qu'elle se fasse passer pour une Allemande. Ne vous fiez pas à son apparence. C'est elle qui a tiré une vingtaine de balles sur le garde, dans la crique.

— Et la femme qu'ils ont enlevée ?

— Peu importe son identité. Ce sera celle qui a une cagoule sur la tête.

L'inspecteur principal se retourna et examina la carte un instant.

— Vous connaissez la longueur totale des côtes de Cornouailles ? demanda-t-il.

— Plus de six cents kilomètres, répondit Gabriel. Avec des dizaines de petites criques. C'est ce qui en fait un paradis pour les contrebandiers.

— Vous avez autre chose à me dire ?

— Il y a du thé dans le garde-manger, indiqua Gabriel. Et vous y trouverez aussi un paquet de biscuits…

69
Crique de Gunwalloe, Cornouailles

A 20 heures, les policiers transportèrent le cadavre qui gisait au bord de l'eau jusque dans l'allée du cottage, et le posèrent à côté des corps de ses collègues. Ils n'y restèrent pas longtemps. Moins d'une heure plus tard, plusieurs camionnettes vinrent les emporter à l'Institut médico-légal d'Exeter. Là, un médecin légiste hautement qualifié constaterait l'évidence : quatre agents des services secrets avaient succombé à des blessures par balles aux organes vitaux. Ou bien plutôt, comme le pensait Gabriel, le médecin légiste d'Exeter ne verrait peut-être jamais ces quatre cadavres. Graham Seymour et Amanda Wallace allaient peut-être parvenir à étouffer l'affaire. Quinn avait réussi à créer les éléments d'un nouveau scandale touchant les services de renseignements britanniques — un scandale qui aurait pu être évité si les techniciens du MI5 avaient trouvé un échange de mails crucial quelques minutes plus tôt. Gabriel ne put s'empêcher de penser qu'il partageait la responsabilité de ce nouveau fiasco. *Rien de tout cela ne serait arrivé,* songea-t-il avec une pointe d'amertume, *si je n'avais pas posé un exemplaire d'*Une chambre avec vue *sur les genoux d'une ravissante jeune femme au musée de l'Ermitage à Saint-Pétersbourg.*

« Je crois que ça vous appartient... »

Il aurait tout le temps de désigner des responsables plus

tard. Pour l'heure, il n'avait qu'un souci : retrouver Madeline. Les policiers du Devon et de Cornouailles surveillaient chaque plage et chaque crique de la région — tous les endroits où une petite embarcation pouvait jeter l'ancre. En outre, Graham Seymour avait discrètement demandé aux gardes-côtes de patrouiller au large du littoral du sud-ouest de l'Angleterre. *Toutes ces mesures sont indispensables,* se dit Gabriel, *mais elles risquent d'être insuffisantes et viennent sans doute trop tard.* Quinn était parti. Ainsi que Madeline. Mais pourquoi l'avait-il enlevée ? Pourquoi ne pas l'avoir abattue en même temps que ses anges gardiens, afin de délivrer un message très clair à tous les espions russes envisageant de faire défection ?

Gabriel ne supportait pas d'être à l'intérieur du cottage — à cause des policiers qui y avaient tout chamboulé, des impacts de balles dont la porte était criblée, mais aussi en raison des souvenirs qui l'assaillaient à chaque pas qu'il faisait dans son ancienne maison. Il sortit sur la terrasse, s'y assit et observa la lente évolution d'un cargo à l'horizon. Il se demanda si Madeline pouvait être à son bord. Keller fumait une cigarette à quelques mètres de lui, les yeux rivés sur le Sea King, toujours à l'arrêt dans la crique. Rien ne troubla le silence de leurs pensées jusqu'à ce que Frazier vienne les informer qu'une Renault Scénic avait été trouvée au bord d'une falaise proche de West Pentire, sur la côte nord de la Cornouailles. Le véhicule était vide. On n'y avait retrouvé qu'un sac en plastique de Marks & Spencer.

— Il n'y avait pas de reçu ? s'enquit Gabriel.

— Non, hélas !

Le policier resta muet un instant avant d'annoncer :

— Mon inspecteur divisionnaire a contacté le ministère de l'Intérieur… Je sais qui vous êtes.

— Alors veuillez accepter nos excuses pour la manière un peu rude dont nous avons parlé à vos hommes, cet après-midi.

— Ce n'est pas la peine de vous excuser. Mais vous

devriez emporter tous les objets de valeur qu'il y a dans le cottage, en repartant d'ici. Apparemment, le MI6 a envoyé une équipe pour tout nettoyer.

— Demandez-leur de manipuler mon chevalet avec le plus grand soin, dit Gabriel. Il a une forte valeur sentimentale.

Frazier se retira, laissant Gabriel seul avec Keller. Les lumières du cargo s'étaient évanouies dans la nuit.

— Il compte l'emmener où, à ton avis ? demanda Keller.

— Quelque part où il se sentira à l'aise. Quelque part où il maîtrise bien le terrain et les joueurs locaux... Tu connais un endroit qui corresponde à cette description ?

— Malheureusement, je n'en vois qu'un...

— Le pays des bandits ?

Keller hocha la tête.

— S'il parvient à revenir là-bas, il aura un très net avantage : celui de jouer à domicile.

— Nous aussi, on aura un avantage, Christopher...

— Lequel ?

— Le 8, Stratford Gardens.

Keller s'était remis à observer l'hélicoptère.

— Tu n'as pas songé que c'est exactement ce que Quinn veut que nous fassions ? lança-t-il.

— Pour nous attirer dans un piège et se donner une nouvelle chance de nous trucider ?

— Oui.

— Qu'est-ce que ça change ? demanda Gabriel.

— Rien, répondit Keller. Mais tu ne devrais sans doute pas t'impliquer directement dans la suite des événements... Après tout, tu vas bientôt...

Keller ne termina pas sa phrase, car il était évident que Gabriel ne l'écoutait plus. Il avait sorti son BlackBerry de sa poche et composait le numéro de Graham Seymour, à Vauxhall Cross. Leur conversation fut brève — pas plus de deux minutes. Puis Gabriel rangea le téléphone dans sa poche et désigna la crique où, trente secondes plus tôt, les moteurs turbo du Sea King s'étaient mis à vrombir. Il se leva lentement, encore passablement hébété, et suivit

Keller sur le sentier qui descendait à la plage. Il jeta un dernier regard au cottage, sachant qu'il n'y remettrait jamais les pieds. Quinn avait souillé cette maison, il l'avait définitivement détruite dans le cœur de Gabriel — de même qu'il avait aidé Tariq à détruire Leah et Dani. *C'est personnel, désormais,* songea-t-il. *Et il va y avoir beaucoup de grabuge.*

70
Comté de Down, Irlande du Nord

Au même moment, le *Catherine May* — un petit bateau de pêche, modèle Vigilante 33 — voguait à vingt-six nœuds sur le canal Saint-Georges en direction des côtes irlandaises. Jack Delaney, un ancien membre de l'IRA spécialisé dans le trafic d'armes et d'explosifs, était à la barre. Connor, le frère cadet de Delaney, fumait une cigarette sur le pont, à l'entrée de la cabine. A 3 heures du matin, le bateau passa à l'est de Dublin et, à 5 heures, il arriva à hauteur de Carlingford Lough, l'estuaire glacial qui constitue l'extrémité est de la frontière entre les deux Irlande. A vol d'oiseau, le vieux port de pêche d'Ardglass se trouvait à une trentaine de kilomètres au nord. Quinn attendit de voir un jet de lumière surgir du phare d'Ardglass avant d'allumer son téléphone portable. Il rédigea un bref message et, non sans réticence, l'expédia sur les ondes hertziennes. La réponse arriva dix secondes plus tard.

— Merde, marmonna Quinn.

— Quel est le problème ? demanda Jack Delaney.

— Ardglass grouille de flics. Impossible d'y débarquer.

— Et Kilkeel ?

Kilkeel était un autre petit port de pêche, situé tout près de l'embouchure de l'estuaire, à une cinquantaine de kilomètres de route d'Ardglass. C'était une ville à majorité protestante, où prévalaient les sentiments loyalistes. Quinn demanda ce qu'il en était dans un deuxième message. Quand la réponse arriva quelques secondes plus tard, il se tourna vers Delaney et secoua la tête.

— Où veut-il que nous allions, alors ? demanda Delaney.

— Il dit que la voie est libre à Shore Road…

— A quel endroit, exactement ?

— Au nord du château…

— Je n'aime pas trop ce bout de côte…

— Tu crois que tu peux y entrer et en sortir avant l'aube ?

— Pas de problème.

Jack Delaney accrut la vitesse de son bateau et mit le cap sur le sud de la péninsule d'Ards. Quinn jeta un coup d'œil dans la cabine inférieure et vit Madeline étendue sur une banquette, ligotée et cagoulée. Elle était restée tranquille pendant toute la traversée. Quant à Katerina, sujette au mal de mer, elle avait dû se précipiter plusieurs fois à la proue pour vomir. A présent, elle fumait une cigarette à la table du coin cuisine.

— Comment te sens-tu ? demanda Quinn.

— Qu'est-ce que ça peut te faire ?

— Pas grand-chose.

Elle désigna du menton le phare d'Ardglass et observa :

— On dirait qu'on a raté la sortie.

— Changement de programme, expliqua Quinn.

— La police ?

Quinn hocha la tête.

— Tu ne t'y attendais pas ? demanda Katerina.

— Prépare-toi, ordonna-t-il. Une nouvelle balade en bateau nous attend.

— J'en ai, de la veine…

Quinn sortit de la cabine. Le ciel était dégagé et le vent était glacial. Une gerbe d'étoiles scintillait dans la nuit noire. Le littoral, au nord d'Ardglass, bordait surtout des champs. Seuls quelques cottages isolés surplombaient la mer. Quinn scruta le paysage à l'aide de ses jumelles, mais il faisait encore trop sombre pour distinguer quoi que ce soit.

Ils dépassèrent Guns Island, un îlot de verdure inhabité au milieu des flots et situé à deux cents mètres du village de Ballyhornan. Quelques minutes plus tard, ils contournèrent le petit cap qui marque l'embouchure de Strangford Lough. Des bouées de signalisation indiquaient la route du nord. Ils virent s'allumer les premières lumières du jour dans les habitations côtières de Shore Road, et Quinn put discerner la silhouette médiévale du château de Kilclief. Puis il vit trois appels de phares successifs déchirer la nuit, un peu plus loin sur la route du littoral. Il envoya aussitôt un SMS qui ne contenait qu'un point d'interrogation. Il lui fut répondu que la voie était libre.

Quinn prépara le Zodiac et revint dans la cabine. Il désigna l'endroit où il avait vu les appels de phares et demanda à Jack Delaney de se diriger vers ce point. Puis il descendit dans la cabine inférieure et ôta la cagoule de la tête de Madeline. Dans la pénombre, deux yeux le dévisagèrent avec mépris.

— Le moment est venu de débarquer, dit Quinn. Sois une gentille petite fille. Sinon, je te loge une balle dans la tête. C'est clair ?

Les deux yeux continuaient de le fixer avec dédain. *Il n'y a pas de peur dans ce regard,* pensa Quinn. *Seulement de la colère.* Il dut reconnaître qu'elle ne manquait pas de courage. Il remit la cagoule noire sur la tête de Madeline et la força à se lever.

Fendant les flots à pleine vitesse, Connor Delaney les transporta sur le rivage dans le Zodiac. Quinn descendit du canot. Il avait de l'eau jusqu'aux genoux. Puis, avec l'aide de Katerina, il hissa Madeline hors du Zodiac et la traîna jusqu'à un parking qui bordait la route. La voiture qui les attendait était une Peugeot 508, gris anthracite. Le coffre était ouvert. Quinn fourra Madeline dedans et referma sèchement le hayon. Puis il monta avec Katerina dans le véhicule. Katerina s'assit à l'avant sur le siège du passager. Quinn s'installa sur la banquette arrière, juste derrière elle, pointant le Makarov sur les cervicales de la Russe.

Billy Conway était au volant, vêtu d'un caban et d'un bonnet de marin en laine.

— Bienvenue au bled, dit-il.

Puis il démarra et s'engagea sur la route.

Ils roulaient vers l'ouest, sur la route de Downpatrick. Quinn détourna instinctivement la tête lorsqu'il vit une voiture de la PSNI, la police nord-irlandaise, arriver à toute allure en sens inverse, gyrophare allumé.

— Où crois-tu qu'il va à cette heure matinale, un dimanche ? demanda Quinn.

— C'est comme ça partout dans les six comtés, dit Billy Conway en jetant un coup d'œil au rétroviseur pour s'assurer que les policiers poursuivaient leur chemin. Je crois que c'est à cause de toi…

— Il y a des chances…

— Qui est la fille dans le coffre ?

Quinn hésita avant de répondre.

— La nana russe qui a couché avec le Premier ministre ? demanda Conway.

— Exactement.

— Putain, Eamon…

Billy Conway n'acheva pas sa phrase et conduisit en silence pendant un moment.

— Tu ne m'avais pas dit que tu te trimballais avec un otage, finit-il par dire.

— Entre-temps, la situation a évolué.

— Quelle situation ?

Quinn ne répondit pas.

— Qu'est-ce que tu comptes en faire ?

— La garder au frais.

— Où ça ?

— Dans un endroit où personne ne la trouvera.

— Dans le sud de l'Armagh ?

Quinn s'abstint une nouvelle fois de répondre.

— Il faudrait peut-être leur annoncer notre arrivée, dit Conway.

— Non, dit Quinn. Pas de téléphone.

— On ne peut quand même pas débarquer comme ça sur le pas de leur porte.

— Moi, je peux.

— Pourquoi ?

— Parce que je m'appelle Eamon Quinn.

Une autre voiture de la PSNI venant à grande vitesse de Downpatrick les croisa. Quinn baissa la tête. Les mains de Billy Conway se crispèrent sur le volant.

— Pourquoi as-tu amené cette fille ici, Eamon ? demanda Conway.

— Pour des miettes, répondit Quinn.

— Pardon ?

— Tais-toi et conduis, Billy. Je te raconterai le reste quand on sera au pays des bandits.

71
Ardoyne, Belfast-Ouest

Le Sea King s'était posé à Aldergrove, sur la base aérienne du Joint Helicopter Command, mitoyenne de l'aéroport international de Belfast. Amanda Wallace avait fourni une voiture à Gabriel et Keller : une Ford Escort vieille de cinq ans, qui ne payait pas de mine et avait au compteur près de cent soixante mille kilomètres de filature et de surveillance rapprochée. La directrice du MI5 avait également mis à leur disposition une maison sécurisée de son service, située dans un quartier protestant de Belfast. Deux officiers de la branche T, chargée de la lutte contre le terrorisme irlandais au sein du MI5, les attendaient à l'intérieur quand ils y arrivèrent peu après minuit. Ni l'un ni l'autre ne connaissaient le visage de Keller, mais l'identité de Gabriel fut plus difficile à cacher. Ils passèrent ensemble une nuit sans sommeil à suivre les recherches en cours pour retrouver le bateau des ravisseurs de Madeline Hart, parti d'une crique isolée du nord de la Cornouailles pour une destination inconnue. A 6 heures du matin, il était devenu évident que le bateau ne serait pas retrouvé — du moins pas avec Madeline encore à son bord. Le public britannique ignorait cependant tout de son enlèvement. Il ne savait pas davantage qu'un cadre du MI6 s'était jeté dans le vide du haut d'une terrasse de Vauxhall Cross. La une du journal télévisé matinal de la BBC, *Breakfast*, était consacrée au projet de réforme du NHS du Premier ministre et aux controverses qu'il soulevait. Les réactions politiques et médiatiques y étaient très largement hostiles.

A 6 h 30, Gabriel et Keller sortirent de la maison sécurisée et montèrent dans la Ford Escort. Ils passèrent la demi-heure suivante à circuler dans les rues des secteurs nord et est de la ville, afin de s'assurer qu'ils n'étaient pas suivis par le MI5 ou tout autre service secret britannique. Puis, à 7 heures, ils s'engagèrent dans Crumlin Road et se dirigèrent vers le quartier catholique d'Ardoyne. Keller se gara au coin de Berwick Road et de Stratford Gardens puis il coupa le moteur. Quelques fenêtres étaient éclairées dans la rangée de maisons en brique, mais la majeure partie de la rue était plongée dans l'obscurité.

— Dans combien de temps tes amis doivent-ils arriver ? demanda Gabriel.

— Il est tôt, dit Keller d'un ton vague.

— Ce n'est pas très encourageant…

— On est à Belfast-Ouest. Pas facile d'être optimiste, dans le coin.

Pendant plusieurs minutes, Stratford Gardens resta silencieux. Keller scrutait la rue, guettant l'apparition de « ses amis », mais Gabriel n'avait d'yeux que pour la porte du n° 8. Elle s'ouvrit à 7 h 45 et deux silhouettes la franchirent : Maggie et Catherine Donahue, l'épouse et la fille de l'homme qui pouvait propulser une boule de feu à trois cent cinquante kilomètres par seconde. L'épouse et la fille de l'homme qui avait aidé Tariq al-Hourani à résoudre ses problèmes de minuteurs et de détonateurs. Catherine Donahue portait une tenue de hockey sur gazon sous un manteau gris. Sa mère était vêtue d'un survêtement et chaussée d'une paire de baskets. Elles poussèrent la porte en fer de l'avant-cour et tournèrent à droite, en direction d'Ardoyne Road.

— Où a lieu son match, cette fois ? demanda Gabriel.

— A Lisburn. Le car part à 8 h 30 de l'école.

— Elle ne peut pas aller à l'école toute seule ?

— Il faut qu'elle passe par un quartier protestant pour atteindre Notre-Dame-de-Miséricorde… Il y a encore eu pas mal d'incidents, ces dernières années.

— Elles sont peut-être en train de s'enfuir…

— Habillées comme ça ?

— Suis-les, dit Gabriel.

— Et si mes amis arrivent ?

— Je crois que je peux me débrouiller tout seul.

Gabriel sortit de la voiture sans ajouter un mot. La porte de l'avant-cour du n° 8 grinça bruyamment quand il la poussa, mais la porte d'entrée de la maisonnette s'ouvrit sans un bruit. En entrant, il sortit promptement le pistolet qu'il portait au creux des reins — le Glock 17 aimablement fourni par le chef de la protection rapprochée du Premier ministre. Un téléviseur que personne ne regardait était allumé dans le salon. Gabriel ne l'éteignit pas et monta à l'étage, pointant son arme devant lui. Il trouva les deux chambres en désordre mais inoccupées. Il revint au rez-de-chaussée et entra dans la cuisine. Il y vit quelques assiettes dans l'évier et une théière encore chaude sur le comptoir. Il prit une grosse tasse dans le placard, la remplit de thé et s'assit à la table de la cuisine.

Il fallut un quart d'heure à Maggie Donahue pour accompagner sa fille jusqu'à l'entrée de l'école secondaire pour filles Notre-Dame-de-Miséricorde. Le trajet du retour ne se déroula pas sans incident : dans Ardoyne Road, elle eut une prise de bec avec deux protestantes des logements sociaux de Glenbryn qui enrageaient de voir une catholique oser marcher dans une rue loyaliste. En conséquence, son visage était rouge de colère quand elle tourna dans Stratford Gardens. Elle enfonça d'un geste rageur la clé dans la serrure et claqua la porte derrière elle, à faire trembler les vitres de sa petite maison. A la télévision, quelqu'un se plaignait du prix du lait. Elle éteignit le téléviseur avant d'aller dans la cuisine laver les assiettes du petit déjeuner. Il s'écoula plusieurs secondes avant qu'elle ne remarque la présence de l'homme qui buvait du thé, assis à la table de la cuisine.

— Nom de Dieu ! cria-t-elle en sursautant.

Gabriel se contenta de froncer les sourcils, comme s'il désapprouvait cette manière d'invoquer en vain le nom du Créateur.

— Qui êtes-vous ? demanda-t-elle.

— J'allais justement vous poser la même question, répondit calmement Gabriel.

Son accent la laissait perplexe. Puis il vit à son regard qu'elle l'avait reconnu.

— Vous êtes celui qui…

— Oui, la coupa-t-il. C'est bien moi.

— Que faites-vous chez moi ?

— J'ai oublié un truc la dernière fois que je suis venu. J'espérais que vous pourriez m'aider à le retrouver.

— Quoi donc ?

— Votre mari.

Elle sortit un téléphone portable de la poche de son survêtement et se mit à composer un numéro. Gabriel pointa le Glock vers la tête de Maggie.

— Arrêtez tout de suite, ordonna-t-il.

Elle se figea.

— Donnez-moi ce téléphone.

Elle le lui tendit. Gabriel regarda l'écran. Le numéro qu'elle avait tenté d'appeler comptait huit chiffres.

— Le numéro d'urgence de la police d'Irlande du Nord est 0-1-0, si je ne me trompe, dit-il.

Elle resta muette.

— Alors, qui vouliez-vous appeler ?

En l'absence de réponse, Gabriel empocha le téléphone portable de Maggie.

— Hé ! C'est mon portable ! protesta-t-elle.

— Plus maintenant.

— Qu'est-ce que vous voulez, bordel ?

— Pour l'instant, j'aimerais que vous vous asseyiez.

Elle lui lança un regard furieux, plus méprisant qu'effrayé. *Elle est d'Ardoyne,* songea Gabriel. *Il n'est pas facile de l'effrayer.*

— Asseyez-vous, insista-t-il, et elle finit par obtempérer.

— Comment êtes-vous entré ici ?

— Vous aviez laissé la porte d'entrée déverrouillée.

— Foutaises !

Gabriel posa une photo sur le comptoir, sous les yeux de Maggie. On y voyait sa fille aux côtés d'Eamon Quinn, dans une rue de Lisbonne.

— Où avez-vous trouvé ça ? demanda-t-elle.

Gabriel leva les yeux vers le plafond.

— Dans la chambre de ma fille ?

Il hocha la tête.

— Qu'est-ce que vous fichiez dans cette chambre ?

— J'essayais d'empêcher votre mari de perpétrer un nouveau massacre.

— Je n'ai pas de mari…

Elle marqua une pause avant d'ajouter ;

— Je n'en ai plus.

— Le voilà, votre mari, déclara Gabriel en tapant sur la photo avec le canon du Glock. Il s'appelle Eamon Quinn. Il a commis les attentats de Bishopsgate et de Canary Wharf… Et celui d'Omagh… Et, plus récemment, celui de Brompton Road ! J'ai trouvé ses vêtements dans votre penderie. J'y ai trouvé son argent, aussi. Ce qui signifie que vous allez passer le reste de votre vie dans une cellule si vous ne me dites pas tout ce que vous savez.

Elle fixa la photo sans un mot pendant un moment. Gabriel lut sur son visage quelque chose d'autre que du mépris. Il y lut de la honte.

— Ce n'est pas mon mari, finit-elle par dire. Mon mari est mort depuis plus de dix ans.

— Dans ce cas, racontez-moi ce que faisait votre fille avec Eamon Quinn dans une rue de Lisbonne.

— Ça, je ne peux pas vous le dire.

— Pourquoi ?
— Parce qu'il me tuera si je fais ça.
— Quinn ?
— Non, fit-elle en secouant la tête. Billy Conway.

72
Crossmaglen, comté d'Armagh

La petite exploitation agricole dont les terres s'étendaient à l'ouest de Crossmaglen appartenait au clan Fagan depuis des générations. Son actuel occupant, Jimmy Fagan, n'avait jamais eu beaucoup de goût pour les travaux des champs et de l'étable. Dans les années 1980, il avait créé une usine de portes et de fenêtres en aluminium pour répondre à la demande croissante du secteur du bâtiment dans le sud de l'Armagh.

Sa principale occupation, cependant, était l'activisme républicain. Vétéran de la tristement célèbre brigade du Sud-Armagh de l'IRA, il avait trempé dans certains des attentats les plus meurtriers et certaines des embuscades les plus sanglantes des années de conflit — notamment une attaque, en 1979, contre une patrouille britannique près de Warrenpoint qui avait coûté la vie à dix-huit soldats britanniques. Au total, la brigade du Sud-Armagh s'était rendue responsable de la mort de cent vingt-trois militaires et de quarante-deux policiers de la Royal Uster Constabulary, l'ancêtre de la PSNI.

Pendant quelques années, cette petite zone rurale vallonnée avait été l'endroit le plus dangereux du monde pour un soldat — tellement dangereux que l'armée britannique avait dû abandonner les routes locales à l'IRA et que les troupes ne s'y déplaçaient que par hélicoptère. La brigade du Sud-Armagh s'était donc mise à tirer au lance-roquettes sur les hélicoptères, parvenant à en abattre quatre — parmi lesquels un Lynx, touché par un tir de mortier artisanal non loin de Crossmaglen. C'était Jimmy Fagan qui avait tiré et fait mouche. Et c'était Eamon Quinn qui avait conçu l'arme et l'avait fabriquée.

Au pire du conflit nord-irlandais, une tour de guet avait été érigée au centre de Crossmaglen. A sa place se trouvait maintenant une esplanade bordée d'arbres, où se dressait un monument à la liberté irlandaise — une statue en bronze allégorique en hommage aux volontaires de l'IRA tombés sous les balles anglaises. Billy Conway déposa Quinn devant l'hôtel de Cross Square. De là, Quinn marcha jusqu'au bar The Emerald, dans Newry Street. Les couleurs des Crossmaglen Rangers flottaient au-dessus de l'entrée : apparemment, le football avait remplacé la lutte armée comme principal passe-temps des autochtones.

Quinn ouvrit la porte du bar et y entra. Immédiatement, plusieurs têtes pivotèrent vers lui. La guerre était peut-être finie mais, à Crossmaglen, la méfiance envers les inconnus était toujours aussi forte. Quinn connaissait plusieurs des hommes qui se trouvaient dans le bar. Mais eux ne semblèrent pas le reconnaître. Il commanda une Guinness au comptoir et l'apporta à la table où Jimmy Fagan était assis avec deux autres anciens membres de la brigade du Sud-Armagh. Les cheveux poivre et sel de Fagan étaient coupés court et ses yeux noirs s'étaient rétrécis avec le passage des ans. Ils examinèrent Quinn attentivement, sans paraître le reconnaître.

— Je peux vous être utile, mon ami ? finit par demander Fagan.

— Je peux m'asseoir avec vous ?

Pour toute réponse, Fagan désigna du menton une table vide à l'autre bout de la salle, suggérant ainsi que Quinn y serait plus à l'aise.

— Mais, moi, je préférerais m'asseoir à votre table, insista Quinn.

— Va voir ailleurs si j'y suis, l'ami, dit Fagan posément. Sinon, tu risques de le regretter…

Quinn s'assit en face de lui. Son voisin de gauche lui saisit aussitôt le poignet.

— Ne nous énervons pas, murmura Quinn d'un ton menaçant.

Puis il se tourna vers Fagan et se présenta :

— C'est moi, Jimmy… C'est Eamon.

Fagan le dévisagea longuement et finit par se rendre compte que l'inconnu qui lui faisait face disait vrai.

— Merde, murmura-t-il. Qu'est-ce que tu fais ici ?

— J'ai des affaires à régler, dit Quinn.

— Ça explique pourquoi la RUC est sur les dents subitement…

— Ça s'appelle la PSNI aujourd'hui, Jimmy. Tu n'es pas au courant ?

— Les accords du Vendredi saint ont amené le pardon de bien des péchés, dit Fagan au bout d'un moment, mais pas des tiens, Eamon. Il vaudrait mieux, pour toi comme pour nous, que tu finisses ta bière et que tu te barres.

— Impossible, Jimmy…

— Pourquoi ?

— J'ai des affaires à régler.

Quinn but la mousse onctueuse de sa Guinness à la pression et jeta un regard circulaire à la salle. L'odeur du vernis à bois et de la bière, les voix qui murmuraient avec l'accent de l'Armagh : après tant d'années de cavale, passées à vendre ses services meurtriers au plus offrant aux quatre coins du monde, il était de retour au pays.

— Pourquoi es-tu revenu ? interrogea Fagan. Et que me veux-tu ?

— Je me demandais si tu serais intéressé par un peu d'action.

— Qu'est-ce que j'ai à y gagner ?

— De l'argent.

— Plus d'attentats pour moi, Eamon.

— Non, dit Quinn. Il ne s'agit pas d'attentats, cette fois.

— Quel genre de boulot, alors ?

— Une embuscade, répondit Quinn. Comme au bon vieux temps…

— Quelle est la cible ?

— Celui qui s'est enfui…

— Keller ?

Quinn hocha la tête.

Jimmy Fagan sourit.

C'était une propriété de quatre-vingts hectares — ou de cent hectares, selon le membre du clan Fagan auprès duquel on s'informait. Le terrain était constitué principalement de pâturages, divisés en petites parcelles séparées par des murets de pierres sèches — dont certains dataient d'une époque où, à en croire la légende locale, aucun protestant n'avait encore posé le pied dans le nord de l'Irlande. La République commençait à quelques pas de là, derrière une colline voisine. Aucune trace de frontière n'était visible sur les routes des environs.

Au point culminant du terrain se dressait une maison en brique d'un étage où Fagan, qui était veuf, vivait avec ses deux fils, tous deux vétérans de l'IRA provisoire puis de son avatar irrédentiste, l'IRA véritable. Il y avait, tout près de la maison d'habitation, une grande dépendance en tôle ondulée. Et il y avait un autre hangar similaire, construit avec le même matériau mais de dimension plus modeste. Il était situé en plein milieu de la propriété et était invisible de la route. Fagan y avait caché des armes et des explosifs pendant toute la durée du conflit. C'était dans ce bâtiment qu'à l'hiver 1989 le jeune Christopher Keller avait été soumis à un interrogatoire brutal entre les mains d'Eamon Quinn. A présent, c'étaient Madeline et Katerina qui y étaient enfermées. Quinn leur laissa assez d'eau, de nourriture et de couvertures pour qu'elles puissent s'accommoder tant bien que mal de leur prison en cet après-midi glacial de décembre. Puis il ferma la porte à l'aide de lourds cadenas et marcha vers la maison, accompagné par Billy Conway.

Conway avait les yeux rivés sur le sol, les mains profondément enfoncées dans les poches de son manteau. Il avait l'air à cran. Comme d'habitude.

— On va attendre combien de temps, à ton avis ? demanda-t-il.

— A mon avis, répondit Quinn, il est déjà là. Allon aussi…

— Keller doit me chercher…

— C'est ce que j'espère.

— Et s'il demande à me voir ? Qu'est-ce qu'on fait ?

— Tu continues à jouer double jeu, Billy, comme tu l'as toujours fait. Dis-lui qu'ils perdent leur temps en me cherchant ici, dans le nord. Dis-lui que tu as entendu dire qu'on m'avait vu sur le territoire de la République.

— Et s'il ne me croit pas ?

— Pourquoi ne te croirait-il pas, Billy ?

Quinn posa une main sur l'épaule de Conway et sourit en ajoutant :

— Tu étais son meilleur agent.

73
Ardoyne, Belfast-Ouest

Keller gara la voiture en face de la maison, en sortit précipitamment et courut jusqu'à la porte. Elle s'ouvrit d'une simple pichenette. Il suivit un bruit de voix qui venait de la cuisine. Dans cette pièce, il trouva Gabriel et Maggie Donahue assis ensemble à table, buvant chacun une tasse de thé et bavardant comme deux vieux amis. Sur la table, il y avait, outre leurs tasses, une grosse liasse de petites coupures usagées, quelques vêtements masculins, un assortiment d'articles de toilette également masculins, une photo — et un Glock 17.

Le Glock était à quelques centimètres de la main de Maggie Donahue, qui aurait pu facilement tenter de s'en emparer. Elle était assise bien droite sur sa chaise, le bras gauche posé de manière protectrice sur sa taille. Une cigarette se consumait au bout de sa main droite, levée devant elle. Keller vit à la rougeur humide de ses yeux qu'elle avait versé des larmes quelques moments plus tôt. A présent, ses traits durs formaient à nouveau un masque de réserve et de méfiance, si courant sur le visage des habitants de Belfast. Celui de Gabriel était dénué de toute expression. On aurait dit un prêtre entendant, impassible, une confession — un prêtre vêtu d'un blouson de cuir et armé d'un Glock…

Pendant quelques secondes, il parut ne pas avoir remarqué la présence de Keller. Puis il leva les yeux et lui sourit.

— Ah, monsieur Merchant, dit-il d'un ton cordial. C'est

sympa de vous joindre à nous. Il faut que vous présente ma nouvelle amie, Maggie Donahue. Maggie était justement en train de me raconter comment Billy Conway l'avait forcée à mettre ces objets dans sa maison…

Il marqua une pause avant d'ajouter :

— Maggie va nous aider à retrouver Eamon Quinn.

74
Crossmaglen, comté d'Armagh

Le hangar en tôle ondulée qui se trouvait au centre des terres du clan Fagan mesurait six mètres de large sur douze de long. Il contenait des balles de foin d'un côté et un assortiment d'outils agricoles rouillés de l'autre. La porte du hangar était d'une lourdeur singulière, et le plancher était percé d'une trappe invisible qui donnait sur l'une des plus grosses caches d'armes et d'explosifs d'Irlande du Nord — chose que Madeline Hart ignorait parfaitement. Elle savait seulement qu'elle n'était pas seule, à en juger par l'odeur de tabac froid et de shampoing d'hôtel bon marché qui lui parvenait aux narines. Une main vint d'ailleurs lui ôter sa cagoule et enlever délicatement la bande adhésive qui lui obstruait la bouche. Elle n'en eut pas pour autant davantage de notion de l'endroit où elle se trouvait, car l'obscurité était totale. Elle resta assise sans rien dire pendant un moment, adossée à l'une des balles de foin, les jambes allongées. Puis elle demanda :

— Qui est là ?

Un briquet s'alluma et un visage se pencha vers la flamme.

— Toi, murmura Madeline.

La flamme s'éteignit et l'obscurité redevint absolue. Puis une voix s'adressa à elle en russe.

— Désolée, dit Madeline, mais je ne te comprends pas.

— J'ai dit que tu devais avoir soif.

— Terriblement, dit Madeline.

Une bouteille d'eau s'ouvrit avec un petit claquement sec. Madeline colla ses lèvres contre les rainures du goulot en plastique et but.

— Merci…

Elle s'interrompit. Elle ne voulait surtout pas montrer une gratitude rampante envers ses ravisseurs. Puis elle se rendit compte que Katerina était, elle aussi, une captive.

— Remontre-moi ton visage, dit Madeline.

Le briquet s'alluma une deuxième fois.

— Je ne te vois pas bien, insista Madeline.

Katerina approcha le briquet de son visage.

— Je ressemble à quoi ? demanda-t-elle.

— A ce à quoi tu ressemblais, à Lisbonne.

— Qui t'a parlé de Lisbonne ?

— Un de mes amis, qui te surveillait, planqué de l'autre côté de la rue, répondit Madeline. Il a pris ta photo.

— Allon ?

Madeline ne répondit pas.

— C'est vraiment dommage que tu l'aies rencontré, celui-là, dit Katerina. Tu aurais pu vivre comme une princesse à Saint-Pétersbourg… Et maintenant, te voilà ici…

— C'est où, *ici* ?

— Même moi, je ne suis pas sûre de le savoir…

Katerina prit une cigarette dans son paquet et le tendit vers Madeline.

— Tu fumes ?

— Mon Dieu, non.

— Tu as toujours été une petite fille modèle, hein ?

Katerina porta la flamme à l'extrémité de sa cigarette avant d'éteindre son briquet.

— Laisse-le allumé un peu plus longtemps, s'il te plaît, dit Madeline, j'ai été trop longtemps dans le noir.

Katerina ralluma son briquet.

— Fais quelques pas avec le briquet allumé, pour que je voie un peu où on est, dit Madeline.

Katerina se déplaça dans le hangar et s'arrêta devant la lourde porte.

— Essaie de l'ouvrir, dit Madeline.

— On ne peut pas l'ouvrir de l'intérieur.

— Essaie quand même.

Katerina poussa de tout son poids, mais la porte ne bougea pas d'un iota.

— Tu as une autre idée lumineuse ? demanda-t-elle.

— Et si on mettait le feu aux balles de foin ?

— A ce stade, objecta Katerina, il serait trop content de se débarrasser de nous en nous laissant brûler vives.

— Qui ça, *il* ?

— Eamon Quinn.

— L'Irlandais ?

Katerina hocha la tête.

— Que va-t-il faire ?

— Tout d'abord, il va tuer Gabriel Allon et Christopher Keller. Ensuite, il va attendre que le Centre moscovite lui verse une rançon de vingt millions de dollars pour me relâcher.

— Tu crois qu'ils vont payer ?

— Peut-être bien…

Katerina s'interrompit avant d'ajouter :

— Surtout si tu fais partie de la transaction.

Le briquet s'éteignit. Katerina s'assit.

— Par quel nom veux-tu que je t'appelle ? demanda-t-elle.

— Madeline, bien sûr.

— Ce n'est pas ton vrai nom.

— Je n'en ai pas d'autre.

— Faux ! On t'appelait Natalya, au camp. Tu ne t'en souviens pas ?

— Natalya ?

— Oui, dit Katerina. La petite Natalya, fille d'un général du KGB. Si jolie… Et cet accent anglais qu'ils t'ont inculqué… Tu étais comme une poupée, à mes yeux…

Elle resta silencieuse un instant avant d'avouer :

— Je t'adorais. Tu étais tout ce que j'avais, dans cet horrible endroit.

— Alors pourquoi m'as-tu enlevée ?

— En fait, j'avais pour mission de te tuer. Avec l'aide de Quinn.

— Pourquoi ne pas l'avoir fait ?

— Quinn a changé de plan au dernier moment.

— Mais tu m'aurais tuée si tu en avais eu l'occasion ? demanda Madeline.

— Je n'en avais aucune envie, répondit Katerina au bout d'un moment. Mais bon, oui, je crois bien que je l'aurais fait…

— Pourquoi ?

— Il valait mieux pour toi que ce soit moi qu'un autre tueur du SVR. Et puis, tu as trahi ton pays, Natalya. Tu as fait défection.

— Ce n'était pas mon pays. Je n'y avais aucun lien.

— Et ici, Natalya ? Tu as plein de copains, ici ?

— Je m'appelle Madeline…

Elle resta silencieuse pendant quelques secondes avant de demander :

— Que se passera-t-il si je reviens en Russie ?

— Je suppose qu'ils mettront plusieurs mois à extirper de ton cerveau la moindre bribe d'information, répondit Katerina.

— Et ensuite ?

— *Vichaïa méra*…

— Le châtiment suprême ?

— Je croyais que tu ne connaissais pas le russe…

— Un ami m'a parlé de cette expression.

— Il est où, cet ami, en ce moment ?

— Il me retrouvera.

— Et c'est à ce moment-là que Quinn le tuera…

Katerina ralluma son briquet.

— Tu as faim ? demanda-t-elle à Madeline.

— Je suis affamée.

— Je crois qu'ils nous ont laissé des tourtes à la viande.

— J'adore les tourtes à la viande.

— Mon Dieu, tu es tellement anglaise…

Katerina déballa l'une des tourtes et la posa délicatement dans les mains de Madeline.

— Ce serait plus facile si tu me débarrassais de la bande adhésive, observa celle-ci.

Katerina s'en garda bien et aspira une bouffée de fumée.

— Tu t'en souviens bien ? demanda-t-elle.

— De quoi ? Du camp ?

— Oui.

— Je ne m'en souviens plus du tout, dit Madeline. Et je n'arrive pas à l'oublier.

— Je n'ai aucune photo de moi quand j'étais plus jeune.

— Moi non plus.

— Tu te souviens de mon aspect physique ?

— Tu étais très belle, dit Madeline. J'aurais voulu être aussi belle que toi.

— C'est marrant, dit Katerina. Parce que, moi, j'aurais voulu te ressembler.

— J'étais une petite fille agaçante.

— Oui, mais tu étais une brave fille, Natalya. Et moi, j'étais complètement… différente.

Elle ne précisa pas ses pensées. Madeline leva ses deux mains liées et essaya de manger un peu plus de tourte.

— Tu peux couper cette bande adhésive, s'il te plaît ? demanda-t-elle.

— J'aimerais bien, mais je ne peux pas.

— Pourquoi ?

— Parce que tu es une brave fille, dit Katerina en écrasant sa cigarette sur le plancher. Et tu me gênerais plus qu'autre chose.

75
Union Street, Belfast

Il était midi passé de quelques minutes lorsque Billy Conway franchit la porte de Tommy O'Boyle's dans Union Street. Un ancien de l'IRA, nommé Rory Gallagher, était en train d'essuyer des pichets en verre derrière le bar.

— Je m'apprêtais à lancer une équipe de secours, dit-il.

— La nuit a été longue, dit Conway. Plus longue que prévu.

— Des problèmes ?

— Des complications.

— Et ce n'est pas fini, malheureusement…

— Qu'est-ce que ça veut dire ?

Gallagher dirigea son regard vers l'escalier.

— Tu as de la visite, fit-il.

Les pieds de Keller étaient posés sur le bureau de Billy Conway lorsqu'il ouvrit la porte. Conway se figea dans l'entrebâillement. On aurait dit qu'il venait de voir un fantôme. *Ce n'est pas tout à fait faux,* songea Keller.

— Salut, Billy… Ça fait plaisir de te revoir.

— Je croyais…

— Que j'étais mort ?

Conway ne dit rien. Keller se leva.

— Viens faire un tour avec moi, Billy. Il faut qu'on cause.

Le retour de Christopher Keller en Irlande du Nord avait suscité en toute urgence l'une des plus importantes réunions de la brigade du Sud-Armagh depuis les accords du Vendredi saint. Au total, douze membres de la brigade se trouvaient au même moment réunis autour d'Eamon Quinn et de Jimmy Fagan, dans la cuisine de la ferme de Crossmaglen. Huit d'entre eux avaient purgé de longues peines dans le tristement célèbre Bloc H de la prison de Maze. Ils n'avaient été libérés qu'en vertu de la loi d'amnistie promulguée lors de l'accord de paix. Les quatre autres avaient combattu avec Quinn au sein de l'IRA véritable, parmi lesquels Frank Maguire, dont le frère Seamus avait été tué par Keller à Crossmaglen, en 1989.

Comme de coutume dans ce genre de réunion, la pièce était embrumée par la fumée de cigarette. Sur la table était dépliée une vieille carte d'état-major du sud du comté d'Armagh, déchirée sur les bords et décolorée. C'était cette même carte que Fagan avait utilisée pour préparer l'embuscade de Warrenpoint. Certaines des annotations et des marques qu'il y avait inscrites à l'époque étaient encore visibles. A côté de la carte était posé un téléphone qui se mit à vibrer à 12 h 15. C'était un SMS envoyé par Gallagher. Quinn sourit. Keller et Allon allaient bientôt lui rendre une petite visite.

Keller et Billy Conway allèrent faire un tour, mais leur promenade ne dépassa pas York Lane. C'était une petite rue tranquille, sans commerces ni restaurants. Il y avait seulement une petite église, d'un côté, et les hauts murs d'enceinte en brique rouge d'un bâtiment industriel, de l'autre. Gabriel était garé à un endroit qui n'était dans le champ d'aucune caméra de surveillance. Keller poussa Billy Conway sur le siège du passager et s'assit à l'arrière. Gabriel ne dévia pas son regard d'un millimètre et démarra calmement le moteur.

— Où est Eamon Quinn ? demanda-t-il à Billy Conway.

— Ça fait vingt-cinq ans que je ne l'ai pas vu.

— Mauvaise réponse.

D'un coup plus vif que l'éclair, Gabriel brisa le nez de Conway. Puis il enclencha la première vitesse et se mit à rouler.

La Ford Escort qu'Amanda Wallace avait procurée à Gabriel et Keller était équipée d'une balise satellitaire, un fait qu'elle avait omis de leur préciser. En conséquence, le MI5 pistait leur voiture à distance, depuis le début de la matinée, d'Aldergrove à la maison sécurisée et, de là, à Stratford Gardens et à York Lane. De surcroît, le MI5 surveillait les déplacements de l'Escort grâce au réseau de vidéosurveillance des rues de Belfast. Dans Frederick Street, une caméra filma nettement le visage de l'homme qui se trouvait à l'avant, sur le siège du passager — un homme qui semblait saigner abondamment du nez. Un technicien du MI5 agrandit l'image et l'afficha sur l'un des grands écrans du centre des opérations de Thames House.

Graham Seymour était en train de regarder la même image à Vauxhall Cross.

— Tu le reconnais ? lui demanda Amanda Wallace.

— Ça fait longtemps, répondit Seymour. Mais je crois bien que c'est Billy Conway.

— *Le* Billy Conway ?

— En chair et en os.

— Il travaillait pour nous, si je ne me trompe ? Il était notre indic…

— Non, répondit Seymour. Il était *mon* indic. Et Keller m'a aidé à le gérer.

— Alors pourquoi saigne-t-il ?

— Il n'a peut-être jamais été notre indic, Amanda… Il a peut-être toujours été l'indic de Quinn. Depuis le début…

Seymour regarda la Ford Escort s'engager sur l'autoroute

M2, en direction du nord. *C'est ça qui est merveilleux, dans notre métier,* songea-t-il. *Nos erreurs reviennent toujours nous hanter. Et tous les comptes finissent par se régler un jour ou l'autre.*

76
Forêt de Creggan, comté d'Antrim

Ils ne posèrent pas d'autres questions à Billy Conway et il ne leur en posa pas davantage. Le sang coula de son nez fracturé jusqu'à ce qu'ils atteignent Larne — mais, quand ils arrivèrent à Glenarm, une croûte noirâtre s'était formée autour de ses narines. Keller guida Gabriel vers l'intérieur sur la route de Killycarn, qu'ils suivirent jusqu'à ce qu'elle se transforme en piste de gravier et cesse d'avoir un nom. Ils poursuivirent cependant leur chemin jusqu'à ce qu'ils aient dépassé la dernière ferme, à l'orée de la forêt de Creggan. Keller demanda à Gabriel de s'arrêter et d'éteindre le moteur. Puis il se tourna vers Billy Conway.

— Tu te souviens de cet endroit, Billy ? C'est ici que nous venions ensemble, à l'époque, quand tu avais des choses importantes à me raconter. Nous arrivions dans la vieille Granada et buvions des bières. Tu t'en souviens, Billy ?

La voix de Keller avait pris un accent de Belfast-Ouest — Falls Road avec une pointe de Ballymurphy. Billy Conway resta silencieux. Il regardait droit devant lui. C'était le regard d'un condamné à mort.

— On t'a toujours bien traité, hein, Billy ? On t'a bien payé. On t'a protégé. Mais tu n'avais pas besoin de protection, hein, Billy ? Tu travaillais pour l'IRA depuis le début. Pour Eamon Quinn. Tu es une balance, Billy. Une putain de balance !

Keller colla le canon du Glock sur la nuque de Conway et demanda :

— Tu ne vas quand même pas me dire le contraire, hein, Billy ?

— C'est de l'histoire ancienne.

— Pas si ancienne, répliqua Keller. C'est toi-même qui me l'as dit, le jour où on s'est revus à Belfast ? Le jour où tu m'as trouvé l'adresse de Maggie Donahue… Le jour où tu m'as piégé…

Keller pressa un peu plus fort son arme contre le crâne de Conway.

— Tu ne vas quand même pas me dire le contraire, hein, Billy ?

Billy Conway gardait le silence.

— Tu as toujours été franc avec moi, hein, Billy ?

— Tu n'aurais jamais dû revenir ici.

— On n'a pas eu le choix… A cause de Quinn. C'est Quinn qui m'a attiré ici. Et tu as fait en sorte que je trouve ce qu'il voulait que je trouve… Une femme et une fille… Une grosse liasse de billets… Un ticket de tram déchiré… Une photo prise dans une rue de Lisbonne… Maggie ne voulait pas participer à ce piège. Elle était trop occupée à survivre dans un endroit de merde comme Ardoyne, sans mari pour l'aider à élever sa fille. Mais tu l'as menacée. Tu lui as dit que tu la tuerais si elle allait voir les flics. Elle et sa fille… Et elle t'a cru, Billy, parce qu'elle sait bien ce qui arrive aux balances à Belfast-Ouest.

Keller enfonça le canon du Glock dans la joue de Conway.

— Dis-moi le contraire, Billy…

— Qu'est-ce que tu veux ?

— Je veux que tu me jures que tu ne t'approcheras plus jamais de cette femme.

— Je te le jure.

— Sage décision, Billy. Maintenant, sors de la voiture.

Conway ne bougea pas. Keller lui gifla le nez avec le canon de son arme.

— Sors, j'ai dit !

Conway tira la poignée et sortit en chancelant de la voiture. Keller le suivit.

— Commence à marcher, ordonna-t-il. Et pendant que tu marches, dis-moi où je peux trouver Eamon Quinn.

— Je ne sais pas où il est.

— Mais si, tu le sais, Billy. Tu sais tout.

Keller poussa Conway sur le sentier et le suivit à quelques centimètres. Un coup de fusil retentit dans la forêt — un chasseur, probablement. Conway se figea. Du bout de son arme, Keller lui administra un coup sec dans le dos pour le forcer à se remettre en marche.

— Comment Quinn a-t-il réussi à quitter l'Angleterre ?

— Grâce aux Delaney.

— Jack et Connor ?

— Ouais.

— Il n'était pas seul, hein, Billy ?

— Il était avec deux femmes.

— Où a-t-il été déposé par les Delaney ?

— Shore Road, près du château.

— Tu y étais ?

— C'est moi qui suis allé les chercher.

— Qu'est-ce que tu avais comme voiture ?

— Une Peugeot.

— Volée, empruntée ou louée ?

— Volée. Fausses plaques…

— Comme Quinn les aime…

Il y eut deux autres coups de fusil, plus proches. Un couple de faisans prit son envol dans un champ voisin. *Ils ont bien raison,* songea Keller.

— Où est-il, Billy ? Où est Quinn ?

— Il est dans le sud de l'Armagh, répondit Conway au bout d'un moment.

— Où ça, exactement ?

— A Crossmaglen.

— Dans la ferme de Jimmy Fagan ?

Conway hocha la tête.

— Dans le même endroit où nous t'avions emmené, ce soir-là. Quinn a dit qu'il voulait te crucifier pour te faire expier tes péchés.

— « Nous » ? demanda Keller.

Conway se mordit la lèvre.

— Tu y étais, Billy ?

— Brièvement, avoua Conway. Les deux femmes sont dans le même hangar, celui où Eamon t'a attaché à une chaise.

— Tu en es sûr ?

— C'est moi qui les y ai mises.

Ils étaient arrivés à la lisière de la forêt. Billy Conway s'immobilisa en chancelant.

— Retourne-toi, Billy. J'ai une autre question à te poser, dit Keller.

Billy Conway ne bougea pas pendant un long moment. Puis il se tourna lentement vers Keller.

— Qu'est-ce que tu veux savoir ? demanda-t-il.

— Je veux un nom, Billy. Le nom de l'homme qui a dit à Eamon Quinn que j'étais amoureux de la fille de Ballymurphy.

— Ça, je n'en sais rien.

— Mais si, tu le sais, Billy. Tu sais tout.

Conway ne pipa mot.

— Son nom, répéta Keller en braquant le Glock vers le visage de Conway. Dis-moi son nom.

Conway leva la tête vers le ciel gris et prononça son propre nom. Le regard de Keller se troubla sous l'effet de la rage et il sentit ses genoux vaciller. Le pistolet lui redonna son sens de l'équilibre. Il ne se souvint pas ensuite d'avoir pressé la détente, mais il n'oublia pas le recul de l'arme et le nuage de fumée rose. Il resta agenouillé au côté de Billy Conway jusqu'à ce qu'il soit sûr de sa mort. Puis il se leva et se dirigea vers la voiture.

77
Randalstown, comté d'Antrim

A la sortie de Randalstown, le téléphone que le MI6 avait fourni à Keller se mit à vibrer. Il l'extirpa de la poche de son manteau et fronça les sourcils en voyant l'écran.

— C'est Graham Seymour, dit Keller.

— Qu'est-ce qu'il veut ?

— Il se demande pourquoi Billy Conway n'est plus dans la voiture.

— Ils nous surveillent.

— A l'évidence.

— Qu'est-ce que tu vas lui dire ?

— Je n'en suis pas encore sûr. C'est nouveau pour moi, tout ça…

Keller brandit le téléphone et demanda :

— Tu crois qu'il y a un micro là-dedans ?

— C'est possible.

— Je devrais peut-être le jeter par la fenêtre.

— Le MI6 te le retiendra sur ton salaire. Et puis, on en aura peut-être besoin quand on sera au pays des bandits.

Keller posa le téléphone sur la console centrale.

— C'est comment ? demanda Gabriel.

— Le pays des bandits ?

— Crossmaglen.

— C'est le genre d'endroit sur lequel on écrit des chansons, par ici…

Keller regarda le paysage défiler pendant quelques instants avant de reprendre :

— Le sud de l'Armagh était entièrement sous le contrôle de l'IRA provisoire pendant les troubles… C'était un micro-Etat gouverné par l'IRA, et Crossmaglen était sa ville sainte…

Il jeta un regard à Gabriel avant de poursuivre :

— Sa Jérusalem, si tu préfères. L'IRA n'a jamais eu besoin d'adopter une structure cellulaire, dans ce coin de cambrousse. Elle opérait en tant que bataillon. C'était vraiment une armée. Ils passaient leurs journées à labourer leurs champs et leurs nuits à tuer des soldats britanniques. Avant chaque patrouille, on nous rappelait que sous chaque buisson d'ajoncs, sous chaque tas de pierres, il y avait probablement une bombe ou un tireur embusqué. Le sud de l'Armagh était un vrai champ de tir. Et nous, nous étions les cibles.

— Continue.

— On se référait à Crossmaglen sous le nom de code XMG, poursuivit Keller au bout d'un moment. On avait une tour de guet sur la place principale… On l'appelait Golf Five Zero. Chaque fois qu'on y entrait, on mettait notre vie en péril. La caserne était sans fenêtre et construite dans un béton pouvant résister aux tirs de roquettes. On avait l'impression de servir à bord d'un sous-marin. Quand j'ai réussi à m'échapper de la ferme de Jimmy Fagan, ce soir-là, je n'ai même pas essayé d'aller à XMG. Je savais que je n'arriverais pas à la caserne vivant. Donc, je me suis dirigé vers le nord, vers Newtownhamilton… Son nom de code, à ce bled, c'était NTI…

Keller sourit et ajouta :

— On disait pour blaguer que c'étaient les initiales de « Nul terroriste ici ».

— Tu te souviens de la ferme de Fagan ?

— Je ne l'oublierai jamais, répondit Keller. On y arrive par Castleblayney Road. Une partie des terres de Fagan longent la frontière. Pendant la guerre civile, c'était un des principaux points de passage pour les armes que l'IRA faisait venir d'Irlande du Sud, avec la complicité de militants républicains qui y vivaient.

— Et le hangar ?

— Il est situé en bordure d'un grand pré, lui-même entouré de murs de pierre et grouillant de chiens de garde. Si la PSNI tente d'approcher de la ferme, Fagan et Quinn seront tout de suite alertés.

— Tu pars du principe que Madeline y est vraiment…

Keller ne dit rien.

— Et si Conway avait débité un autre mensonge ? demanda Gabriel. Et si Quinn l'avait déjà déplacée dans une autre planque ?

— Il ne l'a pas fait.

— Comment peux-tu en être sûr ?

— Parce que c'est Quinn. C'est comme ça qu'il fonctionne. La question qui se pose maintenant, c'est : doit-on informer nos amis de Thames House et de Vauxhall Cross de ce que nous avons appris aujourd'hui ?

Gabriel jeta un coup d'œil au téléphone portable fourni par le MI6 et dit :

— Nous venons peut-être de le faire…

Ils passèrent sous un nid de caméras de surveillance qui filmaient la circulation sur la M22. Keller sortit une cigarette de son paquet et la tortilla du bout des doigts sans l'allumer.

— Il n'y a pas moyen de poser un pied dans le sud de l'Armagh sans qu'on se fasse tout de suite repérer, dit-il.

— Eh bien, nous passerons par la porte de derrière.

— Nous n'avons ni jumelles à vision nocturne ni silencieux…

— Ni radios, compléta Gabriel.

— Combien de munitions as-tu ?

— Un chargeur plein et un autre de rechange.

— Moi, il me manque une balle…

— Quel dommage.

Le téléphone de Keller se remit à vibrer.

— Qu'est-ce qu'il veut ? demanda Gabriel.

— Il se demande où on va.
— Il faut croire qu'ils ne nous écoutent pas, en fait.
— Qu'est-ce que je lui dis ?
— C'est ton patron, pas le mien.
Keller composa un bref message et reposa le téléphone sur la console centrale.
— Qu'est-ce que tu lui as raconté ?
— Que nous sommes en train de nous procurer des renseignements potentiellement essentiels.
— Tu feras un bon agent du MI6, Christopher.
— Les agents du MI6 n'opèrent pas dans le sud de l'Armagh sans une équipe de soutien…
Keller s'interrompit avant d'ajouter :
— Pas plus, d'ailleurs, qu'un homme s'apprêtant à diriger les services secrets israéliens, sans parler d'un homme qui va être le père de deux enfants d'un coup…
L'autoroute se transforma en une route à deux voies. Il était 14 h 30. Le soleil allait se coucher dans deux heures environ. Keller alluma sa cigarette et regarda Gabriel ouvrir par réflexe sa vitre pour aérer l'habitacle.
— Tu sais, dit Keller, rien de tout cela ne serait arrivé si tu avais envoyé promener Graham Seymour quand il est venu te voir à Rome. Tu serais en train de travailler, bien peinard, sur le tableau du Caravage, et moi, je serais en train de siroter un verre de bon vin sur la terrasse de ma villa, en Corse.
— Tu as d'autres trésors de sagesse dans ce genre-là ? s'agaça Gabriel.
— Juste une question.
— Laquelle ?
— Qui est Tariq al-Hourani ?

A Londres, la même image vidéo s'affichait sur certains écrans des centres des opérations de Thames House comme de Vauxhall Cross. Un petit voyant lumineux, bleu et clignotant, qui traversait l'Ulster vers l'ouest, sur l'A6. Quand ce voyant atteignit Castledawson, il bifurqua vers le sud, en direction de Cookstown. Graham Seymour envoya un troisième message écrit à Keller mais, cette fois, il ne reçut pas de réponse — chose dont il dut, non sans réticences, informer Amanda Wallace.

— Où crois-tu qu'ils vont, comme ça ?

— A mon humble avis, ils reviennent à l'endroit où tout a commencé.

— Le pays des bandits ?

— La ferme de Jimmy Fagan, pour être plus précis.

— Ils ne peuvent pas y aller tout seuls.

— Je ne crois pas que l'on puisse faire quoi que ce soit pour les en empêcher, à ce stade. Rien ne les arrêtera.

— Active au moins le micro qu'il y a dans le portable de Keller, pour qu'on sache ce qu'ils se disent.

Seymour capta le regard de l'un des techniciens et lui donna l'ordre. Un instant plus tard, il entendit Gabriel expliquer à Keller comment Eamon Quinn avait fait la connaissance d'un certain Tariq al-Hourani dans un camp d'entraînement terroriste de Libye.

Non, décidément, songea Seymour, *rien ne les arrêtera.*

78
Crossmaglen, comté d'Armagh

Ils s'arrêtèrent à Cookstown, le temps d'acheter une carte d'état-major, une boîte de cirage noir et deux grands couteaux de cuisine, avant de reprendre la route en direction d'Omagh, vers le soleil couchant. Un crachin tombait du ciel lorsqu'ils bifurquèrent vers le sud. Keller dut activer les essuie-glaces jusqu'à Castleblaney, petite ville d'Irlande du Sud, à quelques kilomètres de la frontière. A la sortie de la ville se trouvait un petit lac : le lough Muckno. Keller suivit la route sinueuse qui longeait sa rive sud et arriva dans une vallée parsemée de petites fermes. Chacune de ces maisons était un traquenard potentiel. Frontière ou pas, ils étaient désormais au pays des bandits.

Keller sortit de la route pour aller se garer dans un épais massif de prunelliers sur les rives de la Clarebane, la petite rivière qui relie le Lough Muckno au Lough Ross. Il éteignit ses phares et coupa le moteur. De nombreux messages en provenance de Vauxhall Cross s'affichaient, non lus, sur l'écran du téléphone portable du MI6, resté sur la console centrale. Gabriel le ramassa et le tendit à Keller en disant :

— Il serait peut-être temps de faire savoir à Graham où nous nous trouvons.

— Quelque chose me dit qu'il le sait déjà.

Keller composa pourtant le numéro de Seymour à Londres. Celui-ci décrocha immédiatement.

— Ah, enfin ! dit-il. Ce n'est pas trop tôt !

— Vous voyez où nous sommes ? demanda Keller.

— Selon mes calculs, vous êtes à moins d'un kilomètre de la frontière.

— Vous pourriez nous fournir un peu de soutien ?

— C'est déjà en cours...

— Je ne vous ai pas encore dit ce que nous attendions de vous, s'étonna Keller.

— Si, vous me l'avez déjà dit... Et plus d'une fois, répliqua Seymour. Au fait, il me faudra un reçu pour ces couteaux... Et pour la carte et le cirage aussi.

A 14 heures, cet après midi-là, Eamon Quinn avait compris que Billy Conway était dans le pétrin. A 16 heures, Quinn pensait que Conway avait été arrêté et placé en garde à vue — à moins que, plus probablement, son corps ne soit étendu quelque part dans la province, avec une balle dans la tête. Dans ce cas, sa mort n'avait pas dû être douce. Avant d'être exécuté, il avait dû divulguer deux informations : l'endroit exact où était séquestrée Madeline Hart ; et la vérité sur son rôle dans la mort d'Elizabeth Conlin, vingt-cinq ans plus tôt. Quinn ne nourrissait aucun doute quant aux réactions de son vieil ennemi. Keller était un ancien soldat d'élite du SAS devenu tueur à gages. Il reviendrait à la ferme de Jimmy Fagan. Et Quinn l'y attendrait de pied ferme.

A 16 h 30, alors que le soleil se couchait sur les collines de l'Armagh, Quinn demanda à douze hommes de se déployer sur les quatre-vingts hectares de la propriété du clan Fagan. Douze vétérans de la légendaire brigade du Sud-Armagh. Douze combattants endurcis, qui tous avaient beaucoup de sang britannique sur les mains. Douze tireurs d'élite qui, autant que Quinn, voulaient la mort de Christopher Keller. S'y ajoutaient huit éclaireurs que Jimmy Fagan avait déployés sur différents points du sud du comté — parmi lesquels Francis McShane, qui était au volant d'une voiture garée devant le poste de la PSNI à Crossmaglen.

Quinn et Fagan étaient assis dans la cuisine de la ferme, fumant pour patienter. Le Makarov de Quinn était posé sur la table, un silencieux vissé dans le canon. A côté se trouvait un téléphone et, tout près du téléphone, la vieille carte d'état-major de ce qui avait été pendant quelque temps les cinq cents kilomètres carrés les plus dangereux du monde. Quinn la parcourut du regard d'est en ouest : Jonesborough, Forkhill, Silver Bridge, Crossmaglen... *Autant de lieux glorieux,* songea-t-il. *Des lieux où le sang de l'ennemi a coulé à flots. Ce soir, j'écrirai un nouveau chapitre de la légende du pays des bandits.*

Quinn consulta son bracelet-montre, celui qui lui avait été offert par Tariq al-Hourani, dans un camp près de la Méditerranée. Il ôta la montre de son poignet et la retourna pour lire une fois de plus l'inscription :

« Il n'y aura plus de défaillance de minuteur... »

Après avoir noirci leur visage au cirage, Gabriel et Keller se mirent à remonter les rives de la Clarebane. Keller ouvrait la marche. Les nuages occultaient la lune et les étoiles. La pluie battante couvrait le bruit de leurs pas. Keller se déplaçait avec une extraordinaire fluidité sur ce terrain trempé, prestement et silencieusement. Gabriel, soldat des villes plus que des champs, faisait de son mieux pour imiter les mouvements souples et précis de son ami. Keller brandissait son arme à deux mains et au niveau des yeux. Derrière lui, Gabriel pointait le canon de son pistolet vers le bas, à droite.

Cinq minutes après être sorti de la voiture, Keller s'immobilisa et fit un geste avec son Glock pour signaler à Gabriel qu'ils avaient atteint la frontière. Il se tourna vers le nord et, toujours suivi de Gabriel, traversa une succession de prés séparés les uns des autres par des haies de prunelliers. Ils longèrent ainsi la frontière qui, à quelques mètres sur leur droite, séparait les deux Irlande. Autrefois, ils y auraient vu des tours de guet, au sommet desquelles étaient perchés des grenadiers ou des hussards. Mais à présent seuls des silos à grain et des hangars hérissaient l'horizon. Keller, qui avait survécu aux combats les plus atroces du sud de l'Armagh, avançait lentement, progressant comme en terrain miné, franchissant chaque haie comme si un tueur était à l'affût de l'autre côté.

Après avoir parcouru un kilomètre à ce rythme laborieux, Keller et Gabriel traversèrent un terrain rocailleux situé entre deux étangs. Devant eux se dressait un bosquet et, au-delà de ces arbres, s'étendaient l'Irlande du Nord et les terres de Jimmy Fagan. Keller avança en se baissant d'arbre en arbre puis se figea. A une dizaine de mètres de lui, voilé par l'obscurité, se tenait un homme armé d'une kalachnikov, prêt à faire feu. Le fusil d'assaut automatique était équipé d'un modérateur de son en fibre de carbone — une arme dangereuse entre les mains d'un prédateur qui ne l'était pas moins. Sans faire le moindre bruit, Keller se servit de son téléphone du MI6 et expédia un message pré-écrit à Vauxhall Cross. Puis il sortit le couteau de cuisine de sa poche et attendit.

Comme cette affaire se déroulait sur le territoire britannique, Graham Seymour laissa Amanda Wallace passer l'appel. Le message arriva au poste de la PSNI, à Crossmaglen, à 19 h 27, et, en moins d'une minute, plusieurs véhicules de police roulaient dans Newry Street, illuminée par leurs gyrophares. A 19 h 30, le téléphone de Fagan reçut simultanément plusieurs messages écrits des éclaireurs qu'il avait postés dans les parages.

— Combien de véhicules ? demanda Quinn.

— Au moins six, y compris ceux des gars des forces d'intervention, répondit Fagan.

— Vers où se dirigent-ils ?

— Vers Dundalk Road.
— Dans la mauvaise direction, dit Quinn.
— Complètement.
Un autre message s'afficha sur l'écran du téléphone de Fagan.
— Ils tournent à droite dans Foxfield Road, dit-il.
— Toujours dans la direction opposée…
— Qu'est-ce que ça veut dire, à ton avis ?
— Ça veut dire que tu devrais dire à tes gars de redoubler de vigilance, Jimmy.
— Pourquoi ?
Quinn sourit.
— Parce qu'*ils* sont ici.

A 19 h 31, l'homme qui se tenait à dix mètres de Christopher Keller ôta sa main droite de la crosse de sa kalachnikov et s'en servit pour extirper un téléphone portable de sa poche. L'appareil s'illumina brièvement et, à la lueur de l'écran, Keller aperçut le visage de l'homme qu'il s'apprêtait à tuer. Il avait l'âge de Keller, il faisait aussi la même taille et le même poids. Il aurait pu être fermier. Il aurait pu être camionneur ou travailler sur des chantiers. Dans une autre vie, il avait été l'ennemi de Keller. A présent, il l'était redevenu.

Comme tous les vétérans de la brigade du Sud-Armagh, l'homme qui se tenait à dix mètres de Keller connaissait chaque centimètre carré de cette terre gorgée de sang. Il connaissait chaque fossé, chaque buisson de ronces, chaque trou où était enterrés une arme à feu ou un engin explosif. Il connaissait aussi la différence entre les sons qu'émettent les animaux et ceux que produisent les êtres humains. Mais il était déjà trop tard quand il leva les yeux de son téléphone et vit Keller se précipiter sur lui, un couteau dans une main et un pistolet dans l'autre. Keller plaqua l'homme au sol, puis il lui trancha la gorge avec le couteau et maintint la lame dans la plaie jusqu'à ce que les mains de l'homme lâchent la kalachnikov et le téléphone portable. Keller s'empara de l'arme et Gabriel du téléphone. Puis ils traversèrent en silence le pré, en direction du hangar en tôle ondulée de six mètres de large sur douze de long, où Keller aurait dû mourir jadis.

— Tout le monde s'est signalé ? demanda Quinn.

— Tout le monde, sauf Brendan Magill.

— Où est-il posté ?

— A l'ouest de la propriété, du côté de la frontière.

— Rappelle-le.

Jimmy Fagan envoya un nouveau SMS à Magill. Quatre-vingt-dix secondes plus tard, il n'avait toujours pas reçu de réponse.

— Je crois qu'on les a trouvés, dit Quinn.

— Qu'est-ce qu'on fait, maintenant ?

— Tuez l'appât. Et ensuite capturez Keller et Gabriel et amenez-les-moi vivants.

Fagan composa le message et l'envoya. Quinn sortit avec son Makarov pour assister au feu d'artifice.

A une trentaine de mètres de l'endroit où Brendan Magill gisait sans vie se trouvait un mur de pierre qui s'étendait du nord au sud. Gabriel s'abrita derrière le mur après avoir évité de justesse une balle de 7,62 mm, qui avait sifflé à quelques centimètres de son oreille droite. Keller s'accroupit à côté de lui tandis que les projectiles arrosaient les pierres du mur, faisant voler des éclats de granit partout autour d'eux. Comme les détonations étaient étouffées par des silencieux, Gabriel n'avait qu'une vague idée de leur provenance. Il leva la tête au-dessus du mur pour voir d'où étaient tirés les coups de feu, mais une nouvelle rafale le força à se baisser promptement. Keller s'était mis à ramper vers le nord, le long de la base du mur.

Gabriel le suivit, mais s'immobilisa lorsque Keller ouvrit subitement le feu avec la kalachnikov de feu Brendan Magill. Un hurlement au loin indiqua que les balles de Keller avaient atteint leur cible mais, un instant plus tard, les tirs reprirent de plus belle, venant de plusieurs directions à la fois. Gabriel s'aplatit sur le sol à côté de Keller, le Glock à la main et le téléphone de Magill dans l'autre. Au bout de quelques secondes, il se rendit compte qu'un nouveau message venait d'y apparaître.

C'était un message d'Eamon Quinn et il était formulé en ces termes : TUEZ LA FILLE.

79
Crossmaglen, comté d'Armagh

Dans le tas d'outils agricoles cassés et démanchés qui se trouvaient dans le hangar de Jimmy Fagan, Katerina avait déniché une faux, toute rouillée et couverte de boue séchée — une pièce de musée, peut-être la dernière faux de toute l'Irlande, Nord et Sud. Elle la tenait ferment dans ses mains en écoutant le bruit que faisaient des hommes qui couraient d'un pas lourd sur le sentier qui menait au hangar. *Deux hommes,* songea-t-elle, *peut-être trois.* Elle se positionna contre la porte coulissante du hangar. Madeline se trouvait à l'autre bout de la dépendance, cagoulée, mains liées, adossée à une balle de foin. Elle serait la première et la seule personne que verraient les hommes en entrant.

Katerina entendit les cadenas et le loquet s'ouvrir, elle vit la porte coulisser. Le canon d'un fusil d'assaut pointa par l'entrebâillement. Elle reconnut aussitôt l'arme à sa silhouette caractéristique : c'était une kalachnikov AK-47, équipée d'un modérateur de son. Elle connaissait bien cette arme. C'était avec ce fusil-mitrailleur qu'elle avait tiré ses premières cartouches, au camp. *Sainte kalachnikov ! Grande libératrice des opprimés devant l'Eternel !* L'arme était braquée vers le haut, à un angle de quarante-cinq degrés. Katerina dut attendre que le canon de l'arme soit pointé vers Madeline. A cet instant, elle brandit la faux et l'abattit de toutes ses forces.

A deux cents mètres de là, accroupi derrière un mur de pierre en bordure de la propriété de Jimmy Fagan, Gabriel montra le SMS fatidique à Christopher Keller. Keller leva aussitôt la tête au-dessus du mur et vit des coups de feu illuminer l'embrasure de la porte du hangar. Quatre éclairs dans la nuit, quatre balles : c'était plus qu'il n'en fallait pour ôter deux vies. Une rafale de balles de kalachnikov le força à se baisser.

Le regard fou, il se tourna vers Gabriel et l'agrippa violemment par le revers de la veste en criant :

— Reste ici !

Keller se hissa par-dessus le mur et disparut du champ de vision de Gabriel. Celui-ci demeura encore quelques secondes derrière le mur, sous une pluie de balles. Puis, subitement, il se leva et traversa en courant le pré obscur. Il courait vers une voiture, sur une place enneigée de Vienne. Il courait vers la mort.

Le coup de faux que Katerina avait porté au cou de l'homme qui tenait la kalachnikov provoqua la décapitation partielle de celui-ci. Mais, par un ultime réflexe, il parvint à tirer une balle avant qu'elle ne lui arrache son arme — une balle qui atteignit le foin, à quelques centimètres de la tête de Madeline. Katerina écarta promptement l'agonisant et ouvrit immédiatement le feu sur le deuxième homme, le touchant à la poitrine. La quatrième balle qu'avaient vue Keller et Gabriel, Katerina la tira dans le cœur de l'homme à moitié décapité qui se convulsait de douleur à ses pieds en geignant. Dans le jargon du SVR, on appelait cela un tir de contrôle. Ce coup de grâce était aussi un acte de pitié.

Madeline arracha aussitôt sa cagoule avec ses mains liées. Katerina trancha la bande adhésive qui lui joignait les poignets et l'aida à se lever. Dehors, la bataille faisait rage. De l'endroit où elles se trouvaient, au milieu de la propriété, à la lueur des balles traçantes qui zébraient la nuit, les camps qui se canardaient étaient nettement distincts. Deux silhouettes avançaient dans les prés, venant de l'ouest et s'approchant du hangar, sous un feu nourri provenant de plusieurs positions. Plus loin, un homme, debout sur le perron de la ferme et immobile, regardait le spectacle comme s'il avait été organisé pour son amusement personnel. Katerina se doutait bien que les deux hommes qui venaient de l'ouest n'étaient autres que Gabriel Allon et Christopher Keller. Et l'homme qui, du perron de la ferme, assistait à la fusillade, c'était Eamon Quinn.

Katerina força Madeline à s'allonger par terre. Puis elle se mit en position de tir, sur un genou, et tira quatre balles vers l'un des hommes de Quinn. Les tirs venant de cette position cessèrent immédiatement. Quatre balles supplémentaires éliminèrent un autre membre de l'équipe de Quinn. Et une seule balle, bien ajustée, suffit à expédier *ad patres* un dernier tireur. Du coup, Quinn avait l'air moins indifférent. Katerina ouvrit le feu à plusieurs reprises dans sa direction, le contraignant à se réfugier dans la ferme. Puis elle se tourna vers Madeline. Mais elle était partie.

Elle marchait en chancelant vers Allon et Keller, épuisée, telle une poupée de chiffon animée. Katerina lui cria de s'allonger, mais en vain. La gravité et la peur maintenaient Madeline debout d'une main de fer. Katerina se tourna vers la ferme, pour voir ce que faisait Quinn, et c'est à cet instant que la balle l'atteignit. Un tir parfait, qui lui perfora la cage thoracique de part en part. Katerina sentit à peine l'impact, et elle n'éprouva aucune douleur. Elle tomba à genoux, les bras ballants, le visage levé vers le ciel noir. En s'écroulant sur la terre humide de l'Armagh, elle imagina qu'elle se noyait dans un lac de sang. Une main tenta de la remonter à la surface. Mais la main lui lâcha le poignet, et Katerina rendit l'âme.

*
* *

La fusillade avait cessé lorsque Madeline s'effondra en larmes dans les bras de Gabriel. Keller lâcha la kalachnikov et, armé du seul Glock, partit en courant vers la ferme de Jimmy Fagan. La façade était criblée de balles et un rideau flottait au vent dans l'embrasure de la porte. Keller se plaqua contre les briques et tendit l'oreille, guettant le moindre son. Puis il pivota et se précipita à l'intérieur en brandissant son pistolet. Il allait tirer sur Jimmy Fagan, mais se ravisa lorsqu'il vit le regard complètement éteint de celui-ci et le trou bien net qu'avait percé une balle au milieu de son front. Keller fouilla rapidement la maison, mais Quinn était introuvable. Une fois de plus, Quinn avait prudemment fui le champ de bataille.

La mort de Quinn est remise à plus tard, pensa Keller.

QUATRIÈME PARTIE

Retour au pays

80
Comté d'Armagh - Londres

C'était le genre de nuit dont on faisait des chansons, autrefois. Huit braves étaient tombés au champ d'honneur dans les vertes collines du sud de l'Armagh — six d'entre eux avaient succombé sous les balles, deux autres avaient péri par le poignard. Leurs noms formaient comme une liste d'honneur de la brigade la plus redoutée de l'IRA : Maguire, Magill, Callahan, O'Donnell, Ryan, Kelly, Collins, Fagan… Huit braves étaient tombés au champ d'honneur dans les vertes collines du sud de l'Armagh — six d'entre eux avaient succombé sous les balles, deux autres avaient péri par le poignard. C'était le genre de nuit dont on faisait des chansons, autrefois…

Juste après ce dénouement tragique, toutefois, il n'y eut ni ballades ni complaintes. Il n'y eut que des questions. Entre autres faits qui ne furent jamais vraiment élucidés, on ignorait qui avait prévenu la police — et pour quel motif. Même le commissaire principal de la PSNI, soumis au feu nourri des questions des journalistes, fut incapable de leur montrer le registre où cet appel d'urgence aurait dû être consigné. Quant aux mobiles de la tuerie de Crossmaglen, il en était réduit à formuler des hypothèses. L'explication la plus probable, selon lui, tenait à une hostilité qui couvait depuis longtemps entre factions rivales du mouvement républicain. Mais il se refusa à exclure la possibilité d'un litige financier lié au trafic de drogue. Il suggéra même qu'il y avait peut-être un rapport entre la tuerie de

Crossmaglen et la disparition, toujours non élucidée, de Liam Walsh, un trafiquant de drogue dont les liens avec l'IRA véritable étaient notoires. Même s'il n'en avait pas conscience, le commissaire principal avait, sur ce point, entièrement raison.

Ses théories sur les causes de la tuerie furent jugées plutôt convaincantes par les médias du monde entier. Mais tel ne fut pas le cas dans les villages claniques du sud de l'Armagh. Dans les pubs où certains autochtones buvaient leur pinte et dans les confessionnaux obscurs où ils avouaient leurs péchés aux hommes de Dieu, la vérité était bien connue. Cette tuerie n'avait rien à voir avec des bisbilles entre nationalistes ou avec une guerre des gangs. Non, tout cela, c'était à cause de Quinn. Ils savaient d'autres choses, aussi — des choses que le commissaire principal s'était bien gardé de révéler à la presse. Ils savaient que deux femmes avaient été présentes, ce soir-là. Ainsi qu'un ancien membre du SAS du nom de Christopher Keller. L'une des femmes avait trouvé la mort lors de la fusillade. Elle avait été atteinte par une balle en plein cœur, tiré par nul autre que Quinn lui-même. Ensuite, Quinn s'était évanoui dans la nature, sans laisser la moindre trace. Ces hommes rudes et vindicatifs étaient fermement décidés à le retrouver pour lui coller une balle dans la tête — la balle qu'il méritait tant, et qu'ils auraient dû lui coller après l'attentat d'Omagh. Ensuite, ils allaient retrouver le type du SAS, le dénommé Keller, et ils le tueraient, lui aussi.

En militants habitués à garder le secret, ils n'en parlèrent à personne et vaquèrent à leurs occupations comme si de rien n'était. Huit noms furent ajoutés au mémorial de l'IRA à Cross Square, huit tombes furent creusées dans le cimetière Saint-Patrick. A leurs obsèques, célébrées en grande pompe en l'église du même nom, le prêtre axa son sermon sur la résurrection — mais, dès la sortie de la messe, beaucoup n'avaient que la vengeance aux lèvres. Huit braves étaient tombés au champ d'honneur dans les vertes collines du sud de l'Armagh — six d'entre eux avaient succombé sous les balles, deux autres avaient péri par le poignard. C'était à cause de Quinn. Et Quinn allait le payer.

Le même jour, à Londres, le directeur général du service de renseignements extérieur de Sa Majesté, Graham Seymour, annonça que quatre agents de sécurité appartenant au MI6 avaient trouvé la mort dans un cottage situé à la pointe de la Cornouailles. En outre, ajouta Seymour, un cadre du service du personnel et de la sécurité du MI6 s'était suicidé en se jetant de la terrasse supérieure du siège du service, à Vauxhall Cross. Seymour refusa de préciser si les deux événements étaient liés, mais la presse considéra que le moment choisi pour faire cette déclaration valait preuve qu'ils l'étaient. Ce fut l'un des jours les plus noirs dans l'histoire prestigieuse de ce service, et les répercussions de ce scandale éclipsèrent dès lors les développements ultérieurs qui se produisirent en Irlande.

La presse britannique ne signala que par un entrefilet la découverte du corps d'un patron de pub de Belfast — un certain Billy Conway — à l'orée d'un bois du comté d'Antrim. Les journalistes ne s'étendirent pas davantage sur le fait qu'un randonneur avait trébuché sur le cadavre en voie de décomposition de Liam Walsh dans la bruyère, en parcourant une lande côtière du comté de Mayo. Des projectiles de 9 mm furent retrouvés dans les corps des deux victimes ; même si les experts en balistique déterminèrent qu'ils avaient été tirés avec deux armes différentes. La Garda Siochána et la PSNI enquêtèrent chacune de son côté sur ces meurtres, sans établir de lien tangible entre eux.

En Allemagne, la police avait fait une découverte macabre du même genre : un autre cadavre, une autre balle de 9 mm… Le cadavre fut ultérieurement identifié comme étant celui d'Alexeï Rozanov, citoyen russe exerçant le métier d'officier des services secrets. Les enquêteurs furent incapables de déterminer qui avait tiré cette balle. Rozanov avait probablement été victime de la même équipe de barbouzes qui avaient tué son chauffeur et ses gardes du corps à Hambourg. L'un des détails les plus troublants de cette affaire était qu'on avait trouvé le passeport du Russe enfoncé dans sa bouche. A l'évidence, l'auteur du meurtre avait voulu envoyer ainsi un message. Et, à en croire les experts du monde du renseignement, le message avait bien été reçu. Le BfV, le service de renseignements intérieur allemand, détecta une très nette intensification des activités des espions russes sur le sol de la République fédérale. Son homologue britannique, le MI5, remarqua une évolution similaire parmi les espions russes opérant à Londres. A Moscou, le Kremlin ne fit aucun mystère de ses sentiments. Le président russe jura solennellement que les assassins d'Alexeï Rozanov recevraient le « châtiment suprême ». Les experts en espionnage russe ne savaient que trop ce que cette formule signifiait. En toute probabilité, un nouveau cadavre n'allait pas tarder à être découvert quelque part.

Mais y avait-il un rapport entre les événements survenus en Allemagne et ceux qui avaient eu lieu en Grande-Bretagne et dans les deux Irlande ? Y avait-il un fil directeur reliant entre eux ces morts violentes survenues en un laps de temps aussi restreint ? Certains journalistes en virent un et ne se privèrent pas de le dire. Ce fut d'abord la presse populaire qui leva ce lièvre, bientôt suivie par les journaux plus sérieux. En Allemagne, *Der Spiegel*, hebdomadaire qui faisait figure de modèle en matière de journalisme d'investigation, affirma qu'Israël était impliqué dans le meurtre d'Alexeï Rozanov et de ses hommes de main — ce que le Premier ministre israélien, dans un rare commentaire sur les questions d'espionnage, démentit catégoriquement. Peu après le très sérieux *Irish Times* dublinois laissa entendre qu'il fallait voir la main des services britanniques dans l'enlèvement et le meurtre de Liam Walsh. La télévision publique irlandaise diffusa une enquête sur le rôle allégué de Walsh dans l'attentat massacre d'Omagh, en août 1998. Le *Daily Mail* anglais ne fut pas en reste et publia un article exclusif, entièrement nourri de rumeurs selon lesquelles l'employé du MI6 qui s'était suicidé était en fait un espion à la solde de la Russie.

Le ministère des Affaires étrangères démentit sans la moindre ambiguïté ces allégations, même si la crédibilité de ces dénégations fut mise à mal dès le surlendemain, lorsque le Premier ministre, Jonathan Lancaster, annonça des sanctions draconiennes — économiques et diplomatiques — à l'encontre de la Russie et de la coterie d'ex-officiers du KGB qui contrôlait le Kremlin. La raison que Lancaster invoqua officiellement pour justifier ces mesures tenait à « des comportements russes hostiles et persistants sur le sol britannique et en d'autres lieux ». Parmi ces sanctions, on remarqua notamment le gel des avoirs londoniens de plusieurs oligarques pro-Kremlin, auxquels il était également imposé des restrictions de voyage vers le territoire britannique. Le Kremlin annonça en fanfare la mise en œuvre d'une panoplie de mesures de rétorsion. La nouvelle fit sombrer le prix des actions russes à la Bourse de Moscou. Le rouble tomba à son plus bas niveau par rapport aux principales devises occidentales.

Mais pourquoi le Premier ministre avait-il agi avec autant de vigueur ? Et pourquoi à ce moment-là ? Les commentateurs trouvèrent ses explications un peu courtes. Ils étaient nombreux à penser et à dire que cette brusque crispation du Premier ministre avait d'autres causes. Après tout, cela faisait des années que les Russes se comportaient comme des voyous. Les journalistes se mirent à creuser, et les chroniqueurs se mirent à spéculer, ainsi que les experts médiatiques de tout poil qui échafaudèrent plusieurs théories — certaines plausibles, d'autres beaucoup moins. Quelques-uns d'entre eux parvinrent à effleurer la vérité, mais aucun ne trouva jamais le fin trait d'union à moitié effacé qui liait un assassinat sur les rives d'un lac russe gelé à celui d'une princesse et à la tuerie du sud de l'Armagh. Ils ne firent pas davantage le lien avec le légendaire agent secret israélien qui était mort dans un attentat à la voiture piégée dans une rue animée de Londres.

Mais il n'était pas mort, bien sûr. En fait, avec un peu de chance, un journaliste britannique aurait pu le croiser dans les rues de Londres au cours des quarante-huit heures trépidantes qui suivirent l'assaut de la ferme de Jimmy Fagan. Certes, ses déplacements étaient rapides et son emploi du temps très serré, car des affaires aussi pressantes qu'importantes l'attendaient dans son pays. Il régla quelques détails en suspens à Vauxhall Cross, puis il alla réparer quelques pots cassés de l'autre côté de la Tamise, à Thames House. Il participa à un dîner de travail avec le personnel de l'antenne du Bureau à Londres et, le lendemain en fin de matinée, il apparut sans se faire annoncer dans une galerie d'art du quartier de St. James, pour apprendre à un vieil ami, qui avait toute sa confiance, qu'il était encore vivant et bien vivant. Le vieil ami fut soulagé de le voir en vie, mais il lui reprocha amèrement d'avoir été décédé. Gabriel reconnut d'une voix contrite que c'était en effet une chose cruelle que de lui avoir infligé un tel chagrin.

Gabriel se rendit ensuite dans un manoir victorien en brique rouge, au fin fond du Hertfordshire rural. La bâtisse et son parc avaient autrefois servi de lieu d'entraînement aux nouvelles recrues du MI6. A présent, Madeline Hart en était la seule et unique occupante. Gabriel se promena longuement avec elle dans les jardins embrumés, une équipe de gardes du corps sur leurs talons. Ceux-ci étaient quatre en tout — aussi nombreux que ceux que Quinn et Katerina avaient occis en Cornouailles.

— Vous y retournerez, un jour ? demanda-t-elle.

— En Cornouailles ?

Madeline hocha lentement la tête.

— Non, dit Gabriel. Je ne crois pas.

— Je suis désolée, soupira-t-elle. J'ai l'impression d'avoir tout gâché. Rien de tout cela ne serait arrivé si vous m'aviez laissée à Saint-Pétersbourg.

— Si vous avez des reproches à faire à quelqu'un,

dit Gabriel, faites-les au président russe. C'est lui qui a envoyé votre amie vous liquider.

— Où est son corps ?

— Graham Seymour l'a proposé au *rezident* du SVR à Londres.

— Et alors ?

— Apparemment, le SVR ne souhaite pas le récupérer. Ils prétendent ne pas la connaître.

— Où va-t-elle être enterrée ?

— A la fosse commune.

— Voilà une fin typiquement russe, observa Madeline.

— Il vaut mieux que ce soit elle que vous.

— Elle m'a sauvé la vie…

Madeline jeta un regard à Gabriel et ajouta :

— Et la vôtre aussi.

Il prit congé de Madeline en milieu d'après-midi et se rendit à Highgate, où il honora une dette impayée en s'entretenant longuement avec l'une des journalistes politiques les plus en vue de Londres. Lorsque l'entretien prit fin, il était près de 17 heures. Son vol était à 22 h 30. Il se hâta de monter dans la voiture mise à sa disposition par l'ambassade.

Il avait une dernière mission à accomplir. Une dernière restauration.

81
Victoria Road, South Kensington

C'était une petite maison trapue, avec un portail en fer forgé et un coquet perron menant à une porte blanche. Des fleurs en pots ornaient la minuscule avant-cour et il y avait de la lumière dans le salon. Les rideaux étaient légèrement tirés et Gabriel put apercevoir dans l'intervalle le Dr Robert Keller, qui, assis bien droit dans une bergère, lisait un quotidien grand format. Gabriel ne distingua pas lequel à cause de la pluie qui ruisselait sur les vitres de la voiture et de la fumée de cigarette qui embrumait l'habitacle. Keller fumait sans interruption depuis que Gabriel était passé le prendre dans une rue de Holborn, où était provisoirement situé son domicile londonien. A présent, il observait la maison de son père comme il aurait épié un repaire de terroristes au cours d'une opération de surveillance. Gabriel se rendit subitement compte que c'était la première fois qu'il voyait Keller intimidé.

— Il est vieux, fit celui-ci après un long silence. Je ne le voyais pas aussi vieux.

— Ça fait longtemps.

— Donc, ce n'est pas grave si nous restons assis ici encore une ou deux minutes de plus…

— Prends tout le temps que tu veux.

— A quelle heure est ton vol ?

— Aucune importance.

Gabriel n'en jeta pas moins un coup d'œil discret à sa montre.

— Je t'ai vu, dit Keller.

Derrière la fenêtre illuminée, de l'autre côté de la rue, une femme âgée vint poser une tasse et une soucoupe devant l'homme qui lisait le journal. Keller détourna les yeux… Honte ou angoisse ? Gabriel n'aurait su le dire.

— Qu'est-ce qu'elle fait, là ? demanda Keller.

— Elle regarde par la fenêtre.

— Elle nous a repérés ?

— Je ne crois pas.

— Elle est partie ?

— Elle est partie.

Keller se tourna à nouveau vers la maison.

— Qu'est-ce qu'il boit, comme thé ? demanda Gabriel.

— C'est un mélange spécial qu'il se procure dans une boutique de Bond Street.

— Tu devrais peut-être aller en boire une tasse avec lui.

— Une minute…

Keller écrasa sa cigarette dans le cendrier et en alluma aussitôt une autre.

— Tu es obligé de fumer ? s'agaça Gabriel.

— En cet instant, objecta Keller, oui, je suis obligé.

Gabriel ouvrit sa vitre de quelques centimètres pour aérer l'intérieur de la voiture. Le vent nocturne s'y engouffra, aspergeant les joues de Gabriel de gouttes de pluie.

— Qu'est-ce que tu vas leur dire ?

— Je me demandais justement ce que tu me conseillerais de leur raconter…

— Tu pourrais commencer par leur dire la vérité.

— Ils sont vieux, dit Keller. La vérité pourrait les tuer.

— Alors, vas-y à petites doses, peu à peu…

— Comme un médicament… ou un poison lent, dit Keller.

Il avait toujours les yeux rivés sur la maison.

— Il aurait voulu que je devienne médecin, reprit-il. Tu savais ça ?

— Je crois que tu me l'as déjà dit.
— Tu me vois en toubib ?
— Non, répondit Gabriel. Pas du tout.
— Pas besoin de le dire sur ce ton-là…
Gabriel écouta la pluie qui tambourinait sur le toit de la voiture.
— Et s'ils ne veulent plus de moi ? demanda Keller au bout d'un moment. Et s'ils me foutent dehors ?
— C'est ça qui te fait peur ?
— Oui.
— Ce sont tes parents, Christopher.
— On voit bien que tu n'es pas anglais…
Keller forma un hublot sur sa vitre embuée et fronça les sourcils.
— Il pleut tous les jours depuis que je suis revenu dans ce maudit pays, se plaignit-il.
— En Corse aussi, il pleut.
— Pas comme ça.
— Tu as décidé où tu voulais vivre ?
— Près d'eux, répondit Keller. Malheureusement, il faudra qu'ils fassent comme si j'étais toujours mort. Ça fait partie de l'accord que j'ai conclu avec le MI6.
— Quand est-ce que tu commences à travailler ?
— Demain.
— Quelle est ta première mission ?
— Retrouver Quinn…
Keller jeta un regard à Gabriel avant d'ajouter :
— Toute aide que ton service pourra m'apporter sera la bienvenue. Apparemment, il va falloir que je respecte les règles du MI6, cette fois.
— Tant pis pour toi.
La mère de Keller réapparut à la fenêtre.
— Mais qu'est-ce qu'elle guette, comme ça ? demanda Keller.
— Elle attend peut-être une livraison.
— Tu crois qu'elle sera fière ?
— De quoi ?

— Du fait que je travaille pour le MI6, désormais.

— Je n'en doute pas.

Keller posa la main sur la poignée de sa portière mais se ravisa.

— J'ai déjà affronté pas mal de situations périlleuses…

Sa voix se perdit dans un murmure.

— Je peux attendre encore un peu ? demanda-t-il.

— Prends tout le temps que tu veux.

— A quelle heure est ton vol ?

— Je le ferai décoller plus tard, si nécessaire.

Keller sourit.

— Ça va me manquer, de travailler avec toi, dit-il.

— Qui a dit que nous ne travaillerions plus jamais ensemble ?

— Tu vas bientôt être le grand chef. Et les grands chefs ne frayent pas avec les seconds couteaux comme moi…

Keller posa de nouveau sa main sur la poignée et leva les yeux vers la fenêtre illuminée.

— Je connais ce regard, dit-il.

— Quel regard ?

— Le regard qu'a ma mère en ce moment. C'est le regard qu'elle avait quand j'arrivais en retard…

— Tu *es* en retard, Christopher.

Keller pivota brusquement vers Gabriel en écarquillant les yeux.

— Qu'est-ce que tu as manigancé ? demanda-t-il.

— Vas-y, dit Gabriel en lui tendant la main. Tu les as déjà fait attendre trop longtemps.

Keller sortit de la voiture et traversa au pas de course la rue trempée. Fébrile, il eut un peu de mal à ouvrir le portail du jardin puis gravit le perron d'un bond tandis que la porte de la maison s'ouvrait en grand devant lui. Ses parents étaient tous deux debout dans l'entrée, s'appuyant l'un sur l'autre pour se donner du courage et n'en croyant pas leurs yeux. Keller leur fit signe de ne rien dire et les prit ensemble dans ses bras puissants avant de refermer hâtivement la porte derrière lui. Gabriel le revit une dernière fois lorsqu'il passa devant la fenêtre du salon. Puis les lumières s'éteignirent dans cette pièce — et Keller avait disparu.

82
Rue Narkiss, Jérusalem

Le soir même, un énième cessez-le-feu entre Israël et le Hamas fut rompu et la guerre reprit dans la bande de Gaza. Tandis que l'avion qui ramenait Gabriel en Israël approchait de Tel-Aviv, il vit les balles traçantes et les roquettes zébrer le ciel au sud. Une roquette piqua dangereusement sur l'aéroport Ben Gourion, mais fut interceptée et détruite en vol par une batterie de missiles du Dôme de fer, le système mobile de défense anti-aérienne de Tsahal. Dans le terminal de l'aéroport, tout semblait normal — sauf pour un groupe de chrétiens en voyage organisé, tétanisés et blottis les uns contre les autres devant un écran de télévision. Personne ne remarqua le futur patron des services secrets israéliens, officiellement toujours décédé, lorsqu'il traversa le hall, un sac de voyage à l'épaule. Au contrôle des passeports, il contourna la longue file d'attente et franchit discrètement une porte réservée aux agents de terrain du Bureau revenant d'une mission à l'étranger. Dans la pièce où il entra, quatre agents de sécurité du Bureau l'attendaient en buvant du café. Ils le conduisirent jusqu'à une autre porte blindée, derrière laquelle deux SUV de marque américaine stationnaient dans la pénombre précédant l'aube. Gabriel monta à l'arrière d'un des deux véhicules. La portière blindée se referma en claquant derrière lui, lui débouchant les oreilles.

Un mémorandum résumant les opérations de renseignements en cours était posé sur la banquette en face de lui — un cadeau de bienvenue d'Uzi Navot. Gabriel feuilleta le dossier tandis que les deux SUV s'engageaient sur l'autoroute 1 et longeaient Bab el-Oued, le défilé escarpé qui sépare Jérusalem de la plaine côtière. Les pages qu'il parcourut se lisaient comme un catalogue des horreurs dans un monde devenu fou. Le Printemps arabe s'était transformé en Calamité arabe. L'Islam radical contrôlait désormais un territoire effiloché qui s'étendait de l'Afghanistan au Nigeria — chose que Ben Laden lui-même n'aurait jamais osé imaginer. Cette ironie de l'histoire aurait été comique si la situation n'avait pas été aussi dangereuse — et si prévisible. Le président américain avait laissé le vieil ordre mondial s'effondrer sans mettre en œuvre une alternative géopolitique viable — il avait navigué à vue avec une insouciance irresponsable, sans précédent dans la gouvernance des conflits depuis la Seconde Guerre mondiale. Et c'était ce moment périlleux de l'histoire qu'il avait choisi pour jeter Israël aux loups qui rêvaient de détruire l'Etat juif. En refermant le mémorandum, Gabriel se dit qu'Uzi avait de la chance. Uzi avait réussi à endiguer le flot avec les moyens du bord. A présent, c'était à Gabriel de construire l'arche — car le déluge était imminent, et on ne pouvait plus rien faire pour l'empêcher.

Lorsqu'ils parvinrent aux abords de Jérusalem, les étoiles s'estompaient dans les cieux et les premières lueurs de l'aube éclairaient la rive orientale du Jourdain. La circulation matinale était déjà importante sur la route de Jaffa, mais la rue Narkiss dormait encore sous la garde d'une unité de protection du Bureau. A cet égard, Eli Lavon n'avait pas exagéré : il y avait une équipe d'anges gardiens à chaque extrémité de la rue, et une troisième était en faction devant le petit immeuble en pierre sis au numéro 16 de la rue. Lorsque Gabriel se dirigea vers la porte d'entrée, il s'aperçut qu'il n'avait pas la clé. Mais cela fut sans conséquence car Chiara avait laissé la porte ouverte. Il lâcha son sac sur le sol de l'entrée. Puis, après avoir constaté que le salon était impeccablement rangé, il le ramassa et s'engagea dans le couloir.

La porte de la chambre d'ami était entrouverte. Gabriel l'ouvrit en grand et jeta un coup d'œil à l'intérieur. Autrefois, cette pièce lui tenait lieu d'atelier. A présent, deux berceaux y trônaient, l'un aux draps bleus, l'autre aux draps roses. Des girafes et des éléphants ornaient la moquette. Des nuages naïfs et dodus couraient sur les murs. Gabriel fut pris d'un remords : en son absence, Chiara avait dû se charger de décorer la pièce elle-même. En passant la main sur la table à langer, un souvenir lui revint en mémoire. C'était le soir du 18 avril 1988, Gabriel rentrait de Tunis, après l'assassinat d'Abou Jihad… Dani souffrait d'une mauvaise fièvre. Gabriel avait pris l'enfant brûlant dans ses bras et l'avait bercé ainsi toute la nuit pendant que des images de feu et de mort défilaient sans répit dans sa tête. Trois ans plus tard, cet enfant était mort.

Apparemment, il y a un rapport avec un certain Tariq…

Gabriel referma la porte et entra dans la chambre principale. Son portrait grandeur nature, peint par Leah après l'opération Colère de Dieu, était toujours accroché au mur. Sous le tableau, Chiara dormait à poings fermés. Il posa son sac à terre dans la penderie, enleva ses chaussures et ses vêtements avant de se glisser entre les draps à côté d'elle. Elle resta immobile, comme si elle n'avait pas senti la présence de Gabriel. Puis, subitement, elle demanda :

— Alors, ça te plaît, mon chéri ?

— La chambre des enfants ?

— Oui.

— Elle est magnifique, Chiara. J'aurais seulement préféré que tu me laisses peindre les nuages…

— J'aurais voulu, moi aussi, dit-elle. Mais j'avais peur que ce ne soit vrai…

— Quoi donc ?

Elle n'ajouta pas un mot. Gabriel ferma les yeux. Et, pour la première fois depuis trois jours, il s'endormit.

Lorsqu'il se réveilla, l'après-midi touchait à sa fin et

les ombres s'allongeaient sur le lit. Il posa les pieds sur le sol et alla d'un pas traînant dans la cuisine pour préparer du café. Chiara regardait la guerre à la télévision. Une bombe israélienne venait d'atteindre une école palestinienne remplie uniquement de femmes et d'enfants en bas âge — c'est du moins ce que prétendait le Hamas.

— On est obligés de regarder ça ? grommela Gabriel.

Chiara baissa le volume. Elle portait un pantalon ample en soie, des sandales dorées et une blouse de grossesse qui épousait élégamment les formes de ses seins opulents et de son ventre rebondi. Son visage était resté inchangé. Elle était même, aux yeux de Gabriel, plus belle qu'elle ne l'avait jamais été. Subitement, il regretta amèrement d'avoir passé loin d'elle le mois qui venait de s'écouler.

— Il y a du café dans le thermos, dit-elle.

Gabriel remplit sa tasse et demanda à Chiara comment elle se sentait.

— J'ai l'impression que je peux accoucher d'un moment à l'autre…

— Est-ce vraiment le cas ?

— Les médecins disent que les jumeaux doivent naître incessamment.

— Il y a eu des complications ?

— Je commence à manquer un peu de liquide amniotique, et l'un des bébés est très légèrement plus petit que l'autre.

— Lequel ?

— La fille. Le garçon se porte comme un charme…

Elle le dévisagea un instant avant d'ajouter :

— Tu sais, mon chéri, il va falloir que nous choisissions un prénom pour ce gamin… Ça commence à urger.

— Je sais.

— Il vaudrait mieux le faire *avant* sa naissance.

— Sans doute.

— Moshe, ça te plairait ?

— Oui.

— Ou Yaakov. J'ai toujours aimé Yaakov.

— Moi aussi. C'est un agent comme on en fait peu.

Mais il y a un Iranien qui serait bien content de ne plus jamais le revoir…

— Reza Nazari ?

Gabriel leva les yeux de sa tasse de café.

— Comment connais-tu son nom ? demanda-t-il.

— Je recevais des rapports régulièrement pendant ton absence.

— Qui les rédigeait ?

— A ton avis ? fit Chiara en souriant. A propos, ils viennent dîner ce soir.

— On ne peut pas reporter ça à plus tard ? protesta Gabriel. Je viens tout juste de rentrer.

— Pourquoi ne l'appelles-tu pas pour lui dire que tu es trop fatigué ? Je suis sûr qu'il comprendra.

— Il me serait plus facile de convaincre le Hamas d'arrêter de nous bombarder avec ses roquettes, dit Gabriel d'un ton las.

Le soleil se couchait quand Gabriel prit sa douche et s'habilla pour la soirée. Puis il monta dans la voiture de fonction et, toujours escorté du deuxième SUV, se rendit au marché de Mahane Yehuda. Là, suivi de près par des gardes du corps, il fit les provisions en vue du dîner. Chiara lui avait fourni une liste, qu'il laissa toute chiffonnée au fond de la poche de son manteau. Gabriel préférait faire ses achats à l'instinct — sa méthode préférée en toute chose — et satisfit tous ses caprices : pistaches, fruits séchés, houmous, purée d'aubergine, pain… De la salade israélienne à la feta et un plat de riz aux boulettes de viande, ainsi que quelques bonnes bouteilles de vin de Galilée et du Golan. Quelques têtes se tournèrent sur son passage, mais sa présence dans la foule du souk demeura largement inaperçue.

Quand il revint rue Narkiss, il vit une grosse Peugeot garée le long du trottoir devant chez lui. A l'étage, il trouva Gilah qui papotait avec Chiara dans le salon, entourée de sacs remplis de vêtements et d'autres fournitures pour bébés. Shamron s'était déjà retiré sur la terrasse pour fumer. Gabriel mit les hors-d'œuvre sur des assiettes et les disposa à la manière d'un buffet sur le comptoir de la cuisine. Puis il enfourna le riz à la viande dans le four chaud et remplit deux verres de son sauvignon blanc israélien préféré. Il les apporta sur la terrasse, plongée dans l'obscurité et balayée par un vent nocturne déjà froid. L'odeur du tabac turc que fumait Shamron se mêlait aux senteurs de l'eucalyptus qui se dressait dans le jardin de l'immeuble. Gabriel trouva que cet arôme avait quelque chose d'étrangement réconfortant.

Il tendit à Shamron un des deux verres et s'assit à côté de lui.

— Un futur patron du Bureau ne va pas faire ses courses au marché Mahane Yehuda, dit Shamron sur un ton de reproche bienveillant.

— Sauf si sa femme est grosse comme une montgolfière…

— Si j'étais toi, je garderais ce genre d'appréciation pour moi, dit Shamron en souriant.

Il inclina son verre vers Gabriel avant d'ajouter :

— Bienvenue au pays, mon fils.

Gabriel but une gorgée de vin mais resta silencieux. Il observait le ciel, au sud, attendant qu'une roquette vienne strier la nuit et qu'un missile du Dôme de fer l'intercepte et la fasse exploser en plein vol.

Bienvenue au pays…

— J'ai bu un café avec le Premier ministre, ce matin, dit Shamron. Il m'a demandé de te transmettre ses amitiés. Il aimerait surtout savoir quand est-ce que tu vas prendre tes fonctions.

— Il ne sait donc pas que je suis mort ?

— Bien tenté…

— Je vais avoir besoin de passer un peu de temps avec mes enfants, Ari.

— Combien de temps ?

— S'ils n'ont aucun problème de santé, dit Gabriel d'un ton pensif, je dirais… trois mois.

— Trois mois sans chef, c'est long.

— Il y aura un chef. Il y aura Uzi.

Shamron écrasa calmement sa cigarette dans un cendrier.

— Tu as toujours l'intention de le garder à tes côtés ?

— De force, si nécessaire.

— Quel sera son titre ? Comment devra-t-on l'appeler ?

— Appelons-le tout simplement Uzi. C'est cool, comme nom.

Gabriel jeta un regard aux jeunes gardes du corps en faction au bas de l'immeuble. Plus jamais il ne poserait un pied dehors sans les avoir à ses basques. De même que sa femme et ses enfants.

Shamron s'apprêtait à allumer une autre cigarette mais se ravisa.

— Le Premier ministre ne sera pas très content d'apprendre que tu souhaites prendre trois mois de congé paternité. En fait, il comptait te confier une mission diplomatique.

— Où ça ?

— A Washington, répondit Shamron. Notre relation avec les Américains a besoin d'être un peu restaurée. Tu t'es toujours bien entendu avec eux. Même le président a l'air de t'apprécier…

— Je n'irais pas jusque-là.

— Tu iras à Washington ?

— Certains tableaux sont trop abîmés pour être restaurés, Ari. Il en va de même pour certaines relations.

— Tu auras besoin des Américains quand tu seras à la tête du Bureau.

— C'est toi qui m'as toujours dit de ne pas me fier à eux.

— Le monde a changé, mon fils.

— Ça, c'est bien vrai, dit Gabriel d'un ton sarcastique. Le président américain écrit des lettres d'amour à l'ayatollah. Et nous…

Il haussa les épaules mais ne précisa pas davantage ses pensées.

— La Maison Blanche change régulièrement d'occupant, dit Shamron, mais, nous, les espions, on a toujours été là et on sera toujours là.

— Ainsi que les Perses…

— En tout cas, Reza Nazari ne nous enfumera plus avec sa *taqiyya*. Entre nous, je me suis toujours méfié de lui.

— Pourquoi ne l'as-tu pas dit avant ?

— C'est ce que j'ai fait, mais on ne m'a pas écouté…

Shamron finit par allumer sa cigarette.

— A propos de Nazari, reprit-il, il est revenu à Téhéran. Et il ferait mieux d'y rester… Sinon les Russes vont lui faire la peau…

Il sourit avant d'ajouter :

— Ton opération aura au moins permis de jeter un grain de discorde entre deux de nos plus dangereux adversaires.

— J'espère qu'il se transformera en un grand arbre majestueux…

— L'acte final de cette opération aura lieu dans combien de temps ?

— L'article de mon amie paraîtra dans l'édition dominicale de son journal.

— Les Russes démentiront, bien évidemment.

— Oui, mais personne ne les croira, dit Gabriel. Et dorénavant ils hésiteront avant d'essayer de me supprimer.

— Tu les sous-estimes.

— Je ne sous-estime jamais l'adversaire.

Le silence se fit. Gabriel écouta le vent murmurer dans le feuillage de l'eucalyptus et le son de la douce voix de Chiara qui venait du salon. Son excursion dans le sud de l'Armagh semblait remonter à un lointain passé. Il commençait même à oublier Quinn. Quinn, qui pouvait propulser une boule de feu à la vitesse de trois cent cinquante mètres par seconde. Quinn, qui s'était lié d'amitié en Libye avec un Palestinien nommé Tariq al-Hourani.

— C'est comme ça que tu l'imaginais ? demanda Shamron à voix basse.

— Mon retour au pays ?

Gabriel leva les yeux vers le ciel, au sud, et attendit qu'un éclair de feu vienne strier la nuit étoilée.

— Oui, fit-il au bout d'un moment. C'est exactement comme ça que je l'imaginais.

83
Rue Narkiss, Jérusalem

Ainsi qu'il l'avait fait pour chaque événement important de sa vie, Gabriel se prépara à la naissance de ses enfants comme s'il s'agissait d'une opération clandestine. Il planifia tout, chemin de fuite et plan B inclus, puis il imagina des plans C et D. Ces préparatifs étaient un modèle d'économie et d'emploi du temps, qui ne laissait aucune place au hasard. Ari Shamron examina attentivement ce plan, ainsi qu'Uzi Navot et le reste de l'équipe légendaire de Gabriel. Tous, sans exception, crièrent au chef-d'œuvre.

Gabriel n'avait, de toute façon, pas grand-chose d'autre à faire. Pour la première fois depuis de longues années, il était sans emploi et n'avait aucune mission à accomplir à court terme. Il avait réussi à retarder sa prise de fonction à la tête du Bureau et il n'avait pas de tableau à restaurer. Son seul et unique projet, c'était Chiara. Le dîner avec les Shamron fut leur dernière mondanité. Chiara n'était pas en état de recevoir des invités. Même les plus brefs appels téléphoniques la fatiguaient. Gabriel tournait autour d'elle comme un serveur empressé, toujours prêt à remplir son verre ou à renvoyer en cuisine un repas laissant à désirer. Son comportement avec Chiara était d'un dévouement sans faille : il satisfaisait sur-le-champ la moindre de ses envies, qu'elles soient physiques ou émotionnelles. Chiara en vint même à lui reprocher la perfection de sa conduite.

En raison de son âge et de l'histoire compliquée de Chiara en matière de maternité, sa grossesse était considérée à haut risque par la faculté. En conséquence, son médecin insistait pour lui faire passer régulièrement une échographie. Pendant l'absence de Gabriel, elle s'était rendue, pour ce faire, au centre médical Hadassah, accompagnée de gardes du corps et, parfois, de Gilah Shamron. Désormais, c'était Gabriel qui l'y menait, dans son petit cortège officiel de voitures blindées. Dans la salle d'examen, il restait debout et veillait jalousement sur Chiara pendant que le médecin dirigeait la sonde à ultrasons sur son ventre lubrifié. Dans les premiers temps de la grossesse, l'échographie avait permis de visualiser deux enfants entiers et distincts. A présent, il était difficile de déterminer où commençait l'un et où finissait l'autre. Parfois, cependant, la machine offrait un aperçu terriblement net d'un visage ou d'une main, ce qui faisait battre le cœur de Gabriel à tout rompre, comme aux moments les plus délicats de ses missions. Ces images spectrales ressemblaient étrangement à des radiographies de tableaux dévoilant l'ébauche originelle de l'œuvre — et les réserves décroissantes de liquide amniotique y apparaissaient comme des aplats noirs.

— C'est pour quand ? demanda Gabriel avec le sérieux d'un homme dont la plupart des conversations se déroulent dans des appartements sécurisés ou sur des lignes de téléphone clandestines.

— Dans trois jours, répondit le médecin. Quatre, tout au plus.

— Aucune chance que cela survienne avant ?

— Il y a même une petite possibilité, répondit le médecin, pour qu'elle entre en travail aujourd'hui même, sur le chemin du retour… Mais c'est très improbable. En fait, elle va manquer de liquide amniotique bien avant d'accoucher.

— Que faudra-t-il faire, alors ?

— Une césarienne paraît le moyen le plus sûr.

Le médecin sentit le malaise de Gabriel.

— Votre femme ne risque rien, le rassura-t-il.

Puis il ajouta en souriant :

— Je suis content de constater que vous n'êtes pas mort. Nous avons besoin de vous. Et vos enfants aussi ont besoin de vous.

Seules les visites à l'hôpital venaient rompre la monotonie des longues heures passées à se reposer au lit et à attendre. Cette oisiveté rendait Gabriel fébrile et désireux de faire des choses utiles. Chiara l'autorisa à préparer sa valise pour l'hôpital, ce qui l'occupa cinq petites minutes. Ensuite, il se mit en quête d'une autre activité, ce qui le conduisit dans la future chambre des enfants, où il demeura longuement face aux nuages peints par Chiara, une main sur le menton, la tête légèrement penchée de côté.

— Ça t'embêterait beaucoup, demanda-t-il à Chiara, si je les retouchais un peu ?

— Ils ne te plaisent pas comme ça ?

— Ils sont très beaux, dit-il avec trop d'empressement.

— Mais ?

— Ils sont un peu… infantiles.

— C'est normal, c'est pour des enfants.

— Ce n'est pas ce que je voulais dire.

Elle donna son accord à contrecœur, et à condition qu'il n'utilise que des peintures non nocives pour les bébés, mais aussi que cette « restauration » soit achevée dans les vingt-quatre heures. Escorté de ses gardes du corps, Gabriel se précipita chez un marchand de couleurs tout proche et en revint sans tarder avec les fournitures nécessaires. En quelques coups de rouleau — un instrument dont il ne s'était encore jamais servi —, il recouvrit l'œuvre de Chiara d'une couche opaque de bleu pâle, qu'il fallut laisser sécher toute la nuit avant de pouvoir reprendre cette tâche. Le lendemain matin, Gabriel se leva tôt et orna promptement le mur de nuages luisants, à la manière du Titien. En guise de touche finale, il ajouta un angelot — un garçonnet qui se penchait au bord du plus haut nuage. Cette figure était empruntée à la *Vierge à l'enfant en gloire, saint Pierre, saint Paul, et des anges*, de Véronèse. Avec des larmes aux yeux et d'une main tremblante, Gabriel donna à l'angelot le visage de son fils tel qu'il lui était apparu le soir de sa mort. Puis il signa de son nom et data — et il en eut fini.

Le même jour, le *Sunday Telegraph* de Londres publia un article exclusif qui liait la Russie et ses services de renseignements extérieurs à l'assassinat de la princesse, à l'attentat de Brompton Road, au meurtre de quatre agents du MI6 en Cornouailles et à la tuerie de Crossmaglen, en Irlande du Nord. Cette opération, au dire de l'auteur de l'article, avait été menée en représailles après l'annulation des lucratifs droits de forage en mer du Nord accordés par le Royaume-Uni aux Russes et la défection de Madeline Hart, l'agent dormant russe qui avait brièvement partagé le lit du Premier ministre, Jonathan Lancaster. Le commanditaire de l'opération n'était autre que le président russe. Et c'était Alexeï Rozanov, l'officier du SVR retrouvé mort récemment dans une forêt d'Allemagne, qui avait veillé à sa mise en œuvre. Son principal exécutant se nommait Eamon Quinn, l'homme qui avait perpétré l'attentat d'Omagh avant de devenir mercenaire international. Quinn s'était évaporé dans la nature mais il faisait l'objet d'une chasse à l'homme mondiale.

Les réactions furent aussi promptes qu'explosives. Le Premier ministre Lancaster dénonça les actes du Kremlin comme étant « barbares » — un sentiment largement partagé de l'autre côté de l'Atlantique, à Washington, où les politiciens des deux grands partis en appelèrent à l'expulsion de la Russie du G8 et des autres organisations économiques occidentales. A Moscou, un porte-parole du Kremlin démentit l'article du *Telegraph* et le qualifia de « propagande antirusse ». Il mit au défi l'auteure de l'article, Samantha Cooke, de dévoiler les identités de ses sources — ce qu'elle refusa catégoriquement de faire au cours d'une série d'entretiens télévisés.

Ceux qui en savaient plus long que les autres laissèrent entendre que les Israéliens étaient sûrement pour quelque chose dans ces révélations sensationnelles. Après tout, soulignèrent-ils en chœur, l'opération russe avait coûté la vie à une légende de l'espionnage israélien. Les Israéliens avaient donc de très solides raisons d'en vouloir mortellement aux Russes.

Pas un seul représentant officiel de l'Etat hébreu n'accepta de commenter l'article du *Telegraph*. Il ne se trouva personne pour en dire le moindre mot, ni au cabinet du Premier ministre ni au ministère des Affaires étrangères — et moins encore au boulevard du Roi-Saül, où toutes les lignes externes semblaient être aux abonnés absents. Seul un très bref article, paru sur un site Internet israélien spécialisé dans la diffusion de potins, provoqua une réaction officielle. Cet entrefilet affirmait qu'une légende de l'espionnage israélien, qui était censée avoir trouvé la mort lors de l'attentat de Brompton Road, avait été aperçue en train de faire ses courses au marché Mahane Yehuda — et que la légende en question avait l'air de se porter comme un charme. Un sous-fifre anonyme, appartenant à un ministère dont les attributions n'étaient pas précisées, qualifia cet article de « tissu d'inepties ».

Mais les riverains de la rue Narkiss, s'ils avaient été indiscrets, auraient pu raconter une tout autre histoire. De même que le personnel du centre médical Hadassah. De même, encore, que les deux rabbins qui le virent, ce même après-midi, placer une pierre sur une tombe du mont des Oliviers. Ils n'essayèrent pas de lui parler, car ils comprirent qu'il était absorbé par son deuil. Il quitta le cimetière au crépuscule et traversa Jérusalem pour se rendre au mont Herzl. Il y avait là-bas une femme qui avait besoin de savoir qu'il comptait toujours parmi les vivants, quand bien même elle l'aurait oublié dès après son départ.

84
Mont Herzl, Jérusalem

Alors que Gabriel revenait du mont des Oliviers, il se mit à neiger légèrement sur la ville fracturée de Dieu. Elle tapissait d'une fine couche l'allée circulaire qui entourait l'hôpital psychiatrique du mont Herzl et blanchissait les branches des pins parasols du jardin clos. A l'intérieur de l'établissement, Leah regardait d'un œil vide la neige tomber par l'une des fenêtres de la salle commune. Elle était assise dans son fauteuil roulant. Ses cheveux gris étaient coupés court, comme ils le sont dans ce genre d'institutions. Ses mains étaient tordues et blanchies par les cicatrices de brûlure. Son médecin, un barbu rondouillard aux allures de rabbin, avait fait sortir les autres patients de la salle. Il ne parut pas vraiment surpris de constater que Gabriel était vivant. Ce psychiatre s'occupait de Leah depuis plus de dix ans. Il en savait plus long sur la légende de l'espionnage israélien que la plupart des gens.

— Vous auriez dû me prévenir que ce n'était qu'une ruse, dit le médecin. Nous aurions pu prendre des mesures pour la protéger. Comme vous pouvez vous en douter, votre décès a provoqué pas mal d'agitation chez ma patiente.

— Je n'ai pas eu le temps.

— Je suis sûr que vous aviez de bonnes raisons, dit le médecin d'un ton lourd de reproches.

— C'est exact…

Gabriel laissa quelques secondes passer et dit d'un ton moins tranchant :

— Je ne sais pas vraiment ce qu'elle comprend, en fait.

— Elle en sait plus que vous ne le croyez. Ces derniers jours ont été très difficiles pour elle.

— Et maintenant ?

— Elle va mieux, mais vous devez y aller doucement, avec elle…

Il serra la main de Gabriel et ajouta :

— Prenez tout le temps nécessaire. Je serai dans mon bureau si vous avez besoin de moi.

Lorsque le médecin se fut retiré, Gabriel traversa la salle commune. Une chaise avait été placée à côté du fauteuil roulant de Leah. Elle regardait encore la neige. Mais sur quelle ville tombait cette neige ? Leah était-elle à Jérusalem en cet instant ? Ou était-elle une fois de plus bloquée dans le passé ?

Leah souffrait d'un trouble de stress post-traumatique particulièrement sévère, associé à une incurable dépression psychotique. Dans sa mémoire embrumée, le temps n'était pas linéaire et le passé se confondait souvent avec le présent. A chacune de ses visites, Gabriel ne savait jamais quelle Leah il allait retrouver. Un instant, elle était redevenue la jeune artiste peintre exceptionnellement talentueuse dont Gabriel était tombé amoureux à l'Ecole des beaux-arts de Bezalel, à Jérusalem. L'instant d'après, elle se croyait encore la mère d'un beau petit garçon qui avait insisté pour accompagner ses parents à l'occasion d'un voyage professionnel à Vienne.

Pendant plusieurs minutes, elle regarda tomber la neige, sans cligner une seule fois des yeux. Peut-être n'avait-elle pas conscience de la présence de Gabriel. Ou peut-être le punissait-elle, pour lui avoir fait croire qu'il était mort. Elle finit par tourner la tête et son regard se posa lentement sur Gabriel, comme si elle cherchait un objet perdu dans le labyrinthe de sa mémoire.

— Gabriel ? fit-elle.

— Oui, Leah.

— C'est vraiment toi, ou c'est encore une hallucination ?

— Non, Leah, c'est vraiment moi.
— Où sommes-nous ?
— A Jérusalem.
Elle tourna la tête et contempla un instant la neige.
— C'est beau, hein ? murmura-t-elle.
— Oui, Leah.
— La neige absout Vienne de ses péchés. La neige tombe sur Vienne pendant que les missiles tombent sur Tel-Aviv…
Elle se tourna vers Gabriel et dit :
— Je les entends, la nuit.
— Quoi donc ?
— Les missiles.
— Tu es en sécurité ici, Leah.
— Je veux parler à ma mère. Je veux entendre la voix de ma mère…
— Nous l'appellerons.
— Et vérifie que Dani est bien attaché sur son siège. Les chaussées sont glissantes, aujourd'hui…
— Dani va bien, Leah.
Elle regarda les mains de Gabriel et y remarqua des traces de peinture. Ce détail la fit revenir au présent.
— Tu as travaillé, ces derniers temps ?
— Un peu.
— Un grand tableau ?
Il déglutit avant de répondre :
— Une chambre d'enfant.
— Pour tes jumeaux ?
Il hocha la tête.
— Ils sont déjà nés ?
— Bientôt.
— Un garçon et une fille ?
— Oui, Leah.
— Comment vas-tu appeler la fille ?
— On l'appellera Irène.
— Irène ? C'est le nom de ta mère…
— C'est exact.

— Elle est morte, ta mère ?
— Ça fait longtemps.
— Et le garçon ? Comment vas-tu l'appeler ?
Gabriel hésita avant de dire :
— On l'appellera Raphaël.
— L'archange de la guérison…
Elle sourit et demanda :
— Tu es guéri, Gabriel ?
— Pas tout à fait.
— Moi non plus.
Elle leva les yeux vers le téléviseur, d'un air perplexe. Gabriel lui prit la main. Les tissus cicatrisés rendaient sa peau froide et ferme. On aurait dit une toile vierge, prête à être peinte. Gabriel aurait voulu la retoucher et lui rendre sa beauté originelle, mais cela dépassait ses capacités. Leah était la seule œuvre d'art au monde qu'il ne pouvait pas restaurer.
— Tu es mort ? demanda-t-elle subitement.
— Non, Leah. Je suis ici, avec toi.
— A la télé, ils ont dit que tu avais été tué à Londres.
— C'était un simulacre. On n'avait pas le choix.
— Pourquoi ?
— Ça n'a pas d'importance.
— Tu dis toujours ça, mon amour.
— Ah bon ?
— Non… Seulement quand c'est vraiment important…
Elle le regarda droit dans les yeux.
— Où étais-tu ?
— Je traquais l'homme qui a aidé Tariq à fabriquer la bombe.
— Et tu l'as trouvé ?
— Presque.
Elle lui pressa le poignet, comme pour le réconforter.
— C'était il y a longtemps, Gabriel, dit-elle. Et ça ne changera rien. Je serai toujours dans cet état. Et tu seras toujours marié à une autre femme.
Incapable de supporter le regard accusateur de Leah,

Gabriel se mit à contempler la neige. Au bout de quelques secondes, Leah l'imita.

— Tu me laisseras les voir, hein, Gabriel ?

— Dès que possible.

— Et tu prendras bien soin d'eux, surtout du garçon…

— Bien sûr.

Leah écarquilla brusquement les yeux.

— Je veux entendre le son de la voix de ma mère, dit-elle.

— Moi aussi.

— Vérifie que Dani est bien attaché sur son siège…

— Je n'y manquerai pas, dit Gabriel. Les chaussées sont glissantes aujourd'hui.

Sur le chemin du retour à la rue Narkiss, Gabriel reçut un SMS de Chiara, lui demandant l'heure de son arrivée. Il ne prit pas la peine de répondre parce qu'il était déjà presque arrivé. Il sortit d'un bond de la voiture, se hâta de traverser le jardin, laissant derrière lui des empreintes de pas dans la neige, et gravit quatre à quatre les marches qui menaient à son appartement. En franchissant la porte, la première chose qu'il vit fut la valise qu'il avait lui-même si soigneusement remplie, posée sur le sol de l'entrée. Chiara était assise sur le canapé, habillée de pied en cap. Elle chantonnait en feuilletant un magazine.

— Pourquoi ne m'as-tu pas prévenu plus tôt ? demanda-t-il.

— Je voulais te faire la surprise.

— Je déteste les surprises.

— Je sais, dit-elle avec un sourire magnifique.

— Qu'est-ce qui s'est passé ?

— Je ne me sentais pas très bien, cet après-midi, alors j'ai appelé le médecin. Il pense qu'il est temps d'en finir…

— Quand ?

— Ce soir, mon chéri. Il faut que tu m'emmènes à l'hôpital tout de suite.

Gabriel se figea, telle une statue de bronze.

— A ce moment du scénario, dit Chiara, tu es censé m'aider à me lever.

— Ah… Euh, oui… Bien sûr.

— Et n'oublie pas la valise.

— La… quoi ?

— La valise, mon chéri. Je vais avoir besoin de mes affaires à l'hôpital.

— Ah, oui… L'hôpital.

Gabriel aida Chiara à descendre les marches et à traverser le jardin, tout en s'autoflagellant mentalement pour avoir négligé d'inclure la possibilité de la neige dans ses plans. A l'arrière du SUV, Chiara posa la tête sur l'épaule de Gabriel et ferma les yeux. Gabriel huma le parfum capiteux de vanille qui émanait de ses beaux cheveux et regarda la neige tourbillonner contre sa vitre. *C'est magnifique,* songea-t-il. C'était la plus belle chose qu'il ait jamais vue.

85
Buenos Aires

Ce n'était pas faute d'avoir mieux à faire, ce printemps-là… Après tout, même les observateurs les moins perspicaces — ceux que Graham nommait les « comateux de l'histoire », dans ses moments de désarroi — se rendaient désormais compte de l'imminence et de la gravité des dangers qui menaçaient le monde. A court de personnel, Seymour ne désigna qu'un seul agent pour accomplir cette mission. Cela n'avait aucune importance : en l'occurrence, un agent suffisait tout à fait. Il remit à l'homme une serviette remplie de billets de banque et lui accorda la marge de manœuvre opérationnelle la plus large possible. La serviette avait été achetée dans un magasin de Jermyn Street. Les billets de banque étaient américains — car, dans le petit monde très fermé de l'espionnage, le dollar restait la monnaie de réserve.

Il voyagea sous différentes identités, ce printemps-là, mais jamais sous la sienne. En fait, à ce stade de sa vie et de sa carrière, il n'avait plus de nom. Quand ils lui adressaient la parole, ses parents, qu'il avait enfin retrouvés, se servaient du prénom qu'ils lui avaient donné à la naissance. Dans son métier, cependant, il n'était connu que par un numéro de quatre chiffres. Son appartement, dans le quartier huppé de Chelsea, appartenait officiellement à une entreprise qui n'existait pas. Il n'y avait mis les pieds qu'une seule fois.

Sa quête le mena dans maints lieux dangereux, ce

qui était sans conséquence puisqu'il était lui-même un homme dangereux. Il passa plusieurs jours à Dublin, au croisement périlleux du trafic de drogue et de la lutte armée. Puis il fit un saut à Lisbonne, au cas où sa proie aurait dans cette ville des liens moins superficiels qu'on aurait pu le croire. Une rumeur infondée l'attira dans un village perdu de Biélorussie. Un mail intercepté guida ses pas jusqu'à Istanbul. Là, il rencontra une source qui affirmait avoir vu la cible dans une région de Syrie contrôlée par Daesh. Avec l'accord réticent de Londres, il traversa la frontière à pied et, déguisé en Arabe, parvint à la maison où la cible était censée vivre. La maison était vide, hormis quelques bribes de fil de fer et un carnet de notes contenant plusieurs schémas de bombe. Il empocha le carnet et revint en Turquie. En chemin, il fut le témoin d'atrocités qu'il n'oublierait pas de sitôt.

A la fin du mois de février, il était à Mexico, où un tuyau onéreux l'aiguilla vers le Panama. Il y passa une semaine, épiant sans répit un grand appartement vide de la Playa Farallón. Puis, sur une intuition, il prit l'avion pour Rio de Janeiro, où un chirurgien esthétique à clientèle interlope lui avoua qu'il avait récemment modifié l'aspect de la cible. Selon ce bon docteur, le patient lui avait confié qu'il vivait à Bogota, mais Keller n'y trouva qu'une femme en plein désarroi, qui était enceinte — possiblement de la cible. La femme lui suggéra d'aller à Buenos Aires. Ce qu'il fit. Et ce fut dans cette ville que, par un après-midi glacial de la mi-avril, il régla enfin un vieux compte.

Il travaillait comme cuisinier dans un restaurant nommé la Brasserie Pétanque, dans le *barrio* de San Telmo, dans le sud de la capitale argentine. Son appartement était situé à deux pas de son lieu de travail, au deuxième étage d'un immeuble qui semblait avoir été importé du boulevard Saint-Germain. De l'autre côté de la rue se trouvait un café où Keller était en train de boire un expresso à une table en terrasse. Il était coiffé d'un chapeau à large bord, et des lunettes de soleil masquaient son regard. Ses cheveux avaient le luisant argenté d'un grisonnement précoce. Il semblait plongé dans la lecture d'un magazine en espagnol. Ce n'était pas le cas.

Il laissa quelques pesos sur la table, traversa la rue et entra dans le hall de l'immeuble. Un chat tigré lui tourna autour pendant qu'il lisait le nom correspondant à la boîte aux lettres de l'appartement 309. Il monta au deuxième étage et trouva la porte de cet appartement verrouillée. Cela n'avait aucune importance : Keller avait acheté pour cinq cents dollars une copie de la clé à l'employé qui s'occupait de l'entretien de l'immeuble.

Il sortit son pistolet en entrant et referma la porte derrière lui. L'appartement était petit et très peu meublé. Il vit, à côté du lit, une pile de bouquins et une radio à ondes courtes. Les livres étaient épais, lourds et savants. La radio était d'une qualité rarement vue sous ces cieux. Keller l'alluma et régla le volume au minimum : *My Funny Valentine*, par Miles Davis. Keller sourit. Il ne s'était pas trompé d'endroit.

Keller éteignit la radio et tira les rideaux qui voilaient la dernière fenêtre que Quinn avait sur le monde. Et il s'y posta, avec toute la discipline d'un spécialiste de la surveillance rapprochée, jusqu'à la fin de l'après-midi. Un homme finit par apparaître devant le café. Il s'assit en terrasse, à la même table que Keller avant lui. Habillé comme un autochtone, il but une bière locale. Néanmoins, il était évident qu'il n'était pas argentin de naissance. Keller porta un télescope miniature à son œil droit et étudia le visage de l'homme. Le chirurgien brésilien avait fait du bon boulot. La cible était impossible à reconnaître. Mais la manière dont il tint son couteau le trahit lorsqu'il mangea le steak que le cafetier lui avait apporté. Quinn était un artificier hors pair, mais il ne travaillait jamais aussi bien qu'avec un couteau.

Keller resta à la fenêtre, le télescope rivé sur l'œil,

attendant, épiant, attendant, épiant… Pendant que Quinn ingérait son dernier repas. Quand il eut fini de manger, il paya le cafetier, se leva et traversa la rue. Keller rangea le télescope miniature dans sa poche et se posta dans l'entrée, pointant son pistolet vers la porte. Au bout d'un moment, il entendit des bruits de pas dans le couloir et le cliquetis d'une clé qu'on tourne dans une serrure. Quinn ne vit jamais le visage de Keller et il ne sentit pas les deux balles — une pour Elizabeth Conlin, l'autre pour Dani Allon — qui mirent fin à sa vie. De cela, du moins, Keller fut désolé.

NOTE DE L'AUTEUR

L'Espion anglais est une œuvre de divertissement qui ne devrait pas être lue autrement. Les noms, personnages, lieux et incidents relatés dans ce récit sont le produit de l'imagination de l'auteur ou y ont été utilisés de manière fictive. Toute ressemblance avec des personnes existant ou ayant existé, avec des entreprises, des événements ou des endroits ne saurait être que fortuite.

Certes, il existe un ravissant petit cottage à l'extrémité sud de la crique de Gunwalloe, qui a toujours rappelé à l'auteur la *Cabane des douaniers à Pourville* de Monet mais, pour autant que je sache, ni Gabriel Allon ni Madeline Hart n'y ont jamais résidé. Les lecteurs ne doivent pas davantage chercher Gabriel au 16, rue Narkiss, d'autant que lui et Chiara ont fort à faire en ce moment. On nous signale, de Jérusalem, que la mère et les enfants se portent comme un charme. Quant au père, c'est une tout autre affaire. Mais vous en saurez davantage en lisant le prochain épisode de la série.

En visitant la ville de Fleetwood, dans le nord de l'Angleterre, on cherchera en vain un cybercafé en face de la friterie. Il n'y a pas non plus de pub nommé The Lamb and Flag à Gunwalloe, pas plus qu'il n'existe de bar à Crossmaglen s'appelant The Emerald, même s'il s'y trouve plusieurs établissements du même genre. Toutes mes excuses à la direction du restaurant Le Piment, sur l'île de Saint-Barthélemy, pour avoir introduit un artificier de l'IRA dans sa petite mais précieuse cuisine. Mes excuses également au restaurant Die Bank, à Hambourg, à l'hôtel InterContinental, à Vienne et, surtout, à l'hôtel Kempiski, à Berlin. La chambre 518 a dû être difficile à nettoyer…

Je sais bien que le siège du service de renseignements

israélien n'est plus situé depuis belle lurette sur le boulevard du Roi-Saül à Tel-Aviv. Le service fictif de mon récit continue néanmoins d'y résider, notamment parce que je préfère ce nom à celui de l'adresse actuelle du véritable quartier général de l'espionnage israélien, que je ne révélerai d'ailleurs pas par écrit.

On m'a aussi souvent demandé si le personnage de don Anton Orsati est fondé sur un individu réel. Ce n'est pas le cas. Le parrain, sa vallée et son entreprise très particulière ont tous été imaginés par l'auteur.

L'Espion anglais est la quatrième des aventures de Gabriel Allon où figure le meilleur assassin à la solde du parrain : l'ex-soldat d'élite du SAS Christopher Keller. Le roman se termine à l'endroit où la carrière militaire de Keller a commencé : dans les collines verdoyantes mais périlleuses du sud de l'Armagh. Pendant les pires moments de la longue et sanglante guerre civile en Irlande du Nord, ce coin de campagne était réellement devenu l'endroit le plus dangereux du monde pour un soldat ou un policier. C'est là qu'eut lieu le plus meurtrier des attentats contre les soldats britanniques, le 27 août 1979. Deux bombes visant un convoi de l'armée explosèrent à Warrenpoint, tuant dix-huit militaires. Cette embuscade eut lieu quelques heures seulement après que lord Mountbatten, homme d'Etat anglais et cousin par alliance de la reine Elizabeth II, eut été tué par l'explosion d'une bombe posée par l'IRA à bord de son bateau de pêche. Il est évident que j'ai beaucoup emprunté à la vie de Diana, princesse de Galles, pour donner corps à ma princesse imaginaire — loin de moi, cependant, l'intention de suggérer que Diana a été assassinée. Elle est morte dans un tunnel parisien parce qu'un homme en état d'ébriété était au volant de sa voiture, non pas au terme d'une conspiration internationale.

Le long combat de la république d'Irlande contre le trafic de drogue est également bien documenté. Ce qu'on connaît moins, c'est le rôle qu'ont joué dans ce trafic certains éléments de l'IRA véritable, une organisation républicaine irrédentiste créée en 1997. Ce groupuscule, qui comptait dans ses rangs plusieurs membres de la brigade du Sud-Armagh de l'IRA, perpétra une série d'attentats sanglants au printemps et à l'été 1998, alors que l'Irlande du Nord avançait timidement sur la voie de la paix et de la réconciliation. Le plus meurtrier fut l'attentat massacre d'Omagh, le 15 août, qui coûta la vie à vingt-neuf personnes et en blessa deux cents autres dans ce bourg du comté de Tyrone. De nombreux détails que je mentionne dans le roman au sujet de cet attentat sont véridiques, même si je me suis autorisé une certaine licence littéraire en relatant les agissements de Graham Seymour, mon maître espion anglais imaginaire. Quant à Eamon Quinn et à Liam Walsh, ils ne pouvaient se trouver dans la voiture piégée ce jour-là, puisqu'ils sont entièrement de mon invention.

A l'heure où j'écris ces lignes, les véritables auteurs de l'attentat n'ont toujours pas été officiellement identifiés. Ils sont les seuls à savoir pourquoi ils ont garé la voiture au mauvais endroit sur Lower Market Street. De même qu'ils sont les seuls à savoir ce qui les a poussés à laisser des avertissements fallacieux être transmis à la police locale (alors nommée RUC) et à la presse, créant ainsi les conditions d'un massacre aveugle d'innocents. Je suis certain que les services de renseignements irlandais et britanniques connaissent leurs noms. Et pourtant, dix-sept ans après l'attentat, personne n'a été condamné pour le plus sanglant massacre jamais commis en Irlande ou en Grande-Bretagne. En juin 2009, un juge nord-irlandais a condamné quatre hommes — Michael McKevitt, Liam Campbell, Colm Murphy et Seamus Daly — à verser un million cinq cent mille livres sterling aux familles des victimes d'Omagh. A ce jour, ils n'ont toujours pas versé un sou. En avril 2014, Seamus Daly a été arrêté dans un centre commercial du sud de l'Armagh, où il vivait sans se cacher, puis inculpé sous l'accusation d'avoir commis vingt-neuf meurtres. Si l'on prend pour exemple des affaires passées du même genre, les possibilités de le voir condamné sont infimes. En 2002, La Cour criminelle spéciale d'Irlande a condamné Colm Murphy pour complicité dans l'attentat, mais ce verdict a été annulé en appel. Le neveu de Murphy a été jugé en Irlande du Nord mais a été, lui aussi, acquitté.

Au lendemain des accords du Vendredi saint, les services de renseignements britanniques ont appris que des artificiers hautement qualifiés de l'IRA vendaient à l'encan leur expertise. La république islamique d'Iran comptait parmi les pays auxquels les terroristes irlandais proposaient leurs services mortifères. Dans son histoire du MI6 intitulée *Secret Wars*, l'historien Gordon Thomas[1] a écrit qu'une délégation de terroristes de l'IRA s'était rendue secrètement à Téhéran en 2006 pour aider l'Iran à fabriquer une arme antichar à l'usage du Hezbollah libanais, étroitement lié au régime des mollahs. Cette arme pouvait effectivement propulser une boule de feu à la vitesse de trois cent cinquante mètres par seconde. Le Hezbollah a utilisé cette arme contre les blindés israéliens — mais les soldats britanniques servant en Irak ont été, eux aussi, victimes d'armements mis au point par des artificiers de l'IRA. En 2005, huit soldats britanniques ont été tués à Bassorah par un engin explosif improvisé, identique à ceux qu'utilisait l'IRA dans le sud de l'Armagh. Les experts du contre-terrorisme en ont déduit que l'emploi des plans de cette bombe en Irak était une conséquence de l'ancienne et longue collaboration entre l'OLP et l'IRA. Ces deux organisations bénéficiaient du patronage du dictateur libyen, Mouammar Kadhafi, et leurs combattants s'entraînaient ensemble dans les tristement célèbres camps du désert, où ils ont partagé leur savoir-faire et leurs ressources. Et c'est effectivement la Libye qui a fourni à ses protégés irlandais presque tout le Semtex utilisé par l'IRA au cours du conflit nord-irlandais.

1. Paru en français sous le titre *Histoire des services secrets britanniques, Nouveau Monde Editions*, Paris, 2008. (NdT)

Mais la Libye n'était pas le seul Etat sponsorisant l'IRA. Le KGB a procuré, lui aussi, un soutien matériel aux terroristes dans le but de créer des troubles graves en Grande-Bretagne et d'affaiblir ainsi l'Alliance atlantique. Beaucoup de choses ont changé au cours du quart de siècle qui s'est écoulé depuis l'effondrement de l'Union soviétique, mais susciter la discorde au sein de l'alliance occidentale demeure l'un des buts premiers de la Russie de Vladimir Poutine. En effet, Poutine n'aimerait rien tant que de voir l'OTAN éclater, afin qu'il puisse reconstituer l'empire perdu de la Russie sans que l'Occident importun se mette en travers de sa route. Sous l'impulsion de Poutine, la Russie s'est remise à financer discrètement des partis politiques extrémistes, de gauche comme de droite, en Europe. Il semble que Poutine ne se soucie guère de l'idéologie de ses amis, pourvu qu'ils soient opposés aux Etats-Unis et qu'ils aient grossièrement la même vision géopolitique du monde que lui. C'est un kleptocrate avéré, qui n'a d'autre philosophie que l'exercice cynique du pouvoir.

Gabriel Allon s'était déjà mesuré à la Russie dans *Moscow Rules*, publié à l'été 2008, lorsque Moscou baignait dans les revenus du pétrole et que ceux qui osaient défier le Kremlin étaient assassinés dans les rues. Hélas ! ce roman s'est révélé prémonitoire. Il n'est que de considérer le comportement du Kremlin depuis. Il soutient un régime meurtrier en Syrie. Il a accepté de vendre un système de missiles antiaériens sophistiqué à l'Iran. La Crimée et une partie de l'est de l'Ukraine sont passées sous le contrôle russe. Des bombardiers équipés d'engins nucléaires frôlent régulièrement les espaces aériens des Etats membres de l'OTAN. Deux bombardiers russes se sont même offert une petite virée au-dessus de la Manche, tous transpondeurs éteints, perturbant les vols de l'aviation civile pendant plusieurs heures. A mesure que l'Occident pratique des coupes dans ses budgets de défense, l'armée Rouge se modernise à un rythme effréné. Poutine a menacé publiquement de faire usage d'armes nucléaires tactiques pour préserver les gains de territoire en Ukraine. Le secrétaire d'Etat aux Affaires étrangères britannique Philip Hammond a raison d'être alarmé par la situation qu'il constate. En mars 2015, il a décrit la Russie comme constituant « la principale menace » envers la sécurité du Royaume-Uni. Un mois plus tard, toutefois, le président Obama a affiché une vision nettement différente, qualifiant avec dédain la Russie de « puissance régionale » dont les agissements agressifs étaient autant de signes de faiblesse plutôt que de force. Doit-on déduire qu'en fait, en annexant la Crimée et en envahissant l'Ukraine, Vladimir Poutine est en train de *perdre* ? Si seulement cela pouvait être vrai. Mais Poutine est en train de gagner, ce qui signifie que l'invasion de l'Ukraine n'est qu'un prélude.

Remerciements

J'ai une dette envers mon épouse, Jamie Gangel, qui m'a écouté patiemment tandis que j'élaborais les rebondissements de *L'Espion anglais*, et qui a écarté d'une main experte une bonne centaine de pages de la pile de feuillets que j'appelais par euphémisme mon premier brouillon. Sans son indéfectible soutien et l'attention remarquable qu'elle accorde aux détails, mon manuscrit n'aurait jamais pu être terminé en temps voulu. Ma dette envers elle est incommensurable, de même que mon amour. Mes enfants, Lily et Nicholas, ont, eux aussi, été une source permanente d'inspiration pendant cette année d'écriture. Je tiens à leur exprimer mon profond respect pour ce qu'ils ont accompli.

Louis Toscano, mon cher ami et éditeur de longue date, a apporté à ce roman d'innombrables améliorations, petites et grandes. Ma réviseuse à l'œil d'aigle, Kathy Crosby, a fait en sorte que le texte soit exempt d'erreurs de grammaire et de fautes typographiques. Toutes celles qui ont échappé à leur contrôle rigoureux sont de mon fait, et non du leur.

Il va sans dire que ce livre n'aurait pas pu paraître sans le soutien de mon équipe chez HarperCollins, mais je tiens à le dire quand même, car ce sont des as dans leur métier. Un remerciement spécial à Jonathan Burnham, Brian Murray, Michael Morrison, Jennifer Barth, Josh Marwell Tina Andreadis, Leslie Cohen, Leah Wasielewski, Robin Bilardello, Mark Ferguson, Kathy Schneider, Brenda Segel, Carolyn Bodkin, Doug Jones, Katie Ostrowka, Erin Wicks, Shawn Nichols, Amy Baker, Mary Sasso, David Koral et Leah Carlson-Stanisic. Un grand merci aussi à mon équipe juridique, Michael Gendler et Linda Rappaport, pour leur soutien et leurs conseils avisés.

En préparant ce manuscrit, j'ai consulté des centaines de livres, de journaux, de revues et de sites Internet, beaucoup trop nombreux pour être nommés ici. Il y aurait cependant de l'ingratitude à ne pas mentionner l'érudition extraordinaire de Martin Dillon, Peter Taylor, Ken Connor, Mark Urban, John Mooney et Michael O'Toole, ainsi que celle de Toby Harnden, auteur d'une étude de référence sur la brigade du Sud-Armagh, *Bandit Country*.

Enfin, ce roman, comme les quatorze épisodes précédents des aventures de Gabriel Allon, n'aurait pas pu être écrit sans l'aide de David Bull. Contrairement au personnage de fiction Gabriel Allon, David est véritablement l'un des plus talentueux restaurateurs d'œuvres d'art du monde, et j'ai de la chance de l'avoir pour ami. Si le monde était dirigé par des hommes comme David, mon héros mènerait à coup sûr une existence beaucoup plus paisible… Peut-être Gabriel aurait-il eu le temps de restaurer ce tableau du Caravage. Et je ne doute pas qu'il aurait demandé conseil à David avant de se mettre au travail.

Composé et édité par HarperCollins France.

Achevé d'imprimer en mars 2017.

Barcelone

Dépôt légal : avril 2017.

Pour limiter l'empreinte environnementale de ses livres, HarperCollins France s'engage à n'utiliser que du papier fabriqué à partir de bois provenant de forêts gérées durablement et de manière responsable.

Imprimé en Espagne.